娱乐时代的美军形象塑造系列译丛

May the Armed Forces
Be with You

The Relationship between Science Fiction
and the United States Military

张力 李相影 主编

超级武器与假想敌

现代美军与科幻作品关系史

Stephen Dedman

[澳]史蒂芬·戴德曼 著

李相影 译

民主与建设出版社
·北京·

献给我的父亲，
皇家空军上士肯·戴德曼，
澳大利亚空军[退役]，AASM, DSM
国家奖章，国防奖章，
长期服役和良好行为奖章
谨致纪念

总序

好样子与好镜子

样子就是形象。按照传播学大师麦克卢汉的"媒体环境"理论,在全媒体时代,样子早已不是样子本身,而是样子留给大众的印象,是那个被各种媒介不断塑造的样子。

很久以来,军队职能的唯一性,决定了军队样子的单一性;样子的单一性,又制约着样子塑造的单调性。古今中外,概莫能外。进入后工业时代,战争与和平的界限越来越模糊,平时是战时的延续,平时就是战时。信息时代,网络战、舆论战、心理战、思想战等新的作战样式层出不穷,传统意义上的战争面貌已发生根本性改变。

未来学家阿尔文·托夫勒说,人类以什么样的方式生产,就以什么样的方式打仗。当人类社会进入信息化、网络化时代,纳米技术、量子通信、人工智能、无人驾驶等新概念、新技术的军事化应用,以及由此拓展的新的战场疆域和军事文化,不但刷新着人们对现代战争的认知,而且迅速改变着现代军队和现代军人的样子。

战场上，子弹、炮火可以对目标进行硬杀伤。然而，胜战之道，贵在夺志。赢得战争，未必赢得民心。民心才是最重要的政治因素，亦是战略性政治资源。处在信息化战争前沿的现代军人，如何同时打赢战场和舆论场这两场战争，是必须要面对和破解的胜战之问。简言之，新时代强军之道，除了要锻造"能打胜仗"的"好样子"，还必须铸造"塑造态势"的"好镜子"。

"9·11"事件后，美国为重塑全球形象，缓解在阿拉伯乃至伊斯兰世界的形象危机，启动了一场针对特定受众、采取特定方式的战略传播计划。实践近十年后，奥巴马总统正式向国会提交了一份《国家战略传播架构》报告。由此开始，"战略传播"成为美国实施全球文化软实力影响的代名词。报告开篇即强调："在我们所有的努力中，有效的战略传播对于维护美国的全球合法性以及支持美国的政策目标至关重要。"

美国的战略传播概念，强调统筹协调使用美国国内外军、政、商、民等各界力量资源，针对既定目标受众，进行一体化设计、精准化传播、持续化影响。战略传播被定义为"精心设计的传播"。这标志着美国已经将国内外形象传播提升到国家战略高度。

对美军而言，在全球公众中塑造正义、强大、富有人情味的军队形象，是美军战略传播的重要目标。美军认为：一方面，通过展示美军的强大，可以对对手形成战略威慑；另一方面，通过展示美军的正义性和亲近性，可以获取目标受众对美军的心理认同。为此，美军专门设有公共事务部门负责军队形象塑造。

"精心设计的传播"离不开对受众心理的精细研究，离不开对大众传媒的精妙运用。长期以来，美国战争大片、美军战争游戏、美军视频节目等娱乐产品，以公众习以为常、喜闻乐见的方式，送达每一位目标受众的眼前。而且，因为这些产品实际上已完成市场化转换，最后以商品形式流通至全世界，目标受众最终以购买形式进行消费。每完成一次消费，也就意味着消费者（目标受众）心甘情愿地接受了一次价值观的洗礼。

美国的战略传播的手段，是要统筹协调使用全国力量资源，这里面自然就包括其金融科技、军工媒介、教育娱乐等国际领先行业。尤其借助好莱坞、互联网的全球市场优势，美军实施的"嵌入式"传播时常占据行业头部资源，而这一现象已有数十年历史。1986年，一部海军招飞电影《壮志凌云》成为全球大卖商业片，实现了形象感召和市场票房双丰收。2002年，一款美国陆军征兵游戏《美国陆军》上线，后来变成全球畅销至今的军事网游。美军不但用它征兵练兵，还用它宣传教育，并最终将其培育成一条庞大的产业链。

近年来，在美军的战略传播实践中，以游戏、影视、视频等为行业代表的军事与市场的双轮驱动，犹如鸟之两翼，共同托起了美军全球形象的有效传播，且逐渐发展成一种你中有我、我中有你，军民共赢、互相成就的"军事-娱乐复合体"。至此，"看不见的宣传"最终通过市场这只手，变成"看得见且喜闻乐见的宣传"，"精心设计的传播"最终通过商业逻辑，变成既产生GDP又催生战斗力的新业态。"好样子"与"好镜子"在这里完美结合。

他山之石，可以攻玉。首次引进出版的这套"娱乐时代的美军形象塑造系列译丛"，是对"军事-娱乐复合体"这一特殊现象的案例式介绍和分析。希望通过书中原汁原味的讲解，能引发国内相关部门和读者对美军这一现象的关注和研究。

张力

2020 年 7 月于北京

目 录

序：不再研究战争？　/ I

前言：实际的或想象的科学影响　/ 1

第一章　"再见，太空牛仔"　/ 17

第二章　战争前夜：1926—1942 年　/ 31

第三章　战争越来越科幻化：1942—1945 年　/ 47

第四章　原子武器的意义：1946—1949 年　/ 61

第五章　"我不为世界工作"：1950—1961 年　/ 69

第六章　世界末日的味道：1962—1975 年　/ 117

第七章　空中杀机：探寻死亡射线　/ 181

第八章　安德的游戏：杀戮机器　/ 223

第九章　"惩罚者"：海湾战争及其后的战事　/ 257

附录 A：从二战到越战曾在美军服役的科幻作家　/ 293

附录 B：从吉普到绝地武士：科幻作品对军事术语的影响　/ 299

附录 C：1968 年的越南战争广告运动　/ 303

附录 D：有五角大楼支持的科幻电影　/ 305

附录 E：科幻作品与刊物译名表　/ 309

参考文献　/ 327

致谢　/ 331

序

不再研究战争？

我听过的关于写作和研究最好的建议，来自康妮·威利斯。她在写完小说《再造》后，参加了一个座谈会，发言指出，作家如果计划写一部需要进行广泛研究的小说，最好对所写的主题有足够的兴趣，进行必要的阅读（或者，以《再造》为例子，观看老电影），而且不会对那个领域产生持久的厌恶。

幸运的是，科幻作品——以电影、电视剧、漫画和小说的形式出现——自20世纪60年代，也就是我的少年时代起，一直是我所钟爱的。我不仅阅读了大量科幻图书，观看了大量科幻影视作品，而且在十几岁时就尝试着写科幻小说。1977年，我第一次参加了科幻大会；1985年，我开始在一些科幻书店工作。当我完成硕士论文（主题是对"美国、英国、澳大利亚科幻小说中殖民地概念"的阐释）后，我又尝试思考科幻作品中有足够详细的细节可供研究的某个领域，作为我的博士论文的基础。

在美国对伊拉克发动"全面空袭"之前，我于2002年第一

I

次计划写作关于"美国科幻作品和美军之间的关系"这个主题的论著。我不相信 21 世纪将变成乌托邦式的,我们将"不再研究战争",我希望这能成为 20 世纪的美国文化史。它开始于奥森·威尔斯出演的广播剧《世界之战》,以及从二战前一直延续到二战的爱国的超级英雄们的起源故事中所反映出来的对战争的恐惧,结束于保罗·范霍文拍摄的大量讽刺性的和反战的电影,这些电影改编自海因莱茵推崇军事的科幻小说《星河战队》。我写作的意图是揭示科幻作品某些时候如何反映和推动了美国人对军队的看法的改变。这个时间段是从被霍尔德曼这个角色所描述的"最后的正义战争,仿佛曾经有过一场正义战争"的二战开始,一直到冷战、越战失败以及苏联解体。当时美国已经入侵了阿富汗,到我完成这个研究时,似乎美国不太可能再发动一场战争——更不用说卷入两场战争了,其中一场战争持续时间比越战还长(在我写这本书的时候,美国仍有大约 1 万名军人驻扎在阿富汗,对伊拉克境内的"伊斯兰国"实施空袭,还有数以百计的军人驻扎在美国大使馆、领事馆和巴格达国际机场)。因此,也就有了您现在拿在手里的这本书。

这项研究是面向科幻作品的读者和学者们的,还有讲授科幻作品历史课程的老师,他们对这一类型作品的背景感兴趣。这本书算不上关于这个类型的通史。尽管我尽了最大的努力,试图涵盖漫画、电影、电视、(一小部分的)电子游戏和小说,但还是不可避免地遗漏了一些相关材料,特别是时间更晚近一些的作品。

首先,用达蒙·奈特的话来说,这些视觉媒体是大多数人(特别是美军内部)在说起"科幻作品"时所指的东西。不可否认的是，像《星河战队》《永恒的战争》这样被公认为影响力大、经久不衰的小说，也不如《超人》《星际迷航》《星球大战》的知名度高。

其次，这些视觉媒体的性质意味着，它们通常是相互协作的，制作成本高，所以目标定位于争取最广泛的受众，如此才能有望收回成本。与那些持不同意见的少数派观点的书或是短篇故事相比，它们更可能反映当时人们对于军队形象和军事行动的普遍看法。

最后，科幻小说家能自由描述任何他们所想象的东西，将其写成文字，而电影和电视剧制作者发现，通过利用军事装备和军事人员，或者至少是战争剩余物资、军事问题资料片，将其搬上大银幕，他们能节省开支，增加利润。这可能需要美军批准他们的剧本——用伊格尔顿所称的"文学创作手段"有效地控制美军。

本书的目的在于成为其他科幻小说史著的参考作品，例如约翰·克卢特和彼得·尼科尔斯的《科幻小说百科全书》、布莱恩·阿尔迪斯和大卫·文格罗的《亿兆年的狂欢》、弗雷德里克·詹姆逊的《未来的考古学》、H. 布鲁斯·富兰克林的《战争明星：超级武器和美国想象》，以及其他一些极为有用的参考资料，包括《推测》《科幻小说研究》。这本书没有打算成为一种"文学作品索引"类的著作，不是要代替在这本书里提到过的任何短篇故事或小说的阅读经验……尽管我能够理解如果您对这个类型（科幻作品）不那么感兴趣，您会更愿意在没有来自《神秘科学剧场3000》团队评论的情况下，坐在电影院里看《恐龙王》或是《亚卡的野兽》，或是在随便什么情况下观看《星球大战Ⅰ：幽灵的威胁》。

前言

实际的或想象的科学影响

[科幻小说]现在主要是一种美国的艺术形式,它与技术的巨大发展以及美国崛起为超级大国的时代相一致。

——布莱恩·阿尔迪斯和大卫·文格罗[1]

当然,科幻小说家大体上讲是技术时代的公民,他们的关注点是,美国在月球上的基地的政治效应。

——约翰·W.坎贝尔[2]

美国是一个由说谎者组成的国家,由于这个原因,科幻小说是我们这个国家文学的特殊要求,作为最适合说谎的艺术形式,我们喜欢听到并假装相信。

——托马斯·M.迪什[3]

科幻小说是一种难以定义的文学类型;科幻小说的创作者、评论者、爱好者和出版商似乎乐于对什么是科幻小说、什么是在其模糊的范畴之外——在幻想、恐怖或科幻惊悚领域——持不同意见。诺曼·斯平拉界定"科幻小说是任何以科幻小说形式出版的东西"[4]，而约翰·W.坎贝尔认为"科幻小说是科幻小说编辑才会买的东西"，这似乎排除了诸如电影、漫画、电视等流行的艺术形式，以及在"科幻小说"这个术语出现之前就已经存在的许多东西。更有用的是《韦氏词典》的定义，即"主要表现实际的或想象的科学对社会或个人产生影响的小说，或者以科学因素作为基本导向成分的小说"；约翰·W.坎贝尔认为是"从已知事物中进行预测推断的诚实努力"；罗伯特·海因莱茵认为是"对未来可能发生的事件的现实推测，是建立在对真实世界、过去和现在有足够认知的基础上的"[5]。这些定义同样排除了许多被接受为科幻小说的作品，但是他们确实提出了一些科幻小说中的共同元素：通过各种形式的推断来预测可能的未来，以及运用科学技术来塑造未来世界。

"未来"当然是相对的，许多科幻小说中设置的年代，在我们看来已经是过去时了，奥威尔的《一九八四》和克拉克的《2001太空漫游》是比较有名的例子（奥威尔的"荧光屏"现在完全实现了，但是克拉克的载人登陆土星和哈尔9000还没有实现）。雷·布拉德伯利甚至认为《雨中曲》是"唯一一部科幻音乐电影"，因为这部电影的情节关注"声音的发明以及它破碎的后果"[6]，如果在"声音发明"之前，把它给乔治·萧伯纳看，那么萧伯纳可能早就推断出这种新技术的效果了。[7]按照这个标准来看，过去被不合时宜的技术发展所改变的另一个世界的故事，例如马克·吐温的《康州美国佬大闹亚瑟王朝》、斯普拉格·德·坎普的《唯恐黑暗降临》、哈利·托特达夫的《南方的枪》，或是艾伦·摩尔的《守望者》，都可算作科幻小说。《星球大战Ⅳ：新希望》将故事背景设置在"很久以前一个十分遥远的星系"，以研制新的超级武器为前提，死星想要成为"宇宙中的终极力量"，正在通过它的存在和隐含的威胁改变社会。因此我认为它也算是科幻作品（大量借鉴了其他几种类型）。

我将把"预测（应用）科学对社会或个体的可能影响的小说"作为科幻小说的一个识别特征，而不是一个独家定义，同时承认有一些故事（以各种形式）虽然缺乏这一元素，但仍然被视为科幻小说。除此之外，我只能求助于达蒙·奈特对科幻小说的定义："科幻小说是那些我指出来并说'那是科幻小说'的东西。"[8]

◆◆◆

查尔斯·甘农认为，自20世纪60年代以来，科幻小说已经"直接影响了军事战略的规划和发展"[9]。H.布鲁斯·富兰克林认为科幻小说在美国人心中根深蒂固，以至于它"深刻地影响了越战是如何准备和实施的：那是技术奇迹和超级英雄的幻想"[10]。他认为早在1881年出版的"未来战争小说"[11]就"煽动公众渴望建立一支和平时期的大型舰队"[12]。对于一种主要以娱乐为目的的小说类型来说，这似乎是一个相当沉重的负担，但是它符合伊格尔顿的说法："文学既是政治斗争的原因，又是政治斗争的结果，是帝国主义者的话语系统和意识形态建立霸权的重要机制……也是这样的斗争达到稳定的领域——帝国主义者和原住民、统治阶级和被统治阶级的矛盾政治统一，在'共同语言'本身的矛盾统一中得到表达和再现。"[13]

在本书中，我旨在展现70多年来科幻小说——尤其是美国科幻小说——中被引入或传播的思想，它不仅影响了战略家和武器系统的研发者，例如提出了"星球大战"导弹防御计划和"未来战士"的设想，还影响了空军地勤人员，他们用喜欢的漫画英雄来装饰飞机；还有预备役人员，他们采用了科幻小说中人物的名字，或者将科幻小说中人物的徽章改为自己所用。国防部官员在招兵海报和广告中利用科幻小说的比喻，并向科幻娱乐节目的制作人提供资助，他们希望这些娱乐节目改善美国的形象，进一步实现美国军方的目标。它也在战争期间和战后被美国士兵和平民拿来质疑美国军队的性质、行动、成本，有时候甚至是必要性。

在某种程度上，这是因为科幻小说已经成为伊格尔顿所说的"共同语言"的一部分，或者用阿尔迪斯的话说，成为英语世界"'文化壁纸'的一部分"[14]。科幻小说作家发明的术语，例如"安塞波"（ansible）、"反重力""赛博空间""死亡射线""机器人""ET外星人""绝地武士""克林贡"（Klingon）、"曲速引擎"，现在都能在《牛津英语词典》中查到。英国空军特种部队的《生存手册》[15]中提到了"戴立克"（Dalek），澳大利亚国防部队将其知识生产力框架命名为"塔迪斯"（TARDIS），它取自《神秘博士》中"内部更大"的宇宙飞船/时间机器（相当令人担忧的是，英国军事通信卫星网络被称为"天网"，而这个名字比《终结者》中的"天网系统"早出现了15年）。《星球大战》中的人物习惯于兜售一切东西，从胶带到汽车保险再到宗教。西澳大学基督教联盟会议的海报，就把《星球大战》中的尤达和达斯·维达比作善与恶的代表。这主要是基于这样的假设，即这些人物比耶稣和魔鬼更容易被学生们一眼认出来。2003年另一张装饰大学校园的海报将乔治·布什描绘成40岁的孔少校，但仍能一眼认出那是奇爱博士，他挥舞着牛仔帽，骑着炸弹飞向（可能是）伊拉克。

21世纪，引用科幻小说在美国越来越流行。仅在2004年6月，《纽约时报》的社论作者在描述白宫工作人员时，就提到了《原子怪兽》《复制娇妻》《天外魔花》、达蒙·奈特的故事以及《阴阳魔界》之《为人类服务》这一集。[16]抗议美国司法部部长约翰·阿什克罗特的美国人在他受邀演讲的会场外演奏《帝国进行曲》（达斯·维达的主题）。[17]《纽约时报》的一名作家将副总统切尼比作"满嘴脏话的达斯·维达"[18]和"奇爱副总统"[19]。乔治·W. 布什总统在一篇谴责干细胞研究的讲话中引用了奥尔德斯·赫胥黎的《美丽新世界》[20]，而阿尔·戈尔和报纸的社论作者则形容布什政府是"奥威尔式的"[21]，并使用了《一九八四》中的术语——"忘怀洞"（memory hole）[22]、"大洋洲"[23] "思想警察"[24]。切尼承认（或者可能是吹嘘），人们认为他是"政府的达斯·维达"[25]，国会议员大卫·吴在国会发表演讲时，形容布什的战时内阁成员自称"瓦肯人"（the Vulcans，以康多莉扎·赖斯家乡的瓦肯雕像命名，而不是《星际迷航》中的星球），是白宫里的"克林贡人"。[26]最近，《纽约时报》记者斯科特·安德森写道："大多数现代战场都没有可辨别的界限或行为规则；这与任何传统的战争电影都没有相似之处，它们更像是《疯狂的麦克斯》。"同一期的另一篇评论里还提到了《奇爱博士》。[27]

到目前为止，任何一种将大量新词引入英语的小说都是如此。但是科幻小说更专注于"（应用）科学对社会或个体的可能影响"，或者像富兰克林所说的"技术奇迹"，这在很大程度上成为了美军的共识。

长期以来，和其他部门相比，美军越来越依赖于研发和保持至少与现在和未来潜在的敌人对等的、最好是领先的技术。富兰克林的这个传统可以追溯到独立战争时期发明的"美洲龟"潜艇,它随着美国对外战争中越来越长的补给线而变得越来越重要。[28] 应美军要求而研发的技术,经常实现甚至超越早期科幻小说的创造物。在很多情况下,军方借用了科幻小说作家给这些装备起的名字,因此,某些神秘的或具有品牌辨识度的比喻已经是"'文化壁纸'的一部分"。

正如杰克逊和纳克森所说:"观众能接受什么样的描述,限制了公共政策官员所追寻的内容。"[29] 科幻小说通常使读者更易于接受那种描绘美军已经拥有的或者声称拥有或是正在寻求的某类技术的故事。例如,格拉汉姆引用那些相信"星球大战"导弹防御计划存在的美国人的话,因为"我们在电影中见过它"[30]。(这实际上在多大程度上是科幻小说作者意图的一部分,我将在后面几章进行讨论。)由于各种各样的原因,美军从总司令到试图完成指标的招兵官员,都必须比其他国家的同行更努力地向支持它的纳税人推销自己……那些寻求获得认可的叙事方式常常利用科幻小说中早已存在的比喻,使价格不菲的武器项目看上去更熟悉,因此也更容易被接受,或是将他们的敌人描述成漫画中的坏蛋,装备着偷来的大规模杀伤性武器,而这些武器是"好人"不愿使用的。无论这些比喻是否能被证明启发了这些策略,它们在流行文化中的作用无疑都能促进其发展。

同样地,花费美军大笔预算的<u>工业企业</u>也利用公关活动将他们的产品卖给政府和军方,推销给必须决定钱是否被妥善使用的美国选民,在某些情况下,还在军用汽车和武器市场上向其他友好国家的政府出售他们的产品。为了推销他们的某些产品,他们只能求助于科幻小说的术语来形容诸如泰瑟枪（Taser，它是"托马斯·A.斯威夫特的电动枪"的首字母缩写，以科幻小说《汤姆·斯威夫特和他的电动枪》）似的物品，还有"猛禽"战斗机、相位枪（PHASR，人员阻止和刺激反应）、绝地武士（JEDI，联合远征数字信息系统）和HULC（人类负重机械外骨骼）。

范·克莱福德在《技术和战争》一书中，对在武器或护具上使用名字和徽章给出了双重解释：命名一种武器、一套护具或其他装备最初是为了"赋予设备由它的名字所暗示出来的理想品质"，即便是在这个"不再有人相信圣人和魔法"的时代，这一做法也"明显有利于提升部队的士气"。[31] 范·克莱福德还举了个例子：罗马士兵将其敌人的名字刻在他们的箭上和抛石机弹丸上[32]；类似的文字也由美国现役军人和其他人写在现代导弹和炸弹上[33]，最著名的例子是电影《奇爱博士》中的弹头。

其他军事装备（尤其是军用车辆）也许由制造商、最高指挥官或是其他实际使用者来命名，其中一些名字最初是由科幻作家编撰的（例如吉普或"X翼"），而另一些则是在科幻小说中偶然地或后来被用作标题或化名，来表达相同的力量、任务或威胁（例如美国企业号航母、雷神托尔、大力神赫拉克勒斯、义务警员、角斗士、星火）。

范·克莱福德还认为，有着可怕名声的武器"在战场上具有一定的心理作用……用巴顿将军的话来说，战争是通过恐吓敌人来取胜的。敌人能被吓跑就不需要杀死"[34]。即使吓不走敌人，那些看上去比实际更具威慑性的武器，也有可能阻止敌人进攻——这是一种军事战略家和科幻小说迷都熟悉的技巧。例如，乔·霍尔德曼在《1968》中描述了越战时期美军试图将M16步枪昵称为"黑死病"。[35]同样,在《星球大战》中,总督塔金曾向官员们保证:"恐惧将会使本地系统保持有序,就是对这座作战太空站的恐惧。"[36]同样,这取决于"观众会接受的叙事类型",正如奇爱博士所说,"世界末日机器是可怕的。这很好理解。它是完全可信的、令人信服的"[37]。理想情况下,有着足够可怕名声的武器可能永远也不会被使用,也不必像广告里说的那样发挥作用,如果它扮演了一个(在巴塞人的信仰中)也许根本不需要存在的神话角色的话:看看"星球大战"计划在美苏谈判中的心理/政治影响,或是看看萨达姆·侯赛因早就销毁的大规模杀伤性武器的心理/政治影响。对于美军来说,拥有一种可以创造和延续这些神话的流行类型(体裁)是很有用的。

除了可以打击敌人的士气,这些根源于科幻作品的"技术奇迹和超级英雄"[38]也可以用来提升美军的士气。正如我要描述的,美军通过从科幻小说中借用对权力幻想和军事生活迷人的描写,推动其招兵工作。身穿独特的、具有防护作用服装的方下巴男人,手持一把还未研制出的武器,这一形象已经用作美军招兵和科幻电影海报,以及超级英雄漫画、科幻小说杂志和游戏的封面。

此外,尽管将军们有时候被指责"为上一场战争做准备",但许多科幻小说的故事情节试图用新式武器来预测未来战争——有时候对抗残酷的假想敌人,例如外星人或机器人(当然,他们可能是地球上敌人的隐性代表),有时候是对抗被视为真正有潜在威胁的国家,就像在二战前或冷战时期的许多投机性的假想小说那样。这些假想同样也可能被军方用来规划战术或策略,或者用来招兵。

我并不是暗示所有美国科幻小说的意识形态都应该与美军的一般意识形态相一致；很多科幻小说公开或含蓄地反对穷兵黩武，或是使用"技术奇迹"作为警示，而不是将其作为表现权力幻想的故事元素——更像是潘多拉而非英雄赫拉克勒斯，或者是浮士德博士而非火箭筒"铁拳"（panzerfaust）。但是，长期以来，一直有一种科幻冒险小说的次文体——可以说是商业上最成功的，大多数美国人说起"科幻小说"时都是指它（引用达蒙·奈特的话）——它宣扬了一种观点，即个体可能是最有效的行善力量，因为他们能熟练使用比对手更为先进的武器，并通过更先进的技术获得更高的机动性。

这种次文体是弗雷德里克·詹姆逊归纳的"科幻小说的不同阶段"中最古老的，他将其定义为："（1）冒险小说，或'太空歌剧'，它大部分是儒勒·凡尔纳的作品；（2）科学小说（或者至少是对科学的模仿），可以追溯到最早的科幻小说纸浆文学时代；（3）社会小说，或更好的是，社会性讽刺或文化批判作品；（4）主观性小说；（5）美学小说；（6）赛博朋克小说（Cyberpunk）。"[39] 詹姆逊为这些阶段划定了日期，但也指出它们有重叠部分，"这些日期仅是象征性的"。这六个阶段，最古老的两个（詹姆逊分别归为1917年和1926年）是最有趣的，它们被证明是相当持久的——不仅是在科幻文学里，而且在其他构成"文化壁纸"的媒体中，比如漫画、电影、电视以及最近的电子游戏中。它们也是美军寻找的"观众将会接受的故事"[40]中使用最多的科幻小说阶段。我认为这主要归功于它们的"长寿"，用迪什的话来说，它们是"最适合美军及其支持者说谎的艺术形式，这些谎言都是人们爱听的和假装他们相信的"[41]。

还必须记住的是，美国科幻小说出版/制作商，作为一个商业性组织，也努力创作令人信服的故事；出版商更愿意出版那些他们认为故事会被相当一部分读者接受的作品，无论这些读者是和平主义者还是支持军队的。这方面的时效性——用伊格尔顿的话说，是"产品的文学手段"和"产品的常规手段"之间的差距（分歧）——可能会影响作品的出版（例如艾萨克·阿西莫夫的反战小说《武器》在1938年卖不掉；1969年凯特·威廉受美莱村大屠杀所启发而写的故事《村庄》一直到1973年才发表），或者它作为"文化壁纸"的一部分还能存在多长时间（看看二战后漫画书中爱国的超级战士的暂时消失），或者它是如何被解读的（对比海因莱茵1959年创作的小说《星河战队》和保罗·范霍文1999年改编的同名电影）。

因此，自20世纪30年代以来，各个时期的美军形象都对美国的科幻小说产生了影响、提供了启发，双方在各自的目的上都借用了对方的比喻。正如从科幻小说中借用名字会使一件军事装备令人印象深刻一样，将一个虚拟人物设置为美军现役军人或退役军人，将立即让他成为故事中的英雄——至少在某些时候，对某些读者来说是这样。科幻小说作家长期将对美国战争、武器和军事生活的想象作为故事素材——最早开始于1843年埃德加·爱伦·坡的讽刺故事《被用完的人》，其中有一个与印第安人作战的美国陆军将军在战斗中失去许多身体器官，他除了奇特的外形和华丽的（功能齐全的）假肢外，没剩下什么东西，但他还喋喋不休地、兴奋地说着自己的假肢。[42] 许多科幻小说作家、电影制作者和漫画家也发现当代美军形象和美军装备挺有用的，可以减少解释或背景铺垫的需求：熟悉的装备和新发明比较起来，需要较少的描述。而且当美军被认为是亲切友好的，赋予人物一个军事履历会使他和读者站在"同一边"。相反地，当军队形象被一些事件玷污时，例如美莱村大屠杀，或阿布·格莱布监狱虐囚事件，这可以被用作一种速记的形式：通过把一个人物和血腥的不光彩的军事行动联系起来，可以败坏他的名声，这可以追溯到乔叟在《坎特伯雷故事集》序言中对骑士的讽刺描写。[43]最近，科幻电影制作者也利用美军资料片来作为他们的电影素材，或者用剩余作战物资来做道具和服装。制作者将美军描绘成友好的，以便获取军事装备和人员支持。

◆◆◆

在《星球大战：超级武器和美国想象》一书中，富兰克林介绍了那些影响了美军的科幻小说概念，从核军备竞赛引发的"星球大战"导弹防御计划到《纽约的末日》（1881年），这个由前海军军官创作的故事"开启了美国未来战争小说这一有影响力的次文类：这类故事意图吓唬公众支持大规模的军事准备活动"[44]。

科幻小说的起源一般归于玛丽·雪莱[45]和爱伦·坡[46]，它可以追溯到萨莫萨塔的吕西安，或是荷马。我认为它成为一种独特的类型，以及在美国流行文化中占据重要位置，要回溯到20世纪20年代，即詹姆逊所说的科幻小说的"第二阶段"，当"科幻小说"和"巴克·罗杰斯"等术语都进入语言系统（通过1927年的美国出版物《奇异故事》和1929年的报纸漫画连载），当20世纪30年代战争威胁不断升级时，科幻小说中的超级英雄们（外星人或超级科学家们）逐渐取代了持枪牛仔，成为美国力量的象征符号。

虽然许多美国科幻作家对20世纪40年代的战争做出过贡

献，他们对军事角色的想法很大程度上受到这种经历的影响，但美国科幻小说和美军之间的关系并不总是共生的，有的完全是民间的。如果说把詹姆逊关于科幻小说头两个阶段的权力幻想[47]和二战美国军队英勇地将世界从绝对邪恶中拯救出来的形象结合在一起，导致了将美军送去越南的狂妄心理（正如富兰克林所说的），那么后来这场战争带来的幻灭将美国科幻小说作家分成不同的阵营，他们被达科·苏文形容为战争贩子和战争批评者。[48]西蒙·沙马认为，这是汉密尔顿派和杰斐逊派之间的分歧。汉密尔顿派认为战争是必需的，不仅是为了"捍卫自由"和其他美国理想，而且是积极地传播它们[49]，并且他们在这个过程中和美军进行合作；杰斐逊派认为军事力量及其行为"和共和政府的原则不一致"[50]，压迫了某些军方声称要保护的人，甚至可能在一场核战争中导致他们灭绝。杰斐逊派通过他们的小说和其他论坛来积极反对美军行动。适时寻找一个比越战教训更容易让公众和美军接受的新故事，使《星球大战》这种好人对抗坏人的"太空歌剧"取得了商业上的巨大成功，同时也造成了目前还未实现的"星球大战"导弹防御计划的财政负担。

◆ ◆ ◆

基于本书的目的，我将讨论各种形式的科幻作品，包括小说和短篇故事、电影、电视及漫画，但是它们有一个共同点：它们描写的是处于概念中而非现实状态的科学和技术（例如1945年之前的核武器、1961年之前的载人航天飞行器，以及与外星人或人工智能的沟通等）。我对"美国科幻小说"的定义将包括任何生活在美国或出生在美国的作家所写的科幻小说，以及主要为了美国市场而用英语写作的，或由美国出版商首先出版的科幻小说。这包含了在美国出生的作家，例如哈利·哈里森首次在英国杂志上发表的作品，以及在英国出生的作家，例如布莱恩·W.阿尔迪斯、亚瑟·C.克拉克和艾伦·摩尔等给美国出版商的作品，还有出生在国外但在美国工作的电影人，例如李安和彼得·沃特金斯的作品。但是我要指出的是，当作者不是美国公民或在这些情况下不是美国居民时，这种区别是显著的。

注释

1. Aldiss, Brian, and David Wingrove. *Trillion Year Spree: The History of Science Fiction* (London: Victor Gollancz, 1986), pp. 13–14.
2. Campbell, John W. *The Astounding Science Fiction Anthology* (New York: Simon &Schuster, 1952), p. xv.
3. Disch, Thomas M. *The Dreams Our Stuff Is Made Of* (New York: Free Press, 1998),p. 15.
4. Clute, John, and Peter Nicholls. *The Encyclopedia of Science Fiction*. 2nd Edition (London: Orbit, 1993, 1999), p. 314.
5. Eschbach, Lloyd Arthur. *Of Worlds Beyond: The Science of Science Fiction Writing* (Chicago: Advent, 1971), p. 17.
6. Bradbury, Ray. "G.B.S.: Refurbishing the Tin Woodman: Science Fiction with a Heart, a Brain and the Nerve!" *Shaw* 17 (1997): pp. 11–17. 1 October 2011. http:// www. jstor. org/pss/ 40681460 p. 12.
7. *Ibid.*, pp. 12–13.
8. Clute, John, and Peter Nicholls. *The Encyclopedia of Science Fiction*. 2nd Edition (London: Orbit, 1993, 1999), p. 314.
9. Gannon, Charles E. *Rumors of War and Infernal Machines: Technomilitary Agenda-Setting in American and British Speculative Fiction* (Liverpool: Liverpool University Press, 2003), p. 119.
10. Franklin, H. Bruce. *Vietnam and Other American Fantasies* (Amherst, Mass: University of Massachusetts Press, 2000), p. 151.
11. Franklin, H. Bruce. *War Stars: The Superweapon and the American Imagination* (Oxford: Oxford University Press, 1988), p. 20.
12. *Ibid.*, p. 22.
13. Eagleton, Terry. *Criticism & Ideology* (London: Verso, 1986), p. 55.
14. Aldiss, Brian, and David Wingrove. *Trillion Year Spree: The History of Science Fiction* (London: Victor Gollancz, 1986), p. 14.
15. Wiseman, John. *SAS Survival Handbook* (London: HarperCollins, 2003), p. 24.
16. *New York Times*, online edition, 17 June 2004 to 27 June 2004.
17. *New York Times*, online edition, 2 March 2002.
18. *New York Times*, online edition, 4 October 2002.
19. *New York Times*, online edition, 25 June 2003.
20. Barr, Marleen S., ed. *Envisioning the Future: Science Fiction and the Next Millennium* (Middletown CT: Wesleyan University Press, 2003), p. xv.
21. *New York Times*, online edition: 30 July 2003, 16 January 2004, 5 February 2004, 6 February 2004, 23 May 2004, 10 February 2006, 10 May 2006, 27 January 2007; News .com, 10 November 2003; Spacedaily.com, 14 February 2003, 22 February 2003; *Washington Post*, online edition, 23 December 2003.

22. *New York Times*, online edition, 6 August 2002; 15 August 2006.
23. *New York Times*, online edition, 25 June 2003,35.
24. *New York Times*, online edition, 21 November 2004, 36.
25. Sandalow, Marc. "Cheney says dissent on war helps the enemy." SFGate Politics Blog, October 24, 2006. http:// sfgate. com/cgi- bin/blogs/sfgate/detail?blogid= 14&entry_ id= 10170.
26. politicalhumor.about.com, January 10, 2007.
27. Anderson, Scott. "'It's What I Do,' by Lynsey Addario." Boot, Max. "'Right of Boom,'by Benjamin E. Schwartz." Sunday Book Review, *New York Times*, February 4, 2015. http:// www.nytimes. com/2015/02/08/books/review/its-what-i-do-by-lynsey-addario. html?emc= edit_bk_ 20150206&nl= books&nlid=25553262&_ r = 0.
28. Franklin, H. Bruce. *War Stars: The Superweapon and the American Imagination* (Oxford: Oxford University Press, 1988), pp.9–10.
29. Jackson, Patrick Thaddeus, and Daniel H. Nexon. "Representation is Futile?: American Anti-Collectivism and the Borg." *To Seek Out New Worlds: Exploring Links Between Science Fiction and World Politics*. Ed. Jutta Weldes (New York: Palgrave Macmillan, 2003), p. 144.
30. Graham, Bradley. "Missile Defense Failing to Launch as Voting Issue." *Washington Post*, July 28, 1996, A06.
31. Van Creveld, Martin. *Technology and War: From 2000 B.C. to the Present*. 1989 (New York: Free Press, 1991), p. 74.
32. http:// www.thetimes.co.uk/tto/news/world/article1970726. ece.
33. Van Creveld, Martin. *Technology and War: From 2000 B.C. to the Present*.1989 (New York: Free Press, 1991), pp. 74–75.
34. *Ibid*.
35. Haldeman, Joe. *1968* (London: Hodder and Stoughton, 1995), p. 25.
36. *Star Wars: Episode IV, A New Hope*. Written by George Lucas. Dir. George Lucas. Cast: Mark Hamill, Carrie Fisher, Harrison Ford, Peter Cushing, Alec Guinness. Twentieth Century Fox, 1977.
37. *Dr. Strangelove,or How I Learned to Stop Worrying and Love the Bomb*. Screenplay by Peter George, Stanley Kubrick and Terry Southern, from the novel *Two Hours to Doom* by Peter George. Dir. Stanley Kubrick. Cast: Peter Sellers, George C. Scott, Sterling Hayden, Keenan Wynn, Slim Pickens. Columbia Pictures, 1964.
38. Franklin, H. Bruce. *Vietnam and Other American Fantasies* (Amherst, Mass: University of Massachusetts Press, 2000), p. 151.
39. Jameson, Frederic . *Archaeologies of the Future: The Desire Called Utopia and Other Science Fictions* (London: Versu, 2005), p. 93.
40. Jackson, Patrick Thaddeus, and Daniel H. Nexon. "Representation is Futile?: American Anti-Collectivism and the Borg." *To Seek Out New Worlds: Exploring Links Between Science Fiction and World Politics*. Ed. Jutta Weldes (New York: Palgrave Macmillan, 2003), p. 144.
41. Disch, Thomas M. *The Dreams Our Stuff Is Made Of* (New York: Free Press, 1998), p. 51.
42. Poe, Edgar Allan. "The Man That Was Used Up: A Tale of the Late Bugaboo and Kickapoo

Campaigns." *The Unabridged Edgar Allan Poe* (Philadelphia: Running Press, 1983), p. 529.
43. Jones, Terry. *Chaucer's Knight: Portrait of a Medieval Mercenary* (London: Methuen, 1994).
44. Franklin, H. Bruce. *War Stars: The Superweapon and the American Imagination* (Oxford: Oxford University Press, 1988), p. 22.
45. Aldiss, Brian, and David Wingrove. *Trillion Year Spree: The History of Science Fiction* (London: Victor Gollancz, 1986), p. 18.
46. Disch, Thomas M. *The Dreams Our Stuff Is Made Of* (New York: Free Press, 1998), p. 32.
47. Jameson, Frederic. *Archaeologies of the Future: The Desire Called Utopia and Other Science Fictions* (London: Versu, 2005), p. 93.
48. Suvin, Darko. "Of Starship Troopers and Refuseniks: War and Militarism in U.S. Science Fiction, Part 2." *Extrapolation* 48, No. 1, p. 9.
49. Schama, Simon. *The American Future: A History from the Founding Fathers to Barack Obama* (London: Vintage Books, 2009), p. 47.
50. *Ibid.*, p. 48.

第一章

"再见，太空牛仔"

太空就像得克萨斯州，只不过更大些。

——托马斯·迪什[1]

自艾森豪威尔以来，没有一位美国总统不落得这样的下场：时不时被世界各地的漫画家描绘成骑在形似生殖器的导弹上的牛仔。

——大卫·阿隆诺维奇[2]

男孩们的狂野西部被设置了一个星际背景，用年轻英俊的太空飞行员取代了牛仔和治安官，用火星人和月球人取代了印第安人和犯罪分子。

——H.P. 洛夫克拉夫特[3]

美国"电子格斗战士"科幻小说的崛起，很大程度上是与作为美国神话主要来源的"狂野西部"的衰落相伴随的。自从1868年爱德华·埃利斯的小说《草原上的蒸汽人》[4]出版后，"科学浪漫小说"① 或"爱迪生式故事"② 与牛仔和印第安人的故事一样，都是廉价小说。1881 年《纽约的末日》出版，同年发生了墓碑镇马棚枪战事件③ 和比利小子被打死④。

如果有一种艺术形式"比科幻小说更适合说谎，讲述美国人爱听的，假装我们相信"，那一定是西部小说。理查德·史罗金认为"边疆神话"是美国"最古老的、最有特色的神话……用来解释美国经济的快速增长，美国正在成为一个强大的民族国家，以美国特有的方法完成社会和文化上颠覆性的现代化进程"[5]。

盖里·威尔斯也提到了牛仔原型——演员约翰·韦恩："他体现了美国神话。美国人是一个难民，来自一个被拒绝的过去，闯入辉煌的未来，四处奔波，无所畏惧，被其他人敬畏，是清洗世界上'需要杀死的东西'的杀手。"[6] 威尔斯认为："西部电影或小说同科幻小说或恐怖电影一样，将一套固定的道德体系推到陌生空间，在那里它的假设不再适用。"[7] 这种指责也经常针对美军。

这种典型的美国风格显而易见可以为美军所利用，特别是当牛仔不仅被视为可敬的英雄，让更多的土地成为妇女和儿童的安全之地而将边境往远处推，而且牛仔还总是全副武装，以出

---

① 科学浪漫小说是一个古老的名词，指的是现在通常被称为科幻小说的小说类型。这个词起源于 19 世纪 50 年代，用来描述小说和科学写作的元素，后来指的是 19 世纪末和 20 世纪初的科幻小说，主要是儒勒·凡尔纳和亚瑟·柯南·道尔的作品。——译注
② Edisonade 是一个现代名词，由 1993 年约翰·克卢特和彼得·尼克尔斯合著的《科幻百科》创造，讲述一位才华横溢的年轻发明家及其发明的虚构故事。——译注
③ 这场枪战是 1881 年 1 月 26 日下午 3 点左右在亚利桑那州的墓碑镇发生的，当时执法人员和一群名为"牛仔"的亡命徒发生了枪战。它被普遍认为是美国西部荒野历史上最著名的枪战。——译注
④ 比利小子在美国是一位家喻户晓的传奇人物，又名亨利·麦卡蒂（Henry McCarty）、威廉·H. 邦尼（William H. Bonney）等。有人认为他是一位神枪手、除暴安良的西部牛仔英雄；也有人认为他是一个不法之徒，谋杀多人。1881 年，他被警察派特·加勒特（Pat Garrett）击杀。——编注

手拔枪快而闻名。(在早期的好莱坞,马、枪支和前牛仔随处可见——20世纪20年代约翰·韦恩和导演约翰·福特遇到了真正的怀亚特·厄普①,当时他正试图把自己的故事卖给好莱坞——比巨型蒸汽人便宜很多。)牛仔还有其他的优势,他是公认的独特的美国人物,自从1903年电影《火车大劫案》上映之后,数以亿计的人通过4 000多部美国电影熟悉了牛仔:史罗金指出这个类型一度特别流行,以至于1908年分销商在标题"戏剧""漫画""西部"下列出他们的产品清单。[8]

史罗金、威尔斯、乔安娜·伯克和其他人提供了许多美国士兵的例子,他们在二战和越战的行为揭示出西部片对他们脑海中美国战士的形象的影响(反之亦然。史罗金令人信服地说,20世纪60年代制作的西部片,例如《七侠荡寇志》和《日落黄沙》用墨西哥来隐喻越南,伯克称反战电影《小巨人》"明确地将美国西部印第安人的种族灭绝与越南战争联系起来"[9])。利弗莫尔是劳伦斯利弗莫尔实验室的所在地,它是设计美国的核武器的地方,将骑马牛仔的城市印章和原子的老式表现方式紧密地联系在了一起。美国陆军第7骑兵团(现在是一个装甲团)仍然保持了与印第安人战争时期(包括小巨角河战役的惨败)印第安人首领的特征——用羽毛装饰的战斗帽以及盾徽。2003年在伊拉克战争的电视新闻中播放的一辆悍马车,用"牛仔人名"作装饰。[10]美国战略司令部的指挥官詹姆斯·卡特赖特将军,其绰号"霍斯·卡特赖特"取自西部题材电视剧《大淘金》中的角色。

将"和平缔造者"——带枪的牛仔变成象征符号,主要是由

---

① 怀亚特·厄普(1848—1929),美国亚利桑那州科奇斯县的执法官,墓碑镇的副警长,参加了著名的马棚枪战,被错误地视为这场枪战的核心人物。——编注

演员马里恩·莫里森实现的,他更广为人知的身份是典型的西部英雄人物约翰·韦恩。简·米尔斯指出:

> 几十年来约翰·韦恩一直萦绕在美国人的梦想中……他通过精心塑造的银幕形象成为美国男子气概的象征,成为一个明星。他通过深思熟虑的策略塑造了自己的形象——他的"约翰·韦恩式",例如隐瞒他拒绝参加二战的事实,以及拒绝扮演不符合他想要塑造的形象。尽管剧本和情节有要求,但是韦恩拒绝在霍华德·霍克斯导演的电影中扮演懦夫,或是在导演唐·西格尔的电影中从背后开枪杀死某人。
>
> 之后的"约翰·韦恩",不论是被欣赏还是被厌恶,对于如何定义美国男性有着深远的影响。道格拉斯·麦克阿瑟将军认为他是美国的模范士兵。非军事人员韦恩被授予外国战争退伍军人金质奖章,获得海军陆战队授予的"铁迈克"称号。[11]

伯克也说:"在越南的'印第安国家','公爵'或约翰·韦恩是被模仿最多的英雄。事实上,1947年6月,海军陆战队协会称他是'美国人'一词的最佳例证。"[12]

伯克接着举了几个美国士兵有意识地模仿韦恩的例子,其中包括一名女兵。二战时期还有一种无处不在的美国军事装备——P-38C型罐头开罐器以韦恩的名字命名。最近,分配给海军陆战队的卫生纸被昵称为"约翰·韦恩",因为"它够粗糙、够牢固,不会把屎弄掉"[13]。

史罗金的观点，即以美国特有的方法完成社会和文化上颠覆性的现代化进程[14]，以及威尔斯曾提到的"被拒绝的过去，闯入辉煌的未来"[15]，都说明在这个特别的神话里技术变革的重要性。"牛仔-冒险者"[16]不是科幻小说的产物，甚至不是完全虚构的，也不是唯一的暴力的带有历史性质的、能被一个国家采纳为国家认同的象征的文化英雄。其他的例子包括英格兰的亚瑟王和罗马尼亚的瓦尔德·德拉库拉（吸血鬼），二者都以各自国家军事装备的名义而永垂不朽。正如20世纪50年代美国以传奇人物戴维·克罗克特命名战术核武器，当时同名电视剧获得了巨大成功。[17]这个"牛仔-冒险者"可能是第一个将自己的存在归功于大规模生产的军事技术产品（左轮手枪和连发步枪）的民族英雄。史罗金指出："一批西部片迷恋特定种类的武器，如《柯尔特45》（1950年）、《斯普林菲尔德步枪》（1952年）、《温彻斯特73》（1953年）、《"征服西部"之枪》（1955年）。枪手的形象同样夸大了一项技能，而这项技能只是所有牛仔英雄的标准属性之一。"[18]富兰克林将阮玉鸾①将军用来处决犯人的"手枪的文化意义"描述为"美国西部的象征"。[19]在许多电影以及其他叙事手法中，牛仔枪手以铁路的形式成为更先进的技术的先驱（尽管这并不总是被看好。史罗金列举了几部西部片中铁路大亨是反派，而《正午》中的火车带来的不是进步，而是凶残的歹徒）。

在电影《奇爱博士》（片中斯利姆·皮肯斯挥舞着牛仔帽，

---

① 1968年2月1日的西贡街头战斗中，南越政权警察阮玉鸾率部守卫一所医院，他的部下带来一名越共上尉阮文林，经过简短审问后，阮玉鸾当场枪决了阮文林。身边的美联社记者亚当斯迅速抓拍了这一场景，美国各报均把此照片登在头版醒目位置。因为这张照片，阮玉鸾闻名全世界，令其声名狼藉。——编注

骑在美国核弹上，触发了苏联的世界末日装置）之后，在冷战的背景下，牛仔不再是美国士兵的合适象征。牛仔魅力的减弱也可能要归因于西部片票房的下滑，从20世纪60年代末到1979年去世为止，约翰·韦恩陷入了"有意识的时代错误"和自我讽刺中。[20] 麦基认为梅尔·布鲁克斯的《灼热的马鞍》（1974年）在商业上的成功，是因为它"暴露了西部片'法西斯'的内质"，结果导致"这一类型片进入了20年的'冬眠期'，直到它改变惯例后才东山再起"[21]。（在西部片东山再起之前，1977年乔治·卢卡斯在接受《滚石》杂志采访时说，他"认为西部片已死"，因为记得洛杉矶"狂野西部"时光的导演和演员都已经死了。[22]）这也可能表明，美国政府和军方的一些人认识到这个特殊的象征（牛仔）在海外（甚至是美国盟友）并没有像在美国本土那样受到重视。（总统罗纳德·里根和乔治·布什利用了他们的"牛仔"形象。）2002年《伦敦时报》一篇文章中的话被广泛引用："许多欧洲人认为布什就是一个持枪行凶、说话不清楚的牛仔，他的好斗不只在战场上。"[23] 或者如萨达尔和戴维斯评论《原野奇侠》（1953年）时所说："美国人将荒野侠客的保护当作简单美德的象征，而在世界其他国家眼里，美国的核心是暴力，而且充满了不确定性。"[24]

◆ ◆ ◆

美国科幻小说与西部片的关系经常有讨论。史罗金研究了牛仔–冒险者对埃德加·赖斯·巴勒斯有重大影响的巴松系列剧[25]：巴勒斯以前是一名牧场工人，曾在第7骑兵团和"老印第安战士"短暂共事过，那是库斯特因为心脏杂音退役前所在的骑兵团，驻扎在亚利桑那州。[26] 后来库斯特写了四部西部片剧本以及科幻和幻想小说，巴松系列的英雄约翰·卡特船长是一个前联邦官员，自称有波卡洪塔斯的血统。当卡特在亚利桑那州被阿帕奇人围困时，他被神秘地传送到火星。他与文明的红色火星人结盟，一起对抗绿色火星人。这些绿色火星人符合《征服西部》[①]著作中阐述的，以及克里莫尼的《在阿帕奇的生活》中描述的印第安人的刻板形象。[27] 同卡尔·阿伯特和巴纳德·特纳一样，史罗金比较了西部片和科幻作品中开拓新疆域想法的重要性，特别是早期的《星际迷航》电视剧（电视剧《星际迷航》的片头是短语"太空，最后的边疆"）和电影。[28]

约翰·克卢特也在《科幻小说：插图版百科全书》中指出："在美国，早在1925年前后，太空就成为了新边疆，英雄们、持枪行凶的发明家、勇士和牛仔纷纷乘着崭新闪亮的太空飞船驶向未知领域。"[29] 在连环漫画出版商的建议下，巴克·罗杰斯改名为"当代西部电影英雄巴克·琼斯"[30]，第一年的《巴克·罗杰斯》漫画让巴克对战来自25世纪的纳瓦霍人和歹徒，他们戴着牛仔帽，穿着皮套裤，说着牛仔术语——"朋友""新来的""马"，等等。[31] 1935年系列电影《幽灵帝国》中唱歌的牛仔吉恩·奥特里在他的大牧场下面发现了失落的莫瑞尼亚文明（包括机器人、死亡射线和镭炸弹）。[32] 海因莱茵说一个被《登陆月球》（1951年）退回的剧本里，描写了在月球上的"度假牧场、牛仔、吉他手和乡村歌曲"[33]。道格拉斯·希尔认为海因莱茵的"右翼保守主义立场既要归功于约翰·韦恩，也要归功于艾因·兰德"[34]。哈利·哈里森展示了廉价杂志封面艺术家是"如何轻易地将马变成

[①]《征服西部》(*The Winning of the West*) 为美国总统西奥多·罗斯福于1889—1896年所写的关于美国西部开发史的四卷本巨著。——编注

怪物，而你用科幻作品取代了西部片"[35]。《银河科幻小说》编辑贺拉斯·戈尔德在 1950 年第一期的封底广告中（经常重印）强烈反对这种文体，他说以两个故事的开场段落为特色，"在《银河科幻小说》……你永远看不到"：

> 发动机轰鸣，巴特·德斯顿尖叫着穿过 bbllzznaj 的大气层，这是一个距离索尔 70 亿光年的小星球。他停止超速驾驶，准备降落……这时，一个高个、瘦弱的太空人从尾翼走出来，他那被太空晒黑的手里拿着质子冲击波枪。
>
> "巴特·德斯顿，离开那些控制装置，回来。"高个子陌生人轻轻说道，"你不知道它，但这是你最后一次太空旅行。"
>
> 马蹄声不停地响着，巴特·德斯顿飞驰着穿过鹰峡谷狭窄的通道，奔向墓碑镇以北 400 英里处一个小小的金色殖民地。他奋力策马奔向低矮的悬崖边缘，这时，一个高个、瘦瘦的牛仔从巨石后面跳出来，他那被阳光晒黑的手里拿着把左轮手枪。
>
> "巴特·德斯顿，向后转，然后下马。"高个子陌生人轻轻地说，"你不知道它，但这是你最后一次骑马穿越这里。"[36]

尽管如此，1952 年系列漫画《西部牛仔》变成了《西部太空》，当转着绳索、佩带着六响左轮手枪的杰克森和太空警员"不在亚利桑那州 Z 酒吧牧场套牛时，他们一起对抗的是月球上的火星人和纳粹"[37]。在《孤星星球》(1957年，又名《得州人的星球》)中，H.比姆·派珀和约翰·麦奎尔派遣佩枪大使去夸张版的得克萨斯州，在那里公开谋杀政治家是一种合法的言论自由形式（这是一个非常好的例子，说明了科幻小说的预测能力）。[38] 巴特·德斯顿将在G.理查德·博扎斯的《巴特·德斯顿，马歇尔太空飞行中心》(1978年)中回归[39]，然后成为皮尔斯·安东尼的时间旅行幻想小说《带着沙漏》(1984年)中的角色。[40]

多亏了美国和苏联的太空项目，"高边疆"(high frontier)或"最后的边疆"(final frontier)成为20世纪60年代流行文化的一部分，科幻电影和电视剧制片人经常强调他们的节目和西部片之间的相似之处（这些电影公司的高管对它们更加熟悉，也许也更自在）。《星际迷航》被广播电视网宣传为"除了他们'骑'的是太空飞船而不是老马，这又是一部西部片"，以及"开往星球的马车队"[41]，在《幽灵枪》这一集中再现了墓碑镇马棚枪战，在《天堂综合征》这一集中移植过来了美国印第安人部落。据理查兹说，罗登贝里为了插入许多动作场景，不得不重写许多集，在这里柯克被塑造成20世纪60年代牛仔秀的明星。[42]《预警卫星》(1969年)过分强调了与典型的西部片情节的联系，头发灰白的探矿者有个姐姐叫克莱门泰，"月亮法戈"(Moon Fargo)，在充斥着头戴大号牛仔帽和印第安人头饰的舞蹈者的酒吧里发生争吵。[43] 1975年乔治·卢卡斯认为《星球大战》是"闪电戈登类的电影，混合了电影《七侠荡寇志》"[44]，还致敬了电影《搜索者》[45]，复制了约翰·韦恩的电影《红河》的枪战。《滚石》杂志评论这部电影"是由托尔金直接改编自巴克·罗杰斯和闪电戈登……以及每一部伟大的西部电影"，韩·索罗饰演"约翰·韦恩"。[46]《迷失太空》在《火星的西部》这一集中模仿了太空西部片,就像电影《银河女战士》(1980年)一样。[47]由《大淘金》中的明星罗恩·格林主演的《太空堡垒卡拉狄加》(1979年)原创系列,许多粉丝都知道它叫"庞德罗萨太空堡垒"(在《大淘金》大牧场之后),在《迷失的战士》和《勇敢的战士》剧集中,反复用了西部片的服装、外景场地和情节(分别以《原野奇侠》和《七侠荡寇志》为原型)。[48]《世纪争霸战》(1980年)也向《七侠荡寇志》致敬,罗伯特·沃恩再现了他在原作中的角色,乔治·佩帕德扮演的"太空牛仔"穿着牧场工人的服装,提供给主人公"卡斯特的最后据点",喃喃自语着"不要忘记阿拉莫"投入战斗。[49]

《九霄云外》(1981年)是《正午》的翻版,故事背景设置在"木卫一",它在片场就被称为"正午"。[50]《宇宙之外》(1995年)的《星尘号》那一集,描绘了第7骑兵团(库斯特和埃德加·赖斯·巴勒斯所在的部队),以及纳瓦霍军事情报官用纳瓦霍语作为信息传送的密码,他故意让这个信息被奇格外星人拦截并解码(还没来得及解释为什么外星人在纳瓦霍是液态的,这个系列剧就被取消了)。[51]1997年《星际之门SG-1》中的一集《幽灵》,表现了被移植的美国印第安人部落。[52]《萤火虫》(2002—2003年)和它的续集电影《冲出宁静号》(2005年)无愧为太空西部片,在边境星球上充满了马和大篷车,太空飞船用来走私牛,电影配乐用的都是乡村和西部音乐,频繁使用左轮手枪和其他19世纪的标志性枪支,对话用牛仔行话,星际飞船上的乘员大部分来源于约翰·福特的《关山飞渡》中的人物原型,如牧师、医生、妓女等[53],以及名叫杰恩的神枪手(来自约翰·韦恩,又名马里恩·莫斯森)。[54]美国旧西部在《牛仔和外星人》(2011年)中被外星智能生物入侵了[55]，在《西部世界》（1973年）中重建为一个机器人主题公园，《七侠荡寇志》中的主演尤尔·伯连纳回归黑色，被简单称为"枪手"[56]，在诸如电影《时空骑手》（1982年）、《回到未来III》（1990年）、《时空特警》（1994年）中被时间旅行者再次拜访。[57]

将所有这些电影和电视剧联系起来的相似之处是，至少偶尔出现交火，其中一些直接复制于西部电影和持枪的英雄们——用威尔斯的话来说，大部分英雄"来自一个被拒绝的过去，闯入辉煌的未来，四处奔波，无所畏惧，被其他人敬畏，是清洗世界上'需要杀死的东西'的杀手"[58]。随着美军朝着这种"辉煌的未来"前进，飞机、坦克和其他装备逐渐变得更加重要，步兵变得越来越少。在这种情况下，使用其他比喻比"被拒绝的过去"的无所畏惧的杀手更加合适。英雄们比火车头或其他现有的机器更加有力量。英雄们有能力飞翔了。

注释

1. Disch, Thomas M. *The Dreams Our Stuff Is Made Of* (New York: Free Press, 1998), p. 78.
2. Aaronovitch, David. "Eventually, we will all hate Obama too." timesonline.co.uk, 22 July 2008. http://www.timesonline.co.uk/tol/comment/columnists/david_aaronovitch/article4374704.ece?source=cmailer.
3. Derleth, August, and Donald Wandrei, eds. *Selected Letters*, Volume 2 (Sauk City, WI: Arkham House, 1968), p. 37.
4. Clute, John, and Peter Nicholls. *The Encyclopedia of Science Fiction*. 2nd Edition (London: Orbit, 1993, 1999), p. 368.
5. Slotkin, Richard. *Gunfighter Nation: The Myth of the Frontier in Twentieth-Century America* (Norman: University of Oklahoma Press, 1992), p. 10.
6. Wills, Garry. *John Wayne's America: The Politics of Celebrity* (New York: Simon & Schuster, 1997), p. 302.
7. *Ibid.*, p. 313.
8. Slotkin, Richard. *Gunfighter Nation: The Myth of the Frontier in Twentieth-Century America* (Norman: University of Oklahoma Press, 1992), p. 231.
9. Bourke, Joanna. *An Intimate History of Killing: Face-to-Face Killing in Twentieth-Century Warfare*. (London: Granta Books, 1999), p. 13.
10. ABC News, 23 March 2003.
11. Mills, Jane. *The Money Shot: Cinema, Sin and Censorship* (Annandale, NSW: Pluto Press Australia, 2000), p. 39.
12. Bourke, Joanna. *An Intimate History of Killing: Face-to-Face Killing in Twentieth-Century Warfare*. (London: Granta Books, 1999), pp. 25–26.
13. Urbandictionary.com
14. Slotkin, Richard. *Gunfighter Nation: The Myth of the Frontier in Twentieth-Century America*. (New York: University of Oklahoma Press, 1992), p. 10.
15. Wills, Garry. *John Wayne's America: The Politics of Celebrity* (New York: Simon & Schuster, 1997), p. 302.
16. Slotkin, Richard. *Gunfighter Nation: The Myth of the Frontier in Twentieth-Century America* (Norman: University of Oklahoma Press, 1992), p. 272.
17. Brookings. "The Davy Crockett." http://www.brookings.edu/about/projects/archive/nucweapons/davyc.
18. Slotkin, Richard. *Gunfighter Nation: The Myth of the Frontier in Twentieth-Century America* (Norman: University of Oklahoma Press, 1992), p. 380.
19. Franklin, H. Bruce. *Vietnam and Other American Fantasies* (Amherst: University of Massachusetts Press, 2000), p. 14.
20. Wills, Garry. *John Wayne's America: The Politics of Celebrity* (New York: Simon & Schuster, 1997), p. 302.

21. McKee, Robert. *Story: Substance, Structure, Style and the Principles of Screenwriting* (London: Methuen, 1998, 1999), p. 93.
22. Lucas, George. "The Wizard of *Star Wars*." Interview by Paul Scanlon, *Rolling Stone*, 25 August 1977. http:// www. Rolling stone. com/movies/news/the-wizard-of-star-wars-20120504?page=6.
23. "Cowboys and Europeans." *Wall Street Journal*, 24 May 2002. http://online.wsj. com/news/articles/SB1022194791143464520.
24. Sardar, Ziauddin, and Merryl Wyn Davies. *Why Do People Hate America?* (Crows Nest, NSW: Allen & Unwin, 2002), p. 171.
25. Slotkin, Richard. *Gunfighter Nation:The Myth of the Frontier in Twentieth-Century America* (Norman: University of Oklahoma Press, 1992), pp. 194–207.
26. Fenton, Robert W. *Edgar Rice Burroughs and Tarzan: A Biography of the Author and His Creation* (Jefferson, NC: McFarland,2003), pp. 24–26.
27. Slotkin, Richard. *Gunfighter Nation: The Myth of the Frontier in Twentieth-Century America* (Norman: University of Oklahoma Press, 1992), p. 204.
28. Ibid., pp. 635–636; Turner, Barnard E.,*Cultural Tropes of the Contemporary American West* (Lewiston, NY: Edwin Mellen, 2005); Abbott, Carl. *Frontiers Past and Future: Science Fiction and the American West* (Lawrence: University of Kansas Press, 2006).
29. Clute, John, and Peter Nicholls. *The Encyclopedia of Science Fiction.* 2nd Edition (London: Orbit, 1993, 1999), p. 120.
30. Markstein, Don. *Don Markstein's Toon-opedia.* 1 March 2005. http:// www. toonopedia.com/buckrog. htm.
31. Williams, Lorraine D., ed. *Buck Rogers:The First 60 Years in the 25th Century.* (Lake Geneva, WI: TSR, 1988), pp. 62–66.
32. Briley, Ron. "Gene Autry and *The Phantom Empire*: The Cowboy in the Wired West of the Future." *Journal of Texas Music History* 10, No. 1 (2010): Art. 5.
33. Heinlein, Robert A. "Shooting Destination Moon." 1950. In *Focus on the Science Fiction Film.* Ed. William Johnson (New Jersey:Prentice-Hall, 1972); pp. 52–65.
34. Hill, Douglas. "Major Themes." From *Encyclopedia of Science Fiction*. Ed. Robert Holdstock (London: Octopus Books, 1978), p.33.
35. Harrison, Harry. *Great Balls of Fire: A History of Sex in Science Fiction Illustration* (London: Big O, 1977), pp. 57–58.
36. *Galaxy Science Fiction*, October 1950.Rear cover.
37. Benton, Mike. *Science Fiction Comics* (Dallas: Taylor, 1992), p. 29.
38. Piper, H. Beam, and John McGuire, *Lone Star Planet.* 1958 (New York: Ace Books,1979).
39. Bozarth, G. Richard. "Bat Durston,Space Marshall." *Isaac Asimov's Science Fiction Magazine*, September–October 1978.
40. Anthony, Piers. *Bearing an Hourglass* (New York: Del Rey/Ballantine, 1984).
41. Whitfield, Stephen E. *The Making of Star Trek* (New York: Ballantine, 1968), p. 22.
42. Richards, Thomas. *The Meaning of Star Trek* (New York: Doubleday, 1997), p. 5.

43. *Moon Zero Two*. Screenplay by Michael Carreras, from an original story by Gavin Lyall, Frank Hardman and Mark Davison. Dir.Roy Ward Baker. Cast: James Olson, Catherine Schell. Warner Brothers/Seven Arts,1969.
44. Jenkins, Garry. *Empire Building: The Remarkable Real Life Story of Star Wars* (London:Simon & Schuster, 1997), p. 63.
45. Slotkin, Richard. *Gunfighter Nation:The Myth of the Frontier in Twentieth-Century America* (Norman: University of Oklahoma Press, 1992), p. 635.
46. Lucas, George. "The Wizard of *Star Wars*." Interview by Paul Scanlon, *Rolling Stone*, 25 August 1977. http:// www. rollingstone.com/movies/news/the-wizard-of-star-wars-20120504?page=6.
47. "West of Mars." *Lost in Space.* Script by Michael Fessier. Dir. Nathan Juran. Irwin Allen Productions, 1966; *Galaxina*. Screenplay by William Sachs. Dir. William Sachs. Cast: Dorothy Stratten, Avery Schreiber. Marimark Productions, 1980.
48. "The Lost Warrior." *Battlestar Galactica*. Script by Donald P. Bellisario, story by Herman Groves. Dir. Rod Holcomb. Universal TV, 1978; "The Magnificent Warriors."*Battlestar Galactica*. Script by Glen A. Larson.Dir. Christian Nyby II. Universal TV, 1978.
49. *Battle Beyond the Stars*. Written by John Sayles and Ann Dyer. Dir. Jimmy T. Murakami. Exec. Prod. Roger Corman. Cast: Richard Thomas, Robert Vaughan, Sam Jaffe, Sybil Danning. New World Pictures, 1980.
50. *Outland*. Written by Peter Hyams. Dir. Peter Hyams. Cast: Sean Connery, Peter Boyle. Ladd Company, 1981.
51. "Stardust." *Space: Above and Beyond*. Written by Howard Grigsby. Dir. Jesus Salvador Trevino. Fox, 1995.
52. "Spirits." *Stargate SG-1*. Written by Tor Alexander Valenza. Dir. Martin Wood. MGM,1977.
53. "Here's How it Was: The Making of *Firefly*"; Erisman, Fred. "*Stagecoach* in Space: The Legacy of *Firefly*." *Extrapolation* 47, No. 2, pp. 249–258.
54.*Serenity*. Written by Joss Whedon. Dir. Joss Whedon. Cast: Nathan Fillion, Gina Torres, Adam Baldwin. Universal Pictures, 2005.
55. *Cowboys and Aliens*. Dir. Jon Favreau. Screenplay by Roberto Orci, Cast: Alex Kurtzman, Damon Lindelof, Mark Fergus and Hawk Ostby. Dreamworks, 2011.
56. *Westworld*. Written by Michael Crichton. Dir. Michael Crichton. Cast: Yul Brynner,Richard Benjamin. MGM, 1973.
57. *Timerider: The Adventure of Lyle Swann*. Written by William Dear and Michael Nesmith. Dir. William Dear. Cast: Fred Ward, Peter Coyote. Zoomo Productions, 1982; *Back to the Future Part III*. Screenplay by Bob Gale, story by Bob Gale and Robert Zemeckis. Dir. Robert Zemeckis. Cast: Michael J. Fox, Christopher Lloyd, Mary Steenburgen. Universal Pictures, 1990; *Timecop*. Screenplay by Mark Verheiden, story by Mike Richardson and Mark Verheiden, based on their comic series. Cast: Jean-Claude Van Damme, Mia Sara. Largo Entertainment, 1994.
58. Wills, Garry. *John Wayne's America: The Politics of Celebrity* (New York: Simon & Schuster, 1997), p. 302.

第二章

战争前夜：1926—1942 年

我们生活在需要超级英雄的时代，因为敌人是超级反派。

——威尔·艾斯纳[1]

征兵办公室在哪里？

——巴克·罗杰斯，1929 年[2]

美国第一份专业的科幻小说杂志是雨果·根斯巴克主编的《奇异故事》，1926 年开始出版。然而，根斯巴克直到 1929 年才使用"科幻小说"（science fiction）这个词（一封读者来信首次提到），而且这个词几年后也没有得到广泛使用。相反，公众根据菲利普·弗朗西斯·诺兰 1928 年 8 月在《奇异故事》上刊载的中篇小说《世界末日：2419》中的人物，来给这类题材命名。在小说里，他被称为安东尼·罗杰斯。[3] 1929 年 1 月，诺兰为第一份以科幻小说为主题的连载漫画报纸改编了这个故事（署名为"上校迪克·柯尔金"的前美军军官插图），给罗杰斯起了"巴克"的绰号，科幻小说从此被大众称为"巴克·罗杰斯的故事"。这个称谓到 20 世纪 60 年代还挂在人们嘴边，现在仍在使用。[4] 诺兰的故事中手持式火箭发射器的桥段，得到弗雷德里克·勒纳的认同，给美军研制反坦克火箭筒带来了灵感。[5]

身为一战老兵、美国退伍军人协会勋章成员的罗杰斯，装备有反重力火箭助推跳带（jumping belt），既能飘浮在半空中，又能跳超远的距离。这一能力后来被许多连载漫画中的超级英雄模仿。[6] 同一时期，纸浆杂志①和连载漫画报纸上也出现了其他超级英雄：魅影奇侠身着旋风斗篷，有多重秘密身份，1930 年首次在广播节目《侦探小说时间》里亮相[7]；萨维奇博士 1933 年第一次亮相[8]，这个"奇兵勇士"（Man of Bronze）的藏身地包括北极的"孤独城堡"，幻影侠身着紧身衣裤，头戴面具，1936 年 2 月首次亮相于连载漫画报纸。[9] 漫画中出现的诸如外星人、技术奇人一类的桥段，一般认为不是科幻。例如，1939 年穴居人艾雷·乌普成为时间旅行者，1947 年登上了月球[10]；1935 年的连载漫画《小孤女安妮》中出现了麦高芬（MacGuffin）[11]②——一种坚不可摧的神奇材料"欧耐特"（Eonite）；尤金吉普来自一个四维世界，1936 年 8 月出现在漫画《大力水手》中。[12]

漫画书为世人所知，始于 1933 年出版的第一本漫画书《连环画大阅兵》——将一份连载漫画报纸（1896 年创刊）上的漫画印成合订本。两年后，非虚构军事题材作家、美国前陆军少校

---

① 纸浆杂志，出版于 1896—1950 年的廉价杂志，用最便宜的纸张印刷，边缘毛糙，不予切割。典型的纸浆杂志 128 页，宽 180 毫米，长 250 毫米，厚 13 毫米。——译注
② 电影用语，指在电影中可以推进剧情的物件、人物或目标，例如一个众角色争夺的东西，而关于这个物件、人物或目标的详细说明不一定重要，有些作品会有交代，有些作品则不会，只要是对电影中众角色很重要，可以让剧情发展，即可算是麦高芬。——译注

第二章 战争前夜：1926—1942年

马尔科姆·维勒-尼科尔森（曾因在一封给《纽约时报》的信中批评美军指挥部而受到军事法庭审判），利用西部小说《喋血畜栏》和专为纸浆杂志写的冒险故事出版了第一本原创漫画书——《新趣味漫画》第一期。[13] 维勒-尼科尔森聘请的漫画家有前上校劳埃德·雅克（编辑），《超人》的作者杰里·西格尔和乔·舒斯特，后来著名的《美国队长》的作者之一乔·西蒙。[14] 1938年6月《动作漫画》第一期出版，标志着超级英雄漫画书的诞生，西格尔和舒斯特创作的超人在本期中身着色彩明艳的衣服打破一扇牢房的门，解救了一名被判了死刑的女子。[15]

此前一年，日本人占领了中国北平，德国人轰炸了格尔尼卡。3月，德军入侵奥地利，美国许多地方能感受到战争的紧张气氛——听众对根据英国小说家赫伯特·乔治·威尔斯的科幻小说《世界之战》改编的广播剧连播的反应可以表明这一点。

> 很多人认为火星人实际上是德国人或日本人，现在回想起来这应该是对这部连播科幻小说更合理的解读。一名叫西尔维娅·福尔摩斯的纽瓦克家庭主妇说："我对见到的每一个人反复说：'你难道不知道新泽西被德国人摧毁了吗？广播里说的。'我特别兴奋，我知道希特勒不喜欢罗斯福总统几个星期前发的电报。"[16]

剧作家霍华德·柯克直到第二天早晨才意识到广播剧引起的混乱。他回忆说："听到'入侵''恐慌'等不祥的字眼，我就断章取义地得出结论，希特勒侵占了新领土，我们都惧怕的战争终于爆发了。"[17] 甚至军队也卷入了恐慌："新泽西州国民警卫队队员把埃塞克斯郡和苏塞克斯郡兵工厂的电话都打爆了，他们不停地询问有关战争的传闻是什么时间、什么地点发来的。""宾夕法尼亚州州长甚至想派军队到新泽西州，帮助平息火星人叛乱。"[18]

据《纽约时报》报道，华盛顿的"军事专家"从广播剧中吸取教训，预见到"在战时，美国每个公共场所的广播喇叭和一个可自动调节的广播系统……要避免发表过于夸张的战争公告，因为它们将会像星期天晚上的虚构公告那样引发公众的强烈反应"[19]。

当然，在美国小说中战争恐惧不是什么新鲜事，对此富兰克林提到在19世纪最后20年曾"预测美国被西班牙、英国、日本和俄国入侵或攻击"，在1900年左右到美国参加一战期间，"美国被德国、法国、意大利、墨西哥和非洲入侵"[20]。但是到了30年代，广播和漫画逐渐拥有大量受众，威尔斯的广播剧估计有600万听众——同一晚，3 000万人在听NBC[21]；《超人》的读者数量在不断上涨，1938年《动作漫画》开始连载《超人》，当时的初始发行量是20万份[22]，只用了四年时间在漫画中的发行量就上升到1 200万份。除此之外，报纸连载漫画还增加了2 500万份，再加上85个电台播放的广播剧，以及在17 000家电影院上映的系列电影。[23]必要时，这些大众传媒将给政府提供一个有用的平台，为战争准备争取支持。

未来的战争显然是存在于创造出"超人"的西格尔和舒斯特的脑海里。1938年当超人第二次露面时，"他粉碎了一个美国参议员、说客和一位军火制造商共同策划的阴谋，军火商希望美国卷入一场外国战争……呼应了尼尔委员会的结论，即'死亡贩子'曾经谋划让美国卷入一战。超人警告人们，那些有钱的利己主义者对国家利益一直是一种威胁"[24]。战争恐惧也是有迹可循的，一个月后时代漫画公司的马丁·古德曼出版了第一期新的通俗科幻杂志。《漫威科幻故事》以亚瑟·J.巴克斯的《生存》作为首个故事，简介是这样的："当某一天全世界的军事力量联合起来摧毁有史以来世界上最强大的国家时，重生的美国将是什么样的？"[25] 据1947年斯坦·李在《漫画背后的秘密》一书中描述，早在1938年古德曼就担心"纳粹和法西斯"的危险性，常在他的办公室里踱来踱去，最后下定决心"'在我的杂志里利用故事使纳粹成为反派'。于是一种新的漫画杂志出版方针诞生了！这个方针就是告诉人们纳粹威胁的真相。从此漫画杂志的封面开始敢于说实话……"[26]

虽然这个故事听上去有点太理想化了，不可能完全真实（斯坦·李和古德曼的表弟媳直到1941年才为时代漫画工作，这一年"潜水人"和"霹雳火"开始联手对付纳粹），古德曼不是漫画行业里唯一担心希特勒的人。作为《闪灵侠》和《山姆大叔》等超级英雄漫画的创作者，威尔·艾斯纳在1939年创作的系列漫画《间谍》中刻画了"一个疯狂的侦探，他和阿道夫·希特勒有很多相似之处"[27]，正在征服阿根廷，随后征服了南美洲。威尔·艾斯纳回忆在那些临近二战的日子里，"我们生活在这样一个时期，有超能力的英雄成为必需品，因为敌人也是超级强大的"，"我那时二十二三岁，希特勒看上去是不可战胜的。每天你拿起晨报都会发现他们的军队又入侵了一个国家。我们需要一个无敌的英雄去对抗一个不可战胜的敌人"。[28]

艾萨克·阿西莫夫忧心忡忡地关注着关于希特勒战绩的新闻，对希特勒势力的强大愈发感到恐惧，越来越鄙视西方大国未能对德国和日本采取更强硬的立场。[29] 但是阿西莫夫总是不相信军事手段，在他 1938 年的作品《武器》里，英雄努力打败"残忍而邪恶"[30]的力量时，没有使用"毁灭性的装备"[31]，而是找到一种可以"缓和恐惧、愤怒和厌恶等暴力情绪的化学武器"[32]。这个故事没有卖给杂志，后来被束之高阁，直到 1979 年才发表。阿西莫夫的小说《武器太可怕不敢用》（1939 年）描写了一种用来切除受害者大脑的金星武器，金星人用这种武器从人类入侵者手中夺回了他们的星球，并试图将它作为对进一步攻击的威慑。不幸的是，人类的将军冯·布鲁姆道夫"是个普鲁士人（从名字就能看出来），他的军事守则就是简单地采用暴力"，他不屑地把这件武器看作一个骗局，指责整个舰队成员没脑子。[33]最后将军自杀了，人类和金星人签署了协议，金星人销毁了这件武器——弗雷德·波尔评论说："武器被毁之后，地球人将金星人赶出了他们的星球。"后来阿西莫夫承认："我那时太幼稚，认为有言语和善意就足够了。"[34]但是即使在战争最激烈的时候，阿西莫夫也没有完全消除他对军事解决方式或军队的厌恶。

◆ ◆ ◆

抛开爱国因素不谈，丹尼尔斯告诉我们，1939 年古德曼意识到漫画比纸浆文学更赚钱，于是收回了漫威的名字，创办了《漫威漫画》。[35]（《漫威科幻故事》存续到 1941 年，经历了两次改名——先是叫 marvel tales，然后是叫 marvel stories——发表了杰克·威廉姆森和亨利·库特纳的作品。）时代漫画公司的第一期《漫威漫画》诞生于 1939 年 10 月，描写了两位超级英雄"潜水人"和"霹雳火"，不久后他们将对抗"日本纳粹"。

同时，《奇异故事》的内容也开始表现出对军事事务的痴迷：1939 年 5 月这期刊登了阿西莫夫的《武器太可怕不敢用》；W. 劳伦斯·哈莫林和马克·雷斯伯格的《与木星的战争》；弗雷德里克·阿诺德·库默尔的《火星的外国军团》；威廉姆·P.施拉姆的《寻找75英里的枪》。[36] 8月那一期刊登了亚瑟·R.托夫特的《火星战士》[37]；11月那一期刊登了唐·维尔科特斯的《和平的独裁者》和弗雷德里克·阿诺德·库默尔的《死人军团》[38]；12月那一期刊登了亨利·朱利安的《未来战争坦克》和尼尔森·邦德的《地球逃亡者》[39]。在邦德的故事里，"新的世界大战进行三年了，还没有结束的迹象。为了逃离被战争摧毁的地球，德国和美国的科学家都在研发宇宙飞船……由于无法继续独立开展，美国和德国科学家们最终交换秘密资料，于是两艘宇宙飞船戈达德号和奥博特号起飞了"[40]。1939年美国陆军委托生产一种标有GP（通用）的越野军用汽车，它后来被士兵们称为吉普，这个名字来源于E.C.西格创作的连载漫画中大力水手的一个宠物。这似乎是第一个以科幻小说中的东西来命名的美军装备，但绝不会是最后一个。

同年8月，物理学家和科幻小说家利奥·希拉德受到1914年H.G.威尔斯的小说《世界解放》中预测对城市使用原子弹的启发[41]，在阿尔伯特·爱因斯坦、爱德华·泰勒和尤金·魏格纳的帮助下，给罗斯福总统写了一封信，提醒"有必要加快试验工作进度"，赶在德国人之前制造出原子弹。同月，《自由》杂志开始发表系列故事《黑夜里的闪电》，这是弗雷德·奥尔霍夫写的"一个关于入侵美国的故事"。在系列故事中，轴心国联盟征服了欧洲，然后是加勒比海和中美洲国家，最后攻击了美国。最后一部分发表于1940年11月，故事里希特勒威胁对美国的城市使用核武器。对美国而言幸运的是，它已经秘密制造出原子弹，并以其来逼迫德国投降。[42]据称奥尔霍夫咨询了一名美国陆军中将和海军少将后才写出这个系列故事,富兰克林形容它是"在未来战争小说的陈腐模式下的公然宣传",但是增加了新元素,即"一个全力以赴的科学工业努力研制原子弹"[43]。

在小说连载的几个月里(罗森菲尔德认为正是这部连载小说使杂志销量提升到空前高度)[44],杂志还发表了关于敦促美国进行军队集结和干预的一些文章和社论。例如H.G. 威尔斯写的《M日:美国准备如何动员》《我曾是一名在美国的希特勒情报员》《准备战斗或者面对全国性的死亡》《柏林应该被轰炸》。

1939年9月,国会呼吁各种媒体"鼓励那些与政府在战争态度上一致的文学主题",试图"激发全国民众的爱国热情"。[45]《漫威漫画》很幸运地抓住了这个机遇,它的作者和插画家们迅速做出反应。1940年2月第4期封面,表现"潜水人"对抗纳粹。《漫威漫画》作家乔·西蒙和杰克·科比试图创造出更多的英雄,与DC漫画的超人和蝙蝠侠(由鲍勃·凯恩和比尔·芬格于1939年创作)、时代漫画的"潜水人""霹雳火"竞争,但是所有这些在营收上都不成功,也许原因正如西蒙指出的,"我们先去找一个坏蛋,而希特勒正是那个坏蛋"[46]。

◆◆◆

1940年闪电战期间,阿西莫夫写了《历史》,故事中一个生活在地球上的中立的火星历史学家被人要挟,要求他解析一种古老的粉碎机武器的所有信息,这种武器能使地球赢得与金星的战争。这个故事预测希特勒将被打败,然后被流放到马达加斯加,而这个学者因为战争干扰了他的研究,希望战争尽快结束。他跟一名将军说,胜利"是一个愚蠢的词。历史证明一场取决于军事优势的战争，只不过是为未来的报复战争奠定了基础……现在结束战争吧——真正结束它——你只需对一名普通的金星人说：'没必要打下去了。让我们对话沟通吧。'"[47]在故事结尾，地球人用粉碎机武器对付金星人，取得胜利，举行了一次胜利游行，让人难以分辨到底是战争的结束，还是预示着另一场战争的开始。

1940年DC漫画的编辑杰克·利博维茨和惠特尼·埃尔斯沃斯担心杂志在国外的销售情况和美国的孤立主义，只能继续让超人（已经被希特勒指责为一个犹太人，大概是因为他的创作者乔·舒斯特和杰里·西格尔是犹太人）远离欧洲的战争。编辑们"甚至不允许超人对战争和法西斯主义采取含蓄的态度"，并规定"DC英雄不能再故意杀人"。同时，杰里·西格尔正在写作《红·白·蓝》，这是"关于没有特殊装备或超能力的三个美国军人"的故事（尽管几个月后，他也明显被告诫要使故事少点政治性）。[48]

很显然，罗伯特·A. 海因莱茵不在乎被视为政治人物，1940年他写的短篇故事《不令人满意的解决方案》讲述了一名陆军上校变成国会议员的故事，"他之前是陆军化学战的顶尖专家之一，后来因为心脏瓣膜穿孔问题而被冷落"，"普通的常识已经被提升到天才水平"。1943年当埃斯特尔·卡斯特博士发明了人工放射性物质，曼宁上校被召回来工作，"这是世界上第一种没有防御手段的武器"[49]。曼宁的秘书德福里斯上尉形容这是"一种能让美国抵御侵略的武器……能给这场战争和其他任何战争画上终止符。我们可以宣布美国治下的和平，并加以执行"[50]。

在故事里，美国向英国提供放射性尘埃，用来对付德国，以结束战争。但是曼宁担心他们的敌人将学会如何制造放射性尘埃，为了解决这个问题，他建议"对全世界实行武力独裁统治"[51]。当"欧亚联盟"发动偷袭时，曼宁早有准备，他尽可能多地从纽约和华盛顿撤离重要的人员，他被任命为世界安全会的行政长官，组织大家进行反击。总统罗斯福退休后，继任者要求曼宁辞职，但是曼宁已准备好应对之策。他威胁要用放射性尘埃袭击华盛顿，发动一场政变，让自己成为"无可争议的世界军事独裁者"[52]。

一名政客对曼宁说："你是一个职业士兵，对人没有信心。士兵也许是必要的，但是他们最糟糕的是一板一眼，最好的也只是家长式作风。"[53] 故事结尾，曼宁成为被所有人讨厌的人物[54]，但是德福里斯承认自己讲述的是曼宁的故事，最后一行把他描述为一个不情愿的暴君，而不是自大狂。[55] 所以我们很难不把曼宁看作故事中有意塑造的英雄，而不是一个恶棍。他甚至可以被视为海因莱茵自己的幻想。（诚然，海因莱茵笔下的大多数人物都是这样说的，包括德福里斯。）海因莱茵是美国海军学院的毕业生，因为身体残疾而被迫退役，1938年他作为一个民主党人竞选加利福尼亚州议会众议员。曼宁被刻画成自由主义者，而那时候海因莱茵认为自己也是这样的。[56] 至少在德福里斯的眼中，这个解决方案不令人满意不是因为曼宁是最强大的军事独裁者，而是因为曼宁是凡人，而且"没有人可以取代他"[57]。

在《不令人满意的解决方案》中，拯救世界的美德主要不是"美国的"，而是军事的：曼宁不相信民主，德福里斯将墨西哥战争主要归咎于"不称职的总统和渴望权力的国会"[58]。曼宁派出去威胁华盛顿的飞行员没有一个是美国本土出生的[59]，他的委员会对"任何种族、肤色和国籍的年轻人开放……带着一种只对委员会和种族负责的义务，与一种精心培育的士气结合在一起"[60]。士气作为道德准则的指南（或是代替）的重要性，是海因莱茵作品中不断重复的一个主题，这一点在《星河战队》中表现得特别突出。

◆ ◆ ◆

海因莱茵第一部连载小说《第六纵队》(1941年)，出版时改名为《后天》。故事以一名美国陆军军官为英雄：少校阿德莫尔在一小群科学家和英勇士兵的帮助下，使用某种武器挫败了一次"泛亚"入侵，这种武器可以根据种族基因类型有选择性地进行杀戮。[61] 1941年西蒙和科比创造出美国队长，这是一个相当不一样的美国超级战士，他使用一种相当不同的电子技术：

> 一个全新的人物，以成倍的美式爱国主义粉碎了纳粹的进攻。首先，作为一个超级英雄，他穿的服装是色彩丰富的红白蓝，还有星星和条纹图案；其次，他的另一个身份是美国陆军士兵史蒂夫·罗杰斯。那时《美国队长漫画》第一期封面是一个轰动一时的报刊亭——这是在美国对德宣战一个月前，第一次描写一个美国虚构人物对抗阿道夫·希特勒。[62]

乔·西蒙后来指出，他认为"美国队长是把一种政治声明具体化为一股积极力量"[63]。许多漫画书中的英雄生来就具有超能力，或者是在一次奇异事故中获得超能力，然后他们隐藏自己的身份不让政府知道。和这些英雄不同，史蒂夫·罗杰斯由于身体不合格被美军拒绝后，自愿加入重生计划，并被注射了莱因斯坦教授研发的"超级战士"血清。然后他变成了"第一组超级特工中的一员，他们的智力和体力对间谍和破坏者来说将很恐怖"[64]。

当莱因斯坦被盖世太保派来的间谍和破坏分子暗杀后，罗杰斯和其他漫画书中的超级英雄一样，戴上了面具，使用了别名，但是没有向政府隐瞒身份。他"接受政府指派的任务，将自己伪装成一名陆军士兵"[65]，"以一名美国陆军士兵和美国队长的身份到海外去打击日本、纳粹"[66]。正如丹尼尔斯所说的：

> 这可能发生在任何人身上，即使是普通读者。吸引人的部分是史蒂夫·罗杰斯从未变得特别有天赋；他是自愿的——他只是比其他人更坚强、更勇敢、更聪明一点。
>
> 事实上，许多读者不久将发现他们身处同样的军队中，这一事实有助于保证美国队长的流行：新的士兵们依然是漫画书迷，他们也希望装扮成英雄。[67]

《美国队长》第一期卖了将近 100 万份，"和超人、蝙蝠侠在同一等级……如果要有一个参照物的话，那么同一时期《时代周刊》每星期的发行量为 70 万份"[68]。西蒙回忆当时他也收到了来自"战争的反对者"的"威胁信件和仇恨邮件"[69]，不久，畅销的《美国队长》就在"文学上引来一大堆模仿者，包括美国十字军、美国鹰、战斗的扬基人、自由先生、解放者、76 的精神、山姆大叔、旗帜、解放者贝拉、美国小姐、自由队长"[70]。

1941 年好几期《动作漫画》的封面都描绘了超人与穿着纳粹制服的敌人战斗（35 期和 39 期的"钢盔团"，40 期一辆带有德国铁十字标志的坦克，43 期戴纳粹臂章的伞兵），尽管在故事里面没有反映这些。一旦美国参战，更多公开反对纳粹的封面将频繁出现。

注释

1. Quoted in Darnall, Steve. "America's Uncle: a brief, unofficial, largely apolitical treatise detailing the creation and evolution of UNCLE SAM." *Uncle Sam* (New York: DC Comics, 1998), p. 2.
2. Williams, Lorraine D., ed. *Buck Rogers: The First 60 Years in the 25th Century*. (Lake Geneva, WI: TSR, 1988), p. 49.
3. Nowlan, Phillip Francis. "Armageddon 2419 A.D." *Amazing Stories*, August 1928.
4. Aldrin, Buzz. "Mr. President, Will You Lead us to Greatness in Space?" *Huffington Post*, 21 October 2009, 23 October 2009. http:// www. huffingtonpost. com/buzz-aldrin/mrpresident-will- you-lea_ b_328975.html.
5. Gannon, Charles E. *Rumors of War and Infernal Machines: Technomilitary Agenda-Setting in American and British Speculative Fiction* (Liverpool: Liverpool University Press, 2003), p. 125.
6. Williams, Lorraine D., ed. *Buck Rogers: The First 60 Years in the 25th Century*. (Lake Geneva, WI: TSR, 1988); p. 49.
7. "The Shadow: A Short Radio History." http:// www.old-time.com/sights/shadow.html.
8. "Doc Savage." *The Pulp.Net*. http:// www.thepulp.net/the-links/docsavage/.
9. "The Phantom." http:// www. toonopedia.com/phantom.htm.
10. "Alley Oop." *Don Markstein's Toonopedia*. http://www.toonopedia.com/oop.htm.
11. Gray, Harold. *Complete Little Orphan Annie*, Volume 6 (San Diego: IDW, 1991).
12. "Eugene the Jeep." http://popeye.wikia.com/wiki/Eugene_the_Jeep.
13. Wright, Bradford W. *Comic Book Nation: The Transformation of Youth Culture in America* (Baltimore: Johns Hopkins University Press, 2001), p. 4.
14. Daniels, Les. *Marvel: Five Decades of the World's Greatest Comics* (London: Virgin,1991), p. 17.
15. Jones, Gerard. *Men of Tomorrow: Geeks, Gangsters and the Birth of the Comic Book* (New York: Basic Books, 2004), p. 102.
16. Holmsten, Brian, and Lubertozzi, Alex, eds. *The Complete War of the Worlds* (Naperville, IL: Sourcebooks, 2001), p. 13.
17. *Ibid.*, p. 16.
18. *Ibid.*, p. 8.
19. *New York Times*, October 31, 1938.
20. Franklin, H. Bruce. *War Stars: The Superweapon and the American Imagination* (Oxford: Oxford University Press, 1988), p. 31.
21. Hand, Richard. *Terror on the Air: Horror Radio in America, 1931–1952* (Jefferson, NC: McFarland, 2006), p. 7.
22. Miller, John Jackson. "Million-dollar Action #1 copy was once one-in-200,000." *The Comics Chronicles*, 22 February 2010, 30 September 2011.http://blog.comichron.com/2010/02/million-

dollar-action-1-copy-wasonce.html.
23. "The Press: Superman's Dilemma." *Time Magazine*, April 13, 1942. 1 October 2011.http://www.time.com/time/magazine/article/0,9171,766523,00.html.
24. Wright, Bradford W. *Comic Book Nation: The Transformation of Youth Culture in America* (Baltimore: Johns Hopkins University Press, 2001), p. 11.
25. Daniels, Les. *Marvel: Five Decades of the World's Greatest Comics* (London: Virgin, 1991), p. 21.
26. *Ibid.*, p. 27.
27. Wright, Bradford W. *Comic Book Nation: The Transformation of Youth Culture in America* (Baltimore: Johns Hopkins University Press, 2001), p. 39.
28. Darnall, Steve. "America's Uncle: a brief, unofficial, largely apolitical treatise detailing the creation and evolution of UNCLESAM." *Uncle Sam* (New York: DC Comics, 1998), p. 2.
29. Asimov, Isaac. *In Memory Yet Green: The Autobiography of Isaac Asimov, 1920–1954* (New York: Avon Books, 1979, 1980), p. 183.
30. *Ibid.*, p. 340.
31. *Ibid.*, p. 341.
32. *Ibid.*, p. 342.
33. Asimov, Isaac. *The Early Asimov* (New York: Doubleday, 1972), p. 90.
34. *Ibid.*, p. 93.
35. Daniels, Les. *Marvel: Five Decades of the World's Greatest Comics* (London: Virgin,1991), p. 23.
36. *Amazing Stories*, May 1939. http:// www.isfdb.org/cgi-bin/ pl. cgi?56541.
37. *Amazing Stories*, August 1939. http://www. isfdb. org/ cgi- bin/ pl. cgi?56234.
38. *Amazing Stories*, November 1939. http:// www. isfdb. org/ cgi- bin/ pl. cgi?56588.
39. *Amazing Stories*, December 1939. http:// www. isfdb. org/ cgi- bin/ pl. cgi?56278.
40. Miller, Ron. *The Dream Machines: An Illustrated History of the Spaceship in Art, Science and Literature* (Malabar, FL: Krieger Publishing, 1993), p. 284.
41. Franklin, H. Bruce, ed. *Countdown to Midnight* (New York: DAW Books, 1984), p. 14.
42. Franklin, H. Bruce. *War Stars: The Superweapon and the American Imagination* (Oxford: Oxford University Press, 1988), pp. 138–142; Rosenfeld, Gavriel David. *The World Hitler Never Made: Alternate History and the Memory of Nazism* (Cambridge: Cambridge University Press, 2005), pp. 97–100.
43. Franklin, H. Bruce. *War Stars: The Superweapon and the American Imagination* (Oxford: Oxford University Press, 1988), p. 138.
44. Rosenfeld, Gavriel David. *The World Hitler Never Made: Alternate History and the Memory of Nazism* (Cambridge: Cambridge University Press, 2005), p. 100.
45. Crawford, Hubert H. *Crawford's Encyclopedia of Comic Books* (New York: Jonathan David, 1978), p. 341.
46. Daniels, Les. *Marvel: Five Decades of the World's Greatest Comics* (London: Virgin, 1991), p. 37.
47. Asimov, Isaac. *The Early Asimov* (New York: Doubleday, 1972), pp. 261–262.
48. Jones, Gerard. *Men of Tomorrow: Geeks, Gangsters and the Birth of the Comic Book* (New York:

Basic Books, 2004), p. 102.
49. Heinlein, Robert A. "Solution Unsatisfactory." 1940. *Expanded Universe* (New York: Ace Science Fiction Books, 1980, 1983), p. 97, p. 130.
50. *Ibid.*, p. 125.
51. *Ibid.*, p. 110.
52. *Ibid.*, p. 127.
53. *Ibid.*, p. 144.
54. *Ibid.*, p. 128.
55. *Ibid.*, p. 144.
56. Asimov, Isaac. *I, Asimov: A Memoir* (New York: Doubleday, 1994), p. 78.
57. Heinlein, Robert A. "Solution Unsatisfactory." 1940. *Expanded Universe* (New York: Ace Science Fiction Books, 1983), p. 144.
58. *Ibid.*, p. 139.
59. *Ibid.*, p. 144.
60. *Ibid.*, p. 141.
61. Heinlein, Robert A. *The Day After Tomorrow*.1941 (London: New English Library, 1972).
62. Crawford, Hubert H. *Crawford's Encyclopedia of Comic Books* (New York: Jonathan David, 1978), p. 341.
63. Daniels, Les. *Marvel: Five Decades of the World's Greatest Comics* (London: Virgin, 1991), p. 77.
64. Simon and Kirby, in Daniels. p. 39.
65. Daniels, Les. *Marvel: Five Decades of the World's Greatest Comics* (London: Virgin, 1991), p. 37.
66. Wright, Bradford W. *Comic Book Nation :The Transformation of Youth Culture in America* (Baltimore: Johns Hopkins University Press, 2001), p. 43.
67. Daniels, Les. *Marvel: Five Decades of the World's Greatest Comics* (London: Virgin, 1991), p. 37.
68. Wright, Bradford W. *Comic Book Nation: the transformation of youth culture in America* (Baltimore: Johns Hopkins University Press, 2001), p. 43.
69. Puszt, Matthew J. *Comic Book Culture: Fanboys and True Believers* (Jackson: University Press of Mississippi, 1999), p. 29.
70. *Ibid.*

第三章

战争越来越科幻化：1942—1945 年

> 战争越来越科幻化（以预言已久的原子弹告终）…
> ——阿尔迪斯和文格罗[1]
>
> 巴克·罗杰斯一定是新的办公厅主任。
> ——罗伯特·A. 海因莱茵[2]

二战期间超级英雄漫画销量高的原因是，它们在那些正在作战的美国大兵那里很受欢迎。

运到海外部队的每四份杂志中就有一份是漫画。每月仅《超人》就至少有 35 000 册寄给正在服役的军人。[3]

海军部规定超人漫画书应该纳入为在中途岛驻守的海军准备的军需品中。[4]

还出版了一份特别军事版（1942 年的小说里超人在美国海军的帮助下打败了纳粹的潜艇），分发给美国军人……考虑到钢铁侠在士兵和水手中广受欢迎,这也不足为奇了。[5]

在战争年代爱国的超级英雄们被派去为他们的国家而战斗,这场战争被两极分化为超人和超级恶棍之间的冲突:东条英机、希特勒和墨索里尼没有机会。这些漫画极大地鼓舞了士气,零售数量也是空前的:据估计,到1943年每个月的销量接近1 500万册,从而完全垄断了整个行业。[6]

美国军队的独特之处在于,漫画和其他物资的运送方式非常相似……据报道,在军事基地,漫画的销量是《生活》和《读者文摘》等杂志的十倍。[7]

这种影响反映在轰炸机组成员的"机头艺术"上,它被绘上了漫画人物,包括超人、青蜂侠、蝙蝠侠、毒藤女、猫女、外星生物夏姆(来自《丛林小子》)、恶徒古恩(来自《大力水手》)和简笔画圣徒。[8] 第98轰炸机大队指挥官约翰·凯恩上校被战争双方称为"杀手凯恩",这个人物形象是漫画人物巴克·罗杰斯的死敌。[9]

漫画出版商也试图在少年读者中争取对战争和军队的支持,美国队长在广告中直接告诉他们:

孩子们,你们好。尽管你们没有拿起枪、开坦克、开吉普车或驾驶飞机,但是你们还是身处于这场战争之中。你可以通过参加废纸回收运动,为打赢这场战争尽一份力。

> 纸张是一种战争武器，一种强大的武器。每一把枪、每一颗子弹……用来粉碎邪恶的日本和纳粹的每一颗子弹都装在纸盒里。[10]

利海军营的吉祥物巴基·巴恩斯是美国队长在少年时期的伙伴，他是战争孤儿，和其他青少年一起组成自由哨兵，后来被重新命名为"少年盟军"。1941年晚些时候他们有了自己的漫画，而"自由哨兵"则变成了一个少年儿童可以加入的漫画迷俱乐部。俱乐部成员被敦促：

> 去协助美国队长打击那些企图背叛美国的敌人……
> 乔·西蒙创建了俱乐部，并设计了其卡片、徽章。"我们在激励民众，"西蒙说，"我们不会利用它赚钱，孩子们正宣誓捍卫宪法。"
> 战争中期俱乐部关闭了，理由是徽章上的金属是生产弹药所需的。[11]
> 巴基建议他们用这笔钱买一张战争储蓄邮票。[12]

美国队长出现在"为美国而战"那一期的封面（13期，1942年4月3日——珍珠港事件后第一次准备），抨击裕仁天皇时说："你发动了战争，现在，我们将结束它！"超人、蝙蝠侠、罗宾汉和其他超级英雄也出现在漫画的封面上，攻击裕仁天皇、希特勒和墨索里尼（1941年《超胆侠大战希特勒》中，一张希特勒的夸张的眼睛照片贴在一个卡通人物身上），同时鼓励孩子们购买战争债券。

像惊奇队长和神奇女侠（1941年12月第一次出现）一样的超级英雄们被描写为应征入伍，尽管"这通常需要编剧们找到创造性的方法，以避免抢了在海外的真实生活中美国英雄的风头"[13]。

杰里·西格尔和乔·舒斯特强烈感觉到超人应该参加战争，但是认识到他可以飞去柏林和东京，凭一己之力立刻结束战争。他们不希望低估国家和军队所面临的任务的艰巨性……为了解决这个难题，西格尔和舒斯特让克拉克·肯特宣布自己因为4-F没能参军……超人没有失望，而是通过维护美国国内治安来为美国的战争服务。他宣称："美国陆军、海军、海军陆战队不用超人帮助，也能打败他们的敌人。"

尽管纸张定量配给，但是漫画还是继续畅销，"它们的持续繁荣依赖于军事审查和陆军消费合作社的批准"。[14]

策略通常是让超人宣称4-F（超人心不在焉地用他的X射线视力，目光穿透用来测试的视力表，看到另一个房间里的东西），这不仅意味着同超人的绘制者和共同创造者乔·舒斯特开了个玩笑（他也宣称得了4-F，因为视力不好），或者剧作家杰里·西格尔的某种绝望，还暗示了到1941年关于在美国军队服役的已经过时的假设，即认为大部分志愿者将成为步兵。事实上，二战期间只有14%的在海外服役的美军是作为步兵参战的[15]：在两次世界大战期间美军的机械化程度较之以前大幅提升，对前线部队的非作战支援角色的比例也大幅提升。[16]一战时美国的远征军 65% 被分派到作战部门，3% 在管理部门，32% 在后勤部门。而在作战部门的这 65% 中，77% 是战斗人员，9% 是管理人员，14% 是后勤人员。[17] 到了二战时期，需要支援装甲部队和陆军战斗机联队的后勤部门人员增加了，作战部队人员比例从 53% 下降到 39%。[18] 如果 1942 年像克拉克·肯特这样经验丰富的记者自愿参军，他似乎更"可能被分配到宣传或是教育岗位"，就像西格尔自己——1943 年他被征召入伍，为军队报纸《星条旗报》工作。[19] 但是用来招兵的英勇的美国士兵形象，绝大多数都是战斗中的步兵或海军士兵，他们是伤亡率最高的群体，这一点在战争初期尤为明显。因此这个群体也是人员变动率最高的。[20]（造成大面积伤亡的炮兵[21]，很少在招兵广告中出现，在美国二战宣传中我所找到的唯一的炮兵形象，出现在运输给军队的佛罗里达葡萄柚汁罐头"富含维生素 C"的一则广告中。）

漫画创作者乔·西蒙、杰克·科比、卡尔·布尔格斯、比尔·埃弗雷特、威尔·艾斯纳、斯坦·李，和漫画行业中的许多人一样，二战时都报名参军了。科比后来回忆，有人"递给他一块巧克力和一把 M-1 步枪，告诉他去杀了希特勒"[22]。而其他人，例如西格尔，为军队出版物工作。艾斯纳为军队创作漫画形式的训练手册。而斯坦·李写训练教学片的脚本，设计防治性病的广告，以及继续为漫威创作漫画[23]，他曾经通过告诉军队"美国队长的编剧正受到军事法庭威胁"而逃脱惩罚。[24]

目前埃德加·爱伦·坡号军舰是唯一以科幻小说作家的名字命名的一艘美国海军军舰（让一艘军舰以海因莱茵的名字命名的运动失败了），它于 1942 年服役，同年被鱼雷击沉，获得了美洲战役奖章、亚太战役奖章、二战胜利奖章，修复后一直服役到

1946 年。[25]

◆◆◆

罗伯特·A.海因莱茵在和平时期因病退出了美国海军现役，从事写作以贴补他的军队退休金。珍珠港事件后，他打算重新入伍，但是被拒绝了。[26]战争的爆发使他有机会于 1942 年在美国海军航空试验站担任文职，"设计和测试用于飞机的塑料和高海拔压力服"[27]，"招募其他聪明、有想象力的人来此工作"[28]。海因莱茵招募了 L.斯普拉格·德·坎普，他曾经申请并获得海军军官任命，晋升到海军少校。[29]海因莱茵还招募了艾萨克·阿西莫夫，他在战争期间努力保持平民身份，为了避免被招募为一名军士，才在最后几天申请了候补军官学校。[30]在海军航空试验站，阿西莫夫开心地为飞行员研制染色标记，"因为它显然有助于我们战士的福利，也原谅我不是他们中的一员——至少一点点"[31]。此时，阿西莫夫已经认识到纳粹将会被打败，"对美国海军和空军有十足的信心，认为他们能永久阻止日本的进攻"[32]。但是这种自信没有延伸到军事思维，他后来将其描述为"无与伦比的创造性愚蠢的工具"[33]。

阿西莫夫在他的职业生涯中将继续以不太同情的方式描写军队，尤其是高级军官。在他的作品《迷失的小机器人》（1947年）、《基础》（1951年）、《冒险》（1955年）、《适当学习》（1968年）中，表现高级军官把他们的高科技装备交给他们所依赖的科学家。

弗雷德·波尔曾为《战斗王牌》杂志撰写评论（由于军事审查而惹上麻烦），还编辑《惊险故事》和《超级科幻故事》，1942年他想要参军入伍，但是"自愿入伍已经被废除了"[34]。1943年

4月1日他应征加入陆军航空部队。尽管后来他写道,作为一个士兵,他是一个"单位数量……而不是一个数字……电子显微镜知道被当作一块肉来对待是什么感觉"[35]。他解释没有这种人格解体,"军队就不可能存在"[36],因为"一个人一刻也不会容忍这些废话"[37]。他又说:

> 我知道它只是一个游戏,当我被解职时,所有的规则又会变回来……我玩过那个游戏,上帝啊,我真的喜欢它,所有的一切。
>
> 不久他们告诉我们完成了杀手训练,将我们送上一列有三十节车厢的军列,开往伊利诺伊州查努特空军基地,我成为了一个空军气象员。[38]

陆军后来认为波尔"从事文字工作比拿武器或气象仪器更有用"[39],1945年1月给他安排了公共关系的工作,让他编辑一份中队报纸。杰克·威廉姆森也参军担任陆军的天气预报员,晋升到陆军上士。(波尔后来写道:"气象联队挑选了所有空军IQ高的古怪之人。"[40])哈利·斯塔布斯、西里尔·科恩布鲁斯、霍勒斯·戈尔德、亨利·库特纳、埃德加·潘博恩、詹姆斯·布利什、E.E.史密斯博士、乔治·O.史密斯、保罗·林白乐、L.罗恩·哈伯德也都参军了(参见附录A),另有许多人找到其他方式来支持战争。不过更准确地说,哈伯德在美国海军服役期间事故频发,稍微阻碍了其发展。[41]威尔·詹金斯一战时在陆军服役过,为战争情报办公室工作。66岁的埃德加·赖斯·巴勒斯成为了一名战地记者。弗莱彻·普拉特成为了《时代周刊》的军事分析员。西奥多·斯特金被归类为 4-F，甚至不能获准加入非战斗部队，后来他作为陆军后勤人员为美国陆军航空兵部队修建飞机跑道。[42] 他还在"加利福尼亚州立大学工作过一阵，在帝国大厦里，《惊奇科幻》的编辑小约翰·W. 坎贝尔是他的主管……坎贝尔是一个机要部门的主管，负责撰写雷达操作和维修手册……"[43] 雷·布拉德伯利也被归类为 4-F，不能参加战争工作，海因莱茵"感到雷在背叛他的祖国……结果，海因莱茵中断了和雷的联系，两人几十年都不说话"[44]。海因莱茵也许没有意识到奉行和平主义的布拉德伯利害怕被敌人杀死或被"大块头的、粗暴的美国士兵杀死"，于是在战争期间为红十字会献血活动写广告材料。[45]

1944 年海因莱茵为了一个项目招募了哈伯德、斯特金和其他人："海军 23 导航项目，一个反制神风特攻队方法的头脑风暴项目。"[46]

> 我受命为这个应急计划招募科幻小说家，他们拥有我能找到的最疯狂的大脑，所以说泰德是一个受欢迎的招募对象。其他人还有乔治·O. 史密斯、小约翰·W. 坎贝尔、穆雷·莱茵斯特、L. 罗恩·哈伯德、斯普拉格·坎普、弗莱彻·普拉特等。
>
> 我从不担心保密问题，因为一直有一名海军情报员在场。[47]

1943 年《惊奇科幻》提价，因为"太多像坎贝尔这样可靠的人去参军了，或是从事平民战争工作，不再写作了"[48]。《奇异故事》从月刊变成了双月刊（1943 年），到 1944 年变为了季刊，在

1946 年才变回月刊。《惊险故事》1943 年停刊。1943—1949 年《超级科幻故事》休刊；1943—1950 年《未来科幻小说》休刊；1943—1951 年《科幻小说季刊》休刊。二战期间海因莱茵没有创作新的小说。受海军的保密规定限制，哈伯德也没有写作。他后来认为这是"作为一个作家，唯一影响我的事情"[49]。尽管战争期间阿西莫夫继续发表小说，但是通常多产的他在海军航空试验站服役的头一年没写任何小说，战争结束后他在军队只写了一部小说。1940—1942 年弗雷德·波尔每年发表 6～10 篇小说，1943 年只发表了 1 篇，1945—1946 年没有发表。1941 年和 1947 年西奥多·斯特金各发表了 10 篇小说（1940 年发表了 13 篇），但是 1942 年他只发表了 3 篇，1943 年和 1945 年各发表了 2 篇，1944 年只发表了 1 篇。1943—1947 年 E.E. 史密斯博士没有发表任何小说，1945—1947 年詹姆斯·布利什也没有发表任何作品。

除了占据通常花在编辑杂志或写作上的时间，以及战争时期纸张定额配给对出版业的影响，二战时期科幻小说作家和军方之间唯一真正的冲突在于对科幻故事的审查。这些科幻故事描写美军为了战争用途秘密研发新技术，最显著的就是核武器。威尔·詹金斯（穆雷·莱茵斯特）与军方审查员发生了冲突，因为他于 1942 年发表在《惊奇科幻》上的《四艘小船》提到了类似声呐的设备。[50] 菲利普·威利的中篇小说《天堂的火山口》描写战败的纳粹"用铀 237 造了一枚原子弹"来对抗美国，1945 年初这篇小说被递交到政府审查机构后，"威利立刻被软禁起来，一名陆军少校情报员告诉他，如果有必要，他会亲手杀了威利以保守秘密"[51]。讽刺的是，威利后来被"邀请就广岛轰炸做报告"，他被授予最高安全等级，参加了沙漠岩石（Desert Rock）①原子弹试验，向出版商简要汇报了关于原子时代的影响。[52] 1945 年初《超人》的报纸连载漫画提到了"核粒子加速器"或"回旋加速器"，它也被审查机构查禁，然后用一个无关痛痒的故事取代。[53]

战时对美国科幻小说审查最著名的例子是克里夫·卡特米尔的，他因为身体残障不能参军，1943 年他写信给坎贝尔，提出一个关于超级炸弹的故事。[54] 坎贝尔回信时详细描述了如何利用裂变的铀 235 来制造原子弹。卡特米尔让坎贝尔提供更多的信息，"你看，我想知道怎样制造一枚铀 235 炸弹……当然由于社会的、军事的、政治的原因，请留意哪些可以说，哪些不可以说"[55]。

卡特米尔的小说《最后期限》受到了审查，因为担心有违反保密规定的内容，战争部反情报队调查员亚瑟·莱利问讯了坎贝尔。莱利的报告建议对坎贝尔和卡特米尔进行监视，还认为泄密可能是通过卡特米尔的朋友海因莱茵，从阿西莫夫开始的。莱利的报告还怀疑 L. 斯普拉格·坎普和威尔·詹金斯（穆雷·莱茵斯特），认为他们给了阿西莫夫一些铜原子用于光谱分析。[56]

卡特米尔受到了广泛的调查，坎贝尔则被正式"提醒机密的战时行为守则已经在 1943 年 6 月分发给编辑和广播员，禁止传播任何有关'原子核分裂、原子能、原子裂变、原子分裂或其他同义词'的战争试验信息"[57]。罗伯特·西尔弗伯格指出这个事件的后果是，"在接下来的十几期《惊奇科幻》中，不再有关于铀 235 炸弹的故事。弗里茨·莱伯的一篇小说讲述了世界被 subtroinc 力量摧毁；雷蒙德·F. 琼斯的中篇小说提到利用巨大的

---

① 沙漠岩石是美军在大气层核试验中进行的一系列演习的代号。在 1951—1957 年间，他们在内华达州的试验场进行了测试。——译注

原子投影仪作为武器；刘易斯·帕吉特的突变体故事则设置在被核战争摧毁的世界里"[58]。轰炸广岛后，"世界将被核战争摧毁"成为科幻小说中反复出现的主题，甚至到了1948年，坎贝尔表示"向作者明确说明不再需要核毁灭的故事了"[59]。1952年霍勒斯·戈尔德也效仿了这一做法。[60]

但是在战争期间，除了由于一些小事故，例如卡特米尔、威利和莱茵斯特与军方审查人员发生冲突，稍有些抱怨之外，那个时期大部分的美国科幻小说作家是全力与美军合作的，乔·霍尔德曼的小说中的角色后来说："最后的正义战争，仿佛曾经有过一场正义战争一样。"[61]尽管阿西莫夫经常表达对军队生活的憎恨，但他尝试进入候补军官学校失败后，终于在1945年9月被招募入伍，并晋升为下士，成为神枪手。[62]他通过申请"研究放电"(research discharge，这也"意味着我没有在年轻时死于白血病")，勉强逃过参与在比基尼岛进行的核弹试验，但是他后来也承认"事实上，不管怎样我在军队没有受到虐待"[63]。

注释

1. Aldiss, Brian, and David Wingrove. *Trillion Year Spree: The History of Science Fiction* (London: Victor Gollancz, 1986), pp. 47–48.
2. Heinlein, Robert A. "The Last Days of the United States." 1947. *Expanded Universe* (New York: Ace Science Fiction Books, 1980,1983), p. 152.
3. Wright, Bradford W. *Comic Book Nation:The Transformation of Youth Culture in America* (Baltimore: Johns Hopkins University Press, 2001), p. 31.
4. "The Press: Superman's Dilemma." *Time Magazine*, April 13, 1942. 1 October 2011. http://www.time.com/time/magazine/article/0,9171,766523,00.html.
5. Lowther, George. *The Adventures of Superman* (Bedford, MA: Applewood Books,1995), p. xv.
6. Sabin, Roger. *Adult Comics: An Introduction* (London: Routledge, 1993), p. 146.
7. *Ibid.*, pp. 147–148.
8. Valant, Gary M.; *Vintage Aircraft Nose Art* (Osceola, NE: Motorbooks International, 1987).
9. http://www.homeofheroes.com/.
10. Quoted in Daniels, Les. *Marvel: Five Decades of the World's Greatest Comics* (London:Virgin, 1991), p. 40.
11. *Ibid.*
12. Steranko, James. *The Steranko History of Comics* (Reading, PA: Supergraphics, 1970).
13. Wright, Bradford W. *Comic Book Nation: The Transformation of Youth Culture in America* (Baltimore: Johns Hopkins University Press, 2001), p. 43.
14. Jones, Gerard. *Men of Tomorrow: Geeks,Gangsters and the Birth of the Comic Book* (New York: Basic Books, 2004), p. 214.
15. McGrath, John J. *The Other End of the Spear: The Tooth to Tail Ratio (T3R) in Modern Military Operations* (Fort Leavenworth: Combat Studies Institute Press, 2007), pp. 73–74.
16. "The Ghost Front." *The War*. Script by Geoffrey C. Ward. Dir. Ken Burns. Florentine Films, 2007.
17. U.S. War Department. *Order of Battle of the United States Land Forces in the World War, American Expeditionary Forces: General Headquarters, Armies, Army Corps, Services of Supply, Separate Forces*, Volume 1, 8.
18. McGrath, John J. *The Other End of the Spear: The Tooth to Tail Ratio (T3R) in Modern Military Operations* (Fort Leavenworth: Combat Studies Institute Press, 2007), pp. 73–74.
19. Jones, Gerard. *Men of Tomorrow: Geeks, Gangsters and the Birth of the Comic Book* (New York: Basic Books, 2004), p. 214.
20. Bull, Stephen. *World War II Infantry Tactics: Squad and Platoon* (Oxford: Osprey, 2004).
21. Marshall Cavendish Corporation. *History of World War II*, Volume 3: *Victory and Aftermath* (New York: Marshall Cavendish, 2005).
22. Jones, Gerard. *Men of Tomorrow: Geeks, Gangsters and the Birth of the Comic Book* (New York:

Basic Books, 2004), p. 214.
23. Daniels, Les. *Marvel: Five Decades of the World's Greatest Comics* (London: Virgin, 1991), pp. 52–54.
24. Jones, Gerard. *Men of Tomorrow: Geeks, Gangsters and the Birth of the Comic Book* (New York: Basic Books, 2004), p. 214.
25. NavSource Online: Service Ship Photo Archive. 26 September 2008. 27 January 2009. http://www.navsource.org/archives/09/46/46103.htm.
26. Asimov, Isaac. *I, Asimov: A Memoir* (New York: Doubleday, 1994), p. 76.
27. Disch, Thomas M. *The Dreams Our Stuff Is Made Of* (New York: Free Press, 1998), p. 165.
28. Asimov, Isaac. *In Memory Yet Green :The Autobiography of Isaac Asimov, 1920–1954* (New York: Avon Books, 1980), p. 337.
29. *Ibid.*, pp. 79–80.
30. *Ibid.*, p. 401.
31. *Ibid.*, p. 125.
32. *Ibid.*, p. 377.
33. *Ibid.*, p. 461.
34. Pohl, Fred. *The Way the Future Was: A Memoir* (New York: Del Rey Books, 1978), p. 135.
35. *Ibid.*, pp. 137–138.
36. *Ibid.*, p. 137.
37. *Ibid.*, p. 138.
38. *Ibid.*
39. *Ibid.*, p. 140.
40. *Ibid.*, p. 148.
41. Miller, Russell. *Bare-Faced Messiah:The True Story of L. Ron Hubbard* (London : Michael Joseph, 1987), pp. 95–111.
42. Heinlein, Robert A. "Agape and Eros:The Art of Theodore Sturgeon." Foreword to Sturgeon, Theodore. *Godbody* (New York: Donald I. Fine, 1986), p. 9.
43. *Ibid.*, p. 11.
44. Weller, Sam. *The Bradbury Chronicles: The Life of Ray Bradbury* (New York: Harper-Collins, 2005), p. 115.
45. *Ibid.*, p. 106.
46. *Ibid.*, p. 12.
47. Heinlein, Robert A. "Agape and Eros: The Art of Theodore Sturgeon." Foreword to Sturgeon, Theodore. *Godbody* (New York: Donald I. Fine, Inc., 1986), p. 9.
48. Asimov, Isaac. *In Memory Yet Green: The Autobiography of Isaac Asimov, 1920–1954* (New York: Avon Books, 1980), p. 388.
49. Miller, Russell. *Bare-Faced Messiah: The True Story of L. Ron Hubbard* (London: Michael Joseph, 1987), p. 108.
50. Silverberg, Robert. "Reflections: The Cleve Cartmill Affair." 2003. *Asimov's Science Fiction*. 21

March 2007. http://www.asimovs.com/issue_0310/ref.shtml.
51. Franklin, H. Bruce, ed. *Countdown to Midnight* (New York: DAW Books, 1984), p. 15.
52. Seed, David. *American Science Fiction and the Cold War* (Edinburgh: Edinburgh University Press, 1999), p. 15.
53. Franklin, H. Bruce. *War Stars: The Superweapon and the American Imagination* (Oxford: Oxford University Press, 1988), p.147.
54. Silverberg, Robert. "Reflections: The Cleve Cartmill Affair." 2003. *Asimov's Science Fiction*. 21 March 2007. http:// www. asimovs.com/issue_0310/ref.shtml.
55. *Ibid.*
56. *Ibid.*
57. *Ibid.*
58. *Ibid.*
59. Brians, Paul. "Nuclear Holocausts: Atomic War in Fiction." 15 March 2007. http://www. wsu. edu:8080/~brians/nuclear/1chap.
60. Franklin, H. Bruce. *War Stars: The Superweapon and the American Imagination* (Oxford: Oxford University Press, 1988), p. 183.
61. Haldeman, Joe. *Old Twentieth* (New York: Ace Books, 2005), p. 134.
62. De Camp, L. Sprague. "Retrospective."1988. *Requiem*. Ed. Kondi Yojo (New York: Tor Books, 1992), p. 292.
63. Asimov, Isaac. *In Memory Yet Green: The Autobiography of Isaac Asimov, 1920–1954* (New York: Avon Books, 1980), p. 118.

第四章

原子武器的意义：1946—1949 年

原子弹不只是一种可怕的毁灭性武器，它还是一种心理威慑。

——美国国防部长亨利·刘易斯·史汀生，1947 年[1]

二战胜利后，美国人不再需要虚构的超级战士来保护了，许多人顿感轻松，不再担心史汀生所说的"人类历史上最恐怖的武器"[2]，因为只有美国拥有它。

认识到原子弹在结束战争中的作用，意味着科幻小说家即便不能成为预言家，用阿西莫夫的话来说，至少也"挽回了面子"[3]。对他们而言，"原子弹"绝不是一个新概念。"原子弹"这个词最早出现在 H.G. 威尔斯 1914 年的连载小说《先知三部曲》中，这是他的小说《解放全世界》的基础。[4] 1936 年威尔斯担任编剧的电影《笃定发生》在字幕"1945 年"之后，呈现了蘑菇云。[5] 甚至投放原子弹的 B-29 轰炸机的名字"和平缔造者"，早在约翰·乌尔里希·吉斯1915年的小说《一切为了他的国家》中就有了，小说中一架同名的美国飞机摧毁了日本。[6]

战争结束后，海因莱茵认为海军船坞的工作不再适合他，他重拾写作，希望"离开科幻领域"[7]，通过科普文章阐述核武器的意义。[8]他认为这是一个长期被忽视的领域，之后他又引用莱斯利·格罗夫斯将军的话来说明这"非常重要"。[9]莱斯利·格罗夫斯将军是曼哈顿工程的负责人，曾任海军作战部部长，也是"一位资深的陆军航空部队将军"[10]。

在非小说类文章《美国最后的日子》中，海因莱茵批评那些"负责这个国家国防"[11]的人提出的方案只适合上一场战争——只有空军准将亨利·H.阿诺德例外，他设想将用宇宙飞船实施核轰炸。[12]在《不令人满意的解决方案》中，海因莱茵继续敦促成立"强大的行星组织来维护和平，禁止各国进行军备竞赛、发展核武器和其他武器，并且总体上负责全球治安工作"[13]。要么退而求其次，有"新的巴克·罗杰斯式武器来防备核导弹……某种毁灭性的以光速运动的粒子束武器"[14]，它将像曼宁的委员会那样，"终结民用航空"。

另外，他建议美国可以"省下买火焰喷射器、坦克和战舰的钱"，转攻"高速远程导弹、威力强大的核武器，以及在连载漫画和科幻小说中孕育的奇思妙想。我们必须拥有宇宙飞船，而且必须抢先拥有它们。我们必须登上月球，并且占领它，这能防止它被其他国家用作对付我们的基地，而且我们可以用作打击任何敌人的基地"[15]。海因莱茵不指望巴克·罗杰斯的死亡射线屏幕[16]，对占领月球更不抱希望。他断言："过去国务院不断让美国卷入战争中，但是我们的军备并没有做好。"[17]

其他作家也试图接受原子弹对美军意味着什么。1946年威尔·詹金斯（穆雷·莱茵斯特）发表的科幻小说《针对美国的阴谋》，讲述"一个导弹部队高级指挥官"[18]破解了谁对美国发动核偷袭的谜题，并发起一波先发制人的惩罚性打击，摧毁了敌对国"所有会动的、活着的、能呼吸的生物"[19]。同年，"海军预备役上尉沃尔特·凯里格编写了一个小册子，旨在强调原子时代海军的重要性，但是提供给水兵们的仅仅是五花八门的巴克·罗杰斯式的新技术玩意儿"[20]。

1946年钱德勒·戴维斯发表在《惊奇科幻》杂志上的小说《息鼓》，讲述了一名美国陆军中尉发现他的信件中被军方审查员删除的问题远远超出了学术范畴。"你认为军队中的一小撮人有可能不顾人民和议会的反对，把美国带入战争吗？"他不得不阻止一名上校隐瞒政府储备核武器，因为这将引发军备竞赛和潜在的核战争。[21]

西奥多·斯特金的小说《雷声和玫瑰》（1947年）讲述的是在一场核打击后，美国受到重创，士气低落，自杀流行，士兵们正在销毁所有潜在的武器（例如折叠式剃刀），从而减少他们面临的诱惑。美国没有进行反击，当两名美国陆军士兵发现一枚隐藏的核武器时，尽管都知道它将导致人类灭亡，其中一人还是想使用它。由于无法说服这个人，另一个士兵只好杀了同伴，来拯救他们的敌人。[22]

克里斯·内维尔的《冷战》（1949年）形容（和预测）心理测试是为了防止士兵擅自发射原子弹。[23]这将在海因莱茵的小说《监视》（同年发表在《美国退伍军人协会杂志》上）中被证明是有用的。故事描写一名美国士兵用同样的力量对抗其他人，揭示了海因莱茵在他的非小说文章中已提出的观点，即核武装的月球基地和"用来维护和平的行星组织"有潜在缺点，例如上校曼宁的委员会，《不令人满意的解决方案》中的军事独裁统治。

在《监视》中，久经沙场的托尔斯上校是月球基地的副司令官，他想要成为一个军事独裁者，逼迫地球上的政客们将权力移交给"一个科学选择出来的群体——巡逻队"[24]。托尔斯及其追随者试图轰炸"一两个不重要的城镇"[25]，来显示他们的实力。这一阴谋被中尉约翰尼·达尔奎斯特挫败，而他只是一个没有作战经验的负责投放炸弹的下级军官。约翰尼不惜牺牲生命，以摧毁弹头的方式来违抗指挥系统。在这个故事里，海因莱茵表达了一种怀疑，即全世界核武器的内在力量能够使那些被精心灌输过服从和士气等军队美德的军人腐化堕落——在《不令人满意的解决方案》中海因莱茵的立场明显转变了。

然而《监视》不是《不令人满意的解决方案》的直接续集（前者在海因莱茵的"未来历史"系列写作计划中出现，后者没有），很容易画出平行线：曼宁上校利用放射性尘埃的威胁和皇家军官委员会成为全世界的军事独裁者；托尔斯上校利用核武器和从巡逻队精心挑选的军官达成同一个目的。但是两者还是有一些不同。托尔斯尽管宣称要"科学地挑选"，但是在他的指挥官死后（暗示是谋杀）只控制了月球基地和它的武器。[26] 约翰尼·达尔奎斯特被设计为来自伊利诺伊州，而托尔斯及其追随者（摩根、海军陆战队队员"斯密提"、洛佩兹）的国籍从未明确交代过。但是在这个故事里，约翰尼·达尔奎斯特公然违抗上校的命令，摧毁了月球基地上的核武器，拯救了"一两个不重要的城镇"上的人们。因为这些，他死后才被人们视为英雄，而不是因为军人的服从和士气的美德。可是海因莱茵在《不令人满意的解决方案》和其他作品中是信奉这种军人美德的。小说中托尔斯强调"把世界的控制权交给政客是不安全的"[27]，意味着即使是海因莱茵也认为，也许让一个军事独裁者来统治世界不是一个令人满意的解决方法。

◆ ◆ ◆

早在1944年，"时代漫画公司就逐渐偏离超级英雄类型"，因为在现实中美国军队很明显不需要超人的帮助就可以打败敌人。[28] 他们对无敌英雄的需求暂时饱和了，年轻的读者开始购买更有趣的动物漫画，作家奥托·宾德尔1943年开始为《漫威神秘漫画》写故事，创造了女版美国队长：

> 它使时代漫画公司转向新的受众……漫画开始聚焦普通美国女性青少年的行为活动。一个全新的漫画书分支出现了，注重在衣服、化妆和厨艺上增加一些细节特征。[29]

1945年秋季时代漫画公司不再出版《美国漫画》，尽管里面有美国队长（一年前他才主演了预算相对较高的系列电影）。1946年斯坦·李为了出版《无敌漫画》，试图将潜水人、霹雳火、美国队长、美国小姐联合组成无敌战队，但是它只出了两期就没有下文了。[30]

美国队长是战争时期超级英雄们退伍后极少数还持续了两年的。在《美国队长漫画》第59期（1946年11月）中，主人公成为一名高中老师，业余时间打击犯罪。巴基在第七期（1948年4

月）被枪杀，黄金女郎取而代之。1949年，美国队长、潜水人、霹雳火都从《漫威神秘漫画》中消失了，只有DC公司的中坚分子超人、蝙蝠侠和神奇女侠没有受到影响，保留他们的头衔。

◆◆◆

1947年，一直在测试缴获的V-2火箭的美国陆军发布了一款画有登月火箭的征兵广告，上面印有口号："和美国陆军一起迈入明天的世界吧。"海军也模仿着发布了一款征兵海报，画面以月球和土星为背景，一艘火箭正飞离地球。上面印的口号是："天空是极限。现在来从事电子行业吧。"[31]

1949年6月，菲利普·莱瑟姆（天文学家罗伯特·理查森）发表在《惊奇科幻》上的一篇文章指出，"据说阿佛洛狄忒项目是一份320页的政府报告摘要，愚弄了不少人"，使他们都认为1947年1月美国海军已经成功向金星发射了一枚无人火箭。[32]

1949年8月29日，苏联第一次核武器试验取得成功。

1950年5月8日，美国国务卿提出要在越南帮助法国打败胡志明领导的军队；6月25日，美国国家安全委员会谴责朝鲜出兵韩国；8月4日，杜鲁门总统下令美国陆军准备派遣62万名士兵执行军事任务。很快美国将再次发动战争，这次目标不是月球或行星——而海因莱茵将前往好莱坞。

注释

1. "National Affairs: LEAST ABHORRENT CHOICE." *Time Magazine*, February 3, 1947. 1 October 2011. http://www.time.com/time/magazine/article/0,9171,886289,00.html.
2. *Ibid.*
3. Boyer, Paul. *By the Bomb's Early Light : American Thoughts and Culture at the Dawn of the Atomic Age* (Chapel Hill, NC: University of North Carolina, 1994), p. 257.
4. Wells, Herbert George. *The Last War : A World Set Free*. 1914 (Lincoln, NE: Bison Books, 2001).
5. *Things to Come*. Screenplay by H.G.Wells, adapted from his novel *The Shape of Things to Come*. Dir. William Cameron Menzies . Prod. Alexander Korda. Cast: Ralph Richardson, Raymond Massey, Edward Chapman, Cedric Hardwicke. London Film Productions,1936.
6. Gannon, Charles E. *Rumors of War and Infernal Machines: Technomilitary Agenda-Setting in American and British Speculative Fiction* (Liverpool: Liverpool University Press, 2003), p. 112.
7. Heinlein, Robert A. *Expanded Universe* (New York: Ace Science Fiction Books, 1983), p. 276.
8. *Ibid.*, p. 145.
9. *Ibid.*, p. 146.
10. *Ibid.*
11. Heinlein, Robert A. "The Last Days of the United States." 1947. *Expanded Universe* (New York: Ace Science Fiction Books, 1983), p. 150.
12. *Ibid.*, p. 151.
13. *Ibid.*, p. 154.
14. *Ibid.*, p. 155.
15. *Ibid.*, p. 156.
16. *Ibid.*
17. *Ibid.*, p. 162.
18. Franklin, H. Bruce.*War Stars: The Superweapon and the American Imagination* (Oxford: Oxford University Press, 1988), p.160.
19. *Ibid.*, p. 161.
20. Brians, Paul. "Nuclear Holocausts: Atomic War in Fiction." 15 March 2007. http://www.wsu.edu:8080/~brians/nuclear/1chap.htm.
21. Davis, Chandler. "To Still the Drums."1946. *Countdown to Midnight*. Ed. H. Bruce Franklin (New York: DAW Books, 1984), p. 31.
22. Sturgeon, Theodore. "Thunder and Roses." 1947. *Thunder and Roses* (Berkeley: North Atlantic Books, 1997), pp. 125–149.
23. Neville, Kris. "Cold War." 1949. In Lewis, Tony, ed. *The Best of Astounding* (New York: Baronet, 1978).
24. Heinlein, Robert A. "The Long Watch."1948. *The Green Hills of Earth* (New York: New American

Library, 1951), p. 40.
25. *Ibid.*, p. 41.
26. *Ibid.*, p. 42.
27. *Ibid.*, p. 41.
28. Daniels, Les. *Marvel: Five Decades of the World's Greatest Comics* (London: Virgin,1991), p. 54.
29. *Ibid.*, p. 55.
30. *Ibid.*
31. Miller, Ron. *The Dream Machines: An Illustrated History of the Spaceship in Art, Science and Literature* (Malabar, FL: Krieger, 1993), p. 289.
32. *Ibid.*, p. 292.

第五章

"我不为世界工作"：1950—1961 年

我不为世界工作，斯科特。我为美国空军工作。

——亨德利上尉，电影《怪人》[1]

我们不能指望在人力上与敌人相匹敌。如果我们想要保持现在的生活标准，或任何接近它的，那么我们不能指望在储备物资的绝对数量上能与它匹敌。因此，我们必须更加有效地利用我们有限的人力资源。我们必须给士兵们提供最好的武器装备，这些是我们的科学家、军事专家的才能，以及我们工业社会的创造力所能提供的。

——美国陆军部长罗伯特·T. 史蒂文，1953 年[2]

20 世纪 50 年代，使得二战"越来越科幻"的发明逐渐成为日常生活的一部分。喷气式飞机原本是为军方研制的，1952 年开始运送平民乘客；同年，第一台可以批量生产的电子计算机"尤尼瓦克"（UNIVAC）面世。由冯·布劳恩设计的火箭搭载着非军事用途的卫星进入轨道——1957年的是苏联的人造卫星1号和2号，1958年的是美国的斯科尔通信卫星，1960年的是导航和气象卫星。1951年，第一个用于提供民用电力以及提取制造氢弹所需要的钚的反应堆，上线运营了。对原子弹会影响日常生活的恐惧是可以理解的（1950年前只有美国和苏联拥有原子弹，1952年英国也拥有了原子弹）——即使没有全面核战争，也会有来自核试验的放射性尘埃，就像1954年氢弹测试后日本的幸运龙5号（Lucky Dragon 5）组员遭遇的不幸那样。50年代后期，艾森豪威尔后来所提出的"军事工业复合体"（the military-industrial complex）的经济成本，甚至在和平时期也受到科幻小说家的密切关注——海因莱茵积极地为其辩护，甚至是美化它。

◆ ◆ ◆

阿尔迪斯认为20世纪50年代"也许是科幻小说最好的时代"[3]。克鲁特认为它是科幻小说的"白银时代"[4]。卢卡尼奥估计1948—1962年间制作了500部科幻电影（包括专题片和短片）。[5] 仅1950年就有15种科幻杂志创刊，阿西莫夫也出版了第一部小说，理查德·马特森和戈登·R.迪克森（二战期间两人都曾在美国陆军服役）编写的故事初次亮相，还有美国制作的第一部高预算科幻电影。1953年雨果奖首次颁发年度最佳科幻小说奖。

1950年之前美国制作的科幻电影有《化身博士》《隐形人》《科学怪人》《飞侠哥顿》系列（1936年、1938年、1940年）、《巴克·罗杰斯》（1939年）、《美国队长》（1944年）、《超人》（1948年）等。20世纪50年代的《登陆月球》可能是第一部高预算（38.5万美元）的美国科幻电影。（文格罗认为20世纪30年代耗资巨大的未来主义音乐喜剧《滑稽的想象》在商业上的失败，使得美国制片公司在之后20年里不愿意投资拍摄科幻史诗片。[6]）《登陆月球》由欧文·皮丘（1947年他被列入黑名单，但是众议院非美活动调查委员会从未叫他接受质询）导演，海因莱茵是编剧之一，根据其第一部小说《伽利略号宇宙飞船》改编（片尾字幕上说这部小说是电影的灵感来源）。[7]

虽然《登陆月球》将建造载人（核）火箭的任务交给了无视"和平时期政府禁令"的民用公司，但推动者是美国空军准将赛耶（此前美国军方试图发射一颗人造卫星，但未能成功，他认为失败是由于有人蓄意破坏，他还是后来的宇航员之一），其意图显然是军事的。在一幕场景中，赛耶告诉工业家："我们不是唯一知道月球可以到达的人。我们不是唯一计划去月球的人。竞赛正在开始——我们最好赢得比赛，因为绝对没有办法阻止来自外太空的攻击。第一个能利用月球发射导弹的国家……将控制地球。先生们，这是本世纪最重要的军事现实。"[8]在早一点的场景中，太空竞赛明确地被比作一场战争，飞机制造商游说道："现在美国工业必须开始努力，就像我们在上一次战争中那样。"[9]

尽管有明确的军事目的，但首次登上月球的两个人是平民，其中一人声称："感谢上帝恩典，感谢美利坚合众国，我代表全人类占领这个星球，造福全人类。"[10]没有必要像1949年海因莱茵的小说《伽利略号宇宙飞船》那样进行战斗，在发现并最终摧毁纳粹基地之前，平民宇航员代表联合国宣称对月球拥有主权。[11]海因莱茵之前的小说《不令人满意的解决方案》中也没有任何线索，没有军事独裁的迹象，比如曼宁上校正在实施"美国治下的和平"，更不用说在《监视》中表达的恐惧了。

九年后（苏联人造卫星发射后大约两年），美国陆军确实提议建立一个载人月球基地，认为"任何无法首先登上月球的事情都将是灾难性的"[12]。1959年3月20日地平线项目（Project Horizon）任务组成立，在（陆军军械导弹司令部）少将约翰·梅多利斯的领导下工作，并得到了维尔纳·冯·布劳恩及其团队的全力配合。

不知道《登陆月球》对推动它有没有起作用，沃尔德罗普称赞这部电影掀起了"20世纪50年代早期的科幻热潮"，尽管票价相对便宜的《火箭飞船X-M》在电影院上映排名上领先了近四个星期。沃尔德罗普认为，没有《登陆月球》，"将不会有1951年的《地球停转之日》和《怪人》"[13]。

《火箭飞船X-M》（X-M是"月球探险"的缩写）很快被摄制出来，试图借助《登陆月球》的宣传效应，但它传达了一个截然不同的信息。它的宇航员们——美国军官和有着欧洲口音的科学家，穿戴着美国军队剩余的士兵军服和防毒面具——也打算在月球上建立"无懈可击的基地来维持世界和平"，但是这些资金是由政府而不是私营公司提供的。[14] 这个带有悲观色彩的剧本由后来被列入黑名单的达尔顿·特朗博（1939年反战小说《无语问苍天》的作者）联合编剧，它描写宇航员们发现火星文明在一场核战争中被摧毁了——这也是《伽利略号宇宙飞船》的主人公所假定的很久以前月球文明的命运，他们从月球上找到了证据。不幸的是，这个星球上的一些地区仍具有危险的放射性，宇航员们来不及返回地球发出警告就死了。[15]

西蒙·沙马在《美国的未来》中把这两派美国政治思想描述为汉密尔顿派与杰斐逊派——前者认为战争是必要的，不仅是"为了捍卫自由和其他美国理想，还要积极地传播它们"[16]；后者

第五章 "我不为世界工作"：1950—1961 年

认为军事可能与"共和国政府的原则不一致"，可能会压迫它声称要保护的人。[17] 二战在很大程度上被视为一种必要的自卫行为，而不是一场征服战争，能暂时使双方和解，但是不会太久。对许多美国人——包括科幻小说作家和电影制片人——而言，核武器的存在使这个问题变得更加紧迫：强大的军队是保卫他们生活方式的最大希望吗？或者，这不仅是对自由的威胁，也是对生存的威胁？

汉密尔顿派和杰斐逊派对军队的态度的分歧，也可以从沃尔德罗普提到的另外两部电影中看出来，即1951年的《地球停转之日》（改编自1940年哈利·贝茨在《惊奇故事》上发表的小说）和《怪人》（改编自《惊奇科幻》编辑约翰·W. 坎贝尔1938年发表在杂志上的一个故事）。两部电影都让美军对抗孤独的外星人，一看见他们就射杀，但是相似之处仅此而已。在《怪人》中，观众明显应该为士兵们的努力鼓掌（他们去北极搜寻最初怀疑是坠毁的苏联飞机），因为他们反对外来入侵者的立场，"从X星球来的喝人血的胡萝卜"[18]。在《地球停转之日》中，士兵们射杀来访者（因两个互不相关的事故），差点导致地球毁灭。

史蒂芬·金认为在朱利叶斯和埃塞尔·罗森博格①被定罪一个星期后上映的《怪人》，是20世纪50年代第一部政治恐怖电影。[19] 他指出："肯尼斯·托比和他的士兵们的出现，给这部电影增添了军国主义色彩和政治上的光环。"[20] 亨德利对记者的反驳证实了这一点："我不为世界工作，斯科特。我为美国空军工作。"[21]

---

① 朱利叶斯和埃塞尔·罗森博格是美国公民，他们和其他人一起为苏联进行间谍活动，被美国联邦政府审判、定罪和处决。他们向苏联提供有关雷达、声呐和喷气式发动机的绝密情报，并被指控向苏联传送有价值的核武器设计。——译注

影片中没有人质疑这一点：唯一有其他优先权的角色——带有英国口音的诺贝尔奖得主卡灵顿博士（"为了人类知识的利益"，请求允许解剖和检查外星人，然后再尝试与它沟通），被认为犯了危险的错误。在剧本的早期版本中，卡灵顿在抢救外星人的最后一次失败的尝试中被杀，记者看着两具尸体，说："上尉，大获全胜。怪物们都死了。"[22]

史蒂芬·金还认为《怪人》表现了二战后反对绥靖政策的观点，包括电影中"'让军队处理这个'的主题，在1951年是完全可以接受的。因为在约翰·韦恩式'大英雄'电影中，军队很好地对付了日本人和纳粹"[23]。这与埃文斯的估计相一致：在1950—1955年的好莱坞电影中，大约有70%的军队形象是正面的，不到10%是负面的。[24]尽管扬科维奇指出："军队本身并没有得到积极的表现，只有地面上的士兵……事实上，当命令确实来自上面时，他们要么太晚了，要么完全被误导了。"[25]他假定当记者斯科特暗示亨德利可能"因为破坏令人尴尬的信息而被提升时"[26]，他不是开玩笑。

当技术问题使亨德利无法和上级沟通时，他接到的命令是适得其反的，《怪人》中士兵们面对的大部分问题是他们自己造成的。正如史蒂芬·金指出的，"陆军那些家伙……在整部电影中表现出僵化的脑筋"。首先使用过多的铝热剂将外星人的宇宙飞船从冰封中释放出来（"按照标准行动程序"），从而意外地摧毁了它，然后把冰封的怪人从冰封的棺材里释放出来，把它藏在打开的电热毯下面。[27]怪人复活后，立刻被一个惊慌失措的守卫射杀了。

情节上表现完这些不可思议的发明之后，军队的行动就变得迅速而明智了。正如斯特里克所说："这是一部关于团队合作的电影，怪物和冰川科学家是反方，肯尼斯·托比扮演的约翰·韦恩式大英雄领导我们这一方……遏制和约束怪人所需要的是清醒的头脑和迅速的行动。"[28] 讽刺的是，尽管这部电影在情感上是支持军队的，但当霍克斯向空军请求资助电影制作时，据说被拒绝了，因为电影描绘的飞碟太过真实。[29]

1952年的《入侵美利坚》更加支持军队，为更大规模的军队和"普遍征兵"提供了充足的理由——包括征召妇女进入被接管的前私营工厂来生产军事装备——假定美国遭到入侵（由临时演员扮演，他们穿上美国陆军制服，以便双方都能使用美军的资料片，讲的英语混合着俄语和德语，但是兜售苏联制造的波波沙冲锋枪）和爆发有限的核战争。侵略者用原子弹轰炸了一些城市，但是美国采取的报复措施是你发射一枚原子弹，我就发射三枚，而且是首先使用了氢弹（这个苏联在一年内不会研制出来）。工厂主谴责征用他的拖拉机厂是"共产主义"，但是当他的一名工人帮助入侵者接管工厂为军队制造坦克时，他又试图反击。一名拒绝军事拨款法案的议员认为美国"可以安全地将我们的军事力量削减一半"，当国会被占领后，这名议员是第一批被杀死的人之一。[30] 这个"未来之旅"结果变成了一场幻想，是酒吧顾客被占卜者集体催眠的结果，但是这也促使饮酒者改变他们的优先选择，以支持一支更强大的美国军队，而且大概是想让观众也这么做。

同样的汉密尔顿派军事美德在《怪人》和《入侵美利坚》中得到赞扬，在《地球停转之日》中则受到质疑：一名精神紧张的美军士兵过于迅速的反应导致一个温和的外星人大使克拉图受伤，毁掉了他带给美国总统的礼物（一台星际发报机）。片头字幕叠加在天文照片的背景上，影片以美国军事雷达设施侦测到正在靠近地球的物体的镜头开场。[31]一个飞碟降落在华盛顿特区，军队立即包围并封锁了该地区。军队、坦克、其他车辆和武器由国民警卫队提供。导演罗伯特·怀斯选择与国民警卫队而不是美国陆军合作，是因为"当你去找军方要一些装备或人员支持时，你必须向他们提交剧本……陆军拒绝资助我们。我们不需要从他们那里得到什么，我们认为我们能弄到吉普车和一些坦克。我猜他们不喜欢这个消息"[32]。20世纪福克斯公司的一名说客随后找到了国民警卫队，他们说"完全没有问题"[33]。

《怪人》和《地球停转之日》都是在朝鲜战争的民众支持率下降时上映的，议长山姆·雷伯恩警告说，这可能会是"第三次世界大战的开始"[34]。克拉图在和美国国务卿的对话中，将此类国际争端视为"鸡毛蒜皮的小事""幼稚的猜忌""愚蠢的"[35]。他轻而易举地从沃尔特里德医院的军方拘留所逃脱，偷走了一名陆军少校的便服，开始接触普通人，"希望熟悉这些奇怪的不理智态度的基础"[36]。他住在一间公寓里，在那里遇到了战争寡妇海伦·贝森和她10岁的儿子鲍比。鲍比带克拉图去了阿灵顿国家公墓，他显然对美国的战争死亡人数感到震惊和悲伤，他告诉鲍比他们那儿的人与之没有相似之处，因为"他们没有任何战争"。男孩热情地回答："嗯，那真是个好主意。"[37]

但是克拉图和机器人执行者高特（据透露，在贝茨的小说和剧本早期版本中，机器人高特是克拉图的主人，而不是克拉图是机器人高特的主人）并不是彻底的和平主义者。在整部电影中，高特明显增强了它对士兵的暴力程度。第一次见面时，它蒸发了枪、坦克和大炮。当克拉图第一次返回飞船时，它显然抓住了两名哨兵，要么杀死了他们，要么使他们失去了知觉。克拉图被杀死后，高特把新哨兵蒸发了。

克拉图告诉教授巴恩哈特（一个虚构的爱因斯坦）："只要你们被限制在用你们原始的坦克和飞机互相战斗，我们就不关心。"拥有火箭和核武器的地球，"对其他星球的和平与安全构成不可容忍的威胁"，克拉图"反过来威胁要采取武力行动，因为那似乎是你们的人唯一明白的事情"。为了争取到一个听证会，他提出了"夷平纽约市或弄沉直布罗陀巨岩的可能性"[38]。巴恩哈特反对在世界范围内和平示威，带着科学家和伟大的思想家去见克拉图：克拉图戏剧性的但不是破坏性的解决方法是，除了医院和正在飞行的飞机，停止地球上所有电力一小时。海伦的追求者，自私、冷酷的汤姆·史蒂文，这样回应《怪人》中亨德利上尉的"我不为世界工作"，他给五角大楼打电话说，"我不在乎世界上的其他人"，他把克拉图出卖给了美国陆军，希望成为"这个国家最伟大的人""一个大英雄"[39]。

在去见科学家的路上，克拉图再次被军队击毙——这一次是致命的。海伦把他的口信转达给高特（"克拉图、巴拉达、尼克托"），显然是在告诉机器人克拉图出了什么事，命令他不要毁灭地球。高特从监狱取回克拉图的尸体，让他复活了，他在电影结束时说了一段话。

克拉图说：

> 高特是我们为维护和平而研制的机器人警察之一。在攻击方面，我们赋予它们绝对的权力。这种权力不能

被撤销。一旦看到暴力的迹象，它们自动地对侵犯者采取行动。刺激它们导致的惩罚太可怕了，不能冒险。结果是，我们生活在没有武器和军队的和平环境中，确保我们没有侵略和战争。可以自由地从事更有利可图的活动。我们并不假装达到了完美，但是我们有一套机制，而且它管用。

我是来告诉你们这些情况的。你们如何管理自己的星球与我们无关，但如果你们威胁要扩大你们的暴力，你们的地球将会化为焦土。你们的选择很简单。加入我们，在和平中生活，或者继续走你们现在的道路，面临毁灭。[40]

尼古拉斯·迈耶在 DVD 的评论里，认为克拉图的解决方法是"一种强迫下的奥威尔式的和平和独裁（专制）"[41]。怀斯以反问作答："在我们这个世界，除了有什么东西悬在他们头上迫使他们去做之外，你还能怎么对付这些政府呢？"[42] 实际上，他的强制维护和平与海因莱茵在《不令人满意的解决方案》中提出的只有一点不同——谁（或者是什么）来维护和平。这种应该由美国军事人员来处理的想法不会说服克拉图（他被美军两次射杀和伤害，在电影结尾那次是致命的），编剧和怀斯大概也不会同意——怀斯解释他之所以被剧本吸引，是因为"我这辈子就是个反军事主义者，我认为这是一种表达方式"[43]。

可能因为具有非典型的反军事信息，《地球停转之日》是20世纪50年代最有影响的科幻电影之一。维基百科列出了65个与这部电影和电影台词"克拉图、巴拉达、尼克托"有关的流行文化，据坎农说，科林·鲍威尔认为这促使罗纳德·里根向米哈伊尔·戈尔巴乔夫建议，他们也许有一天会联手击退外星人的入侵。[44]

《地球停转之日》毕竟属于少数，20世纪50年代大部分美国科幻电影"以英雄的语言描写军队仍是常态"[45]，富兰克林认为《地球停转之日》和阿克·奥博勒的《最后的五个人》是"几年来最后两部"抨击军事建设的电影，因为众议院非美活动委员会对电影行业加强了审查。[46]

在《火星人入侵记》（1953年）中，乘坐飞碟的火星人降落到美国，来阻止第一枚原子火箭的发射，他们在几个人的大脑里植入了意念控制芯片——包括一位美国陆军将军，他在调查了降落地点后被接管。尽管有这个内奸，但入侵还是被美国陆军轻易打败了（由几个演员和大量二战的军用旧资料片呈现）。[47]同样地，在1956年的《飞碟入侵地球》中，外星人威胁说，如果美国军队坚持发射火箭，他们就会入侵：在研发出新武器的科学家和冒着更大风险操作武器、迎战外星人攻击的美国士兵共同努力下，入侵者被击败了。[48]电影《惊天50尺男巨人》（1957年）里的巨人、《X射线》（1954年）中巨大的蚁群、《隐形入侵者》（1959年）中的入侵者也都是被美国陆军打败的，《原子怪兽》（1953年）中的怪兽是被国民警卫队打败的。[49]《狼蛛》（1955年）里巨大的蜘蛛和《高格》（1954年）中电脑控制的横冲直撞的机器人是被美国空军摧毁的[50]；《深海怪物》（1955年）中被辐射的头足类动物、《挑战世界的怪兽》（1958年）中的怪兽、《核潜艇》（1959年）中的水下UFO威胁是被美国海军打败的[51]；《致命螳螂》（1957年）中的变异螳螂是被美国空军和陆军共同打败的[52]。

《X射线》的制作得到了美国陆军支持，包括借用火焰喷射器和熟练使用它们的士兵[53]，而其他电影的制片人只能得到美军装备和军方的资料片——为了节约资金，《入侵美利坚》里必须包含一句关于入侵者穿着美国陆军制服的台词[54]，这一点将在20世纪60年代反军事电影中被否定。即使当美国军方无法战胜外星人的威胁时，比如乔治·帕尔的《地球争霸战》（1953年）中有核防护的火星人，军队还是被表现得比较正面，协助疏散受到威胁的城市人群。[55] 在《禁忌星球》（1956年）中，英雄们正在执行拯救任务，为联合星球而不是为美国服务，但这些全副武装的美国船员显然都拥有美国海军人员的等级和头衔，被莫比亚斯博士形容为（不需要的）"军事援助"和"他同类的军队"。他们派去营救莫比亚斯博士的科学小组的唯一幸存者对军官（除了船上的医生）不够尊重，告诉船长："一名指挥官不需要脑子，只需要有一副好嗓子。"他后来被揭露出来（无意地）是坏人，他的命运让人联想起《怪人》里的卡灵顿博士。[56]

《飞碟征空》（1955年）开场是英雄物理学家卡尔·米查姆穿着飞行服驾驶一架美国空军洛克希德T33流星号飞机返回他的实验室。为了颠覆50年代科幻电影中科学家常有的负面形象，电影将他塑造成一名战斗机飞行员。[57] [我一直无法得知《飞碟征空》从美国空军得到了多大程度的支持，但是片中T33的画面也许是资料片，可以清楚地看到雷克斯·瑞森扮演的米查姆爬进了驾驶舱。据克莱里说，电影确实给美国空军带来一些小问题，因为它引发了一波不明飞行物（UFO）报道的小热潮，这些不明飞行物与《飞碟征空》中美特鲁娜飞碟具有相同的能力。[58] 飞机的选择也可能是一个视觉双关语：美特鲁娜的敌人用一连串的流星摧毁了这个星球,在这个饱受战争蹂躏的星球上,可以清晰地看到"流星"。]

虽然这些电影大部分都是以美军胜利告终,或者至少在美国军事援助下消除了威胁,但是有趣的是,仔细看看其中某些电影是怎么开头的。在《飞碟入侵地球》(灵感来自由退役的海军陆战队少校唐纳德·凯霍写的非虚构小说《来自外太空的飞碟》)一开场,它宣称美军已经采取了先向任何不明飞行物开火的政策。[59]在《怪人》和《地球停转之日》中,他们就是这么做的。作为"垂死的太阳系的幸存者",外星人开场就摧毁了美国卫星(由美军基地发射的),他们误以为那是武器;当他们认识到自己犯了错误后,试图和负责卫星项目的科学家马文博士沟通,这一信息被理解得太晚了。外星人一着陆就遭到攻击,于是他们进行了报复。当外星人试图在华盛顿安排一次与地球领导人的会面时,模仿《地球停转之日》的方式,马文和军方认为这是个圈套,安排大家撤离这座城市,用马文的新武器保卫它。一名官员强调说:"当一支强大的、有威胁的武装力量降落在我们国家的门口时,我们是不会用牛奶和饼干招待它的。"[60]在这部电影中,美国显然没有与外星人谈判的打算,没有类似《地球停转之日》中部长那样的角色试图争取他们的帮助来对抗"邪恶势力",尽管这可能是因为制片人想要壮观的战斗场面,而不是对可能的和平解决方法发表任何评论。

◆◆◆

尽管约翰·W.坎贝尔和贺拉斯·L.戈尔德告诉创作者们不需要"原子末日"的故事了,但这些还是在科幻故事、小说、电影和电视里大量出现,传播到广泛且经常是充满感激之情的观众那里。1952年威尔逊·A.塔克的《漫长而喧嚣的寂静》中，一名陆军下士在一次核生化武器联合攻击后醒来，发现自己站在了军队强制戒严的另一边，为了生存下去，他必须与欺骗甚至谋杀做斗争[61]，达蒙·奈特"称赞他近乎完美，毫不逊色……深深感到他的诚实、勇敢"[62]。

1955年菲利普·K.迪克写道：

> 在科幻小说中，作家不仅仅倾向于扮演卡桑德拉①这个角色，他是绝对有义务的——当然除非他真的认为某天早上他醒来，发现高尚的火星人为了我们好，带着我们所有的炸弹和装备溜走了。
>
> 末日故事变得单调乏味，因为有无限光明的、成功的、非厄运的未来，只有一个厄运，那就是战争。一旦战争的末日故事被写出来，就没有太多要说的；雷·布拉德伯利至少写过一个那样的故事。[63]

雷·布拉德伯利的小说《细雨即将来临》(1950年)，描绘了因炸弹爆炸而在外墙上留下阴影的家庭的房子[64]，这本书在1950—1954年、1958—1963年、1965—1990年每年至少重印一次，1966年被改编成漫画，这还不包括翻译成其他语言的版本。[65]

在艾萨克·阿西莫夫的《星空暗流》(1952年)中，有一个太空人的传说，说地球表面有一半是放射性的。[66]他的短篇小说《温和的秃鹰》(1957年)写的是外星人等待地球上爆发核战争，

---

① 卡桑德拉是古希腊神话中一名拥有预言能力的女先知，却没有人相信她。后世以卡桑德拉代指能够预知未来，却无力改变结果的人。——译注

这样他们就可以在这个满目疮痍的星球殖民。[67]在《用 S 来拼写我的名字》(1958 年)中,一个外星人通过说服一位物理学家改变他名字的拼写,从而成功避免了地球上的核战争,然后在他的上级注意到他干涉人类历史之前,他接受一个赌注,用一个类似的小改动来如期发动战争。[68]沃尔特·M.米勒的《莱博维茨的颂歌》(1959 年)预言了在灾难性的核战争之后,高科技文明的缓慢恢复,一旦核武器的秘密被重新发现,这将是第二次世界末日。1960 年它获得雨果奖最佳小说奖。[69]

在 20 世纪 50 年代的美国科幻电影里,关于核战争及其后果的故事很常见,从阿克·奥博勒的《最后的五个人》(1951 年)开始,50 年代的一些科幻电影赞扬美国使用核武器。《入侵美利坚》(1952 年)中美国军队对入侵者进行报复,在敌人的国土上投放了三倍于入侵者对美国使用的炸弹。[70]滑稽可怕的《恐龙王》(1955 年)超越了任何逻辑上的极端。在这部电影中,寻找宜居星球的美国宇航员带着一个核反应堆(客舱行李大小,显然接近失重),它可以变成定时炸弹。在一个岛上,当一名宇航员的衬衫被"雷克斯霸王龙"撕破后,军医说:"我带了原子弹。我认为现在正是用它的好时候!"用核武器攻击了这个岛和岛民后(两只蜥蜴、一只小鳄鱼、一只枫叶龟、一只狨猴、《洪荒浩劫》拍摄的猛犸象的录像),另一个宇航员边笑边说:"我们给诺瓦星球带来了文明。"在《失陷猩球》中,对使用核武器的支持接近于变异生物对欧米茄炸弹的推崇,虽然在这个案例里,核攻击可能是为了证明在预告片中包含一枚炸弹爆炸的资料片是合理的,而不是作为一种政治声明。[71]

我还没找到那十年里的哪部电影是清晰地将美军描绘成第一

个用核武器攻击另一个地球上的城市的罪魁祸首，就像 20 世纪 40 年代一些科幻故事所表现的那样。当时的几部电影暗示，攻击将由苏联人或国籍不明的共产主义者发起，例如《入侵美利坚》和《火箭攻击美利坚》（1961 年）[72]，但是大多数电影仍然对战争的起因含糊其词，只关注战争的后果，例如《最后的五个人》《年轻野蛮人》（1957 年）、《海滨》（1959 年）[73]。

《海滨》里，科学家朱利安·奥斯本最接近于把责任归于美军："战争开始时，人们接受了这样一种愚蠢的原则，即如果不自杀，就可以安排用他们不可能使用的武器来维持和平。"[74] 美国军队拒绝资助这部电影的制作，"艾森豪威尔的内阁开会讨论如何限制这部电影的拍摄和上映"[75]。但是有一名美国海军中将担任技术顾问，英国皇家海军借给导演一艘潜艇，澳大利亚皇家海军提供了一艘航空母舰。

在此之后，又有一些表现美军正面形象的科幻核屠杀电影——《极度恐慌》（1962 年）以主角被陆军拯救而结束[76]——直到 60 年代美国科幻电影才公开表现美军发动了一场消灭敌人的同时也毁灭了美国人自己的核战争。

还有几部科幻电影表现当代美国核武器试验具有危险性。《惊天 50 尺男巨人》中的巨人（前美国陆军中校，在朝鲜战争中饱受创伤）、《挑战世界的怪兽》中的怪兽、《X 射线》中的巨蚁，都是由于受到美军原子弹试验的辐射而突然变得尺寸巨大；《原子怪兽》中美国人进行一次原子弹试验，使怪兽从坚冰中苏醒过来；《深海怪物》中巨大的头足类生物受到氢弹辐射，被迫在较浅水域里寻找猎物；《不可思议的收缩人》里由于核试验产生的放射性尘埃和化学喷雾的混合作用，主人公慢慢地消失了；《亚卡的野兽》中主人公由于美国人在地面上进行的一次原子弹试验而受到核辐射，从一个叛逃的匈牙利科学家变成了一头史前怪兽。[77]《X射线》和《深海怪物》都公开表示，未来的试验也许会带来更多的怪兽。同时，20世纪60年代的漫威漫画将利用辐射把普通美国人变为超级英雄——神奇四侠是由于宇宙射线突变的，浩克是由他自己设计的核武器的伽马射线造成的，蜘蛛侠是被一只受了辐射的蜘蛛咬了，超胆侠是因为暴露在放射性废弃物中，等等。反派也是如此。这些50年代的电影总是展示核武器试验的放射性尘埃的副作用，它对个人或整个城市都有消极的影响。

电影《原子怪兽》在比基尼环礁上进行的代号为"布拉沃城堡"（Castle Bravo）的氢弹试验之前上映，这个试验向有人居住的岛屿、贝罗科号航空母舰上的船员以及附近的一百艘渔船（包括五福龙丸号）散布了放射性尘埃。五福龙丸的所有船员都患上了急性辐射病，其中一人六个月后死亡，与此同时，数百名马绍尔群岛人从受污染的家园撤离。在这之后，很容易理解为什么海军助理部长对《深海怪物》提出抗议："氢弹已被指责为每一个已经发生的特殊事件负责，包括被打扰的海洋怪物。"[78]

雷·布拉德伯利的短篇小说《刺绣》（1951年）、阿西莫夫的短篇小说《地狱之火》（1956年）和《愚蠢的驴》（1958年），也反映出对核试验的这种担忧。在布拉德伯利的这篇小说里，三个女人在等待五点钟的时候，一个计划好的"试验"——这次原子弹爆炸比以往任何时候"都要大两倍多。不，是十倍，也许是一千倍"——摧毁了她们的镇子。一个女人问："为什么我们不在事态发展到这个程度之前阻止他们呢？"[79]在《地狱之火》中，一部关于核试验的慢镜头电影揭示了撒旦的真面目。[80]在《愚蠢的驴》中，外星人准备欢迎地球加入银河联邦，却发现人类正在自己的星球上试验核武器，他们立刻从名单上删掉了地球，并感慨称"一群蠢驴"。[81]

有人可能会说，这表明人们对原子弹甚至是科学的恐惧，而不是对美军的不信任，但值得注意的是这些电影和《地狱之火》明确提到了美军的原子弹试验。(《X射线》特别指责九年前历史上的三位一体核试爆，导致蚂蚁发生基因突变[82]，《亚卡的野兽》以内华达州一个试验基地为背景。)如果把它们归咎于另一种力量，会更容易，也会更爱国。就像《怪人》那样，在这些影片中，美军被描绘成在收拾自己制造的烂摊子，人们在这个过程中死去。

这十年接近尾声时，在科幻电影中批评美军武器试验变得更加明显。1958年在《空间小孩》中，巨型大脑与人类科学家的孩子们一起阻止了威胁地球的军事火箭发射。[83]1959年的《外太空第9号计划》中，外星人来到地球是为了阻止一枚会引发连锁反应并摧毁宇宙的炸弹试验。美国军方不仅被描绘成掩盖不明飞行物的真相，美国军方官员还回复外星人关于炸弹的警告称："我们真的研发这种Solanite炸弹又如何？我们将会成为一个比现在更强大的国家！"[84]

这表明，即使在冷战高潮期，美国主流科幻电影制作者也已经开始担心，拥有威力日益巨大的武器的美国军队是否值得信赖。埃文斯估计在1950—1960年之间，美军在美国电影里的负面形象略微比正面形象更常见些——大约42%∶40%，相比较而言，1951—1955年负面形象与正面形象的比例是10%∶70%。[85]美国军方仍准备与那些要展示其正面形象的科幻作家和导演合作，例如将一架价值 34.5 万美元的淘汰的 B-25 轰炸机卖给哥伦比亚广播公司（只卖了 2 500 美元），让他们在 20 世纪 60 年代的系列剧《阴阳魔界》的《九王不会再回来了》这一集中使用。[86]这部系列剧对美军的描绘通常是正面的，利用时间旅行和特异功能来处理幸存者的内疚、"战斗疲劳"、创伤后应激障碍，还有其他服役人员的心理问题。《九王不会再回来了》讲述了恩布里上尉的故事，他是二战时的 B-25 轰炸机指挥官，在一次任务中他的组员全部牺牲，而在这之前他病倒了。17 年后，当飞机残骸被发现时，恩布里在失事地点醒来，发现他躺在医院病床上。他以为这是一种幻觉，直到一名护士在他的鞋里发现沙子。[87]一个类似的幸存者有罪的例子是《三十英寻的坟墓》中，一艘美国驱逐舰的船员在瓜达尔卡纳尔岛附近发现了一艘 21 年前的美国海军二战潜艇残骸。在潜艇内传来敲击的声音，一名驱逐舰的船员——唯一的潜艇幸存者——认为他对潜艇失事负有责任，因为他不小心弄掉了一盏信号灯。他认为船员的魂魄在召唤他，于是他跳海淹死了。[88]

这些剧本都是由《阴阳魔界》的创作者罗德·塞林写的，他高中毕业后就应征入伍到美国陆军第 11 空降师当伞兵，曾给军队广播电台写过剧本，还在菲律宾战斗过。1946 年退役后，他利用《退伍军人权利法案》上了大学。[89]《阴阳魔界》的名字来源于一个晦涩的空军术语，尽管塞林记不得以前听说过。[90]《阴阳魔界》的《大家在哪里？》这一集，厄尔·霍利曼扮演的飞行员穿着空军的跳伞服，作为一名实习宇航员参加一项心理试验，以测试他承受孤独的能力。[91]《紫色的证明》也是塞林写的，讲述了 1945 年驻扎在菲律宾的陆军中尉菲茨杰拉德的故事，他能看到即将要死的下属脸上有奇怪的光。连长注意到菲茨杰拉德似乎对一天内四个人的死亡感到异常不安（回想起另一天连队死了八个人），他询问菲茨杰拉德这四个人是否有什么特别之处。中尉回答除了他们都不到 21 岁，另一个与众不同的是，他能准确预言他们哪天会死，并事先写下了他们的名字。菲茨杰拉德拥有这个能力的事传播开来，连里的一名士兵问谁将在下一次行动中死亡。连长不想看到有人当逃兵，于是宣称那是"谣言"。预见了连长死亡的菲茨杰拉德，同意他的做法。[92]

除了这个问题，整集中并没有暗示二战中在菲律宾作战的士兵会违抗命令或在执行任务时犹豫不决，即使他知道执行任务是会丧命的。当一名士兵说"战争很糟糕"时，没人认为它是不必要的。

在下一季《仁慈的品质》这一集中塞林将回到这个场景：一个刚毕业的年轻中尉指挥一个步兵排，排里都是经验丰富的、对战争厌倦的士兵，他们把一群饥饿的日本兵困在了山洞里。中尉想对洞穴发起一场类似自杀式的正面攻击，但是中士想要绕开这个洞穴，不管它，认为这些日本人已经不再构成威胁。1942 年 5 月 4 日，在科雷吉多尔，中尉突然发现自己成了一个日军中尉，在一个想要对洞穴发动进攻的日本上尉手下——这一次，这个洞穴由少数受伤的美国士兵据守——中尉发现自己无法说服上尉绕过洞穴不管它，或是让美国士兵投降。在为这些美国士兵求情之后，中尉又返回到自己的身体和现场，他决定绕过洞穴。这时，收音机里说广岛被轰炸了，日本人有望在几天内投降。[93]

美国士兵怜悯敌人而不是复仇的想法——至少当他们觉得这不会影响战争的结果时——也是由蒙哥马利·皮特曼编剧和导演

第五章 "我不为世界工作"：1950—1961年

的第三季的《两个人》的核心思想。五年前的一场战争给一座美国城市留下了遍地废墟，一名美国士兵遇到一名穿着侵略军制服的妇女。尽管最初两人互相怀疑，但他们还是分享了在一家空无一人的商店里找到的食物，这个美国兵找到了两把枪，给了那个女人一把。当她表示喜欢商店橱窗里的一件裙子时（她只说了一个词"precassny"，俄语"漂亮"的意思）[94]，美国兵便打碎窗户，把裙子递给了她。女人走进附近一栋完好无损的房子里换衣服，那里是一个征兵中心，宣传广告激怒了她，刺激得她向美国人开了一枪。美国兵躲开了，然后脱下军装，换上了平民服装。当他再次见到那个女人时，那个女人穿着那条裙子（尽管还穿着作战靴），他们一起离开了。一旦脱去军装，战争便结束了，他们不再需要互为敌人。[95]

《阴阳魔界》中对美军最具负面性的描写是在第五季的《交锋》（1964年）中，内维尔·布兰德扮演一个打扮入时的前海军陆战队队员芬顿。[96] 他有一间摆满了二战纪念品的阁楼，纪念品里包括一把被诅咒的武士刀，那是从一名已经投降，却被芬顿杀死的日本军官手里获得的，因为他得到命令不带走任何俘虏。大约20年后，芬顿侮辱了一个来给他家修剪草坪的在美国出生的年轻日裔亚瑟·高仓，指责是移民而不是酗酒害他丢了工作（暗示他的妻子离开了他）。虽然芬顿没有得到令人同情的刻画，但本集结尾的旁白认为他的堕落是由于内疚。[97]这一集在1964年5月1日——第一次学生游行示威反对越战的前一天——播出，但版权再没有卖出去过，据报道是因为日裔美国人抗议，他们被激怒了，因为高仓声称他的父亲是个叛徒，在珍珠港向日本飞机发出信号（不存在这样的叛徒），还有芬顿的种族主义言论，包括

"女人不值一钱，任何去过东方的人都知道"，"在太平洋，我们被告知你们甚至都不是人类，你们是某种猿类"（这是《阴阳魔界》唯一只播出过一次的剧集[98]）。

《阴阳魔界》中展现的美军形象，特别是由塞林编剧的，几乎只有那些容易犯错的人才会犯错——特别是如果他们没有实战经验——但是本质上是英雄主义的。除了芬顿（整个系列剧中唯一一个美国海军陆战队队员的角色）和飞行员科里，他是《我向天空射了支箭》中一名为了水而杀死指挥官的宇航员[99]，几乎所有的人都被设定在美国陆军、海军或是国民警卫队服役（在《第7个是幽灵》[100]中），每个人似乎都愿意牺牲自己来保卫国家和战友（当他没做到时可能受到精神创伤），但是一旦战争结束，也能够停止战斗。

这是一个几乎完全基于二战思想的形象，第五季的第一集《赞美皮普》(1964年)，开始于越南的一个战地救护站，一名年轻士兵在那里受了伤，尽管"那里本不应该发生战争"[101]，没有任何一集的背景设置在朝鲜战争中。《最后的飞行》讲的是一个一战飞行员为了解救朋友而回到过去的故事，这个朋友是他当年因一时怯懦而抛弃的，用了英国演员肯尼斯·黑格扮演英国皇家空军，而不是美国人。[102]除了《交锋》中的芬顿，《阴阳魔界》对美军处理战斗或善后事宜的描写，普遍是令人同情的——甚至芬顿也有良知，对于遵守命令杀死一个已经投降的手无寸铁的士兵感到懊悔。直到越战主导了公众意识，认为美军是冷酷的、心理变态的杀人机器的观念才逐渐变成主流。

◆◆◆

对于漫画书中的超级英雄来说，50年代早期还不是黄金时代。

第五章 "我不为世界工作"：1950—1961年

50年代早期美国漫画行业主要围绕浪漫、西部、犯罪、恐怖主题，尽管其间出现过一些科幻漫画。当1950年8月朝鲜战争爆发时，很少有穿戏服的超级英雄还活跃着[103]，只有福西特漫画公司的惊奇队长和小惊奇队长被描绘成战争结束前在朝鲜战斗——与"鲜红的吸血鬼"以及其他恐怖分子作战。[104]

尽管漫画"仍然是美国大兵的文学选择"[105]，但时代漫画公司此时出版的漫画书，和二战期间出版的那些漫画书已大不相同，描绘的战斗不再是超级英雄打坏人，现在漫画开始展现普通士兵的痛苦和恐惧。也许变化源于编剧和画家的经历，他们亲眼目睹了战争，他们描绘的新战争也是不同的。[106]

这并不总是受美国陆军欢迎，他们批评哈维·库兹曼1950年创作的《幽冥神话》和《前线战斗》是"破坏性的，因为它们试图败坏陆军的名声，削弱军队的士气"[107]。据库兹曼说："当时，以幻想和魅力形式来制作战争漫画很流行，但我认为这是一件可怕而不道德的事情。他们把战争弄成了一件开心的事情，美国的超人到处痛打龅牙的黄种人……战争真正的方式是，无缘无故你会突然被杀死。"[108] 莱特认为正是这种对战争现实的认知，阻止了漫画书中外星人和科学家/罪恶战士被招募，以及被用来招募其他人去朝鲜作战。"不像对抗轴心国的'正义战争'，来自朝鲜的消息不容乐观……1950—1951年冬，美国军队从冰冻的朝鲜大规模撤退……战争变成了残酷而无休止的消耗战。在这个背景下，福西特漫画公司的作家们所设想的幼稚情节行不通。对于这场战争而言，没有简单的答案，也没有简单的解决方法。"[109]

朝鲜战争结束后，《无辜的诱惑》作者弗雷德里克·魏特汉1954年出席了参议院少年犯问题小组委员会的听证会，《漫画自律法》诞生，漫威漫画试图复兴二战时期的超级英雄。美国队长和巴基短暂而不为人注意地再次出现，封面上装饰有"美国队长……共产主义者的毁灭者""反击苏联"等字样，包括前往战后的韩国，对付被美国指控投毒的敌国战俘。[110]这个系列只出版了三期就停刊了，漫威又等了十年，才用一些修正主义的历史重新复活了美国队长，使50年代的美国队长和巴基显得更像是骗子。

在20世纪50年代生产的美国军事装备中，我能找到的唯一以科幻小说里的形象或物品命名的是T-63训练模式（假核弹），也叫作"蓝甲虫"。蓝甲虫这个漫画形象是一个防弹衣发明家，专门打击犯罪，在1939年首次出场，但是在1950年中断；1955年短暂复出之后，至20世纪60年代中期他又消失了。

20世纪50年代一项科技发明吸引了美国军方的资金，那就是火箭助推器或个人升降装置。1959年上校查尔斯·帕金曾尝试把喷火器上的氮推进剂储存箱捆到他的背上，然后跳起来[111]，仿照巴克·罗杰斯那样。他说服美国陆军的运输研究和工程司令部发布建议书申请，要求提供一份关于"小型火箭升降装置"提高士兵机动能力可行性的权威报告。[112]贝尔航空系统公司和聚硫公司（Thiokol Corporation）已经在研发火箭动力飞行器，于是提交了投标书，但是进行这项研究的合同给了通用公司航空喷气研究所，它因为那份宣称小型火箭升降装置可行性的报告而获得56 456美元。[113]1960年贝尔公司收到25 000美元来建工作原型，1961年它展示了一款78-1b。火箭推进器载人飞行了21秒，飞行员飞过一辆军用卡车。[114]1965年它出现在詹姆斯·邦德的电影《霹雳弹》和系列剧《迷失太空》中；同年，贝尔公司和美国国防高级研究计划局签订合同，在陆军航空装备司令部的监督下制造航程更远的飞行器。[115]当飞行器可以在空中停留十分钟时，陆军最终认为它没有实际价值——尽管研制的作为飞行器动力的小型喷气发动机将被证明是军用无人机和巡航导弹的理想动力。[116]

◆ ◆ ◆

克拉图的"没有武器和军队的生活"的建议"将使人们自由追求更有利可图的事情"[117]，这在20世纪50年代的科幻小说里得到了呼应。随着艾森豪威尔入主白宫，他的国防部长、前通用汽车公司执行总裁查尔斯·威尔逊主张"永久战时经济"[118]，美国军事开支增加了一倍多，从1950年大约占预算支出总额的32.2%增加到1954年的69.5%，达到顶峰，在接下来的十年里，这一比例一直保持在42%以上，1951—1960年平均为60.29%。[119]意料之中的是，当时一些科幻小说作家提出了军事开支问题，特别是在和平时期。弗雷德里克·詹姆逊认为1953年是科幻小说第三阶段的开端，那一年弗雷德·波尔和西里尔·M.科恩布鲁斯的《太空商人》出版——"社会学，或者更好的是，社会讽刺或'文化批判'"[120]。第一部明确提出这个问题的小说，也许是科恩布鲁斯1953年创作的《冒险家》，它描写了未来的美国，其中国防部占用了政府支出的78%。[121]想要把钱用来买私人艺术品的总统以叛国罪枪毙了国防部长后，内阁秘密地为军事政变制订了长期计划。政变成功后（科恩布鲁斯表示早些时候曾有一次政变失败了，提到之前五角大楼的一次兵变），这位妄自尊大的军事独裁者把内阁所有成员都杀了，因为他们不承认他的神性。

1953年菲利普·K.迪克的小说《捍卫者》中，战争结束八年后，美国人和苏联人被他们的机器人所欺骗，还留在防空洞里：机器人希望当人类出来的时候，任何一方都不想要战争，共同努力实现包括"征服太空"和"消除饥饿和贫穷"在内的和平目标。[122] 1952 年在雷·布拉德伯利的小说《一块木头》（我能找到的布拉德伯利的小说中唯一一个以士兵为主角的——在这种情况下，既是主角又是对手）中，一名中士问一个官员（这名官员嘲笑他在经历了 16 年战争后要解除全世界武装的想法）："你对自己和我说谎，是因为你有一份舒适的工作吗？"[123] 当中士把所有处于战备状态的金属武器都弄生锈时，官员下令打死他，宁愿用木椅腿打死他，也不想看着军队解除武装。[124]

英国作家亚瑟·C. 克拉克《童年的终结》（1953 年在美国出版）的开头，和《地球停转之日》一样，描写了一艘外星飞船到来，说英语的使者呼吁国家间保持和平——用与克拉图相似的、令人印象深刻的，但非暴力的技术力量来支持它。在五十年内，这促成了一个"黄金时代"，"取消武装部队立刻使世界有效财富增长了一倍"[125]。

弗雷德·波尔的《彭家角的巫师》（1958 年）描写了美国陆军配发新装备（可能还很贵）的速度非常快，以至于一支 1 250 人的部队的步枪手们跟不上枪支使用说明书的要求，很容易就被一个年过八旬的拿着点 22 口径霰弹枪的平民打败了，随后老人接管了五角大楼（其中一边被一家广告公司占据了）。[126]

这样的内容甚至出现在 1959 年海因莱茵的《星河战队》中，在小说的开头，主人公的父亲说：

> 如果有战争，我会第一个为你加油的——让生意处于战备状态。但是没有战争，赞美上帝再也不会有战争。

我们已经克服了战争。这个星球现在是和平和快乐的，我们和其他星球的关系很好。这所谓的"联邦服务机构"是什么？寄生、纯粹和简单。无用的、完全过时的、靠纳税人生活的机构。[127]

正如潘兴所说，"星河战队如果无事可做，只能坐下来第十次擦拭他们的武器，那么他们将不再拥有荣耀"[128]，这正是科特·冯内古特的第一部小说《自动钢琴》（1952年）里和平时期陆军的样子——为受教育程度低的或者失业人员提供的资源库，举着木枪游行，被布拉特普尔国王形容为"一群优秀的奴隶"[129]。冯内古特的士兵角色——陆军一等兵哈克特想要"占领某个地方或是某个人"，希望"海外也能有辉煌和荣耀，虽然没有任何开枪的机会，很长一段时间也不会有开枪的机会，但你还有一把真枪和子弹，还是有点荣耀的"。在视察完士兵们训练后，国王评论道："美国几乎改变了地球上的一切，但是移动喜马拉雅山也比改变陆军容易。"[130]

海因莱茵的主人公对这些指责的回答是，军队是没有作用的，而且反击是昂贵的（在他通过了基础训练后），"是否曾有这么一段时间，'和平'意味着没有战争，我一直无法弄明白这件事情"[131]。在1953年朝鲜战争结束到1963年越战升级这段时间里，对美国来说是相对和平的，在这十年里海因莱茵不仅继续为军队辩护，而且还颂扬军队，用他自己的话说："如果我不是以它为荣的话，我会选择它作为我的职业，并在过去的56年里留在名册上吗？"[132]

在海因莱茵的《行星之间》（1951年）中，主人公唐·哈维应征入伍前一直没被称为男人。在这之前,他被称呼为"儿子""我的男孩""年轻人""孩子";在关于参军的那一页里[133],他被称呼为"士兵"或"男人",之后几页他对一个年长很多的朋友说:"我不是任何人的'亲爱的孩子'了……我现在是一个成年男人了。"[134]作为一名士兵,他很快就"盼着"突袭了[135],开始讨厌有"热餐……睡觉时间……干净衣服、白净皮肤、没有任务也没危险的生活"[136],尽管他声称想要一个世界,"在那里一个人能做他想做的事情,而不是被摆布"[137]。甚至敌军士兵也是受到尊敬的:唐在学校里最好的朋友表达了他参军的意愿是支持另一方,告诉他"我们之间没什么区别。我老爸说当开始点名的时候,重要的是要有足够的男子汉气概站出来"[138]。唐后来想起他,认为"他不是敌人,也不可能是……他强烈希望战争的危险永远不会使他们面对面战斗"[139]。

1958年海因莱茵停下了《异教徒》的写作(后来变成《异乡异客》),开始写一篇付费的报纸广告,标题是《谁是帕特里克·亨利的继承人?站出来,报名!》,为美国地面核试验辩护,这种核试验激发了20世纪50年代许多怪兽电影的灵感:"没有恐慌的白血病、突变或原子大屠杀会影响我们。'核辐射尘'危险吗?当然了!对生命和子孙后代的危害已经被故意歪曲了——但如果它是100倍的伟大,我们仍然会选择它。"[140](相反,杰斐逊派的阿西莫夫很"高兴"在"促成禁止核试验方面起了很小的作用",只写了一篇关于^{14}C对人体影响的文章。[141])

写完"帕特里克·亨利"后,海因莱茵暂时放弃了写作《异教徒》,转而开始写《星河战队》。他认为自己"在海军服役的日子通常还不错","空军也过着类似的生活"[142]。海因莱茵打算让这部小说赞美一下"双脚泥泞的可怜的血腥步兵,拖着他虚弱的身体在挚爱的祖国和战争的孤寂中徘徊——但是这真没什么可赞美的"[143]。"'帕特里克·亨利'广告令他们震惊,《星河战队》激起他们的愤怒。"1980年海因莱茵如此写道(主要是指他的读者和科幻小说迷)。[144]

小说讲述了胡安·约翰尼·瑞克的一生,从他在学校最后一学期到加入加拿大训练营,2009年有187人毕业(14个死了),然后上了预备军官学校,最终在机动步兵团成为了一名中尉。(卡夫奈认为海因莱茵给瑞克起这个名字,是对达尔顿·特朗博宣扬和平主义的《无语问苍天》[145]的反击;也可能是受到《当约翰尼迈步回家时》这首歌的启发,它后来在电影《奇爱博士》中有很大影响。)瑞克的妈妈被一只攻击地球的魔蛛杀死了,他富有的、曾信仰和平主义的父亲也参了军,做他的副排长。在那时,与一个完全是共产主义[146]的外星种族的第一次星际战争或"昆虫战争"爆发了,因为谈判显然是不可能的。[147]另一个外星种族Skinny人以前是魔蛛的联盟,转而与人类结盟。瑞克准备参加一场大战,但小说的结尾是战争还在继续。

安东尼·布彻称它"根本不是一部小说,而是以一些虚构修饰进行的一场愤怒的布道……作者专注于他的论点,以至于他忘记插入一个故事或是任何可辨认的人物角色"[148]。迪恩·麦克劳林形容它是"一本书那么长的征兵广告"[149]。阿列克谢·潘兴说这是一场"军事主义的论战——我不认为其他任何阅读是可能的",又说"用最华丽的语言来描述军队生活"[150],"疾病、肮脏、怀疑都消失了"[151];最后,他把它比作一部征兵电影。H. 布鲁斯·富兰克林形容这部小说是"吹军号、击鼓赞美军队中英雄的生活"[152]。诺曼·斯平拉形容它是"一个军队的梦遗式幻想……充满正义的天真少女茫然无知地屠杀外星人或机器人模样的没有面孔的炮灰"[153]。

詹姆斯·布利什是支持《星河战队》的，他写道："如果一部关于富有献身精神的士兵的小说没有给人留下这样的印象，即战争是一个男人唯一真正的职业，那它就是失败的。我认为在这方面海因莱茵令人敬佩地成功了。"[154]成为自己父亲的长官的幻想，这一设计似乎是为了吸引青少年的，他们是海因莱茵预期的读者群，也是征兵广告的潜在群体，海因莱茵的"可怜的血腥步兵"认为他们是精英："你不能买到一个步兵，你不能征召他，你不能强迫他……机动步兵是一个自由人，所有的动力来自内心——自尊，对战友的尊重，成为步兵一员的自豪感，这就是士气或精神。"[155]小说也确实认为只有老兵才是成年人，叙述者和其他士兵们都这么认为（海因莱茵可能也这么认为）。这本书献给"所有的中士，不论何时他们都在努力把男孩训练成男人"[156]。在一个场景中，一个还在受训的人被一名高级军官形容为"一个坏男孩——我叫你'男孩'是因为你远不是一个男人，尽管我们将继续努力——考虑到你的训练阶段，你是一个令人惊讶的坏男孩"[157]。高级军官和军士们也称呼没有经验的新兵为"小家伙"[158]"孩子""野兽"[159]"没打过架的幼崽"[160]；瑞克后来总结称受训的学生是"零，没有边缘的零"[161]。

毫不意外的是，军方一些人显然赞同这种观点，这部小说列入了海军陆战队[162]和海军[163]的阅读清单。小说发表后，小说中描写的许多武器和其他技术，要么在美国军方的要求（和投入）下研发出来，要么正处于筹备中。"红外探测仪"现在是美军的标准装备。[164] 五角大楼又投入了数百万美元研发"核手榴弹"[165]，和海因莱茵的"皮威 A 火箭"[166] 有些相似。用来对付藏在洞里的魔蛛的"H 穿洞火箭"[167]，影射的是美军研发的"核地堡炸弹"，最早的是 1963 年的 M61 型炸弹，最近的大多是增强型的核钻地弹，旨在摧毁一度被认为存在于阿富汗和伊拉克境内的隧道和地下工事。[168] 美军和国防高级研究计划局还试验了金属防弹衣[169] 和外骨骼动力，例如"人类负重外骨骼"，类似于海因莱茵小说里的机动步兵的动力装甲。[170]《星河战队》中一个外星种族的名字 the skinnies，也被驻索马里的美军用作当地人的昵称。MP-5 冲锋枪因"铅笔裤"的昵称而闻名。[171]

更重要的是，《星河战队》中所宣扬的两种政治观点在美国被广泛接受。第一个是强调装备精良的超级精锐部队。富兰克林指出"1959 年仍然有很大阻力，甚至是在美国陆军的最高层，反对建立《星河战队》中设想的那种精锐地面部队"[172]，直到 1961 年肯尼迪总统"几乎凭一己之力创建了绿色贝雷帽"[173]。肯尼迪将特种部队的规模扩大了六倍，"不顾高级将领们的反对，他们表达了传统的美国军队对精锐部队的怀疑"[174]。

第二个花费更长时间克服的来自美国中央（和一些地方）政府的阻力，就是废除征兵制，实行志愿兵制度。海因莱茵在《星河战队》中严厉批评了征兵制度，他后来在《衍生宇宙》中为小说辩护："我反对在任何时候以任何理由征兵，无论是战争时期还是和平时期，在小说、非虚构叙事以及从讲台到智库里的愤怒对话我都反复地说。"[175] 同样地，瑞克说："即使你的侧翼无人掩护，都比安排一个患有应征入伍综合征的所谓士兵要安全得多。"[176] 越战中发生的抵制事件（包括把不受欢迎的军官"撕碎"）可以说证实了这一观点，1973年当不再需要派兵进行越战时，美国政府放弃了征兵制。

小说中最有争议且信奉者较少的政治观点是，投票应该仅限于"联邦政府"的"退伍军人"，"平民"不可以投票。海因莱茵后来声称[177]"退伍军人"并不仅仅"指在军队服役过的人"，但是吉福德指出，海因莱茵的"意图是让联邦政府中95%的人成为'公务员'"[178]，而海因莱茵后来说[179]，小说的文本不支持这一点，吉福德引用了几段话来说明情况正好相反。（有趣的是，这些数字大致适用于敌人魔蛛，海因莱茵说它们"只有五十分之一是战士"[180]。）海因莱茵在附录中也认为一旦有人自愿，"他去被派遣的地方，做他被告知去做的事情……他最终可能成为炮灰"[181]。《星河战队》中落得三级残废的招兵军官霍，告诉瑞克（在和平时期），"如果你想服役，我不能说服你，然后我们不得不接受你，因为那是宪法保障的你的权利"[182]，但是服役"要么是真正的兵役，即使在和平时期也是艰苦的、危险的……要么是最不合理的军事服务"[183]。杜布瓦中校将公民权利定义为"一种情感上的信念，认为整体大于部分……部分应该为牺牲自我让整体活下来而感到无比骄傲"[184]。

与阿西莫夫对军队的看法相呼应，菲利普·约瑟·法默认为小说的连载版本中，海因莱茵"对众所周知的、经过彻底验证的军事体制愚蠢的倾向只字不提……相比由那些从未接触过血液和内脏气味的人们统治的世界，由退伍军人统治的世界将是管理不善的、贪污的、疯狂的"[185]。在一个关于小说的"历史和道德哲学"的小型讲座中（只有退伍军人可以教书——在这两种情况下我们所展示的退伍军人是在战斗中受重伤的军官），作为老师的里德少校认为"军人并不比平民聪明。在许多时候平民要更聪明一些……没有证据证实军纪能让一个人退伍后保持自律,退伍军人的犯罪率和平民很接近"[186]。但是里德坚持认为:"在我们的体制之下,每个投票者和公务人员通过自愿的、艰苦的服务,来证明他将团体的利益摆在个人利益之上……他可能不聪明,可能在公民道德上有缺失,但是他的平均表现要远远好过历史上任何一个统治阶层。"[187] 尽管里德没有定义"团体",但是海因莱茵在这部小说中强调"士气"和指挥系统,另一些人则认为士兵的责任是对他的部队尽职。瑞克可能"被期望将身体置于热爱的家乡和战争的孤寂之间",但是他清楚地表明他"热爱的家乡"是步兵团,而不是地球:"爱国主义对我来说有点深奥,范围太大,以至于看不见。但是步兵团是我的组织。我属于它。他们是我离开的所有家人。"[188](同样地,冯内古特的布拉特普尔国王被告知美国士兵是受爱国主义激励的自由人时,他根本不相信。[189])他反复说:"我不为世界工作,斯科特。我为美国空军工作。"

海因莱茵在小说中强调,"军队往往被大部分平民轻视,这一点是显而易见的"[190];小说甚至描写了西雅图的平民对瑞克和他的战友无端袭击[191]。但是平民从未反抗联邦政府,据一名士兵解释,这是因为"武装起义不仅需要不满,还需要有攻击性……如果你把有攻击性的挑出来,让他们成为牧羊犬,羊群将永远不会给你制造麻烦"[192]。这个观点假设联邦政府成功将所有有攻击性的人招进了军队,那些退伍或是拒绝参军的人之所以这样做,是因为他们没有足够的攻击性来制造麻烦,而不是对甚至瑞克也抱怨的工作收入、工作时间和工作条件不满。[193](大概在这个世界上没有人把加入联邦政府作为获得医疗保险或大学教育的唯一途径。）小说没有具体说明"牧羊犬"是指机动步兵团还是指整个联邦政府。如果是后者，它建议所有的政治权力（投票权和担任公职的权利）都局限于有攻击性的人享有，它可以解释最后一行所暗示的永久战争状态："为了步兵永恒的荣耀……"

前后不一致的描述在这儿帮不上忙：瑞克应征入伍，将步兵排在他职业选择的最后[194]，他似乎是被动的，受战友的压力，而不是因为好斗（有攻击性）。可以理解的是，布莱恩·阿尔迪斯形容他是"一个强大的渴望被羞辱的受虐狂"[195]。瑞克认为职业介绍所的工作人员容易犯错，有一次，他招募了一个后来从新兵训练营溜走并杀害了一名女婴的人。[196] 但是里德少校称赞牧羊犬的比喻"接近事实"[197]，又进一步说："继续我们这个体系的实际理由和继续任何事情的实际理由是一样的：它的效果令人满意。"[198]

正如潘兴所指出的，这个偷换概念的观点是"为剪羊毛机辩护"[199]，"旧的观点也许是对的"[200]。虽然我们从未看到步兵团针对平民（除非 Skinny 人实际上是人类叛军，预示着美国士兵在越南和中东的非常规战争中将面临的问题，瑞克承认无法分辨出 Skinny 人中的平民和士兵），但是小说没有任何内容表明，如果有人叛乱，为了从伪装成民主的军事寡头手里夺回政府，他们不会被命令那样做。当杜布瓦说："暴力、赤裸裸的武力在历史上解决的问题比任何其他方式都多，相反的观点是，最糟糕的是一厢情愿。忘记这一基本事实的人们，总是用他们的生命和自由来为此付出代价。"[201] 他的意思似乎是，非暴力主义者不能指望保持中立。新兵训练营的新兵也许是"幼崽""孩子"（当他们毕业时晋升为"男人"，至少是"猩猩"），小说中的士兵把平民比作

"绵羊"[202]和"豆子"[203],认为如果地球上居住的平民轻视军队（在靠近前线的行星上,人们的态度更积极些）,那么这种感觉是相互的。

◆◆◆

虽然《星河战队》对后来美国科幻小说中军队的描绘有重大影响,但限于篇幅,我不能像文学或政治论著那样论述它的优点和缺点。(虽然我不认同它的许多观点,但这不应该被误解为对海因莱茵的不尊重,我很欣赏他写的其他许多作品,而且海因莱茵以对其他科幻作家十分友好而闻名,其中包括西奥多·斯特金和菲利普·K.迪克,不管他们是否认同他的观点。)这部小说已经被许多作家和学者分析和批评过了（科幻小说和幻想研究数据库列出了关于这本书和电影的56篇评论文章）。[204]曾经出版过海因莱茵12部小说的斯科利布纳出版社拒绝出版这部小说,"因为它穷兵黩武",[205]然而它力压戈登·R.迪克森的军事科幻小说《多萨伊》,以及库特·冯内古特的《泰坦星的海妖》,获得了雨果奖（粉丝投票）。甚至提到它仍然会使几乎所有科幻迷的聚会都变得两极分化。1980年海因莱茵说:"继续收到许多令人讨厌的'粉丝'邮件和不太喜欢的粉丝邮件……但是它以11种语言的版本一卖再卖……然而,除了当有人想痛骂我一顿的时候,我几乎从未听到过它。"[206]

正如罗森鲍姆所指出的,对《星河战队》一个常见的批评是,海因莱茵的"无阶级军事乌托邦提供了一种理想选择,它看起来就像蜂巢一样,是社会主义和极权主义的"[207]。联邦政府的指挥系统和魔蛛的等级体系一样,主要区别似乎是在军队和政治等级体系中人类（尽管只有一个人在联邦政府服务过）可以得到晋升,而它暗示虫子不能;人类选择这个制度体系(尽管剥夺平民权利的决定是如何作出和执行的从未真正阐明过),而魔蛛没有这样选择;它提到(尽管没有证明)人类甚至会为了营救一名被俘虏的士兵而去打仗,而魔蛛不会。[208] 里德少校声称,在他们的政权下,"所有人的个人自由都是历史上最伟大的"[209],但是我们只能相信他的话,因为小说中没有其他东西支持这个观点:里德还说"人类没有任何性质的天赋人权"[210];不自愿参加联邦政府的人没有资格投票,这个人数比例不详;瑞克认为自由是休息与恢复,他似乎更喜欢战斗,瑞克扪心自问:"人类有权利在宇宙中传播吗?"答案是:"人就是他自己,有求生意志的野生动物,拥有对抗所有竞争的能力。"[211]《星河战队》中的道德可以归结为"强权即公理",再加上达尔文进化论来保护你自己和你的后代不断繁衍,这是对抗(given for the wars)虫子和Skinny的唯一理由。

注意"给予"(given)一词。从小说的观点来看,战争的理由是,只有战争(最好是对付不愿投降或谈判的非人类敌人)才能证明步兵团的存在,没有它就没有了故事。在这种情况下,值得注意的是小说没有以联邦政府胜利而告终;如果它这么来结尾,步兵团将又是一个"无用的、完全过时的、靠纳税人生活的机构"[212](正如瑞克的父亲在小说开头指出的)。海因莱茵没有让这种事发生,小说以瑞克的"流氓中队"准备"下一场猎杀虫子的战斗"结尾。[213]

这也表明让战争继续下去可能也符合军方的利益——瑞克对此表示怀疑:"我们将拥有我们歌唱的东西,'不再'研究战争。"[214]里德少校赞成他的主张——即使有一个人被敌人俘虏,也有"足够的理由开始或继续一场战争",尽管"如果战争开始或恢复,数百万无辜的人也许会死,几乎肯定会死"[215]。他们显然对谈判达成的和平没有多大热情,小说最后一行是"为了步兵永恒的荣耀"[216]。

这种态度也许在某种程度上解释了这本小说持续受美军欢迎的原因。如果我们接受潘兴的观点,即"星河战队如果无事可做……那么他们将不再拥有荣耀"[217],那么为了永恒的荣耀,你需要一场长期的战争。

注释

1. *The Thing from Another World*. Screenplay by Charles Lederer, Howard Hawks and Ben Hecht; adapted from "Who Goes There" by John W. Campbell. Dir. Christian Nyby.Prod. Howard Hawkes. Cast: Kenneth Tobey, Robert Cornthwaite, Douglas Spencer, James Arness. Winchester Pictures Corporation, 1951.
2. Prokosch, Eric. *The Technology of Killing: A Military and Political History of Antipersonnel Weapons* (London: Zed Books Ltd,1995), p. 16.
3. Aldiss, Brian. "A Brief History." *The Science Fiction Source Book*. Ed. David Wingrove (Essex: Longman Group Limited, 1984),p. 17.
4. Clute, John. *Science Fiction: The Illustrated Encyclopaedia* (Surry Hills, NSW: Dorling Kindersley, 1995).
5. Lucanio, Patrick. *Them or Us: Archetypal Interpretations of Fifties Alien Invasion Films* (Bloomington: Indiana University Press, 1988), p. 1.
6. Wingrove, David, ed. *Science Fiction Film Source Book* (London: Longman Group, 1985), p. 314.
7. *Destination Moon*. Screenplay by Rip Van Ronkel, James O'Hanlon and Robert A.Heinlein, from novel *Rocketship Galileo* by Robert A. Heinlein. Dir. Irving Pichel. George Pal Productions,1950.
8. *Ibid.*
9. *Ibid.*
10. *Ibid.*
11. Heinlein, Robert A. *Rocketship Galileo*.1947 (London: New English Library, 1973).
12. Miller, Ron. *The Dream Machines: An Illustrated History of the Spaceship in Art, Science and Literature* (Malabar, FL: Krieger,1993), p. 408.
13. Waldrop, Howard. "You Are What You See. 2. Do We Eat Lunch, or Do We Go to the Moon?" *The Infinite Matrix*, 6 January 2006, 3 January 2007. http://www.infinitematrix.net/columns/waldrop/waldrop22.html.
14. *Rocketship X-M*. Screenplay by Dalton Trumbo, Kurt Neumann and Orville Hampton. Dir. Kurt Neumann. Lippert Pictures, 1950.
15. *Ibid.*
16. Schama, Simon. *The American Future: A History from the Founding Fathers to Barack Obama* (London: Vintage Books, 2009), p. 47.
17. *Ibid.*, p. 49.
18. King, Stephen. *Danse Macabre* (London: Macdonald Futura, 1981), p. 145.
19. *Ibid.*
20. *Ibid.*, p. 147.
21. Lederer, Charles. *The Thing from Another World*. Early draft screenplay, 29 August 1950. 3 April 2007. http:// www.scifiscripts.com/scripts/ ThingFromAnotherWorld.txt.

22. *Ibid.*
23. King, Stephen. *Danse Macabre* (London: Macdonald Futura, 1981), p. 151.
24. Evans, Joyce A. *Celluloid Mushroom Clouds: Hollywood and the Atomic Bomb* (Boulder, CO: Westview Press, 1998), p. 179.
25. Jancovich, Mark. *Rational Fears: American Horror in the 1950s* (New York: Manchester University Press, 1996), p. 35.
26. *Ibid.*, p. 36.
27. King, Stephen. *Danse Macabre* (London: Macdonald Futura, 1981), p. 146.
28. Strick, Phillip. *Science Fiction Movies* (London: Octopus Books, 1976), p. 22.
29. imdb. com.
30. *Invasion USA*. Screenplay by Robert Smith, story by Robert Smith and Frank Spencer. Dir. Alfred E. Green. Columbia Pictures, 1952.
31. *The Day the Earth Stood Still*. Dir. Robert Wise. Screenplay by Edmund H. North, from "Farewell to the Master" by Harry Bates. Cast: Michael Rennie, Patricia Neal, Hugh Marlowe, Sam Jaffe, Billy Gray, Lock Martin. Twentieth Century Fox, 1951.
32. Wise, Robert. Commentary on DVD.*The Day the Earth Stood Still.*
33. *Ibid.*
34. Phillips, Kendall R. *Projected Fears: Horror Films and American Culture* (Westport CT: Praeger, 2005), p. 44.
35. *The Day the Earth Stood Still*. Dir. Robert Wise. Screenplay by Edmund H. North, from "Farewell to the Master" by Harry Bates. Cast: Michael Rennie, Patricia Neal, Hugh Marlowe, Sam Jaffe, Billy Gray, Lock Martin. Twentieth Century Fox, 1951.
36. *Ibid.*
37. *Ibid.*
38. *Ibid.*
39. *Ibid.*
40. *Ibid.*
41. Meyer, Nicholas. Commentary on DVD. *The Day the Earth Stood Still.*
42. Wise, Robert. Commentary on DVD. *The Day the Earth Stood Still.*
43. *Ibid.*
44. Cannon, Lou. *President Reagan: The Role of a Lifetime* (New York: Simon & Schuster,1991), p. 60.
45. Schelde, Per. *Androids, Humanoids, and Other Science Fiction Monsters: Science and Soul in Science Fiction Films* (New York: New York University Press, 1993), p. 94.
46. Franklin, H. Bruce. *War Stars: The Superweapon and the American Imagination* (Oxford: Oxford University Press, 1988), p. 182.
47. *Invaders from Mars*. Screenplay by Richard Blake. Dir. William Cameron Menzies. 20th Century Fox, 1953.
48. *Earth vs. the Flying Saucers*. Screen story by Curt Siodmak, suggested by *Flying Saucers from Outer Space* by Major Donald E. Keyhoe. Dir. Fred F. Sears. Cast: Hugh Marlowe. Clover

Productions, 1956.
49. *The Amazing Colossal Man*. Screenplay by Max Hanna and Bert I. Gordon. Dir. Bert I. Gordon. American International Pictures, 1957; *Them!* Screenplay by Russell Hughes and Ted Sherdeman from a story by George Worthing Yates. Dir. Gordon Douglas. Cast: James Whitmore, James Arness, Edmund Gwenn, Joan Weldon. Warner Brothers Pictures, 1954; *Invisible Invaders*. Written by Samuel Newman. Dir. Edward L. Cahn. Cast: John Agar. United Artists, 1959; *The Beast From 20,000 Fathoms*. Screenplay by Lou Morheim and Fred Freiberger. Story by Ray Bradbury. Dir. Eugene Lourie. Perf. Paul Hubschmid, Kenneth Tobey, Lee Van Cleef. Animation effects by Ray Harryhausen. Warner Bros, 1953.
50. *Tarantula*. Screenplay by Robert M.Fresco and Martin Berkeley; story by Jack Arnold and Robert M. Fresco. Dir. Jack Arnold. Perf. John Agar, Leo G. Carroll. Universal Pictures, 1955; *Gog*. Screenplay by Tom Taggart, story by Ivan Tors. Dir. Herbert L.Strock. United Artists, 1954.
51. *It Came From Beneath the Sea*. Screenplay by George Worthing Yates and Hal Smith, story by George Worthing Yates. Dir.Robert Gordon. Cast: Kenneth Tobey, Faith Domergue. Visual effects by Ray Harryhausen. Columbia Pictures, 1955; *The Monster that Challenged the World*. Written by David Duncan and Pat Fielder. Dir. Arnold Laven. United Artists, 1957; *The Atomic Submarine*. Written by Orville H. Hampton. Dir. Spencer Gordon Bennett. Allied Artists Pictures, 1959.
52. *The Deadly Mantis*. Screenplay by Martin Berkeley, story by William Alland. Dir. Nathan Juran. Universal Pictures, 1957.
53. Imdb. com.
54. *Invasion USA*. Screenplay by Robert Smith, story by Robert Smith and Franz Schulz. Dir. Alfred E. Green. American Pictures, 1952.
55. *The War of the Worlds*. Screenplay by Barre Lyndon, from the novel by H.G. Wells. Dir Byron Haskin. Prod. George Pal. Cast: Gene Barry, Robert Cornthwaite. Paramount,1953.
56. *Forbidden Planet*. Screenplay by Cyril Hume, based on a story by Irving Block and Allen Adler. Dir. Fred McLeod Wilcox. Cast: Leslie Nielsen, Walter Pidgeon, Anne Francis, Warren Stevens. MGM, 1956.
57. *This Island Earth*. Screenplay by Franklin Coen and Edward G. O'Callaghan, from the story "The Alien Machine" by Raymond F. Jones. Dir. Joseph M. Newman and Jack Arnold. Cast: Jeff Morrow, Faith Domergue, Rex Reason, Russell Johnson. Universal Pictures, 1955.
58. Clary, David. *Before and After Roswell: The Flying Saucer in America, 1947–1999* (Bloomington IN: Xlibris, 2000), p. 57.
59. *Earth vs. the Flying Saucers*. Screen story by Curt Siodmak, suggested by *Flying Saucers from Outer Space* by Major Donald E.Keyhoe. Dir. Fred F. Sears. Cast: Hugh Marlowe. Clover Productions, 1956.
60. *Ibid.*
61. Tucker, Wilson. *The Long Loud Silence* (London: Coronet, 1952, 1980).
62. Knight, Damon. *In Search of Wonder* (Chicago: Advent, 1968), pp. 178–180.
63. Dick, Philip K., "Pessimism in Science Fiction" (1955) in *The Shifting Realities of Philip K. Dick*

(New York: Pantheon Books,1995), p. 54.
64. Bradbury, Ray. "There Will Come Soft Rains" (1950). *The Silver Locusts* (London: Corgi Books, 1972), pp. 166–171.
65. The Internet Science Fiction Database. http://www.isfdb.org/cgi-bin/pl.cgi?310539.
66. Asimov, Isaac.*The Currents of Space*. 1952 (London: Panther Books, 1973).
67. Asimov, Isaac. "The Gentle Vultures" 1957. *Nine Tomorrows* (London: Pan Science Fiction, 1976), pp. 133–151.
68. Asimov, Isaac. "Spell My Name with an S" 1958. *Nine Tomorrow* (London: Pan Science Fiction, 1976), pp. 171–188.
69. Miller, Walter M. *A Canticle for Leibowitz*.1959 (London: Corgi, 1975).
70. *Invasion USA* Smith, story by Robert Smith and Frank Spencer. Dir. Alfred E. Green. Columbia Pictures, 1952.
71. *King Dinosaur*. Screenplay by Tom Gries, based on an original story by Bert I. Gordon and Al Zimbalist. Dir. Bert I. Gordon. Lippert Pictures, 1955.
72. *Invasion USA*. Screenplay by Robert Smith, story by Robert Smith and Frank Spencer. Dir. Alfred E. Green. Columbia Pictures, 1952; *Rocket Attack U.S.A.* Written by Barry Mahon. Dir. Barry Mahon. Exploit Films, 1961.
73. *Five*. Written by Arch Oboler and James Weldon Johnson. Dir. Arch Oboler. Columbia Pictures, 1951; *Teenage Caveman*. Screenplay by R. Wright Campbell. Dir. Roger Corman. Cast: Robert Vaughn. American International Pictures, 1957; *On the Beach*. Screenplay by John Paxton, from the novel by Nevil Shute. Dir. Stanley Kramer. Cast: Gregory Peck, Ava Gardner, Fred Astaire. Stanley Kramer Productions, 1959.
74. *On the Beach*. Screenplay by John Paxton, from the novel by Nevil Shute. Dir. Stanley Kramer. Cast: Gregory Peck, Ava Gardner, Fred Astaire. Stanley Kramer Productions, 1959.
75. Gannon, Charles E. *Rumors of War and Infernal Machines: Technomilitary Agenda-Setting in American and British Speculative Fiction* (Liverpool: Liverpool University Press, 2003), p. 134.
76. *Panic in Year Zero!* Screenplay by Jay Simms and John Morton, story by John Morton, based on *Lot* and *Lot's Daughter* by Ward Moore. Dir. Ray Milland. Cast: Ray Milland. American International Pictures, 1962.
77. *The Amazing Colossal Man*. Screenplay by Max Hanna and Bert I. Gordon. Dir. Bert I. Gordon. American International Pictures,1957; *The Monster that Challenged the World*. Written by David Duncan and Pat Fielder. Dir. Arnold Laven. United Artists, 1957; *Them!* Screenplay by Russell Hughes and Ted Sherdeman from a story by George Worthing Yates. Dir. Gordon Douglas. Cast: James Whitmore, James Arness, Edmund Gwenn, Joan Weldon. Warner Brothers Pictures, 1954; *The Beast From 20,000 Fathoms*. Screenplay by Lou Morheim and Fred Freiberger. Story by Ray Bradbury. Dir. Eugene Lourie. Cast: Paul Hubschmid, Kenneth Tobey, Lee Van Cleef. Animation effects by Ray Harryhausen. Warner Bros, 1953; *It Came From Beneath the Sea*. Screenplay by George Worthing Yates and Hal Smith, story by George Worthing Yates. Dir. Robert Gordon. Cast: Kenneth Tobey, Faith Domergue. Visual effects by Ray Harryhausen. Columbia Pictures, 1955;

The Incredible Shrinking Man. Written by Richard Matheson. Dir. Jack Arnold. Universal Pictures, 1957; The Beast of Yucca Flats. Written by Coleman Francis. Dir. Coleman Francis. Cast: Tor Johnson, Douglas Mellor, Barbara Francis, Ronald Francis, Alan Francis, Coleman Francis. Cinema Associates, 1961.
78. It Came From Beneath the Sea. Screenplay by George Worthing Yates and Hal Smith, story by George Worthing Yates. Dir. Robert Gordon. Cast: Kenneth Tobey, Faith Domergue. Visual effects by Ray Harryhausen. Columbia Pictures, 1955.
79. Bradbury, Ray. "Embroidery" 1951. Bradbury, Ray. The Golden Apples of the Sun (London: Corgi Books, 1953, 1973), pp. 73–76.
80. Asimov, Isaac. "Hell-Fire" (1956) Asimov, Isaac. Earth is Room Enough (London: Panther Books, 1976), pp. 117–118.
81. Asimov, Isaac. "Silly Asses" (1958) in Asimov, Isaac. Buy Jupiter! (London: Panther,1976), pp. 142–146.
82. Them! Screenplay by Russell Hughes and Ted Sherdeman from a story by George Worthing Yates. Dir. Gordon Douglas. Cast: James Whitmore, James Arness, Edmund Gwenn, Joan Weldon. Warner Brothers Pictures,1954.
83. The Space Children. Screenplay by Bernard C. Schoenfeld, story by Tom Filer. Dir. Jack Arnold. Paramount Pictures, 1958.
84. Plan 9 From Outer Space. Screenplay by Edward D. Wood Jr. Dir. Edward D. Wood Jr. Cast: Gregory Walcott, Tom Keene, Dudley Manlove. Reynolds Pictures, 1959.
85. Evans, Joyce A. Celluloid Mushroom Clouds: Hollywood and the Atomic Bomb (Boulder, CO: Westview Press, 1998), p. 179.
86. Zicree, Marc Scott. The Twilight Zone Companion (New York: Bantam Books, 1982), p. 136.
87. "*King Nine* Will Not Return." The Twilight Zone. Written by Rod Serling. Dir. Buzz Kulik. Cast: Bob Cummings. CBS, 1960.
88. "The Thirty-Fathom Grave" The Twilight Zone. Written by Rod Serling. Dir. Perry Lafferty. Cast: Mike Kellin, Simon Oakland, Bill Bixby. CBS, 1963.
89. Zicree, Marc Scott. The Twilight Zone Companion (New York: Bantam Books, 1982), p. 4.
90. Ibid., p. 26.
91. "Where Is Everybody?" The Twilight Zone. Written by Rod Serling. Dir. Robert Stevens. Cast: Earl Holliman. CBS, 1959.
92. "The Purple Testament." The Twilight Zone. Written by Rod Serling. Dir. Richard L. Bare. Cast: William Reynolds, Dick York.CBS, 1960.
93. "A Quality of Mercy." The Twilight Zone. Written by Rod Serling, based on an idea by Sam Rolfe. Dir. Buzz Kulik. Cast: Dean Stockwell, Albert Salmi, Jerry Fujikawa, Dale Ishimoto, Leonard Nimoy, Michael Pataki. CBS,1961.
94. Zicree, Marc Scott. The Twilight Zone Companion (New York: Bantam Books, 1982), p. 4.
95. "Two." The Twilight Zone. Written and directed by Montgomery Pittman. Cast: Charles Bronson, Elizabeth Montgomery. CBS, 1961.

96. Zicree, Marc Scott. *The Twilight Zone Companion* (New York: Bantam Books, 1982), p. 423.
97. "The Encounter." *The Twilight Zone*. Written by Martin M. Goldsmith. Dir. Robert Butler. Cast: Neville Brand, George Takei. CBS, 1964.
98. Takei, George. "George Takei Discusses *The Twilight Zone*." https://www.youtube.com/watch?v=bA-9iIsAcI0.
99. "I Shot An Arrow Into The Air." *The Twilight Zone*. Written by Rod Serling, based on an idea by Madelon Champion. Dir. Stuart Rosenberg. CBS, 1960.
100. "The 7th is Full of Phantoms." *The Twilight Zone*. Written by Rod Serling. Dir. Alan Crosland Jr. CBS, 1963.
101. "In Praise of Pip." *The Twilight Zone*. Written by Rod Serling. Dir. Bert Granet. Cast: Jack Klugman, Billy Mumy, Bob Diamond.CBS, 1963.
102. "The Last Flight." *The Twilight Zone*. Written by Richard Matheson. Dir. William Claxton. Cast: Kenneth Haigh. CBS, 1960.
103. Wright, Bradford W. *Comic Book Nation: The Transformation of Youth Culture in America* (Baltimore: Johns Hopkins University Press, 2001), p. 111.
104. Nolan, Michelle. "Collecting the Marvel Family Horror Stories." *Nolan's Niche*, CGC Comics (2008). http://www.cgccomics.com/news/enews/2008/November/article3.asp.
105. Wright, Bradford W. *Comic Book Nation: The Transformation of Youth Culture in America* (Baltimore: Johns Hopkins University Press, 2001), p. 155.
106. Daniels, Les. *Marvel: Five Decades of the World's Greatest Comics* (London: Virgin, 1991), p. 66.
107. Jones, Gerard. *Men of Tomorrow: Geeks, Gangsters and the Birth of the Comic Book* (New York: Basic Books, 2004), p. 257.
108. *Ibid.*
109. Wright, Bradford W. *Comic Book Nation: The Transformation of Youth Culture in America*. (Baltimore: Johns Hopkins University Press, 2001), p. 112.
110. Marvel Database. "Captain America Comics Vol. 1, No. 77." http://marvel.wikia.com/Captain_America_Comics_Vol_1_77.
111. Lehto, Steve. *The Great American Jet Pack: The Quest for the Individual Lift Device* (Chicago: Chicago Review Press, 2013), p. 17.
112. *Ibid.*, p. 24.
113. *Ibid.*, pp. 24–26.
114. *Ibid.*, p. 29.
115. *Ibid.*, p. 80.
116. *Ibid.*, pp. 91–92.
117. *The Day the Earth Stood Still*. Dir. Robert Wise. Screenplay by Edmund H. North, from "Farewell to the Master" by Harry Bates. Cast: Michael Rennie, Patricia Neal, Hugh Marlowe, Sam Jaffe, Billy Gray, Lock Martin. Twentieth Century–Fox, 1951.
118. Carosso, Andrea. *Cold War Narratives: American Culture in the 1950s* (Bern: Peter Lang AG, 2012), p. 24.

119. *Historical Tables: Budget of the United States Government, Fiscal Year 2009.* www.whitehouse. gov/omb/budget/fy2009/pdf/hist.1 October 2011, pp. 48–50.
120. Jameson, Frederic. *Archaeologies of the Future: The Desire Called Utopia and Other Science Fictions* (London: Versu, 2005), p. 93.
121. Kornbluth, Cyril M. "The Adventurer."1953. Kornbluth, Cyril M. *The Best of C.M. Kornbluth* (New York: Ballantine Books,1976), pp. 23–28.
122. Dick, Philip K. "The Defenders." 1953. Dick, Philip K. *Beyond Lies the Wub: Volume One of the Collected Short Stories* (London: Gollancz, 1999), p. 86.
123. Bradbury, Ray. "A Piece of Wood."1952. Bradbury, Ray. *Long After Midnight* (New York: Bantam Books, 1975), p. 49.
124. *Ibid.*, p. 53.
125. Clarke, Arthur C. *Childhood's End.* 1953 (London: Pan Books, 1973), p. 97.
126. Pohl, Frederik. "The Wizard of Pung's Corners." 1958. Pohl, Frederick. *The Frederik Pohl Omnibus* (St. Albans: Panther, 1973), pp. 236–264.
127. Heinlein, Robert A. *Starship Troopers* (New York: Ace Books, 1959, 1987), p. 24.
128. Panshin, Alexei. *Heinlein in Dimension: A Critical Analysis* (Chicago: Advent,1968), p. 97.
129. Vonnegut, Kurt. *Player Piano* (New York: The Dial Press, 1952, 1999), p. 66.
130. *Ibid.*, p. 68.
131. Heinlein, Robert A. *Starship Troopers* (New York: Ace Books, 1959, 1987), p. 131.
132. Heinlein, Robert A. *Expanded Universe* (New York: Ace Science Fiction Books, 1980, 1983), p. 398.
133. Heinlein, Robert A. *Between Planets* (New York: Ace Books, 1951), p. 135.
134. *Ibid.*, p. 156.
135. *Ibid.*, p. 144.
136. *Ibid.*, pp. 172–173.
137. *Ibid.*, p. 177.
138. *Ibid.*, p. 14.
139. *Ibid.*, p. 145.
140. Heinlein, Robert A. *Expanded Universe* (New York: Ace Science Fiction Books, 1983), p. 393.
141. Asimov, Isaac. *In Joy Still Felt: The Autobiography of Isaac Asimov, 1954–1978* (New York: Avon Books, 1981), p. 10.
142. Heinlein, Robert A. *Expanded Universe* (New York: Ace Science Fiction Books, 1983), p. 398.
143. *Ibid.*
144. *Ibid.*
145. Kavenay, Roz. *From Alien to the Matrix: Reading Science Fiction Film* (London: I.B. Tauris, 2005), p. 19.
146. Heinlein, Robert A. *Starship Troopers* (New York: Ace Books, 1959, 1987), p. 152.
147. *Ibid.*, p. 153.
148. Quoted in Panshin, Alexei. *The Abyss of Wonder.* 2 April 2007. http://www.enter.net/~torve/

contents.htm.
149. Quoted in Panshin, Alexei. *The Abyss of Wonder.* 2 April 2007. http://www.enter.net/~torve/contents.htm.
150. Panshin, Alexei. *Heinlein in Dimension: A Critical Analysis* (Chicago: Advent,1968), p. 94.
151. *Ibid.*, p. 96.
152. Franklin, H. Bruce. *Robert A. Heinlein: America as Science Fiction* (New York: Oxford University Press, 1980), p. 111.
153. Spinrad, Norman. *Science fiction in the Real World* (Carbondale: Southern Illinois University Press, 1990), p. 144.
154. Blish, James, quoted in Panshin, Alexei. *The Abyss of Wonder.* 2 April 2007.http://www.enter.net/~torve/contents.htm.
155. Heinlein, Robert A. *Starship Troopers.*1959 (New York: Ace Books, 1987), p. 208.
156. *Ibid.*, page v.
157. *Ibid.*, p. 70.
158. *Ibid.*, p. 56.
159. *Ibid.*, p. 83.
160. *Ibid.*, p. 82.
161. *Ibid.*, p. 189.
162. http:// web.archive.org/web/20060222120250/; http://www.marines.mil/almars/almar2000.nsf/0/91c8a9b3b9a2b59785256a55005e129d?OpenDocument; http://web.archive.org/web/20051219025149; http://www.lejeune.usmc.mil/2dmardiv/26/three.html.
163. http://www. navyreading.navy.mil/CMSPages/.
164. Heinlein, Robert A. *Starship Troopers.*1959 (New York: Ace Books, 1987), p. 9.
165. Weinberger, Sharon. *Imaginary Weapons: A Journey through the Pentagon's Scientific Underworld* (New York: Nation Books, 2006).
166. Heinlein, Robert A. *Starship Troopers.*1959 (New York: Ace Books, 1987), p. 11.
167. *Ibid.*, p. 135.
168. "Robust Nuclear Earth Penetrator."GlobalSecurity.org. http://www.globalsecurity.org/wmd/systems/rnep.htm.
169. Beckhusen, Robert. "Smile! U.S. Troops cover up with new "Facial Armor." Wired.com. http://www.wired.com/2012/05/face-shields/.
170. Weinberger, Sharon. "Iron Man to Batman: The Future of Soldier Suits." BBC Future 21 January 2013. http://www.bbc.com/future/story/20130121-batman-meets-ironman-in-combat.
171. Durant, Michael J. with Steven Hartov. *In the Company of Heroes* (New York: G.P.Putnam Sons, 2003).
172. Franklin, H. Bruce. *Robert A. Heinlein: America as Science Fiction* (New York: Oxford University Press, 1980), p. 111.
173. *Ibid.*, p. 116.
174. *Ibid.*, p. 117.

175. Heinlein, Robert A. *Expanded Universe* (New York: Ace Science Fiction Books, 1983), p. 397.
176. Heinlein, Robert A. *Starship Troopers*.1959 (New York: Ace Books, 1987), p. 109.
177. Heinlein, Robert A. *Expanded Universe* (New York: Ace Science Fiction Books, 1983), p. 397.
178. Gifford, James. "The Nature of Federal Service in Robert A. Heinlein's *Starship Troopers*." 12 March 2007. http://www.nitrosyncretic.com/rah/ftp/fedrlsvc.pdf p. 11.
179. Heinlein, Robert A. *Expanded Universe* (New York: Ace Science Fiction Books, 1983), p. 397.
180. Heinlein, Robert A. *Starship Troopers*.1959 (New York: Ace Books, 1987), p. 137.
181. Heinlein, Robert A. *Expanded Universe* (New York: Ace Science Fiction Books, 1983), p. 397.
182. Heinlein, Robert A. *Starship Troopers*.1959 (New York: Ace Books, 1987), p. 29.
183. *Ibid.*, p. 30.
184. *Ibid.*, p. 162.
185. Farmer, Philip José, quoted in Panshin, Alexei. *The Abyss of Wonder*. 2 April 2007.http://www.enter.net/~torve/contents.htm.
186. Heinlein, Robert A. *Starship Troopers*.1959 (New York: Ace Books, 1987), p. 180.
187. *Ibid.*, p. 182.
188. *Ibid.*, p. 163.
189. Vonnegut, Kurt. *Player Piano*. 1952 (New York: Dial Press, 1999), p. 66.
190. Heinlein, Robert A. *Expanded Universe* (New York: Ace Science Fiction Books, 1983), p. 396.
191. Heinlein, Robert A. *Starship Troopers*.1959 (New York: Ace Books, 1987), p. 126.
192. *Ibid.*, p. 184.
193. *Ibid.*, p. 176.
194. *Ibid.*, p. 36.
195. Aldiss, Brian W. "Heinlein's Starship Troopers." 2 March 2007. http://www.enter.net/~torve/critics/PITFCS/141aldiss.html.
196. Heinlein, Robert A. *Starship Troopers*.1959 (New York: Ace Books, 1987), p. 109.
197. *Ibid.*, p. 184.
198. *Ibid.*, p. 181.
199. Panshin, Alexei. *Heinlein in Dimension: A Critical Analysis* (Chicago: Advent Publishing, 1968), p. 96.
200. *Ibid.*, p. 91.
201. Heinlein, Robert A. *Starship Troopers*.1959 (New York: Ace Books, 1987), p. 26.
202. *Ibid.*, p. 184.
203. *Ibid.*, p. 208.
204. The Science Fiction and Fantasy Research Database. http://sffrd.library.tamu.edu/about/.
205. Franklin, H. Bruce. *Robert A. Heinlein: America as Science Fiction* (New York: Oxford University Press, 1980), p. 110.
206. Heinlein, Robert A. *Expanded Universe* (New York: Ace Science Fiction Books,1983), p. 396.
207. Rosenbaum, Jonathan. *Movie Wars: How Hollywood and the Media Conspire to Limit What Films We Can See* (Chicago: A Capella Books, 2000).

208. Heinlein, Robert A. *Starship Troopers*.1959 (New York: Ace Books, 1987), p. 178, p. 223.
209. *Ibid.*, p. 182.
210. *Ibid.*, p. 125.
211. *Ibid.*, p. 186.
212. *Ibid.*, p. 24.
213. *Ibid.*, p. 118.
214. *Ibid.*, p. 262.
215. *Ibid.*, p. 100.
216. *Ibid.*, p. 178.
217. Panshin, Alexei. *Heinlein in Dimension*: *A Critical Analysis* (Chicago: Advent Publishing, 1968), p. 97.

第六章

世界末日的味道：1962—1975 年

问题是如何在不增加世界真正财富的情况下保持工业车轮的转动。货物必须生产，但是它们不能分配。在实践中，实现这一目标的唯一途径是通过持续的战争。

——乔治·奥威尔《一九八四》[1]

我想，如果我们像在越南那样帮助他们是否会更好？冲进去，烧死他们，射杀他们，把他们炸回到石器时代？

——卡特队长，哈利·哈里森《突击队突击》[2]

疯狂，无意义的屠杀……当我开始了解越南以及它对人类状况的暗示时，我意识到很少有人会允许自己这样理解。

——曼哈顿博士，艾伦·摩尔《守望者》[3]

第四个敌人是陆军，第一个把你送到越南的疯子，那些命令你离开相对安全的大本营或地堡去清点尸体的人。

——乔·霍尔德曼《1968》[4]

错过越战的人不应该对这一事实感到遗憾。这是对鲜血、时间和财富的浪费。我知道这没有什么好处，做了大量我太清楚的坏事了。

——大卫·德雷克,《我们没什么可高兴的》[5]

20世纪60年代和70年代早期，会看到美军一些十分负面的形象在科幻小说和后来的新闻报道中广泛传播。埃文斯估计1960—1965年间上映的电影中，军队形象只有不到20%是正面的，而接近50%的形象是负面的。[6]战时服役经历和海因莱茵不同的前士兵，会写小说来反驳海因莱茵对光荣步兵的看法。如果说二战曾经将美国科幻小说创作团体团结起来，那么越战将这个团体分成了两个阵营——一个是杰斐逊的支持者，一个是汉密尔顿的支持者——产生了持久的裂痕。

尽管越战十分残忍和恐怖，但是它从来没有真正发展为人们极为恐惧的核战争，在此期间出版的科幻小说和制作的电影都描写了核战争。当时的科幻电影中，也有一些对美军的正面描写，例如《极度恐慌》(1962年)中，核攻击的幸存者前往美军野战医院寻求庇护。[7]一些比较负面的美国军事形象在20世纪60年代出现在美国电影中，表现了美国空军自身的安全措施可能如何导致它在一场核战争中开第一枪（美国空军矢口否认这种可能性）。在电影《核子战争》（改编自1962年尤金·伯迪克和哈维·惠勒的小说,1964年上映）中，在一次错误的警报期间，"故障保险"（fail-safe）装置中的冷凝器烧坏了，使得它不能召回轰炸机。飞行员接受的训练是按照他们收到的最后一个指令行事，除了他们"故障保险"的无线电收发器以外，不和其他任何机器通讯，因为那可能是假指令，因此飞行员拒绝改变航线。美国空军派战斗机去拦截他们，但是没有成功。美国总统和赫鲁晓夫协商，如果莫斯科被摧毁的话，最终同意派出另一架美国空军的轰炸机去摧毁纽约市，作为"我们诚意的戏剧性证据"，"以求平衡"。[8] 唯一主张利用这起事故将战争升级、不顾美国可能遭受巨大伤亡的，是一个平民顾问克洛伊特切勒教授，他是"一个团体的成员，这个团体后来包括亨利·基辛格、赫伯特·卡恩、赫伯特·西蒙、卡尔·多伊奇"[9]。由于担心有人拒绝扔炸弹，鹰派的克洛伊特切勒主要负责心理筛选过程，这意味着战略空军司令部里的人，用布莱克将军的话来说（在电影里被克洛伊特切勒形容为"军事鸽派"），"宁愿'走'错路，也不收回成命"[10]。不过军人通常被描写为可敬的甚至是英勇的个体，赫鲁晓夫和美国总统都认为这次危机"不是任何人的错，人没有犯任何错"[11]。赫鲁晓夫严肃地总结道："总统先生，你永远不能信任任何系统，无论它是由电脑组成的，还是由人组成的。"[12]

两年后这部小说被拍成电影，美国空军拒绝在电影制作时给予任何支持，尽管电影在最后用字幕声明美国国防部确认这一场景不可能发生。[13] 美国空军不仅拒绝让导演使用战机的资料片，而且据罗博说（他形容"这一直以来是五角大楼最不喜欢的一部电影"），他们还试图阻止商业电影图书馆给他们提供资料。[14]

1963年底，对美军特别是战略空军司令部描写更加不讨好的电影《奇爱博士》上映，它由美国导演斯坦利·库布里克在伦敦拍摄，没有得到美国军方合作（尽管库布里克可以获得美国空军B-52轰炸机加油的资料片作为片头）。B-52轰炸机驾驶舱的布置是复制于梅尔·亨特写的书《战略空军司令部》平装版的封面；

飞机内部的其他部分由彼得·莫顿创造性地设计出来。据肯·亚当斯说，电影的公关人员邀请美国空军人员来查看电影布景后，空军威胁称他和库布里克要接受联邦调查局的调查，除非他们能证明他们的研究来自合法资料。[15]当吉尔伯特·泰勒率领的第二组拍摄北极场景时，无意飞过一个秘密的空军基地，也引起了美国空军的愤怒，他们被两架战斗机勒令降落，被迫降到了峡湾。[16]

和《核子战争》一样，《奇爱博士》（改编自英国皇家空军中尉彼得·乔治的严肃反核小说《两小时的审判》）假设"故障保险"通信设备出了故障，使得总统不可能召回轰炸机。在《奇爱博士》中，这两架轰炸机是由一名明显精神失常的空军将军蓄意下令攻击苏联境内目标的，这名将军决心报复共产主义者，他怀疑他的早泄是因为他们给美国的水加氟的阴谋。[17]剧中描写的其他美国军官只是稍微理智一些。库布里克找到约瑟夫·海勒来写剧本，他在《第二十二条军规》中对美国空军高级军官的描写同样不讨人喜欢。[18]空军将军巴克·特吉德森称伤亡人数"超过 1 000 万到 2 000 万"简直让"我们的头发都乱了"；陆军上校、绰号"蝙蝠"的瓜诺认为任何穿着不同制服、口音不同的人，一定是"策划叛变"的变态，面对核战争，还有时间操心可口可乐公司对一台自动售货机的损坏负责。[19]陆军少校孔被亚历山大·沃克形容为"白痴"和"类人猿"[20]，他通过承诺一切结束后获得大幅晋升和个人嘉奖来鼓励他的队员，当他骑着一枚氢弹走向死亡时，得意地挥舞着他的斯泰森毡帽。[21]总统对特吉德森厉声斥责道："当你开展人的可靠性测试时，你向我保证不可能发生这种事！"将军回答道："我认为因为一次失误而批评整个项目是不公平的。"[22]

库布里克还指出（正如他在《光荣之路》中所做的，在《全金属外壳》中还将重复），军队不需要核武器就能成为一种很大程度上滥杀无辜的威胁。对于胡安·瑞克称他的中尉为"我们的父亲"，称他的中士为"我们的母亲"[23]，这部电影通过描述里佩尔欺骗过的那些人来做了呼应，他说服他们向美国士兵开火，"就像我的孩子"；他的英国参谋官回答说，他"确信他们死的时候都想着你，无一例外"[24]。

电影《五月中的七天》中也提到了美国将军可能变得无赖，但较少用讽刺的语气，参谋长联席会议主席斯科特将军策划了针对美国总统的军事政变，因为总统和苏联人签订了一项裁军协定。[25] 弗莱彻·克内贝尔和查尔斯·W.贝利在1962年写的这部小说于1964年被约翰·弗兰肯海默拍成电影（罗德·塞林编剧），"令五角大楼失望的是，肯尼迪总统鼓励约翰·弗兰肯海默把小说拍成电影，以警示共和国"[26]。据弗兰肯海默回忆："那是沃克将军等人的时代……肯尼迪总统希望拍摄电影《五月中的七天》，皮埃尔·沙林格将这个信息透露给我们。但是五角大楼不想让这部电影拍出来。肯尼迪说当我们需要在白宫拍摄时，他随时可以去海恩尼斯港度周末。"[27] 埃德温·沃克少将是以其坚定的种族隔离主义和反共立场闻名的陆军军官，1961年他因涉嫌将约翰·伯奇的社会文学分发给他的部队而被解除了军权。他从陆军退役后，1962年竞选得克萨斯州州长未成功，1963年4月被李·哈维·奥斯瓦尔德射伤。虽然博斯利说克内贝尔和贝利的小说创作受到了沃克"极右主义讲话"的启发[28]，但小说灵感也可能来源于在古巴导弹危机期间肯尼迪和参谋长联席会议主席柯蒂斯·乐梅将军之间的冲突，或是来源于1934年的"商业阴谋"①，右翼试图用由斯梅德利·巴特勒领导的军人政府取代罗斯福政府。施莱辛格把沃克"比作少将乔治·范·霍恩·莫斯利，他在 30 年代从陆军司令部高层转到国内法西斯运动中去了"[29]。IMDB.Com 描述斯科特前情妇的这一次要情节，是基于陆军参谋长道格拉斯·麦克阿瑟将军的事件——他因不服从命令而被杜鲁门总统解除陆军将军职务后，1952 年人们普遍认为他会去竞选总统——还补充说，这部电影在巴西被最近在军事政变中推翻了民选政府的将军们禁映。[30] 由于似乎一直不缺类似电影中斯科特将军这样的讨厌的将军，施莱辛格描述称肯尼迪担心"军人干政"[31]，也就可以理解了。

无论总统的愿望和担心是什么，军方都拒绝给这部电影的制作人提供任何支持。作为回应，弗兰肯海默用一架隐藏的摄像机拍摄了五角大楼的外景，并在未经允许的情况下，拍摄了一名演员被人用小船送到美国小鹰号航母上。[32]

◆ ◆ ◆

1950 年杜鲁门总统派遣美国军事顾问和价值 1 000 万美元的军事装备去帮助南越政权与"越盟"②作战，自此美国一直对越南进行军事干涉。1954 年法国占领失败后，艾森豪威尔总统派出了更多的军事顾问，1961 年肯尼迪总统派出了美国陆军特种部队。

1963 年海因莱茵的小说《光荣之路》里没有出现"越南"这个词，但我们有充分的理由相信，军事行动已经在那里展开，小

---

① 这个商业阴谋是 1933 年美国所谓的政治阴谋。退役的海军陆战队少将斯梅德利·巴特勒声称，富有的商人正密谋建立一个以巴特勒为首的法西斯退伍军人组织，并利用该组织发动政变推翻罗斯福总统。1934 年巴特勒就这些指控向美国众议院非美活动特别委员会作证。没有人被起诉。——译注
② 即胡志明领导的越南独立联盟，简称越盟。——译注

说的主人公从那里开始他的探索。故事开始于选举年，21 岁的英雄／叙述者、绰号"闪电"的伊夫林·西里尔·戈登打电话给征兵委员会，告诉他们把"那个通知"寄给他。[33] 他想加入空军，希望最终成为一名宇航员；然而事与愿违，他作为"军事顾问"被派往了东南亚。[34] 戈登提到他的父亲曾在朝鲜战争中参战，提到人造卫星（1957 年首次发射）、赫鲁晓夫（1958 年成为主席）以及他成为一名宇航员的抱负，所有这些都意味着选举年不能早于 1960 年。

尽管戈登公开宣称爱国，但是他承认自己不喜欢陆军（他的父亲是海军陆战队队员，他的继父是空军；海因莱茵则是海军），他没能入选参加宇航员训练，他唯一的理想是在美国当一名牧师。[35] 不像海因莱因《星河战队》《行星之间》《不令人满意的解决方案》中的士兵，戈登并不是由士气驱动的：在他的部队里，他认为唯一值得提及的其他军人是指挥官，这个指挥官时而将他从二等兵擢升为下士，时而又把他降职为二等兵，他无意中没能挽救指挥官的生命。戈登引用第一次世界大战伊恩·海少校的所有军事组织的结构，包括"惊喜派对部、恶作剧部和神仙教父部。前两个过程最重要，因为第三个过程很小"[36]。但在他的服役期中断后，他的脸被一个"在丛林中挥舞着大刀的实用主义马克思主义者"划伤，神仙教父部安排他体面地退役了。[37] 他去了西德，希望能上海德堡大学，但被告知《退伍军人权利法案》并不适用于军事顾问，即使戈登"在战斗中杀的人比你能挤进井里的还多——别介意"[38]。

戈登再也没有回到"非战争状态"[39]。在第 5 章中，他离开了地球，开始了史诗般的荣耀之旅，娶了二十宇宙的皇后，直到倒数第二章（亦即第 21 章）才返回。他明确表示，作为一名军事顾问，甚至不是"警察的行动"，没什么荣耀可言，尽管他之前被告知我们在"拯救文明"[40]。戈登抱怨没能获得一枚荣誉勋章，因为当他杀死打死他队长的"棕色小弟弟"时"没人看见"[41]。最后他确实获得了《退伍军人权利法案》（以及爱尔兰抽奖的奖品），但是很难适应平民生活：他没有遵从他认为愚蠢的命令，放弃了在导弹工厂当绘图员的工作，后来因佩剑而被捕[42]，又打了一个称他为雇佣兵的嬉皮士，解释道："有时我为自由而战，就像现在。"[43]

没有证据表明海因莱茵 1963 年写作时有意这么做，以表现据报道许多越战老兵在返回美国时受到的敌意对待（富兰克林对此提出异议）。[44]戈登返回地球后受到了平民们更友好的对待，比星河战队在西雅图休养期间得到的待遇强，不会比吉卜林《汤米》①的士兵所忍受的更糟，海因莱茵为《星河战队》辩护时引用了《汤米》。[45]甚至在返回地球之前，戈登就在抱怨这种耻辱和无聊，现在他已经履行完英雄的职责，沦落为妻子的"宠物贵宾犬"的角色。萨缪尔森以此作为证据，即《光荣之路》"讽刺传统浪漫主义渴望逃离、英雄主义和顺从权威"[46]，尽管小说确实讽刺了许多剑和巫术的比喻（龙通过打嗝来喷火；他娶的美丽公主是一位保养良好的祖母），但我不认为结局是完全讽刺的。和戈登一样，海因莱茵是击剑冠军，他告诉萨缪尔·德拉尼，戈登的剑 lady vivamus 是"按照他自己的剑模仿出来的"[47]。戈登没有像堂·吉诃德那样临终前否认他的冒险经历，他也不像米尼

---

① 《汤米》是拉迪亚德·吉卜林于 1890 年创作的一首诗，在 1892 年的《军营民谣》中得以重印。这首诗以同情的口吻描写了吉卜林时代的普通英国士兵。——译注

弗·契维①那样喝酒：他一度怀疑自己是否神志清醒，不知道他的英雄事迹是不是一种幻觉，但是最后一幕的基调，是他开始了另一项冒险但并不枯燥的探险，听起来是胜利而不是讽刺。[48]

虽然这部小说的标题和《星河战队》的最后一行"为了步兵永恒的荣耀"有相似之处，但是按照《牛津英语词典》所定义的（"崇高声誉，值得尊敬的声誉；可供吹嘘的主题，特殊荣誉，装饰品，自豪；崇拜的赞美和感恩），这不是荣耀（glory），它把戈登带回了光荣之路：留在中心作为皇后的丈夫，他想要什么就有什么。就像唐·哈维"开始讨厌"有"干净衣服、白净皮肤、没有任务也没危险"的生活[49]，戈登选择了做"一个'流浪汉'，不确定你要吃什么，在哪里吃，是否吃，在哪里睡，和谁一起"[50]。（《皇家流浪汉》也是海因莱茵自传式游记的标题。）他到别处找"别的姑娘，合意的替代者，需要救助的"，因为"人必须从事他的职业"[51]。在《星河战队》的结尾，战争仍在继续；《光荣之路》的结尾是退伍的士兵取得个人的胜利，寻找新的敌人和新的战斗。

◆◆◆

1963年漫威漫画也让托尼·斯塔克去越南测试他最新的发明，"不比手电筒更大或更重的迫击炮"[52]（60毫米轻型迫击炮"仅重大约50磅"[53]）。他向一位美国陆军将军保证，"这些能够解决你们在越南的问题"[54]。斯塔克被诡雷炸成重伤后被俘，然后制造了他的第一套钢铁侠战衣，使他得以逃出游击队暴君王秋的魔爪（没有特别指出是北越人，暴君是用日元给部下发饷[55]）。

---

① 《米尼弗·契维》是埃德温·阿灵顿·罗宾逊的叙事诗，1910年首次发表在《河下游的小镇》上，讲述了一个绝望的浪漫主义故事。——译注

返回美国后，斯塔克继续改进他的战衣，同时利用他的私人财产建立了一个超级英雄的阵营——复仇者联盟。钢铁侠甚至比新近复活的美国队长更能代表（象征）美国的实力——但是因为他的战衣可以被复制，不像莱因斯坦的超级战士公式，斯塔克发现自己不仅被美国的外国敌人追捕，还被一名决定复制钢铁侠战衣供美国军队使用的参议员追捕。

苏联试图打造自己的钢铁侠——钛侠，钢铁侠与他多次发生冲突。首先是一场纯粹为了政治目的而进行的全球电视直播的战斗，参议员伯德认为苏联可能在某些方面取得胜利是"我们遇到过的最糟糕的宣传失败"[56]。伯德坚持要斯塔克公开钢铁侠战衣的秘密："斯塔克的晶体管保镖对美国人的安全十分重要，我们不能再允许他隐藏自己的身份。"[57]一位读者写信给专栏指出，根据第二修正法案，"政府的要求是非法的"[58]。斯塔克最终同意："他认为我没有权利向这个国家隐瞒钢铁侠战衣的秘密，当它可能拯救许多生命时——即使是现在，在地球遥远的角落里，仍然处于危险中的人们的生命——我终于相信他是对的。"[59]

在前往华盛顿作证的途中，钢铁侠在华盛顿上空被钛侠袭击。钛侠说："你应该知道我们绝不会允许你在国会作证的！你的战衣的秘密永远不能泄露给你们国家的军队！"[60]钢铁侠又一次打败了钛侠，但当他开始作证时，由于在越南受过伤，他的心脏病犯了，并得到了原谅。

1964年3月，即导致美国卷入越战的"北部湾事件"①发生的

---

① 北部湾事件，又称东京湾事件，是美国于1964年8月在北部湾制造的战争挑衅事件。8月1日，美军舰艇侵入越南民主共和国领海，与越南海军发生交火。美国宣称美军舰只遭到袭击，以此为借口出动空军轰炸越南北方。北部湾事件是美越冲突升级、越南战争扩大化的重要标志。——译注

几个月前，漫威公司复活了他们的二战人物美国队长（他在一座冰山中被发现，二战结束后他一直被冻于此地，现在被解冻了）。美国队长加入复仇者联盟，开始出现在故事里，最开始与伙伴钢铁侠出现于1965年《悬疑故事集》第59期。

漫威很快认识到，虽然美国队长在1945—1965年间也许没有改变，但是美国人对爱国主义、战争、军队的态度却有了明显的变化。这一变化的结果是，"有史以来最受欢迎的人物复活"在每个时代都有其局限性。[61]早在《悬疑故事集》第60期，美国队长回来和原来二战故事中的一个敌人战斗。在第61期，编剧斯坦·李派美国队长去越南营救被击落的美国直升机的一名飞行员，他的兄弟曾在欧洲战场救过美国队长。打败北越士兵和他们的将军后（一个高大的超级强壮的相扑选手，在60年代早期漫威经常认为美军还在和用日元发饷的日本人打仗），他救出了飞行员，两人逃走了。但是美国队长没有留在越南帮助美军打仗，而是回到美国，在每一期打击普通的罪犯。

大约在这个时期，一位学生漫画迷写了一封信（在第64期"读者来信"栏目刊登），部分内容是"巴基有他自己的目的——给男孩子们灌输爱国主义精神。他显然是战争的产物。然而这一时期我们没有处于战争状态，所以没有理由让美国队长后面跟着一群收集金属废料和剩余纸张的少年旅"[62]。当这期漫画发行时，斯坦·李已经决定让美国队长儿时的同伴巴基·巴恩斯留在二战背景下，这比去越南打一场"不存在的战争"更有吸引力，第63—71期讲述了美国队长的成长变化经历，"他从一个瘦小的、看上去弱不禁风的年轻人转变为世界上从未见过的战斗部队的一名战士"[63]，以及他与纳粹破坏者和士兵的战斗（尽管巴基提醒他,"我知道我们还没有和纳粹开战"[64])。

这时,美国陆军的一名炮兵写信给漫画的"读者来信"栏目说:"我很失望美国队长还停留在过去的冒险经历中,请把他带回现实……我认为你有许多当下发生的事情可以作为美国队长冒险的素材。越战将给美国队长提供无穷的冒险经历。"斯坦·李回复说:"士兵,谢谢你的来信。但是让所有人都满意太难了。一些漫威迷希望我们让美国队长远离越南……"[65]

接下来的一期有一个读者写信说:

就我个人而言,我反对复兴旧的美国队长故事。毕竟40年代美国队长的主要目的是激发美国人的爱国热情,也激发一种反纳粹主义的形式。请注意,我并不是说我们不需要爱国主义,但是我们真的需要反对纳粹主义吗?……现在的主要敌人是共产主义者,他们才是那些应该经常受到美国队长打击的人……[66]

接下来一个20世纪60年代的故事是从第72期开始的,它使20世纪60年代的美国队长陷入困境。美国队长现在被宣传为"活着的二战传奇人物",他对付二战时的敌人"红骷髅"研制的机器人,这个机器人在"红骷髅"被打败20年后又复活了。[67]之后美国队长又回去打击和平时期的超级罪犯,直到第77期,他回忆起20世纪40年代的另一个故事。第78期是一个现代故事,第79期通过把"红骷髅"带到20世纪60年代解决了困境。

美国队长再也没有返回越南,1965年超级英雄钢铁侠和雷神被派往越南,与北越发生短暂冲突之后,漫威几乎忽略了越战,直到越战结束。当斯坦·李派钢铁侠在《悬疑故事集》第92期（"在越南广袤的土地上！"）重返越南，去对抗"共产主义者对托尼·斯塔克的回应"时[68]，他再次遇到对手钛侠。他们收到一封读者来信，"声称讨厌这一期……你们这期的悬念是卑鄙的宣传"。斯坦·李回应道："难道不能在越南发生一个微不足道的故事吗？……我们能找到的唯一宣传就是这个故事是绝对反对钛侠的！"[69]相反，当"在越南的士兵"写信来纠正他们在武器选择上的错误，接着表扬故事"精彩、惊人、很棒"时，这位士兵收到了一份免费订阅。[70]

第117期《神秘之旅》让雷神到了越南，不是去参战，而是掉进了他的敌人洛基设下的陷阱。这一期把冲突描绘成一场内战，一个北越军官打算枪毙他的兄弟，因为他"反抗北越"[71]。当他的母亲试图求情时被杀死了，军官摧毁了自己和他的基地，试图"像个士兵那样面对我的命运"[72]。

然而在1965年的这些故事之后，斯坦·李注意到漫画迷的邮件"大概平分为喜欢越战故事的和讨厌越战故事的……漫威制定了一项总体回避越战的政策"[73]。

DC漫画同样只在"钢铁战士"里派超人去了一次越南（《超人》第216期），在这一集中克拉克·肯特回复在越南服役的士兵的信件，这些士兵正在对付一个叫作"聪王"的巨人。克拉克曾短暂担任过医生和战地记者，发现"聪王"实际上是一个美国士兵，是将军的儿子，在第一次战斗中开小差逃跑了，越南女巫给了他神奇的草药。[74]和漫威的超级英雄一样，对超人来说，在越战中尝一尝行动的滋味就足够了，他很快就回到家乡与那些超级恶棍战斗，在越战结束前，DC漫画也基本忽视了越战。

129

◆◆◆

　　1965年道布尔迪出版社出版了一部小说，不可否认地"讽刺传统浪漫主义渴望逃离、英雄主义和顺从权威"：哈利·哈里森把他的《银河英雄比尔》描述成"对海因莱茵《星河战队》和所有那些狂热（偏激）的军事科幻图书的恶搞"[75]。

　　与胡安·瑞克和西里尔·戈登不同，比尔不是自愿服兵役的，相反，他一看到女人的臀部就心烦意乱，被"飞向天空的星河战队"的声音和太空骑兵的3D电影所吸引，被贪婪的征兵中士下药，他被靴子里的催眠线圈逼着向前行军。他发现服兵役与征兵电影中描述的"战争、死亡和荣耀大不相同，尽管只有Chinger人死了：士兵的四肢只受了轻微的伤，可以很容易用绷带包扎起来"[76]。事实上，Chinger人有七英寸高，而不是海报上所说的七英尺；他的小队中最热心的成员是个秘密的Chinger间谍；军队是"由精神上有缺陷的人管理的，时间服务器保持着无休止的战争和工作状态"[77]，在第一次战斗中，比尔失去了左臂，然后用一个死去战友的右臂代替它。配备了"teensie原子弹"、身穿《星河战队》式战斗盔甲的重装步兵[78]短暂出现，但是很快就陷入了困境，因为盔甲重达3 000磅，他花了一小时才脱下来。比尔最终向自己脚上开了一枪，得以退出战斗，但是做了一名招兵官，强迫他的弟弟参军，因为他每招募一个新兵就会有一个月的休假时间。[79]

　　哈里森在二战期间曾在美国陆军当过射击教练、卡车司机、军械士、计算射击瞄准专家、监狱看守，他后来回忆道：

第六章 世界末日的味道：1962—1975 年

> 虽然我讨厌军队，但我已经完全适应它了。我无法回到我在平民生活中所知道的唯一角色——一个孩子……在休假期间，我们帮助那些尚未入伍的朋友，以避免我们遭受的命运。我们公开嘲笑任何一个自告奋勇的傻瓜。[80]

> 我这一代人是被征召入伍的。我们知道当满 18 岁的时候，就要参军。我是 1943 年参军的，我们甚至不知道我们是否已经赢得战争……你看到它来了，一种厄运的感觉，除了活着你从来没想过你要去哪里；读完高中一个星期后，你就身在军队里了。

> 我退伍了，很高兴自己还活着，但是重新适应平民生活是一件了不起的事情。这不是野心问题，它只是又活过来了。你知道，人们忘记了战争带来的炮弹冲击。很多人无法自我调整，成了酒鬼。你被那个可怕的、愚蠢的机构——军队塑造了。[81]

无休止的战争以及士兵们难以适应平民生活（这一点被军方利用来劝说退伍老兵重新服役）等问题，将在乔·霍尔德曼的小说《永恒的战争》和其他小说中有更详细的讨论，但是这要等到 20 世纪 70 年代才会出现。

◆ ◆ ◆

许多在越战时期制作的美国科幻系列剧都描写在美军服役的人物，或是一个保卫地球的军事组织里的美国人物角色。《外星界限》系列剧之《继承者》（1964 年）这一集写的是四名美国士兵开始听从外星智能生物的指令，它通过士兵们大脑里的子弹来控制他们。四个人建造了一艘星际飞船，绑架了一群要么是残疾的、要么是快死了的寄养儿童，违抗美国政府调查员的命令，将孩子们送去另一个星球治疗疾病——这些孩子由一个长寿但是没有生育能力的种族抚养。[82] 中士和两个士兵服从中尉的命令，当首席（平民）调查员巴拉德试图唤起他们的爱国情感时，他们有所动摇，但他们的军事背景对作家们来说似乎主要是一种方便的方式，可以解释为什么有四个陌生人头部被来自同一个陨石的子弹击中。这两集"从远东"的战斗场景开始，没有指明是越南，这个陨石坑位于（虚构但是越南语发音的）"海塘省"（hio tang），而且美国人正在与"北方"游击队作战。对士兵服从他们不理解的命令和士官在平民提出道德问题时困惑于他们是否应该抗命，给予同情性的描写（巴拉德似乎受到康德伦理学的驱使，更关心孩子们的命运，而不是了解外星力场的秘密、恒星驱动力或是微型宇宙飞船中空气的治疗特性），这可以看作对美国士兵在越南所面临的困境的一种意见表达，但是没有证据表明这是作者的意图。大卫·C. 霍尔科姆令人信服地强调，这可能是对艺术灵感的本质的一种意见表达，是对参与制作《外星界限》的更有远见、更有创造力的人们反抗电视网的指令的一种隐喻。[83]

另一集《人为因素》的故事发生在北极的塔布角，它是"远程预警线"的一部分，以陆军少校布拉泽斯为核心，他被一种幻觉所困扰，认为那是一个怀有敌意的外星人，他试图用基地的原子弹摧毁外星人、基地和他自己。基地的精神病学家汉密尔顿博士用自己发明的原型机来探查布拉泽斯的心理，但是一场事故使他们的思想发生了互换。在布拉泽斯的身体里的汉密尔顿被当作疯子对待，直到他的助手把他放出来，并阻止布拉泽斯引爆炸弹。汉密尔顿发现布拉泽斯的幻觉是布拉泽斯在冰川裂缝中牺牲的同伴冰封的鬼魂，他对此人的死深感内疚，唯一可能的补偿似乎是用核武器炸毁整个基地。[84]

《不合时宜的赞提人》这一集表达了一种对美军特别是战略空军司令部更加愤世嫉俗的看法。因为担心他们的先进技术会摧毁地球，地球已经屈服于在宇宙飞行的赞提人的要求，战略空军司令部已经在加利福尼亚的沙漠隔离出一块地方，供赞提人作为罪犯流放地。当老鼠大小的赞提人逃离飞船，蜂拥到战略空军司令部基地时（在一个叫太平间的鬼城），战略空军司令部军官和官方历史学家用枪、手榴弹、火焰喷射器攻击他们。这一集结尾是赞提人解释说不会报复，反而要感谢人类。由于赞提人不能处决自己的罪犯，所以他们才把罪犯送到地球进行屠杀，而人类是"熟练的刽子手"[85]。

美国军队（这一次是美国航天部队，隶属于联合地球帝国军事力量）在《噩梦》这一集中再次呈现负面形象。地球被伊波恩人攻击之后，一艘挤满地球军队的宇宙飞船被送往伊波恩（其中包括至少两名美国人：由埃德·纳尔逊扮演的指挥官和马丁·辛扮演的二等兵迪克斯；由詹姆斯·希格塔扮演的陆军少校永未透露代表哪个国家，却回忆起旧金山），但被俘虏了。船员们被告知，他们被当作战俘对待的要求将得到满足，并且他们将被允许加入其他战俘的行列——但只有当伊波恩人的要求得到满足时才可以。伊波恩人审问和折磨俘虏：德国人在被迫承认向纳粹出卖了自己的祖父后，心脏病发作而死，非洲人暂时失明了，迪克斯暂时失声，永的手臂折了（伊波恩人审讯员估计它需要一年时间才能痊愈）。由英国情报官员领导的其他幸存者指责永背叛了地球,因为他无意中透露了下一艘船将要走的路线,并抽签来决定谁去杀了他。此时伊波恩人审讯员向秘密监视囚犯的美国将军抗议,认为这个"游戏"太过分了,它揭示了这种残酷而致命的情况是不为人知的一种训练,军方试图通过它看看哪些军人能经受住严酷的审讯。此外,伊波恩和地球之间没有战争——伊波恩人的"攻击"是偶然的,而且他们不愿意与联合地球军事指挥部合作,似乎是一种补偿。将军为这些暴行辩解的理由是没有人在朝鲜战争期间成功从战俘营逃脱,通过这样的训练,和平时期的军队就可以确信自己的士兵会勇敢面对审讯和洗脑,以防地球遇到的下一个外星种族不像伊波恩人那么仁慈。[86]

几乎没必要说,20世纪60年代其他美国科幻系列剧倾向于以一种比《噩梦》更加积极的方式来展现美军形象,但是他们的描写并不总是恭维的。欧文·艾伦的《航向深海》关注的是海景号上的美国海军船员,它本应该是一艘为纳尔逊研究所工作的民用考察潜艇,但是装备了四枚核导弹,部分船员是海军,经常参与间谍活动、秘密行动和美国政府的武器测试。在那些没被洗脑的剧集里,以理查德·贝斯哈特扮演的舰队司令纳尔逊和大卫·哈蒂森扮演的克拉内船长为首的固定演员大多被塑造成英雄,他们被鬼上身,被外星人或半机械人所取代,受有生命的植物控制,被美人鱼迷住,在试验药物或化学武器的影响下,变成狼人或活体炸弹。

然而这部系列剧并非完全没有趣味。从1964年9月(北部湾决议案通过几个星期后,美国开始轰炸越南北部)至1968年3月(此时,越南战争已经是美国历史上耗时最长的战争,至少到下个世纪为止),这部系列剧制作和播放,它以20世纪70年代和 80 年代早期为背景，回避越南问题，但是准确预测到了此时冷战不会结束或升级。尽管这部系列剧逐渐变成带有强烈超自然主题的"本周怪物"秀，但一些早期剧集确实触及了冷战时期美军兵役的现实，包括显示在等级制度中一些人不够英勇，偶尔像好斗的恶霸。

在《谴责》（1965 年）中，渴望公众关注的美国海军上将福尔克被指窃取了助手亚契的功劳，然后在他的试验出现问题时杀死了这个助手，并恐慌。亚契死后，福尔克牺牲自己去救船长克拉内，纳尔逊认为揭露福尔克是骗子没有意义。[87] 在《天要塌下来了》（1964 年）中，海景号被美国海军少将、绰号"好战者"的沃尔特·托宾征用，被派去调查消失在太平洋上的飞碟的情况。他下令，当发现不明飞行物时，立即开火。纳尔逊设法与外星人飞行员沟通，并帮助他修理飞船，而不是让外星人报复——这使托宾很不高兴，一名同样具有攻击性的空军将军派出一队飞机轰炸第七舰队到达的地区。[88]《沉默的迷雾》（1964 年）中，在美国国务院的命令下，海景号卷入中美洲国家的一场政变，一些船员被该国政府逮捕，而美国国务院却否认与此有关。[89] 在《国王万岁》（1964 年）中，美国国务院要求纳尔逊将一个专横的少年国王送回家，继承他被暗杀的父亲的王位，以镇压叛乱：他的加冕礼是用一份来自美国的"圣诞礼物"来庆祝的——第七舰队的炮舰外交。[90]

《世界末日》（1964 年）的背景设置在 1973 年，解决由《核子战争》中格洛伊特切勒教授以及多年后《战争游戏》（1984）的开场提出的一个问题：当一名军官收到"发射命令"却拒绝转动钥匙或是按下发射核导弹的按钮时，会发生什么？在这一集里，海景号的船员正在按老规矩捉弄那些第一次横渡赤道的水手，苏联在没有事先警告美国的情况下发射了火箭（后来发现是运载卫星），船员们进入了战备状态，此时还穿戴着恶搞仪式的戏服和装扮，他们意识到这不是演习，于是纳尔逊、克拉内和普通船员奇普·莫顿分别打开四个安全装置中的三个，准备发射潜艇的导弹，但是导弹官海军少校科比特是纳尔逊以前的学生，参加美国海军安排的评估海景号作为"一艘导弹舰艇的适用性"的临时任务，他犹豫了，拒绝使用手里的钥匙，说道："我不能毁灭世界。我不能。"

纳尔逊告诉他："不是你。"

科比特问："不是我？那是谁？"

纳尔逊说："是我。"然后痛打并制服了科比特，强行拿走了他的钥匙，打开最后一道保险，同时潜艇朝着敌方水域的发射坐标前进。当他向克拉内讲述这件事的时候，克拉内回复道："每个参加过战争的士兵都知道这一刻。在步枪射击场上成为神枪手是一回事，当看到一个真实的人扣动扳机则是另一回事。"

纳尔逊说："在决定性的关键时刻，他们会扣动扳机吗？"

克拉内道："大部分人会。一些人则不会。"

纳尔逊道："但是科比特不是个懦夫。他只是在错误的时间开始与自己的良心做斗争。他应该在宣誓就职之前就这么做。"

克拉内回答道："没有人知道当我们必须扣动扳机时，我们该怎么办。再给他一次机会，如果我们还有一次机会的话。"

下一个场景中，当两个普通船员清除参加仪式的装扮痕迹时，一个人对另一个人说："克拉克，别担心你看起来怎么样；没有人会再见到我们了。永远不会。"一场小爆炸使一名普通船员科瓦尔斯基暂时失明了,潜艇上的医生不得不给他的眼睛做手术,但不确定是否有时间成功完成手术,"当然这只是假设,没有世界末日"。

纳尔逊再次面对科比特,说:"我不明白。你是海军。安纳波利斯(美国海军学院在此)。这就是你被训练的目的;你已经经历过一百次了!"科比特回答道:"演习而已!就像孩子的游戏!这可不是游戏……这是世界末日!世界末日啊!"

纳尔逊道:"如果它是世界末日,也不是我们引起的。"

科比特道:"谁引起的有什么区别?手持大棒是一回事,用它来猛击别人的头是另一回事。我就是做不了这件事。但是你可以,对吗?"

纳尔逊道:"你以为因为我可以做我必须做的事情,我就不同情那数百万人了吗?……我们的工作是为我们国家的威慑力量提供骨骼和肌肉。如果我们失败了,如果我们在关键时刻掉链子,那么就使我们的国家毫无防御了。你曾经让你的国家失望过一次。别再让它失望了。"

在下一个场景中(一些不祥的音乐之后),克拉内问纳尔逊:"你能想出推迟开火的理由吗?"纳尔逊回答道:"没有任何与军事相关的理由。"当没有警报解除的信号时,他下令启动发射程序,但是过了一会儿警报就解除了,他笑了,其他船员则欢呼雀跃。不幸的是,其中一枚导弹的触发器有问题,已被激活,它到达海平面时会自动引爆。当科比特只能固定扳机,让导弹在海平面以下而不是海平面以上爆炸时,科比特和纳尔逊再次发生了冲突:尽管冒着可能摧毁潜艇的危险,纳尔逊想要在水下 1 000 多英尺引爆导弹,这样就不会被发现;科比特则希望它在地面引爆，以证明核事故可能发生，而"故障保险是容易出错的"。纳尔逊声称他的动机不是担心违反防止地面核爆炸的《禁止核试验条约》，但"不能因为我们的错误而污染大气；我不会污染空气、地球；冒着船员的生命危险总比世世代代受影响要好"。（大概污染海洋并没有让他过分担心。）当科比特指出纳尔逊就在几分钟前还准备"按下按钮"时，纳尔逊回答道："因为很久以前，在不像今天早上那么紧张的情况下，战略家和政治家们制订了一个计划，这是你作为军人发誓要遵守的计划。如果在平静时期制订的计划在有压力的时期没有严格执行，那么我们只能面对混乱。国家和个人的生存需要依靠理性而不是情感。"当科比特说"我们的安全也需要知情的公众"时，纳尔逊说："你想唱高调就去唱吧，但是不要穿着这身军装。"科比特打算让导弹在海平面爆炸，说他的"承诺比这身制服更重要"，但是燃料已经耗尽，所以导弹无法到达地面，在没有爆炸的情况下沉入了海底。

在结尾处，纳尔逊告诉克拉内，他已下令将科比特送上军事法庭，纳尔逊将提供不利于科比特的证词，期望将科比特不光彩地开除。纳尔逊指出，"通过违抗命令，他无意中救了我们的命，但是他毁了自己的事业"，好像这两件事差不多同等重要。[91]

由于系列剧的一集通常被认为是无足轻重的，这是对军人面临困境的一种非常微妙的看法，他们所接受的命令无法与自己的良心相一致。这不是新情况（在上一章讨论的《阴阳魔界》的《交锋》那一集就有所表现了，20年来芬顿一直为听从命令杀死已经投降的手无寸铁的敌人而深感内疚），但是由于个人不得不对核导弹和其他大规模杀伤性武器做出决定，这将带来越来越可怕的后果。它还涉及士兵的问题，尽管他们精通武器，却发现自己无法在实战中向看得见的人开火（根据戴夫·格罗斯曼在《杀戮》一书的研究，克拉内所说的"大部分"人会扣动扳机是夸大其词，至少在20世纪60年代美国士兵的武器和训练发生变化之前是这样的[92]）。此外，它还提出了一个在越南战争中具有重要意义的问题：军人是否有权告诉公众有关军事错误、事故和犯罪的事情。值得注意的是，纳尔逊的行为和决定（被他对海军的责任感所激励）有可能导致美国成为第一个发射核导弹的国家，从而引发第三次世界大战，然后不得不在违反禁试条约和海景号及其船员面临生命危险之间做出选择（或是在污染空气和污染海洋之间选择）。事实证明科比特没有转动钥匙（警报原来是误报），并让弹头在水面而不是在水下引爆的决定是正确的，除了纳尔逊，没人质疑他的动机——关心人类（人性）和美国民主。这一集中没有任何证据表明科比特是邪恶的、疯狂的、虚弱的、懦弱的，或是谎报自己的动机，但是纳尔逊认为科比特的不作为"使我们的国家毫无防御"，"国家和个人的生存需要依靠理性而不是情感"。这听起来很空洞，如果苏联人已经发动攻击，作为防御的威慑显然已经失效了，除了复仇的情感之外，报复没有任何理性的理由。纳尔逊坚持认为只有与军事相关的原因才重要，他和《怪人》中的亨德利船长处境相同，在这种情况下，他认为自己不是在为世界工作，甚至不是为了美国的民主工作，但是为海军工作。

欧文·艾伦在越战期间还制作了其他两部科幻电视剧，也描写了美军军官，但是远离争议话题。《迷失太空》（1965—1968年）描写美国太空部队少校唐·韦斯特担任"木星2号"的副驾驶，首映式上破坏者史密斯博士身穿美国空军上校的制服出现，但将罗宾逊一家人送往半人马座阿尔法星的任务似乎是由一家民间机构执行的,这显然是约翰·罗宾逊博士而不是韦斯特少校在指挥。[93] 后来的剧集里提到了韦斯特的等级,而没有提到史密斯的等级——大概是因为他很快就被揭露不仅是个杀人不眨眼的叛徒,而且胆怯和懒惰,具有那些我们希望己方军官不会有的所有恶劣品质。《时间隧道》(1966—1967年)讲述的是由美国陆军中将海伍德·柯克监督的一个军事机密,但是除了偶尔被分配危险工作的中士吉格斯,其他普通角色的称呼都是平民学术头衔。

《入侵者》(1967—1968年)描写了一个孤独的人大卫·文森特反抗企图秘密征服地球的外星人。在第一季的剧集《世界末日前一天》中,文森特发现犹他州某军事基地的安全主管、陆军少校瑞克·格雷夫斯是他的盟友,但也发现指挥官博蒙特将军与一群入侵者勾结,计划引爆一枚反物质炸弹,并把它当作一次美军的核炸弹测试。博蒙特希望这次爆炸会吓得全世界解除武装,他告诉文森特和格雷夫斯:"我来告诉你们我的纪录意味着什么。因为我的命令,死了十万人。我自己的儿子死了,因为当我说他会死于最后一场战争时,他相信了我。死亡、毁灭和苦难,这一切都是为了什么?我们总有一天会在一场巨大的核灾难中自杀。"[94] 文森特让博蒙特相信外星人已经背叛了他,并打算引爆地下反物质炸弹,这样就会改变地球的轴向倾斜,于是博蒙特领导进攻侵略者(其中一些人伪装成美国士兵)。由于无法拆除反物质炸弹的引信,他就开车把炸弹带到外星人的营地,牺牲自己杀死外星人。军事调查委员会表态称这是出于安全目的的一次打击行动,以及"对未知敌人蓄意破坏的判决"[95]。

在下一集《数量:未知》中,陆军情报上校格里菲斯原来是个外星人。[96]之后的一集《无辜的人》显示美国空军被外星人渗透了。[97]第二季开场是北美防空司令部计算机程序员的外星人妻子向该司令部的雷达输入错误指令，让一支外星飞碟舰队毫无察觉地溜过；大卫·文森特说服安全主管加载备份程序，外星飞碟被发现，军机编队紧急升空迎战，迫使他们撤退。[98]（这些飞机镜头都来自资料片，但是罗伊·金纳斯似乎真的走进了夏延山的北美防空司令部，建议与这部剧的节目制作人进行某种程度的军事合作，他们还制作过1964—1967年的电视剧《晴空血战史》。）在杰里·索尔编剧的《黑暗的前哨》中，伪装成美国军事人员的外星人占领了一个已经关闭的军事基地克劳利营地，用作医院。和大卫·文森特一起被捕的一名学生问，军队是否能逮捕他们；另一个学生弗恩回复道："我从没听说过。"但是后来气愤地说："当我在陆军的时候，我被中士、下士和每一个人摆布。现在我终于出来了，却仍然受人摆布……我了解陆军，他们没有权利对别人施压……如果他是个贼，他们可以逮捕他，可以控告他，但是不能欺负他。"当外星人上校哈里斯威胁要处死学生来迫使文森特说话时，弗恩指出他无权那样做（不到四年之后，这一权利将被授予，尼克松调集军队应对1971年的五月节抗议）。学生们战胜侵略者并逃跑了，但当真正的军队人员被调查的时候，外星人的装备已经被拆除，最后画外音响起："陆军的报告将是全面和细致的，但是没有证据的话，它的结论将是负面的。"[99]

在第二季后半段，文森特招募到一小群盟友，包括实业家埃德加·斯科维尔和美国空军上校阿奇·哈蒙。《入侵者》最后一集《和平缔造者》让美国军事人员扮演重要角色（1968年2月6

日播出，也就是在春节攻势①开始一个星期后。五天后艾迪·亚当斯拍摄了阮文林被处决的照片），开场是哈蒙活捉了入侵者，交给他的上司四星上将萨缪尔·阿灵顿·康坎农，不久后在另一名伪装成美国空军军官的外星人的帮助下，这名外星人在牢房里自杀了，而伪装的外星人也被枪毙了。入侵者俘虏了哈蒙，希望用他来交换俘虏，但是他在大卫·文森特的帮助下逃跑了，并带着文森特去见康坎农将军。在询问了入侵者的军事实力之后，康坎农说："我们不想要战争。这些天想要一场战争是疯狂的。在上帝的绿色地球上，我们没有理由不和这些人和平相处。他们会和我们谈判吗？"

康坎农谈到安排美国军方代表和外星领导人进行谈判，然后提议利用世界末日装备的威胁来加强美国的地位："如果我们认为我们会在把世界交给他们之前把它炸掉，他们可能不得不坐下来谈判。"

康坎农和哈蒙在科雷吉多战役和巴丹死亡行军中幸存下来，他计划轰炸他在一所废弃农舍安排的"和平会议"，用斯科维尔（他拒绝建造世界末日装置，但是同意虚张声势）、文森特和几个将军当诱饵。他记录下一条信息："如果没有领导人，士兵们就无法组成军队。我们希望他们回家，退出战斗，让我们和自己深爱的美国在一起。在军事上，该计划是合理的。"他的妻子试图阻止他，说他们的儿子正准备让康坎农退休，他是在按照自己的权威行事（而不是像他说的那样，按照总统的权威），并解释道：

---

① 1968 年 1 月底，北越发动了规模空前的春节攻势。超过 8 万人的北越军队对南越几乎所有城市发起进攻。大部分攻势在最初的几小时内被击退，但在西贡持续长达三天，越南传统首都顺化的激战持续一个月。——译注

第六章　世界末日的味道：1962—1975 年

"他已经习惯过极端的生活。这是他所知道的把事情做好的唯一方法。"这一集证明了这一点，显示康坎农对用 .27 口径软头弹（soft-nose .270 caliber ammunition）射杀土拨鼠的前景感到高兴，用武器装饰他的办公室。当他的妻子评论他的年龄时，他威胁她；当哈蒙试图阻止康坎农炸掉农舍时，康坎农拔出手枪指着他说："哈蒙，你是一个士兵，至少我认为你是。谁说有失才有得。"当哈蒙反驳称入侵者会报复并"杀死尽可能多的我们的人"时，康坎农回答道："好吧，他们会杀掉我们一些人，但是剩下的人将组成一支军队……人们不懂得谈判。致命的打击，才是他们所能理解的。"他用手枪打哈蒙之前，称他为胆小鬼，反复说："这是他们所能理解的。"

在农舍，一名将军看着外星人的谈判代表（都假装成人过中年的白人）评论道："至少我们知道他们不是东方人。"康坎农的妻子试图在农舍里用无线电恳求他，但是他不会被说服，文森特让入侵者销毁炸弹，他们照做了。这个举措杀死了文森特和斯科维尔的军事盟友哈蒙，哈蒙让他们在没有官方批准的情况下行动。斯科维尔试图说服外星领导人再次举行和谈，向他们保证，"我们政府里有人，有负责的、明智的、理智的、可以和你们谈的人"，暗示服役 36 年的四星上将康坎农不具备这些品质。[100]

◆ ◆ ◆

在《星际迷航》中支持军队和反对军队的潜台词都有不少。正如 H. 布鲁斯·富兰克林指出的，"越战时期的《星际迷航》"最初的剧集是在美国卷入越战的背景下制作出来的。1965 年 2 月吉恩·罗登贝里派出第一个飞行员，就在签署北部湾协议的同一个月，开始"报复性"地轰炸，并"派遣第一个公开承认的美国作战师到越南"[101]。1969年6月最后一集播出,这是在约翰·列侬录制《给和平一次机会》两天之后,以及尼克松总统和南越领导人阮文绍见面并宣布2.5万名美军将于9月撤出越南的前一个星期,这是"战争越南化"①的开始。

《星际迷航》有几集已经被其他作家引用,作为对越战和当代美国军事行动的评论。苏文这样评价这部电视剧:"从60年代的半自由主义开始,它在质量、科幻小说内容和意识形态取向上摇摆不定(1968年《一场私人微型战争》一集清楚地证明了美国对越南战争的正当性)。"[102]瑞克·沃特兰德在《冷战分子柯克船长》中,小J.威廉·斯奈德在《星际迷航:20世纪60年代的一种现象和社会宣言》中,大卫·杰罗德在《星际迷航的世界》中,都在评论"普韦布洛事件"②的相似之处,1968年美国普韦布洛号军舰在朝鲜领海执行情报搜集任务时被俘。第三季《企业号事件》一集中,企业号在中立区执行情报搜集任务时被罗慕兰人俘获。[103]杰罗德批评这一集是在为其间谍行为辩解:"就像《星际迷航》所说的那样,我们是正义的,因为我们这一边是对的,他们那一边不是。"[104]据沃特兰德说,在制片厂的坚持下,柯克船长承认从事间谍活动的那个场景被剪掉了。[105]

富兰克林的《越战时期的〈星际迷航〉》主要讲的是第一季《在永恒边缘的城市》那一集,它改编自哈兰·埃里森的剧本,并由多萝西·C.丰塔纳和吉恩·罗登贝里改编,1967年4月第

---

① 战争越南化是尼克松政府的一项政策,目的是通过一项"扩大、装备和训练南越军队,并赋予他们越来越多的作战角色,同时逐步减少美国作战部队数量"的计划,结束美国对越南战争的参与。——译注

② 1968年1月23日普韦布洛号在朝鲜东岸的元山港外海的日本海海域执行情报搜集任务时,遭朝鲜方面勒令停船接受检查并以非法入侵领海的理由俘获,引发两国之间的政治紧张,史称"普韦布洛号危机"。——译注

一次播出。作为对反战运动的批判，它认为"这是正确的，但发生在错误的时间"，并指出它是在马丁·路德·金《越战独立宣言》发表两天后播出的。[106] 富兰克林还称第二季《一场私人微型战争》这一集是在 1968 年 2 月首次播出的（次集剧本是在"春节攻势"前写的）。这是一个逐步升级的寓言，它"推广越战历史的官方版本"，尽管这个版本已经不合时宜。1968 年 3 月《欧米茄的荣耀》首次播出，1969 年 1 月《让那成为你最后的战场》首次播出，预测如果战争升级可能会发生什么。[107] 最后两集描写的是被战争摧毁的文化——至于《欧米茄的荣耀》中，"Yangs"（美国佬）仍在与亚洲的"Kohms"作战。Yangs 被描绘成抢劫 Kohms 村庄的强盗，他们仍然崇敬美国国旗、宪法的内容和效忠誓词，却不知道其意义。[108]

《一场私人微型战争》中克林贡人和联盟争夺一个星球的控制权（这个星球上的植物有药用价值），它是那么多剧集中唯一直接提到越战的，出现在柯克和麦考伊的对话中：

> 柯克：你还记得 20 世纪发生在亚洲的战争吗？两个大国卷入其中，就像克林贡人和我们。双方都不认为他们可以退出。
>
> 麦考伊：是的，我记得。它一年又一年血腥地进行着。
>
> 柯克：但是你有什么建议？一方给他的朋友提供了无比强大的武器？如果有的话，人类就不会活着去太空旅行了。不，唯一的解决方式就是发生了什么，回到那时，势均力敌。
>
> 麦考伊：如果克林贡人给他们这边的装备更多呢？

145

柯克：那么我们也会给自己这边提供更多武器的。势均力敌——最棘手的、最困难的、最肮脏的游戏——是唯一可以保全双方的！[109]

剧本初稿把与克林贡人结盟的一方领导人比作胡志明[110]，富兰克林引用金·L.库恩的一封信说："每个人都应该清楚，我们实际上一直在谈论越南……我们试图推销的是这种绝望的境况。我们完全是被迫采取了我们知道在道德上错误的步骤，但这是为了我们开明的利己主义，我们对此无能为力。"[111]吉恩·罗登贝里坚持改写剧本，因为它表达了对美国干预越南事务的反对意见，他对库恩说："越南的利害关系远比对世界上比较简单的人们采取仁慈态度更重要和更有影响。"[112]

库恩在信中还指出："我们往往把克林贡人描写得很像俄罗斯人。"[113]在1991年的电影《星际迷航：未来之城》中这样的类比更加明确，它描写了克林贡帝国的崩溃，以及在克林贡人的家园发生灾难性的发电站爆炸之后，星际冷战结束了。[114]鉴于此，这部系列剧的其他几集值得看一下，剧中与克林贡人的冲突是核心：第一季的《仁义之师》，第二季的《毛球族的麻烦》《星期五的孩子》以及第三季的《鸽子之日》。

克林贡人首次出现在《仁义之师》里（库恩编剧，1967年5月23日首次播出，《在永恒边缘的城市》播出前一个星期）。柯克和斯波克没有成功说服欧甘尼亚行星的领导人允许联邦军队占领地球，以阻止克林贡人，然后被困在具有战略意义的欧甘尼亚行星上。欧甘尼亚人反抗克林贡人入侵，柯克和斯波克伪装成欧甘尼亚人，变成了两个人的抵抗力量。他们抵抗时间不长，因为克林贡人处决欧甘尼亚人作为惩罚。

在柯克试图抓捕克林贡指挥官科尔之后,欧甘尼亚人觉得他们受够了,把双方的武器都加热到无法触碰的程度。即使是肉搏战也变得不可能。欧甘尼亚人显示出他们比人类或克林贡人更加先进:他们是超越物质的不朽存在,他们没有一个真正被杀死,并且他们发现这些暴力生物的存在(两个社会/群体之间没有区别)令人难以置信地不愉快。他们对两场斗争实行休战,预言他们不仅会成为盟友,而且科尔和柯克会成为朋友。科尔对战争停止表示遗憾,因为"它将是辉煌的"。柯克承认"对欧甘尼亚人阻止一场我不想要的战争感到愤怒";斯波克评论说,奇怪的是"你们人类多久能得到你们不想要的东西"[115]。

《仁义之师》和《在永恒边缘的城市》之后紧接着的是《星际迷航》第一季的最后一集《行动:歼灭!》,正如它的标题所暗示的,不那么和平。企业号追踪了一种外星脑寄生虫的踪迹,从一个世界移动到另一个世界的智能蜂巢,它走到哪里就破坏哪里的文明,类似于多米诺骨牌效应。外星人(由整蛊商店里装得鼓鼓囊囊的假呕吐物来充当)通过渗透他们的神经系统并施加难以忍受的痛苦来控制他们的人类宿主。柯克没有像早期剧集《黑暗中的魔鬼》那样试图与外星人沟通,而是考虑在德涅瓦岛上消灭被感染的人类,以阻止寄生虫的扩散(寄生虫知道如何建造星际飞船,但是需要宿主动手)。柯克说:"我不能让它扩散到这个殖民地之外,即使这意味着要消灭一百万人。"柯克发现他们对紫外线很敏感,于是让宇航员制造人造卫星,模拟阳光,用它来消灭寄生虫,从而使德涅瓦的人们摆脱了寄生虫的控制。[116](这几乎可以肯定是个巧合,但是利用卫星用一面巨大的镜子模拟越南上空永久阳光的想法，是由 A.G. 白金汉和 H.M. 沃森在 1968 年和 1969 年发布的一项研究中提出来的，这一想法得到了认真的调查，"但即使有美国国家航空航天局和空军的支持，这个项目还是取消了，主要是因为预计战争将提前结束"[117]。）

在史蒂文·卡拉巴索斯的剧本初稿中——这个版本改编自《星际迷航 II》选集中詹姆斯·布利什的短篇小说——企业号跟踪这些生物到了它们被摧毁的家园。[118]（很恰当地，德涅瓦的外景是在 TRW 公司①的太空和国防公园拍摄的，这家公司建造过超环面仪器和泰坦洲际弹道导弹，以及太空探测器和卫星。[119]）

在《星期五的孩子》（由多萝西·C. 丰塔纳编剧，1967 年 12 月 1 日首次播出，即罗伯特·麦克纳马拉辞去国防部长两天之后，尤金·麦卡锡宣布他打算以反战的名义竞选总统一天之后）中，同样地，联邦和克林贡人在争夺一个星球的控制权，这一次是采矿权。科技水平低的原住民和克林贡人一样暴力，但是有严格的荣誉准则，当发现克林贡人对他们说谎时，他们被联邦说服了。[120]《毛球族的麻烦》中人类和克林贡人争夺殖民一个无人居住但适宜居住的星球的权利。[121]《鸽子之日》让人类在企业号上对抗克林贡人。

在《鸽子之日》（由杰罗姆·比克斯比编剧，1968 年 11 月 1 日首次播出，即美国停止对越南北部进行轰炸的第二天）中，企业号船员指责克林贡人使用不明武器杀害了联邦殖民者，这种武器没有留下受害者的任何痕迹。被类似的虚假求救信号引诱到现

---

① TRW 是一家美国公司，涵盖多种业务，主要是航空航天、汽车和信用报告。它建造了许多航天器，包括先驱者 1 号、10 号和一些太空天文台。在 1958 年被称为汤普森·拉莫·伍尔德里奇，以这三位杰出领导者命名，后来缩写为 TRW。——译注

场的克林贡人指控柯克诱骗他们上当，并用不明武器袭击并损坏了他们的飞船。这两个诡计实际上都是一种邪恶能量的作用，它助长了类人生命的攻击性。当人们把射线枪换成剑，治疗伤者，阻止生命维持系统被关闭，从而使人们能够生存和继续战斗时，战争被延长了。人类意识到他们被操纵了，柯克惊讶地喊道："这场战争是为我们准备的吗——配备有武器、意识形态、爱国宣传，甚至是种族仇恨？"克林贡船长终于相信了这一点，同意停战，说道："我们不需要鼓动去仇恨人类！但就目前而言，只有傻瓜才会在着火的房子里打架。"[122]这一集的结尾是人类和克林贡人通过嘲笑这个恶毒的生物来驱逐它，杰罗姆·比克斯比最初的剧本呼吁两个种族共同举行和平游行来击退它[123]——这是1967年4月以来一些越战老兵一直在做的事情。

阻止战争的必要条件是人们拒绝参战，至少在那一天，这个建议也是《星际迷航》另一集《世界末日的味道》（由吉恩·库恩和罗伯特·哈姆纳编剧，1967年2月23日首次播出）的主题，其中当两个行星的居民被命令这么做时，他们进入了衰变室。在这一集里，这两个群体避免了一场全面战争和财产的毁灭，让他们的电脑向对方的城市进行了完全假想的攻击。任何被这些理论上的攻击所俘获的人都有义务报告终止情况，任何拒绝都将破坏这两个星球几个世纪前签署的条约，并可能会用真正的核聚变炸弹发动一场战争。由于无法阻止这些电脑挑选出来的义务兵自杀（柯克命令船员阻止一个当地人自焚——1963年一些越南僧侣曾这样做，1965年美国反战抗议者也曾这样做），柯克和斯波克捣毁了两个房间和电脑，迫使政府停火并谈判签署一项新条约。[124]

其中有几集，例如《一场私人微型战争》和《世界末日的味道》，战争的幽灵会持续几个世纪，甚至可能永远存在下去。《鸽子之日》使之明确化，并拒绝那一年早些时候《一场私人微型战争》提出来的解决方案，柯克形容外星人"保持了资源和力量的平衡，这样它就能保持持续的暴力状态……充满了永恒的嗜血和战争"。[125]

其中两集表明，拒绝参加那些基于错误报道（考虑到北部湾事件）、古老仇恨或是为了那些违背你自身利益的人的利益的战争，是正确的做法。只有克林贡人承认战争是"光荣的"，柯克称"没有人想要战争"。面对欧甘尼亚人，柯克一开始和克林贡船长一样厌恶他们的和平主义，但是最后他无法维持联邦自身的安全。[126] 在第二季由比克斯比编剧的《镜子，镜子》中，柯克一开始也同样地因为一个奉行和平主义的外星种族拒绝允许联邦开采可以用来制造武器的矿石而感到沮丧，即使另一种选择是彻底毁灭他们的星球。但当他看到在一个平行世界里，行星联盟变成了一个类似克林贡帝国的帝国之后，在这集结尾改为支持欧甘尼亚人。[127] 除了《在永恒边缘的城市》和《一场私人微型战争》，其他剧集都说明，任何可以通过战争解决的冲突都可以而且应该通过谈判来解决。在马丁·路德·金倡导消极抵抗的十年里，《仁义之师》和《镜子，镜子》充满同情地描绘了宁愿死也不愿战斗的外星人（人形的外星人），甚至欢迎任何声称为他们而战的人。

值得注意的是，《星际迷航》的开创者吉恩·罗登贝里有军方背景，他不是一个和平主义者。他曾担任美国陆军航空兵轰炸机飞行员，获得杰出飞行十字勋章，1964年当他制作第一部电视剧《中尉》时就在构思《星际迷航》，《中尉》这部剧的背景设置在美国海军陆战队彭德尔顿营。他的星际舰队使用了与美国海军相同的指挥体系；十二艘星际飞船中的八艘，包括企业号飞船，和美国海军军舰的名字相同。[128] 企业号的组件被描写为在"现在仍被称为旧金山海军造船厂"[129] 的地方建造的，它的重量"与我们排水量 59 650 吨的福莱斯特号航母差不多"[130]，模型制造商绘制的比例图将星舰的轮廓叠加在美国航母企业号的图像上。[131]

《星际迷航》的编剧手册甚至明确规定，柯克舰长不应该像越战中美国海军巡洋舰的指挥官那样行事：

> 时间就是今天。我们乘着巡洋舰底特律号航行在越南水域，突然敌军炮舰向我们驶来，我们的炮无法拦阻它，我们意识到这是一次带有核弹头的自杀式攻击。看来我们的船和船上所有的人都可能被摧毁。现在指挥底特律号巡洋舰的 E.L. 亨德森舰长会转身去拥抱一个碰巧在舰桥上跳波浪舞的漂亮女人吗？
>
> 就这么简单。这是我们对《星际迷航》可信度的标准测试（这也暗示了过去的科幻电影中的许多错误）。不，亨德森舰长不会那么做！如果他是我们期望的能指挥任何军舰的舰长。我们的柯克舰长也不会在危急时刻去拥抱女船员，如果他必须保持可信的话。[132]

手册还说："有些人可能更希望亨德森在某个地方做爱，而不是炮轰亚洲港口，但对于一个完全不同的电视网来说，就是完全不同的故事了。也许是英国广播公司。"[133]（英国广播电视网也许会播出一部被视为在批评越战的科幻剧，但是美国广播电视网不会这么做，这一暗示实际上有一定的依据：英国科幻系列剧《囚犯》之《和谐相处》中，第6号就被弄得产生幻觉，以为他在西部的一个小镇上，1968年这一集没有和该剧其他部分一起在美国播出，因为这个剧的英雄第6号拒绝在美国环境中携带枪支，他被哥伦比亚广播公司视为一种反战抗议。[134]）

尽管这有时候反映出美国公众对越南战争越来越不抱幻想，但这部剧对于星际舰队、星际联邦军队的看法保持正面甚至理想化（乌托邦）的色彩。罗登贝里坚持改写埃里森的《在永恒边缘的城市》剧本中描写"我们的一名船员从事毒品走私，舰长弃船，船员叛乱"[135]的场景。星际舰队也许会犯错（例如在《终极电脑》中，企业号的控制权交给了一台计算机，它对战争游戏的反应就好像这是真实的一样，杀死了另一艘星际飞船的全体船员），个别军官有时会不服从命令（包括《动物园》中的斯波克和《狂乱时间》中的柯克），在没有指挥经验的情况下得到晋升（《致命岁月》中的海军准将斯托克），有时候为了追求个人恩怨而完全失控（《世界末日机器》中的德克尔，《军事法庭》中的芬尼），或是被困在外星星球上入乡随俗了（《面包和马戏团》中的梅里克，《欧米茄的荣耀》中的特蕾西），但是当罗登贝里掌舵时，从来没人说军事机器是不必要或邪恶的。[136]甚至在1988年《星际迷航：下一代》剧集《阴谋》中，灵感来源于"伊朗门"事件，罗登贝里坚持认为这个叛变的星际舰队军官群体已经被外星寄生虫侵蚀，他们已经变成了阴谋者，在某一集中被皮卡德和瑞克轻松打败。[137]（"伊朗门"事件的阴谋策划者没人试图利用外来寄生虫作为法律辩护。）

也许正是由于对军事组织的正面表现,《星际迷航》(现在仍然)在美军中拥有众多粉丝,美国空军学院将企业号和电视剧的口号"没有人去过的地方"融入学员中队的徽章中。[138] 甘农展示了20世纪80年代诺思罗普·格鲁曼公司的工程师们将真实的B-1、B-2轰炸机和F-117隐形战斗机的轮廓叠加在企业号星舰上,以呈现其规模,假设"一屋子的高级军事和国防人员将识别新、旧企业号航母的轮廓,发现这些比较适合这样的会议,不需要任何上下文参考,并将它们看作有趣的和可能有用的"[139]。然而,这些都没能阻止罗登贝里和其他几位《星际迷航》的编剧(比克斯比、杰里·索尔、哈兰·埃里森、诺曼·斯平拉以及迈克·雷诺兹和詹姆斯·布利什——这两人写了《星际迷航》早期的系列故事)加入由81位科幻小说家组成的小团体,他们在《幻想和科幻小说》(1968年3月)和《银河科幻小说》(1968年6月)上刊登广告,声明"我们反对美国卷入越南战争"。

这些广告是由朱迪斯·梅里尔组织的,在"春节攻势"前,他想让美国的科幻作家们签名抗议战争,但没能成功。[140] 其他签名人包括艾萨克·阿西莫夫、安东尼·布彻、雷·布拉德伯利、西奥多·科格斯韦尔、米利亚姆·艾伦·德福特、萨缪尔·R.德拉尼、莱斯特·德尔·雷伊、菲利普·K.迪克、托马斯·M.迪什、菲利普·约瑟·法默、哈利·哈里森、丹尼尔·凯斯、达蒙·奈特、马驰·劳默、厄休拉·K.勒奎恩、弗里茨·莱伯、凯瑟琳·麦克莱恩、巴里·马尔兹伯格、布鲁斯·麦卡利斯特、朱迪斯·梅里尔、克里斯·内维尔、阿列克谢·潘兴、乔安娜·拉斯、罗宾·斯科特、罗伯特·西尔弗伯格、凯特·威廉、理查德·威尔逊。

听说这些广告会被发布出来，罗伯特·海因莱茵联系了杰克·威廉姆森并组织了68位愿意在广告上签名的作家，声明"我们这些签名人认为，美军必须留在越南，履行对越南人民的责任"。签名者包括保罗·安德森、哈利·贝茨、劳埃德·M.比格、J.F.博恩、雷·布拉克特、马里恩·齐默·布拉德利、雷金纳德·布莱特诺、弗雷德里克·布朗、多丽丝·皮特金·巴克、F.M.巴斯比、约翰·W.坎贝尔、哈尔·克莱门特、L.斯普拉格·德·坎普、丹尼尔·加卢耶、埃德蒙·汉密尔顿、罗伯特·海因莱茵、乔·L.汉斯莱、迪安·C.英格、R.A.拉弗蒂、拉里·尼文、艾伦·E.诺斯、杰里·普内尔、乔·普瓦耶、弗雷德·莎伯哈根、G.哈利·斯坦、西奥多·L.托马斯、杰克·万斯、哈尔·文森特、杰克·威廉姆森。

这些广告刊登在《幻想和科幻小说》第45页（支持战争的）和第130页（反对战争的），由编辑弗雷德·波尔登载在《银河科幻小说》的正面（他提供了500美元的广告收入给任何想出解决越南问题最佳方案的人）。波尔表达了他对科幻小说写作群体两极分化的担忧，称"这两个团体或他们对未来的看法没有什么不同"[141]。

富兰克林不同意这个观点，他将团体分为"超级科学和超人的拥护者"，支持战争的一方"具有男子气概和军事美德"，反对战争的一方几乎是新兴科幻小说的先锋，反对技术统治论、军事主义和帝国主义，最初叫作"新浪潮"[142]。虽然这是对每个团体中的许多人一个很好的描述，但它似乎是一种过于硬性和粗疏的分类。《星际迷航》并不是"新浪潮"，而是传统的太空歌剧，偶尔会纳入詹姆逊的第三阶段科幻小说——文化批判。[143] 阿西莫夫的作品，特别是《可避免的冲突》中的机器人故事，以及非小说作品《盘点》，表明他非常支持技术统治论和超科学，如果他对男子气概和军事美德的印象不那么深刻的话。尽管哈里森声称他的故事几乎都是反军事的[144]，可他最出名的是动作冒险系列，其中的英雄至少和海因莱茵的超级英雄一样强大，迈克·雷诺兹也是。拉弗蒂是"新浪潮"作者之一[145]，他对所谓的"坎贝尔式的作家圈"不屑一顾，"这些作家对倡导科学印象深刻，用的是世俗自由主义的陈词滥调，而法西斯主义是对世俗自由主义前提的唯一合乎逻辑的结论"。这个群体包括海因莱茵、克莱门特、德·坎普、保罗·安德森，以及反战的阿西莫夫和德尔·雷伊。[146]埃里森1967年的选集《危险幻象》"被强烈地与美国新浪潮联系在一起"[147]，它选取了支持战争的安德森、汉斯莱、拉弗蒂和尼文的故事，也选取了埃里森和他的联合签名人斯平拉、德尔·雷伊、迪克、西尔弗伯格、莱伯、内维尔、法默、德福特的作品，选集的前言是由阿西莫夫写的。1968年之前或之后在故事或小说上相互合作的辩论双方的作家，包括埃里森和汉斯莱、托马斯和科格斯韦尔、托马斯和威廉、英格和雷诺兹。

这两个团体还有其他许多共同点。反战签字者的年龄从22岁（布鲁斯·麦卡利斯特）到80岁（米利亚姆·德福特）不等；支持战争签字者的年龄从29岁（乔·普瓦耶）到75岁（哈尔·文森特）不等。每个团体男女比例也差不多，大约都是6∶1。辩论双方都有多位过去和未来的获奖者，有孩子在越南服役的父母（巴克、巴斯比、梅里尔、威廉），双方都有在军队服过役的人，阿西莫夫、布利什、科格斯韦尔、法默、哈里森、劳默、内维尔、雷诺兹、罗登贝里、索尔、威尔逊二战时曾在美军服役，比格、博恩、巴斯比、克莱门特、德·坎普、加卢耶、汉斯莱、拉弗蒂、托马斯、威廉姆森也是。诺斯在 1946—1948 年服役；英格、普内尔、莎伯哈根在朝鲜战争期间服役；埃里森在 1957—1959 年服役；潘兴在 1960—1962 年服役。反战一方军官较少；支持战争一方有服役最长和军阶最高的军官（博恩，服役 9 年，军队预备役服役 20 年，中校军衔）。

我们已经讨论过了，阿西莫夫和哈里森憎恨他们在陆军服役的时光，埃里森也一样（他被汉斯莱从军事法庭救了出来），而海因莱茵的兄弟晋升到中将，他对服兵役的描述大多是正面的，表明一种后天养成的趣味几乎已经成为一种附加品或存在的理由。杰里·普内尔后来对查尔斯·普拉特说："如果你想告诉我，我不应该实事求是地描写正规军事装备的吸引力，那你就是个傻瓜。因为它非常有吸引力……你是在告诉我，我不应该告诉别人这有一份荣耀吗？这是极具吸引力的生活；如果它不是，为什么会有那么多人向往？"[148]（尽管有这种积极的支持和循环论证，但在同一次采访中，普内尔承认在经历了惨烈的朝鲜战争后，回国后他一度加入了共产党。[149]）

这种对服兵役的不同看法是形成作家战争立场的一个主要因素。那时，美国每月有 4 万人应征入伍，有数千人逃往加拿大或寻找其他不参军的途径。但是正如 1977 年波尔写的那样，越战使许多美国人不再认为战争是必要的和正义的。[150]1968 年 2 月 1 日，有人拍摄到南越的阮玉鸾射杀一名戴手铐的俘虏。一个星期后越南槟枷（Ben Tre）遭到炮击，记者彼得·阿内特引用（可能错误引用）美国陆军少校关于槟枷被摧毁的说法，"为了拯救村庄，我们不得不摧毁它"[151]。1968 年 3 月美莱大屠杀发生，直到

1969年11月这件惨案才被广泛报道。迈克尔·赫尔在1968年和1969年为《滚石》《时尚先生》《美国新评论》撰稿，描写美国士兵戴着人耳项链，还美其名曰"爱珠"（love beads）。[152]这个形象后来被用在超级英雄漫画《绿箭侠》《守望者》《惩罚者》《终极X战警》以及科幻电影《再造战士》中，是美国越战老兵的形象。作为一个能指，即一个角色，他通常是个恶棍，从来不是英雄。

阿西莫夫在电台采访中反对越南战争，形容它"正如我所说的，是一场微不足道的不光彩的战争，我不断地向人们重复约瑟夫·富歇①关于刺杀当甘公爵的著名警句：'这比犯罪更严重，这是一个错误'"[153]。厄休拉·勒奎恩"一直在帮助组织和参与非暴力示威活动，整个60年代，先是反对原子弹试验，后来反对越南战争"[154]。她说："1968年对于我们这些反战的人来说是痛苦的一年。谎言和伪君子愈来愈猖獗，杀戮也是如此。此外，越来越清楚的是，赞成以'和平'的名义砍伐森林和谷物、杀害非战斗人员的伦理，只是允许为了私人利益或国内生产总值而掠夺自然资源的伦理的必然结果。"[155]她写出了《世界的词语是森林》，在这本书里她认为"这个故事的道德方面显而易见"[156]。美国人和越南人正在破坏阿什希的森林，奴役或杀害原住民，当通常温和的阿什希人报复时，他们感到惊讶；他们由塞尔弗领导，他的妻子被戴维森船长奸杀了。戴维森无视投降的命令，继续杀害阿什希人，直到其他人都离开这个星球，他被流放到一个他帮助毁林的岛上。勒奎恩在小说的前言中将戴维森描述为"纯粹的邪恶"[157]。

---

① 约瑟夫·富歇，法兰西第一帝国警务大臣，法国警察组织的创建者，以在1793年革命期间镇压里昂起义时的残暴而闻名。——译注

诺曼·斯平拉谈到他当时所经历的欧洲反美运动时说："真正的直觉与越南人的困境无关。这是一种悲伤感、失落感、背叛的感觉。欧洲人觉得美国的所作所为削弱了他们的力量……他们所信仰的东西让他们失望了。"[158] 1974年哈利·哈里森离开了美国，部分原因是"对美国生活不满，因为这个国家犯下了越南战争的罪行，而且不感到羞耻"[159]。

与此同时，在越南的美国士兵继续阅读科幻小说。据林奇报道，1969年4月《幻想和科幻杂志》在美国以外最大的市场是西贡。[160]

1970年5月另一起事件进一步损害了美国军方的形象，在俄亥俄州的肯特州立大学的反战游行中，国民警卫队用刺刀挑了两名学生，并开枪打死打伤另外13人（其中4人殒命）。哈兰·埃里森在5月15日给《洛杉矶自由报》的专栏里，把这次的屠杀和美莱大屠杀进行了比较，称"这个国家终于统一了"[161]。一个星期后，他将肯特枪击事件列入"美国近代史上最具分裂性的恐怖事件"[162] 名单。他将把他的作品集《独自面对明天》（1971年）献给在肯特牺牲的四个人。

英国纪录片制作人彼得·沃特金斯曾为英国广播公司制作《战争游戏》（1965年），1968年他来到美国，以重新演绎《卡洛登战役①》（1964年）的方式拍摄了关于美国战争的纪录片三部曲。尽管三部曲用光了资金，但肯特州枪击案促使沃特金斯留在美国，并于1970年摄制了《惩罚公园》，影片假设因为越来越多的抗议者和逃避兵役者在不断升级的越战中被捕，导致监狱人满

---

① 卡洛登战役是1746年詹姆士党人叛乱的决定性一战，以英军对詹姆士党人和高地部落的大屠杀告终。——译注

为患，美国利用 1950 年《国内安全法》[①]建立惩罚公园作为拘留中心，以及实地训练警察和国民警卫队的场所。被判犯有政治罪的美国人可以选择服刑，或是选择在沙漠中在三天内跋涉 53 英里去拿一面美国国旗，然后获得赦免。这部电影讲述了两组持不同政见者的故事。638 小组在军用帐篷里接受审判，而已被定罪的 637 小组正试图在惩罚公园的严酷考验中活下来。为了审判场景，沃特金斯扔掉了剧本，让扮演反对者的年轻人（大致基于阿比·霍夫曼、汤姆·海登、博比·西尔、琼·贝兹等人物）表达自己对越南战争和抗议运动的看法；法庭成员、警察、美国执法官和国民警卫队（包括一些前警察）要么表达了自己保守的亲政府信念，要么是角色扮演。只有饰演不同政见者杰伊·考夫曼的演员卡门·阿根齐亚诺有过表演经验；另一个演员斯坦·阿姆瑟德在拍摄结束后不久被指控策划炸弹袭击，因袭击一名警察而被判处三年徒刑。

637 小组分裂成好战分子、半好战分子与和平主义者，好战分子（其中一个预言她将在 2～3 分钟内死亡）试图逃跑，他们用约书亚树[②]的刺刺死了一名副手，并偷走了他的卡和武器。这自然会激怒警察，他们已经展示了.357 大口径左轮手枪和 12 口径猎枪的杀伤力，那些想要逃跑的人被他们抓获并杀死了。在这个过程中持不同政见者发现，根本没有许诺给他们的在中途可以得到的水。警方用一具尸体作为诱饵，把其中一些人引诱到户外，这样他们就可以被捕。一名士兵开枪打死了他们中的一人，

[①] 1950 年的《国内安全法》又名《麦卡伦法案》，以其主要发起人、参议员帕特·麦卡伦的名字命名。这是一部美国联邦法律。国会不顾杜鲁门总统的否决通过了这项法案。——译注
[②] 约书亚树属百合科，实际上是一种体型庞大的丝兰。约书亚树之名由摩门教拓荒者所取，因它们的枝丫向上伸长，远观俨然为一株株"祈祷的树"。——译注

因为他们没有听到坐下的命令；持不同政见者冲过去制服了他。在一个没有剧本的场景中，持不同政见者向前来的国民警卫队投掷石块，其中一人本能地开火了，"杀死"两个人——沃特金斯怀疑肯特州立大学枪击案就是这样发生的。

枪击案发生后，扮演看守的演员对采访者说："我不想杀任何人；那是个意外。"然后采访者（沃特金斯）问了他的指挥官："这孩子多大年纪？"

> 指挥官：他18岁。
>
> 沃特金斯：如果一个孩子不会使用武器，那么他在国民警卫队能干什么？
>
> 指挥官：他接受训练学会使用武器。你对那些朝他扔石头的人还有什么期待吗？
>
> 沃特金斯：你是说他接受训练来杀人？
>
> 指挥官：是的。为了保卫国家。他接受训练来保卫国家。
>
> 沃特金斯：你是说他接受训练像那样杀死手无寸铁的人？

第三天，367小组的四名幸存的持不同政见者来到国旗附近，他们发现国旗被拒绝让他们通过的警察包围着；当幸存者试图冲破警戒线时，警察用警棍和枪托殴打幸存者（正如沃特金斯指出的，"连只苍蝇都没有伤害"的人），幸存者希望政府能信守承诺，但这是徒劳的。[163]

1971年5月《惩罚公园》在戛纳电影节上首映。这个月早些时候，2 000名国民警卫队队员和4 000名来自第82空降师的伞兵被调遣应对华盛顿特区五一游行活动中的示威者。共有12 614名抗议者和围观者被捕，他们中许多人被关在肯尼迪纪念体育场旁边的临时拘留中心；只有79人被定罪。1971年6月5日，《第二十六修正案》将投票年龄从21岁降到18岁。9月25日，《国内安全法》的《紧急拘留案》被国会废除。

◆◆◆

随着越南战争的持续和支持度的下降，漫威更可能把各方士兵描绘为"不假思索的毁灭工具"。莱特指出，1968年以后，"在《钢铁侠》中字里行间（信件里）充斥着政治辩论……某人指出'当煽动者游行时，努力实现一个更和平的世界，斯塔克工业公司可能在为越南制造武器，我们摧毁一个城市是为了拯救它'"[164]！

漫威此前曾将部分美军描绘为战争狂热分子，到了好战的地步，甚至使用核武器。在第一期《神奇四侠》（1962年）中，当霹雳火在纽约市上空飞行时，军队朝他发射了一枚核导弹；在第一期《绿巨人》（1962年）中，"霹雳"将军罗斯抱怨布鲁斯·班纳对一枚"可能会炸掉半个大陆"的炸弹处理得太慢。罗斯吼道："强大的力量！呸！炸弹就是炸弹！你的问题是你是个马屁精！你没有胆量！他们应该让我负责这次测试！那任务早该完成了！"[165]尽管在这之前，战场上的士兵一般都是受到同情的，但1969年10月的《绿巨人》这一期表现了一名陆军指挥官大喊大叫："杀死他！杀死浩克！"在《美国队长与猎鹰》第175期（1974年），作为对《地球停转之日》的回应，一架飞碟降落在白宫草坪上，下一个画面显示士兵们向它开火，并配有字幕："军队给了它一个意料之中的答案！"[166]

在接下来的一期，美国队长发现秘密帝国的一号人物坐在白宫桌子后面办公（他是尼克松总统这一点是暗示的，从未明说），他因感到震惊而退缩，并退役了，后来他解释道：

> 曾经有一段时间，当这个国家面对一个明显可怕的侵略者时，人们都团结起来反对它！但是现在事情没那么简单了！[167]
>
> 我做过的事情并不值得自豪——但是我始终是努力为国家效力的——现在我发现政府在自我服务了！[168]

在后来出版的杂志中，信件获得刊登的粉丝们普遍支持这一举措。其中的一个人说："从未放弃的原因是如此真实，所以完全合法。"另一个人写道："憎恨、战争和政府腐败已经摧毁了罗杰斯对美国的信心（就像它对我们所做的那样）。"[169]

五年前，当彼得·方达在《逍遥骑士》（1969年）中的角色"用了美国队长的名字，去寻找美国时，到处都找不到它"。史蒂夫·罗杰斯也做了同样的事情，继续以平民身份"流浪者"的名字打击罪犯，成为"一个没有国家的人"。在此期间，其他角色试图扮演美国队长的角色，1975年3月其中一人去世后，史蒂夫·罗杰斯恢复了美国队长的身份，一个月后，最后一批美国军队从越南撤出。[170]

托尼·斯塔克也完全反对越战，并关闭了其工业公司的武器部门，到1975年，当想到越南时，他想知道："我们一开始有什么权利到那里去？"[171] 他回想起在越南发生的一件事，当他看到自己设计的武器摧毁了整个村庄，杀死敌人和其他无辜的人时，他再次承诺"为那些由于像我这样的人的无知而失去生命的人报仇"[172]。

◆◆◆

许多在越战期间写的科幻小说都反映出对兵役、征兵、战争，有时还包括对美国士兵的一种偏颇的观点。

诺曼·斯平拉的小说《丛林中的男人》（1967年）旨在"阐明战争的残酷"[173]，讲述了一场由毒贩和被废黜的前独裁者在地球上挑起的战争，他逃离了最后的家园，及时逃脱了革命者的处决。[174] 在他的小说《传家宝》（1972年）中，外星人被认为是"唯一打败我们的傻瓜"，通过拒绝承认人类军队的存在来打败他们。[175] 1969年斯平拉的另外两篇小说讽刺军方计划在越南使用核武器。在《阴谋》中，总统在新闻发布会上说，他相信"我们能够在不诉诸战术核武器的情况下赢得消除贫困的战争"[176]。在《大闪光》中，国防部副部长告诉战略空军司令部"一直强烈要求使用战术核武器来结束亚洲战争"的一位将军，以及五角大楼的其他人，总统已经"有条件地批准了下一个雨季使用战术核武器的计划"，公众舆论被伪装成摇滚乐队的天启四骑士①所改变。[177]《大闪光》以北极星号潜艇的船员们急着成为第一个发射核武器的人而告终。

菲利普·K.迪克把他1953年的故事《捍卫者》扩展成1964年的小说《倒数第二个真相》，它保留了核心前提——第三次世

---

① 天启四骑士，又称末日骑士，出自《圣经·新约》末篇《启示录》第六章，传统上和文学作品里将其解释为白马骑士——瘟疫、红马骑士——战争、黑马骑士——饥荒、灰马骑士——死亡。——译注

界大战结束后，双方的人民被骗在地下避难所待了好几年——但将这种行为归因于那些欺骗军事机构保持这种幻觉的腐败宣传人员[178]，而军事机构在战争期间"拥有最终权力"。不像那些善良的机器人通过统一人口来创建一个和平的乌托邦，宣传者把地球上大部分未受污染的地区划分成巨大的私人领地。

哈利·哈里森的《突击队突击》(1970年）为未来美军提供了另一种愿景：携带 M16 突击一个村庄的美国士兵原来是援助团的成员，他们的"喷雾器"里装满了杀虫剂。当一名来自亚拉巴马州的二等兵用他的喷雾器殴打村里的一名老人时，他的队长把他逮捕了，告诉他：

> 在越南，我们每人花了 500 万美元杀害那个国家的公民，我们所得到的是那里（南越和北越）每个人永恒的仇恨，以及对文明世界的厌恶。我们已经犯了错误，现在让我们接受报应吧。
>
> 不到杀人成本的千分之一，让他的朋友成为我们的敌人，我们可以拯救一条生命，让这个人成为我们的朋友……我们将给他们带来你在亚拉巴马州享有福利的百分之五，我们这样做是出于自私的动机。我们想活下去。但至少我们正在这么做。[179]

在凯特·威廉的《村庄》（她听说美莱大屠杀的第二天写的，但是编辑拒绝发表，直到 1973 年才发表）中[180]，美国士兵在美国的一个小镇再次上演美莱大屠杀悲剧，"因为这个该死的村庄和其他的村庄没什么两样"[181]。

这一时期一些科幻小说对美国士兵和应征入伍人员的描写更加富有同情心，例如在被上级军官、政治家和平民派到噩梦般的境地时，他们努力求生。哈兰·埃里森的《蛇怪》（1972）讲述了一个在越南的士兵被尖竹钉弄伤，失去了一条腿，被北越人关进笼子里审问，在审讯中透露了部队动向。他后来逃了出来，但回家后却被看作胆小鬼和叛徒。[182] 罗伯特·西尔弗伯格的《器官计划》（1972年）描写美国年轻人被征召为老年人捐献器官。[183] 詹姆斯·布利什的《审判的第二天》（1972年）描写美国士兵被派往地狱与恶魔作战，他们的将军告诉他们恶魔是东方某国的军队，这是"一支经过昂贵训练和装备的军队，准备进行大屠杀——这些人通常不仅不知道自己在为什么而死，而且还被积极地误导了"[184]。

在史蒂芬·金的早期小说《漫漫长路》（写于20世纪60年代后期，当时他是个学生和反战活动家，1979年由理查德·巴赫曼出版）中，美国是一个军事独裁国家，100个随机挑选的男孩参加了一次长途徒步，掉队的人会被士兵枪杀，直到剩下最后一名幸存者。[185]

斯派德·罗宾逊的小说《非自然原因》（1975年）明确指出在越南服役的美国士兵受到虐待。一个越南兽医托尼回忆起同为新兵的史蒂夫是怎么因为拒绝带枪而在寨子里被打死的，一个朋友是怎么枪杀了一个想用大砍刀把他斩首的12岁的越南孩子，后来他（很可能）被杀害并肢解。此后，他说道："我剩下的旅程是在红色的薄雾中度过的。我记得强奸过女人；我记得我曾用枪托敲打过一个婴儿的头，以此来逼一个同情北越的人说话；我记得我折磨过俘虏，并乐在其中。我记得有很多小型的美莱事件，我记得我站在中间，笑得像只狼。愤怒比混乱好，这一次杀戮比思考容易。"[186] 在得知史蒂夫的死讯后，托尼"从杀人狂变成了另一种人……试着去死，却搞砸了"，他被送回家的时候，"手里拿着一张纸条，上面写着我又变成一个正常人了"[187]。他试图在酒精、大麻和冥想中迷失自己，后来加入反对战争的越南老兵队伍。[188]

相比之下，在《幻想和科幻小说》和《银河科幻小说》上支持战争广告的签名作家，发表的支持越战的科幻小说很少，直到战争结束。富兰克林的《越南和其他美国幻想》只引用了一个故事和两个非虚构短篇（尽管他认为后者之一，普内尔和波索尼1971年所写的"电子战争辩解书"《技术战略》实际上是一篇科幻小说）。[189] 乔·普瓦耶的文章《挑战：叛乱分子对抗反暴乱战士》（1966年发表于《科幻和科学事实》）预言美国将通过先进技术取得胜利[190]；他的小说《无效区》（1968年发表于《科幻和科学事实》）描写了一个"兰博式"[191]的美国特种部队高科技战士执行一项任务，通过设立具有致命放射性的无人区来阻断胡志明小道。[192]

哈兰·埃里森在1973年8月23日的《洛杉矶周报》专栏中指出，美国卷入越南战争已经23年了。[193] 尽管那一年征兵结束了，大部分部队已经撤离，但是最后一批美军直到1975年4月30日才撤离这个国家。即使把美国卷入这场战争的日期定在1965年，它也是美国历史上最长的战争。

因此基于越战的最有名的科幻小说，由曾在越南服役并在战斗中受伤的士兵撰写是正确的，书名为《永恒的战争》，1974年出版。

当乔·霍尔德曼问征兵人员他如何才能避免去越南时，他被告知：

"如果你被征召入伍了，你要在军队里待两年，而且你得不到任何东西。但如果你在这张纸上签名，你在军队里待两年，而且你永远不需要参加战斗。"

我没有意识到，他会因为我在那张纸上签名而得到15美元；不管你是怎么参军的，如果有战争，你必须参加战斗。[194]

为了逃避去越南，霍尔德曼愿意去南极运营核电站，但他被告知大材小用了。[195]他说他是一个出于良心拒绝服兵役的人，但这是不允许的，因为他没有正式的宗教信仰。[196]他被允许带两本书去参加基础训练，他选择了《大鼻子情圣》和海因莱茵的《光荣之路》。[197]

霍尔德曼的小说《永恒的战争》（1975年）的开场白——"今夜我们将向你展示八种无声杀人的方法"[198]——是直接引用他导师的话。[199]虽然他承认这部小说与《星河战队》结构相似，使用类似的动力战斗装甲，但他说这并不是故意的："我发现《星河战队》中的战斗场景做得非常棒，但是海因莱茵的经历是一名精英军官的经历，在军队服役时间不够长，没有挨枪子。而我是一名士兵，作战的士兵，我的很多书都来自我对战斗的情绪反应。"[200]

无论它与海因莱茵的小说有什么相似之处（包括基础训练期间的死亡），都不及两者的差异。海因莱茵的小说描写了全裸训练的全男性步兵，很少看到女性，而且似乎没有意识到性（甚至与海因莱茵早期的作品例如《行星之间》或《探星时代》相比也是如此）；霍尔德曼的小说中步兵从男女同校开始，有一份同床共枕的名册，最后——就像绝大多数人一样——完全成为同性恋，除了少数人例如在军队里已经待了几个世纪的曼德拉。更重要的是，远未"给人留下这样的印象，即战争是一个男人唯一真正的职业"[201]（引用布利什对《星河战队》的辩护），霍尔德曼认为《永恒的战争》"反战但不反士兵"[202]，把它描绘成一场令人眼花缭乱的噩梦。海因莱茵的小说中士兵都是志愿者；霍尔德曼的小说中士兵则是被征召入伍的，他们甚至不知道在和谁或什么作战就参战了，更别提为什么而战。霍尔德曼的小说中主角/叙述者（旁白）威廉·曼德拉延长服役，因为他被排除在文职工作甚至是普通的平民生活之外：星际飞行的相对论时间膨胀效应意味着，在他四年的战斗生活中，地球上的时间超过了1 100年，所以他定期回到的世界是陌生的，他的技能也过时了。[203]胡安·瑞克认为他的中士和中尉分别是母亲和父亲，步兵是他的家人，霍尔德曼的小说中少校曼德拉在自己人的一次谋杀行动中幸免于难。[204]海因莱茵的小说结尾是战争仍在继续，士兵们在等待滴水时，歌曲《为了步兵永恒的荣耀》正回响在士兵们的耳畔。霍尔德曼的小说结尾在人类和敌人托朗人终于学会沟通之后，持续1143年之久的战争结束了。他们发现人类以可笑的微弱证据发动了战争[205]，忽略了怀疑论者，因为"事实上，地球的经济需要一场战争，这场战争很理想。这是个扔进去大把金钱的好机会，但是将统一人类而不是分裂人类"[206]。

一些粉丝预测海因莱茵将"把霍尔德曼的头砍下来"，因为他在反战小说中使用了《星河战队》的动力装甲。[207]相反，海因莱茵见到霍尔德曼时，评价这部小说"也许是我读过的最棒的未来战争故事"！后来海因莱茵写信给霍尔德曼说，尽管他们在一些问题上观点不同，但是"他们有两件事情是相同的：征兵是邪恶的，打一场你永远不可能赢的战争是毫无意义的"[208]。

1976年霍尔德曼的小说获得了星云奖①和雨果奖，后者是在海因莱茵作为荣誉嘉宾出席的世界科幻大会上。海因莱茵作为荣誉嘉宾的发言词，与他1941年、1961年的发言词一样，预言战争：

> 不要自欺欺人地认为不会有战争，也不要自欺欺人地认为不会有幸存者。我听过的最荒谬的说法是……"和平与自由"。你可以有和平，或者你可以有自由，但是你不可能同时拥有两者……
>
> 一个人得到的唯一安宁就是坟墓的安宁，有时候那些战斗的人也会得到它……他的次要职责是保护妇女和儿童。[209]

这两项声明既收到了嘘声，也收到了掌声。[210]战争虽然终于结束了，但它继续分裂着科幻界。

◆ ◆ ◆

尽管富兰克林认为美国卷入越战至少部分受到科幻小说中对科技战争的想象的鼓动，"巴克·罗杰斯戴着绿色贝雷帽"[211]，但这并没有反映在战争时期美军装备的官方命名上，那些军事装备

---

① 星云奖是美国科幻和奇幻作家协会设立的奖项，创立于1965年，每年由该协会评选和颁发。它经常被拿来与雨果奖相提并论，二者合称"双奖"，如果一部小说拿到"双奖"，就标志着它进入了经典作品殿堂。——译注

都没有一个明显的科幻标签。许多年后当美国大众舆论转向反对越战时，科幻小说更愿意被拿来表达或宣扬反军事情绪和思想。

20世纪70年代中期反对越战的呼声强烈，以至于一位年轻的电影制作人被警告道："一个问号笼罩着整个军事和太空玩具市场。"[212] 他没有理睬这个建议，无意中给美国的一个军事项目起了一个名字，这个项目"将成为投钱的好去处"，不需要重新介绍草案，甚至不需要任何战斗，甚至有一些人认为，它使美国在冷战中取得了胜利。

这个电影制作人是乔治·卢卡斯；他的电影是《星球大战》。

注释

1. Orwell, George. *Nineteen Eighty-Four*.1949 (Harmondsworth, UK: Penguin Books, 1980), p. 155.
2. Harrison, Harry. "Commando Raid."1970. Ed. Joe Haldeman. *Study War No More* (New York: Avon Books, 1977), p. 122.
3. Moore, Alan. *Watchmen* (New York: DC Comics, 1986, 1987), Chapter 4, p. 19.
4. Haldeman, Joe. *1968* (London: Hodder and Stoughton, 1995), p. 31.
5. Drake, David. "Afterword: We Happy Few." *The Tank Lords* (New York: Baen Books, 1986, 1997), p. 390.
6. Evans, Joyce A. *Celluloid Mushroom Clouds: Hollywood and the Atomic Bomb* (Boulder, CO: Westview Press, 1998), Appendix.
7. *Panic in Year Zero!* Screenplay by Jay Simms and John Morton, story by John Morton, based on *Lot* and *Lot's Daughter* by Ward Moore. Dir. Ray Milland. Cast: Ray Milland. American International Pictures, 1962.
8. Burdick, Eugene, and Harvey Wheeler. *Fail-Safe*. 1962 (New York: Dell, 1987), p. 267.
9. *Ibid.*, p. 86.
10. *Ibid.*, p. 154.
11. *Ibid.*, p. 278.
12. *Ibid.*, p. 279.
13. Strick, Phillip. *Science Fiction Movies* (London: Octopus Books, 1976), p. 92.
14. Robb, David L. *Operation Hollywood: How the Pentagon Shapes and Censors the Movies* (Amherst, NY: Prometheus Books, 2004), p. 118.
15. *Inside the Making of "Dr. Strangelove."* Screenplay by Lee Pfeiffer. Dir. David Naylor. Columbia Pictures, 2000.
16. *Ibid.*
17. *Dr. Strangelove, or: How I Learned to Stop Worrying and Love the Bomb*. Screenplay by Peter George, Stanley Kubrick and Terry Southern, from the novel *Two Hours to Doom* by Peter George. Dir. Stanley Kubrick. Cast: Peter Sellers, George C. Scott, Sterling Hayden, Keenan Wynn, Slim Pickens. Columbia Pictures, 1964.
18. Walker, Alexander. *Stanley Kubrick Directs* (Aylesbury, UK: Abacus, 1973), p. 160.
19. *Dr. Strangelove, or: How I Learned to Stop Worrying and Love the Bomb*. Screenplay by Peter George, Stanley Kubrick and Terry Southern, from the novel *Two Hours to Doom* by Peter George. Dir. Stanley Kubrick. Cast: Peter Sellers, George C. Scott, Sterling Hayden, Keenan Wynn, Slim Pickens. Columbia Pictures, 1964.
20. Walker, Alexander. *Stanley Kubrick Directs* (Aylesbury, UK: Abacus, 1973), p. 172.
21. *Dr. Strangelove, or: How I Learned to Stop Worrying and Love the Bomb*. Screenplay by Peter George, Stanley Kubrick and Terry Southern, from the novel by Peter George. Dir. Stanley Kubrick.

Cast: Peter Sellers, George C. Scott, Sterling Hayden, Keenan Wynn, Slim Pickens. Columbia Pictures, 1964.
22. *Ibid.*
23. Heinlein, Robert A. *Starship Troopers*. 1959 (New York: Ace Books, 1987), p. 141.
24. *Dr. Strangelove, or: How I Learned to Stop Worrying and Love the Bomb*. Screenplay by Peter George, Stanley Kubrick and Terry Southern, from the novel *Two Hours to Doom* by Peter George. Dir. Stanley Kubrick. Cast: Peter Sellers, George C. Scott, Sterling Hayden, Keenan Wynn, Slim Pickens. Columbia Pictures, 1964.
25. *Seven Days in May*. Screenplay by Rod Serling, based on the novel by Fletcher Knebel and Charles W. Bailey II. Dir. John Frankenheimer. Cast: Kirk Douglas, Burt Lancaster. Paramount Pictures, 1964.
26. Seed, David. *American Science Fiction and the Cold War* (Edinburgh: Edinburgh University Press, 1999), p. 148.
27. Schlesinger, Arthur M. *Robert Kennedy and his Times*. 1978 (Boston: Mariner Books, 2002), p. 450.
28. Crowther, Bosley. "Seven Days in May (1964)." *New York Times*. http://www.nytimes.com/movies/movie/43837/Seven-Days-in-May/overview.
29. Schlesinger, Arthur M. *Robert Kennedy and his Times*. 1978 (Boston: Mariner Books, 2002), p. 450.
30. *Seven Days in May* (1964). Trivia. http://www.imdb.com/title/tt0058576/trivia.
31. Schlesinger, Arthur M. *Robert Kennedy and his Times*. 1978 (Boston: Mariner Books, 2002), p. 29.
32. *Seven Days in May* (1964). Trivia. http://www.imdb.com/title/tt0058576/trivia.
33. Heinlein, Robert A. *Glory Road* (New York: Berkeley, 1963), p. 11.
34. *Ibid.*, p. 15.
35. *Ibid.*
36. *Ibid.*, p. 16.
37. *Ibid.*, p. 17.
38. *Ibid.*, p. 25.
39. *Ibid.*, p. 27.
40. *Ibid.*
41. *Ibid.*, p. 16.
42. *Ibid.*,
43. *Ibid.*, p. 285.
44. Franklin, H. Bruce. *Vietnam and Other American Fantasies* (Amherst, MA: University of Massachusetts Press, 2000), pp. 105–106.
45. Heinlein, Robert A. *Expanded Universe* (New York: Ace Science Fiction Books, 1983), p. 398.
46. Samuelson, David N. "Frontiers of the Future: Heinlein's Future History Stories." Olander, Joseph D. and Martin Harry Greenberg, eds. *Robert A. Heinlein* (Edinburgh: Paul Harris Publishing, 1978), p. 53.
47. Heinlein, Robert A. Afterword to *Glory Road* (New York: Berkeley, 1963), p. 316.
48. Heinlein, Robert A. *Glory Road* (New York: Berkeley, 1963), p. 288.
49. Heinlein, Robert A. *Between Planets* (New York: Ace Books, 1951), pp. 172–173.

50. Heinlein, Robert A. *Glory Road* (New York: Berkeley, 1963), p. 287.
51. *Ibid.*
52. Lee, Stan. *Tales of Suspense* #39 (New York: Marvel, 1963), p. 4.
53. Haldeman, Joe. *1968* (London: Hodder and Stoughton, 1995), p. 41.
54. Lee, Stan. *Tales of Suspense* #39 (New York: Marvel, 1963), p. 4.
55. *Ibid.*, p. 11.
56. Lee, Stan. *Tales of Suspense* #70 (New York: Marvel, 1965), p. 6.
57. Lee, Stan. *Tales of Suspense* #73 (New York: Marvel, 1965), p. 11.
58. Lee, Stan. *Tales of Suspense* #84 (New York: Marvel, 1966), p. 11.
59. Lee, Stan. *Tales to Astonish* #82 (New York: Marvel, 1966), p. 12.
60. *Ibid.*, p. 2.
61. Lee, Stan. *Tales of Suspense* #59 (New York: Marvel, 1964).
62. Quoted in Lee, Stan. *Tales of Suspense* #64 (New York: Marvel, 1965), p. 11.
63. Lee, Stan. *Tales of Suspense* #63 (New York: Marvel, 1965), p. 3.
64. *Ibid.*, p. 4.
65. Lee, Stan. *Tales of Suspense* #65 (New York: Marvel, 1965), p. 2.
66. Lee, Stan. *Tales of Suspense* #71 (New York: Marvel, 1965), p. 11.
67. Lee, Stan. *Tales of Suspense* #72 (New York: Marvel, 1965), p. 11.
68. Lee, Stan. *Tales of Suspense* #92 (New York: Marvel, 1967), p. 3.
69. Lee, Stan. *Tales of Suspense* #96 (New York: Marvel, 1967), p. 11.
70. Lee, Stan. *Tales of Suspense* #97 (New York: Marvel, 1967), p. 13.
71. Lee, Stan. *Journey into Mystery* #117 (New York: Marvel, 1965), p. 13.
72. *Ibid.*
73. Wright, Bradford W. *Comic Book Nation: The Transformation of Youth Culture in America* (Baltimore: Johns Hopkins University Press, 2001), p. 240.
74. Kanigher, Robert. *Superman* #216 (New York: DC Comics, 1969).
75. Harrison, Harry. "An Evening with Harry Harrison." 25 May 2007. http://www.octocon.com/1997/hharrison.htm.
76. Harrison, Harry. *Bill, the Galactic Hero*.1965 (New York: Avon Books, 1979), p. 3.
77. Spinrad, Norman. *Science fiction in the Real World* (Carbondale: Southern Illinois University Press, 1990), p. 143.
78. Harrison, Harry. *Bill, the Galactic Hero*.1965 (New York: Avon Books, 1979), p. 163.
79. *Ibid.*, p. 185.
80. Harrison, Harry. "The Beginning of the Affair." *Hell's Cartographers*. Aldiss, Brian W. and Harry Harrison, eds. (SF Horizons, 1975),p. 78.
81. Harrison, Harry. Quoted in Platt, Charles. *Dream Makers: Science Fiction Writers at Work* (London: Xanadu, 1987), p. 225.
82. "The Inheritors." *The Outer Limits*. Teleplay by Seeleg Lester and Sam Neuman, story by Ed Adamson, Seeleg Lester and Sam Neuman. Dir. James Goldstone. Cast: Robert Duvall, Steve Ihnat,

James Shigeta. ABC, 1964.
83. Holcomb, David C. "The Inheritors." *The Fashion of Dreaming: A Critical Guide to The Outer Limits*. http://home.earthlink.net/~markholcomb/ol/ol_inheritors.html.
84. "The Human Factor." *The Outer Limits*. Written by David Duncan. Dir. Abner Biberman. Cast: Gary Merrill, Harry Guardino, Sally Kellerman. ABC, 1963.
85. "The Zanti Misfits." *The Outer Limits*. Written by Joseph Stefano. Dir. Leonard Horn. Cast: Michael Tolan, Robert F. Simon, Olive Deering, Bruce Dern. ABC, 1963., pp. 284–285.
86. "Nightmare." *The Outer Limits*. Written by Joseph Stefano. Dir. Leonard Horn. Cast: Michael Tolan, Robert F. Simon, Olive Deering, Bruce Dern. ABC, 1963.
87. "The Condemned." *Voyage to the Bottom of the Sea*. Written by William Read Woodfield. Dir. Leonard Horn. Cast: Richard Basehart, David Hedison, J.D. Cannon. ABC, 1965.
88. "The Sky Is Falling." *Voyage to the Bottom of the Sea*. Written by Don Brinkley. Dir. Leonard Horn. Cast: Richard Basehart, David Hedison, Charles McGraw. ABC, 1964.
89. "The Mist of Silence." *Voyage to the Bottom of the Sea*. Written by John McGreevey. Dir. Leonard Horn. Cast: Richard Basehart, David Hedison. ABC, 1964.
90. "Long Live the King." *Voyage to the Bottom of the Sea*. Written by Raphael Hayes. Dir. Laslo Benedek. Cast: Richard Basehart, David Hedison. ABC, 1964.
91. "Doomsday." *Voyage to the Bottom of the Sea*. Written by William Read Woodfield. Dir. James Goldstone. Cast: Richard Basehart, David Hedison, Donald Harron, Paul Carr. ABC, 1964.
92. Grossman, Dave. *On Killing: The Psychological Cost of Learning to Kill in War and Society* (Boston: Little, Brown, 1996).
93. "The Reluctant Stowaway." *Lost in Space*. Written by Shimon Wincelberg. Dir. Anton Leader. Cast: Billy Mumy, Bob May, Guy Williams, Mark Goddard, June Lockhart, Jonathan Harris. ABC, 1964.
94. "Doomsday Minus One." *The Invaders*. Written by Louis Vittes. Dir. Paul Wendkos. Cast: Roy Thinnes, William Windon, Andrew Duggan. ABC, 1967.
95. *Ibid.*
96. "Quantity: Unknown." *The Invaders*. Teleplay by Don Brinkley; story by Clyde Ware. Dir. Sutton Roley. Cast: Roy Thinnes, James Whitmore. ABC, 1967.
97. "The Innocent." *The Invaders*. Teleplay by John W. Bloch; story by John W. Bloch, Norman Klenman and Bernard Rothman. Dir. Sutton Roley. Cast: Roy Thinnes, Michael Rennie, Dabney Coleman, William Smithers, Paul Carr. ABC, 1967.
98. "Condition: Red." *The Invaders*. Written by Laurence Heath. Dir. Sutton Roley. Cast: Roy Thinnes, Michael Rennie, Dabney Coleman, William Smithers, Paul Carr. ABC, 1967.
99. "Dark Outpost." *The Invaders*. Written by Jerry Sohl. Dir. George McCowan. Cast: Roy Thinnes, Andrew Prine, Whit Bissell. ABC, 1967.
100. "The Peacemaker." *The Invaders*. Written by David W. Rintels. Dir. Robert Day. Cast: Roy Thinnes, James Daly, Lin McCarthy. ABC, 1968.
101. Franklin, H. Bruce. "*Star Trek* in the Vietnam Era." *Science Fiction Studies* 21(1) 24–34. March 1994, p. 24.

第六章　世界末日的味道：1962—1975 年

102. Suvin, Darko. "Of Starship Troopers and Refuseniks: War and Militarism in U.S. Science Fiction, Part 2." *Extrapolation* 48, No.1, p. 12.
103. Wortland, Rick. "Captain Kirk: Cold Warrior." *Journal of Popular Film and Television* 16 (Fall 1988): 109–117; Snyder, J. William. "*Star Trek*: A Phenomenon and Social Statement on the 1960s." 25 June 2007. http://www.ibiblio.org/jwsnyder/wisdom/trek.html; Gerrold, David. *The World of Star Trek*. New York: Ballantine Books, 1979.
104. Gerrold, David. *The World of Star Trek* (New York: Ballantine Books, 1979), p.159.
105. Wortland, Rick. "Captain Kirk: Cold Warrior." *Journal of Popular Film and Television* 16 (Fall 1988): 109–117.
106. Franklin, H. Bruce. "*Star Trek* in the Vietnam Era." *Science Fiction Studies* 21(1) 24–34. March 1994, p. 24.
107. *Ibid.*, p. 40.
108. "The Omega Glory." *Star Trek*. Written by Gene Roddenberry. Dir. Vincent McEveety. NBC, 1968.
109. "A Private Little War." *Star Trek*. Script by Gene Roddenberry from a story by Judd Crucis. Dir. Marc Daniels. NBC, 1968.
110. Asherman, Allan. *The Star Trek Compendium* (Bath: Star Books, 1983), p. 128.
111. Franklin, H. Bruce. *Vietnam and Other American Fantasies* (Amherst, MA: University of Massachusetts Press, 2000), p. 141.
112. *Ibid*.
113. *Ibid*.
114. *Star Trek VI: The Undiscovered Country*. Screenplay by Nicholas Meyer and Denny Martin Flinn, from a story by Leonard Nimoy, Lawrence Konner and Mark Rosenthal. Dir. Nicholas Meyer. Paramount Pictures, 1991.
115. "Errand of Mercy." *Star Trek*. Script by Gene L. Coon. Dir. John Newland. NBC, 1967.
116. "Operation: Annihilate!" *Star Trek*. Script by Stephen W. Carabatsos. Dir. Herschel Daugherty. NBC, 1967.
117. Canady, John E. Jr., and John L. Allen, Jr. "Illumination from Space from Orbiting Solar-Reflector Spacecraft." *NASA Technical Paper 2065*, 1982.
118. "Operation—Annihilate!" in Blish, James. *Star Trek 2* (London: Corgi, 1972).
119. "Filming Locations." *Memory Alpha*. http://en.memory-alpha.org/wiki/Filming_locations.
120. "Friday's Child." *Star Trek*. Script by Dorothy C. Fontana. Dir. Joseph Pevney. NBC, 1967.
121. "The Trouble with Tribbles." *Star Trek*. Script by David Gerrold. Dir. Joseph Pevney. NBC, 1967.
122. "Day of the Dove." *Star Trek*. Script by Jerome Bixby. Dir. Marvin Chomsky. NBC,1967.
123. "Day of the Dove." *Memory Alpha*. http://en.memory-alpha.org/wiki/Day_of_the_Dove.
124. "A Taste of Armageddon." *Star Trek*. Script by Gene Coon and Robert Hamner. Dir. Joseph Pevney. NBC, 1967.
125. "Day of the Dove." *Star Trek*. Script by Jerome Bixby. Dir. Marvin Chomsky. NBC, 1967.
126. "Errand of Mercy." *Star Trek*. Script by Gene L. Coon. Dir. John Newland. NBC, 1967.
127. "Mirror, Mirror." *Star Trek*. Script by Jerome Bixby. Dir. Marc Daniels. NBC, 1967.

128. Whitfield, Stephen E. *The Making of Star Trek* (New York: Ballantine Books, 1968), p. 165.
129. *Ibid.*, p. 171.
130. *Ibid.*
131. *Ibid.*, p. 177.
132. *Ibid.*, p. 326.
133. *Ibid.*
134. White, Matthew, & Jaffer Ali. *The Official Prisoner Companion* (New York: Warner Books, 1998), p. 84, p. 148.
135. Gerrold, David. *The Trouble with Tribbles* (Toronto: Del Rey, 1973), p. 155.
136. "The Ultimate Computer." *Star Trek*. Teleplay by Dorothy C. Fontana, from a story by Laurence N. Wolf. Dir. John Meredith Lucas. NBC 1968; "The Menagerie." *Star Trek*. Written by Gene Roddenberry. Dirs. Marc Daniels and Robert Butler. NBC 1966; "Amok Time." *Star Trek*. Written by Theodore Sturgeon. Dir. Joseph Pevney. NBC 1967; "The Deadly Years" *Star Trek*. Written by David P. Harmon. Dir. Joseph Pevney. NBC 1967; "The Doomsday Machine." *Star Trek*. Written by Norman Spinrad. Dir. Marc Daniels. NBC 1967; "Court Martial." *Star Trek*. Teleplay by Don M. Mankiewicz and Steven W. Carabatsos, story by Don M. Mankiewicz. Dir Marc Daniels. NBC 1967; "Bread and Circuses." *Star Trek*. Written by Gene Roddenberry and Gene L. Coon. Dir. Ralph Senensky. NBC 1968;"The Omega Glory." *Star Trek*. Written by Gene Roddenberry. Dir, Vincent McEveety. NBC 1968.
137. "Conspiracy." *Star Trek: The Next Generation*. Story by Robert Sabaroff, teleplay by Tracy Torme. Dir. Cliff Bole. Paramount Domestic Television, 1988; Nemecek, Larry. *Star Trek: The Next Generation Companion* (New York: Pocket Books, 2003); Thill, Scott. "The Best and Worst of *Star Trek: The Next Generation's* Sci-Fi Optimism." Wired 25 September 2012. http://www.wired.com/2012/09/startrek-next-generation-best-worst/?pid=8125&viewall=true.
138. Sackett, Susan. *Letters to Star Trek* (New York: Ballantine Books, 1977), pp. 108–109.
139. Gannon, Charles E. *Rumors of War And Infernal Machines: Technomilitary Agenda-Setting In American And British Speculative Fiction* (Liverpool: Liverpool University Press, 2003), pp. 187–188.
140. Franklin, H. Bruce. "*Star Trek* in the Vietnam Era." *Science Fiction Studies* 21(1) 24–34 (March 1994): p. 146.
141. *Ibid.*, p. 152.
142. *Ibid.*, p. 153.
143. Jameson, Frederic. *Archaeologies of the Future: The Desire Called Utopia and Other Science Fictions* (London: Versu, 2005), p. 93.
144. Anders, Charlie Jane. "R.I.P. Harry Harrison, creator of the Stainless Steel Rat, Bill the Galactic Hero, and Soylent Green."io9. com, 15 August 2012. http://io9.com/5934884/rip-harry-harrison-creator-of-thestainless-steel-rat-bill-the-galactic-hero-andsoylent-green.
145. Pederson, Jay P., ed.*St James Guide to Science Fiction Writers* (New York: St James Press, 1996), p. 543.

146. Greenberg, Martin H., ed. *Fantastic Lives: Autobiographical Essays by Notable Science Fiction Writers* (Carbondale: Southern Illinois University Press, 1981), p. 69.
147. Clute, John, and Peter Nicholls. *The Encyclopedia of Science Fiction*. 2nd Edition (London: Orbit, 1993, 1999), p. 298.
148. Pournelle, Jerry. Interview by Charles Platt. *Dream Makers: Science Fiction Writers at Work* (London: Xanadu, 1987), p. 3.
149. *Ibid.*, p. 7.
150. Pohl, Fred. *The Way the Future Was: A Memoir* (New York: Del Rey Books, 1978), p. 149.
151. Davin, Eric Leif. *Fight the Power: A Memoir of the Sixties* (Pittsburgh: DavinBooks, 2009), p. 278.
152. Herr, Michael. *Dispatches*. 1977 (London: Pan Books, 1978), p. 161.
153. Asimov, Isaac. *In Joy Still Felt: The Autobiography of Isaac Asimov, 1954–1978* (New York: Avon Books, 1981), p. 358.
154. LeGuin, Ursula K. "Introduction to *The Word for World is Forest*." In *The Language of the Night: Essays on Fantasy and Science Fiction* (New York: Berkley, 1982), p. 141.
155. *Ibid.*
156. *Ibid.*, p. 142.
157. *Ibid.*
158. Spinrad, Norman. *The Star-Spangled Future* (New York: Ace Books, 1979), p. 6.
159. Harrison, Harry. "The Beginning of the Affair." *Hell's Cartographers*. Eds. Brian W. Aldiss and Harry Harrison (Birkenhead: SF Horizons, 1975), p. 94.
160. Lynch, Richard. "New Frontiers." 25 May 2007. http://jophan.org/1960s/chapter1.htm.
161. Ellison, Harlan. *The Other Glass Teat*.1972 (New York: Ace Books, 1983), pp. 74–75.
162. *Ibid.*, p. 78.
163. *Punishment Park*. Written and directed by Peter Watkins. Cast: Carmen Argenziano, Jim Bohan, Katherine Quittner, Stan Armsted, Mark Keats, Jim Churchill. Sherpix, 1971.
164. Wright, Bradford W. *Comic Book Nation: The Transformation of Youth Culture in America* (Baltimore: Johns Hopkins University Press, 2001), p. 241.
165. Lee, Stan. *Origins of Marvel Comics* (New York: Marvel, 1997), p. 81.
166. Englehart, Steve. *Captain America and the Falcon* #175 (New York: Marvel, 1974), p. 11.
167. Englehart, Steve. *Captain America and the Falcon* #176 (New York: Marvel, 1974), p. 27.
168. *Ibid.*, p. 31.
169. Quoted in *Captain America and the Falcon* #180 (New York: Marvel, 1974).
170. Englehart, Steve. *Captain America* #183 (New York: Marvel, 1975).
171. Wright, Bradford W. *Comic Book Nation: The Transformation of Youth Culture in America* (Baltimore: Johns Hopkins University Press, 2001), p. 243.
172. *Ibid.*
173. Spinrad, Norman. *Science fiction in the Real World* (Carbondale: Southern Illinois University Press, 1990), p. 145.
174. Spinrad, Norman. *The Men in the Jungle*.1967 (Glasgow: Grafton, 1989).

175. Spinrad, Norman. "Heirloom." 1972. *No Direction Home* (Glasgow: William Collins & Sons, 1977), p. 24.
176. Spinrad, Norman. "The Conspiracy" 1969. *No Direction Home* (Glasgow: William Collins & Sons, 1977), p. 54.
177. Spinrad. "The Big Flash." 1969. *No Direction Home* (Glasgow: William Collins & Sons, 1977), p. 52.
178. Dick, Philip K. *The Penultimate Truth*.1964 (London: Gollancz, 2005), p. 131.
179. Harrison, Harry. "Commando Raid."1970. Ed. Joe Haldeman. *Study War No More* (New York: Avon Books, 1977), pp. 122–123.
180. Franklin, H. Bruce. *Vietnam and Other American Fantasies* (Amherst, MA: University of Massachusetts Press, 2000), p. 162.
181. Wilhelm, Kate. "The Village." 1973. Ed. Thomas Disch. *Bad Moon Rising* (London: Hutchinson of London, 1974), p. 158.
182. Ellison, Harlan. "Basilisk." 1972. Ed. Joe Haldeman. *Study War No More* (New York: Avon Books, 1977), pp. 7–26.
183. Silverberg, Robert. "Caught in the Organ Draft." 1972. *Unfamiliar Territory* (London: Coronet, 1977).
184. Blish, James. *The Day After Judgement*. 1972 (Middlesex: Penguin Books, 1974), p. 95.
185. Bachman, Richard. *The Long Walk* (Bergenfield, NJ: New American Library, 1979).
186. Robinson, Spider. "Unnatural Causes."1975. *Callahan's Crosstime Saloon* (New York: Tor Books, 1999), p. 171.
187. *Ibid.*, p. 172.
188. *Ibid.*, p. 173.
189. Franklin, H. Bruce.*Vietnam and Other American Fantasies* (Amherst, MA: University of Massachusetts Press, 2000), p. 158.
190. Poyer, Joe. "Challenge: The Insurgent vs. The Counterinsurgent." *Analog Science Fiction—Science Fact*, September 1966.
191. Franklin, H. Bruce. *Vietnam and Other American Fantasies* (Amherst, MA: University of Massachusetts Press, 2000), p. 157.
192. Poyer, Joe. "Null Zone." *Analog Science Fiction—Science Fact*, June 1968.
193. Ellison, Harlan. "In Which the Imp of Delight Tries to Make the World Smile." 1973.*The Harlan Ellison Hornbook* (New York: Penzler Books, 1990), p. 173.
194. Haldeman, Joe, Interview by Charles Platt. *Dream Makers: Science Fiction Writers at Work* (London: Xanadu, 1987), p. 123.
195. *Ibid.*
196. *Ibid.*, p. 124.
197. Haldeman, Joe. "Robert A. Heinlein and Us." Ed. Yoji Kondo. *Requiem* (New York:Tor Books, 1994), p. 353.
198. Haldeman, Joe. *The Forever War*. 1974 (London: Orbit Books, 1976), p. 3.

199. Haldeman, Joe. Speech, "Con with the Wind," New Zealand National Science Fiction Convention, 1–3 June 2002.
200. Haldeman, Joe, Interview by Charles Platt. *Dream Makers: Science Fiction Writers at Work* (London: Xanadu, 1987), p. 125.
201. Blish, James, quoted in Panshin, Alexei. *The Abyss of Wonder*. 2 April 2007. http://www.enter.net/~torve/contents.htm.
202. Haldeman, Joe. "The Forever Awarded." Interview by Geoff. 2002. 4 July 2007. http://www.spacedoutinc.org/DU-12/Haldeman.html.
203. Haldeman, Joe. *The Forever War*. 1974 (London: Orbit Books, 1976).
204. *Ibid.*, p. 191.
205. *Ibid.*, p. 232.
206. *Ibid.*
207. Robinson, Spider. "Robert." Ed. Yoji Kondo. *Requiem* (New York: Tor Books, 1994), p. 404.
208. Haldeman, Joe, interview by Charles Platt. *Dream Makers: Science Fiction Writers at Work* (London: Xanadu, 1987), p. 125.
209. Heinlein, Robert A. "Guest of Honor Speech at the 34th World Science Fiction Convention—Kansas City 1976." Ed. Yoji Kondo, *Requiem*. (New York: Tor Books, 1994), p. 278.
210. *Ibid.*
211. Franklin, H. Bruce. *Vietnam and Other American Fantasies* (Amherst, MA: University of Massachusetts Press, 2000), p. 152.
212. Jenkins, Garry. *Empire Building: The Remarkable Real Life Story of Star Wars* (New York: Simon & Schuster), 1998, p. 188.

第七章

空中杀机：探寻死亡射线

> 罗纳德·里根的战略防御计划实在是莫名其妙……它是科学幻想？是诱使苏联更积极主动的把戏？还是刺激我们与之开展疯狂竞争的鲁莽尝试——开发战略防御系统，就可以首先发动攻击，而不用担心反击？[1]
>
> ——米哈伊尔·戈尔巴乔夫

> 科幻小说作家们是专门研究未来的。因此，我想知道他们想要的 X 射线激光器是什么样子。结果科幻小说所能提供的仅是 X 射线激光器能摧毁东西。[2]
>
> ——彼得·哈格尔斯坦，劳伦斯·利弗摩尔实验室

最初的战略防御计划，也就是大家熟知的"星球大战计划"，是虚构出来的。它的 X 射线激光是由核爆生成的，光学激光则是由轨道反射镜反射产生的。许多人认为这项技术是否行得通并不重要。政要玛格丽特·撒切尔、美国中央情报局情报分析员罗伯

特·盖茨[3]以及一些科幻作家[4]，宣称"星球大战计划"是一个巨大的成功，因为它在里根政府与苏联的经济战中发挥了宣传武器的作用。想要了解这是否是战略防御计划制订者的初衷——如果不是，那么他们想用战略防御计划实现什么目的呢——我们将不得不回到激光、洲际弹道导弹系统和核弹头还纯粹只是想象物的年代。

"和大部分东西一样，它一开始只存在于科幻故事里。"本·博瓦在他1984年出版的书《生存保障：正确看待星球大战计划》中说。

> 科幻小说《世界之战》问世后，从外星世界来的邪恶怪物和能摧毁一切的"死亡射线"已经是科幻小说的主要元素。20世纪30年代以来，科幻杂志夺人眼球的封面经常是暴眼怪物一只触角掳走一个衣着暴露的女子，另一只触角挥舞着射线枪。射线枪和粉碎武器是巴克·罗杰斯、飞侠哥顿以及其他一大群科幻英雄们的标配武器。
>
> 如果给科幻概念足够多的时间，它就可以变成现实。[5]

射线枪是科幻小说中仅次于宇宙飞船的元素，不久就出现在科幻人物的手里，并且不只是外星人才有。在加勒特·P. 塞尔维斯1898年创作的《爱迪生征服火星》(《地球争霸战》是其未经授权的续集）中，爱迪生改良了火星人的热射线，创造了粉碎粒子束（最早使用这个词[6]），率领以美国为首的多国部队开往月球、谷神星①和火星。1903年"死亡射线"这个词因乔治·格里菲斯的小说《世界的主人》而广为人知,进入英语词汇。"射线枪"这个词出现在1916年,1917年《纽瓦克倡导者》上的一篇文章使用了"射线枪"一词。[7]

威廉·J.范宁的文章《20世纪二三十年代的科幻小说和历史上的死亡射线》,讲述了在两次世界大战之间射线枪的概念是如何渗透到流行文化和军事思想中的——既有认真尝试着制作射线枪的,也有一些骗局和造假的。1913年,吉乌里奥·乌利维声称发明了一种名为"F射线"的红外线发射器,可以远程引爆。法军参谋长接见了他,要求他演示一下,引爆设在海上的水雷和设在堡垒里的炸药。他因拒绝在军方监视下演示,被认为是一个大骗子。后来吉乌里奥·乌利维移居意大利,并获得支持,可以继续开展他的试验,直到他再次拒绝在受监控的条件下演示。[8]

一战后,在报纸和小说中出现了更多涉及毁灭性粒子束武器的故事。1919年,海军历史学家埃德加·斯坦顿·麦克莱声称,英国在克里米亚战争期间,在阿基米德著名的"取火镜"②——据说是用来对付叙拉古的罗马侵略者的——基础上,秘密研制出一种热射线武器,但考虑到它是"对文明的一种侮辱"[9],甚至在一战中也拒绝使用它。(即使曾经造出过这样的武器,用它来对付20世纪的战舰,显然也会比对付19世纪50年代尚在使用的木制帆船更加没有效果。[10])

"1921年曾任圣西尔法国军事学校校长和陆军参谋长的尤

---

① 谷神星是太阳系中最小的,也是唯一一位于小行星带的矮行星,由意大利天文学家皮亚齐发现,于1801年1月1日公布。——译注
② 传说公元前212年,阿基米德在叙拉古用取火镜烧毁了马塞拉斯率领的罗马舰队。——译注

金·德波尼将军,预测在未来冲突中可能会发射电波。'飞机好像被雷电击中似的坠落,坦克突然着火,无畏级战舰将会爆炸,毒气将被驱散。'"[11]1921年英国将军欧内斯特·施温顿指出:"某种致命射线的研发也许离我们并不遥远,这种射线将使人类干枯皱缩或瘫痪。"这一评论被广泛引用。《文学文摘》指出:"英国已经拥有电子射线,可以远距离引爆炸弹,杀死敌人。"《科学月刊》刊登了一篇标题为《文明必将消灭战争,不然战争必将摧毁文明》的文章。它断言:"至少已经有一个大国在研制一种机器,使用它,致命射线可以射向敌人的军事中心和民用中心。"[12] 1923年"法国民用飞机飞越巴伐利亚州某地区时,因发动机突然失灵,被迫降落"的报道出来后,关于德国有一台射线发射器,能够"使汽油发动机的磁性电机短路"的消息流传开来。同年晚些时候,"英国发明家哈利·格林德尔·马修宣称他发明了一种射线,不仅能使飞机发动机失灵,而且还能用来歼灭战场上的军队"。1924年格林德尔·马修会见了空军少将杰弗里·萨尔蒙德。但是和乌利韦一样,他也拒绝在军方或科学界的监视下重复他成功过的演示,于是他搬到了法国。[13]尽管如此,温斯顿·丘吉尔在《我们应该自杀吗?》(1924年)中还是提到了他的研究工作。此外,阿列克谢·托尔斯泰的《工程师加林和他的死亡之光》(1926年)、奥特弗里德·冯·汉斯坦的《Elektropolis①:技术奇迹城市》(1928年)[14]也提到"格林德尔·马修的死亡射线"。

关于射线发射器可以使飞机失控,以及远程引爆炸弹的谣言层出不穷,许多都被揭穿了。特斯拉声称发明了一种"死亡射

---

① 一百年前的柏林是工业巨人的故乡,有西门子、德意志通用电力公司和德国通用电气,当时的柏林被人称为"Elektropolis"(亲电子的),反映了这座城市的创新能力。——译注

线"，或叫作"线圈武器"，这种"防御性武器"能够"在250英里以外摧毁10 000架飞机"[15]。美国标准局认为"从技术上看不可能产生足够的能量，使射线变为有效的军事武器"[16]，对特斯拉的话未予理会。尽管如此，早在1934年"死亡射线"就被正式提出来作为一种防空武器，当英国空军部受到"1896年伊莱休·汤普森的发现启发，即超高频射线（例如X射线）是一种破坏性物质……请国家物理实验室的罗伯特·沃特森·瓦特来考察使用高能量'死亡射线'灼烧飞行员的可行性。他说这完全是幻想"[17]。不久后，加利福尼亚大学伯克利分校校长在"一个毕业典礼演说中'推测'辐射实验室正在秘密研制'死亡射线'"，这让格罗夫斯将军很惊愕，他知道辐射实验室实际上正在研制原子弹。[18]1936年亨利·弗勒因为没有制造出死亡射线，而被他的赞助人告上法庭，他向陪审团演示他的死亡射线能杀死小动物，但只能在近距离内，这使它不可能成为武器。[19]

1940年，来自纳粹德国的难民告诉英国情报机关，德国人正在试验一种可以让汽车抛锚的射线武器。那实际上是一种可操控的无线电波束系统，可用来引导轰炸机，因为飞机常受到附近通信的干扰。[20]

同年（根据1946年《时代周刊》对穆雷博士的采访），美国国防研究委员会成立了一个叫作13区的部门。它的任务就是利用无线电通信来帮助保卫国家。穆雷被分配的任务之一就是评估死亡射线的可行性。和战前其他科学家下的结论一样，他和他的团队认为，这种武器的有效射程所需要的能量，比当时的技术所能提供的更多。[21]

1940年好莱坞在科幻电影《空中杀机》中将射线枪作为麦高

芬。"惯性发射器"（inertia projector）是一种定向能量武器，在预告片中被形容为"有史以来最恐怖的武器"——"死亡射线发射器"，它"不仅让美国战无不胜，而且成为维护世界和平的最强力量"[22]。在此之前，类似的武器在科幻小说中也很常见（包括部署在地球轨道上的，例如范宁在书中列举的），但是这部电影之所以在这里引起我们的兴趣，是因为它是由罗纳德·里根主演的，扮演保护这个设备的政府特工。

这个想法在好莱坞之外也很流行：1941年罗伯特·奥本海默在一次会议中建议"将回旋加速器粒子束作为一种死亡射线使用，保护特别重要的目标"[23]。

  1945年7月，有军官建议美国研发防御来袭的弹道导弹的方法。1945年12月，一个军方顾问团讨论用"能量束"防御来袭弹道导弹的想法，三个月后两项军事研究项目启动，专门研究利用拦截导弹来摧毁来袭的导弹弹头的可能性。[24]

1945年7月9日《纽约时报》报道美军发现纳粹德国已经在研制太阳枪，它是巨大的在轨运行的阳光反射器，试图将太阳光聚焦到地球上的目标。10月7日，日本科学家也试图研制死亡射线。[25] 1945年8月26日，《华盛顿邮报》建议利用"射线武器摧毁从几千英里外来袭的原子弹"[26]。12月3日，《时代周刊》报道斯大林已经命令"苏联重工业负责人"六个月内研发出防御原子弹的措施，并且可能正在用能够"在12英里范围内引爆原子弹的红外线发射器防护苏联的城市"[27]。

第七章 空中杀机：探寻死亡射线

1946年罗伯特·海因莱茵在他的非小说类作品《美国最后的日子》中写道，美国"可以尝试再制造一个巴克·罗杰斯式的武器，来防御原子弹……以现在的科技水平不太可能研制出这种武器：它是具有毁灭性力量的能量束，以光速运动，它可能成为现实可用的防空武器，甚至可以防御导弹来袭。但是科学家并不认为它可行"[28]。海因莱茵警告称："它不是密封的，将十分昂贵——而且可气的是，它将终结民用航空。如果我们不考虑民用航空，那么我们等于将自己完全暴露在特洛伊木马计之下，即敌人可能利用普通飞机来投送原子弹。"[29]

在第一台具有毁灭性力量的"能量射线"装备——微波激射器（1953年）和激光发射器（1960年）——发明之前，死亡射线一直是科幻作品的主要内容（包括漫画和系列电影）。1959年，科幻小说家本·博瓦加入阿瓦科·埃弗雷特实验室，他回忆说："高能激光最先在那里发明出来……我作为一名科学作家，组建了它的市场营销部门。"[30]博瓦指出："1966年对我们来说，显而易见的是，高能激光有重要的军事用途……我们具有爱国之心（或是盲目爱国），认为为了美国的防御，应当挖掘这种武器的潜力。"[31]不久后，他"帮助安排在五角大楼就这个主题做了首次高级机密简报会"[32]。

1967年，至少在科幻小说读者群里，导弹防御的想法已经众所周知，一个读者写信给漫威漫画抱怨，因为"在《钢铁侠》的故事里，有一枚导弹要打到东方某国的一个岛上，该国政府却不知道。你们肯定认为他们是一群傻瓜——他们所要做的就是摧毁它"[33]！斯坦·李回复称："至于你提到的导弹，'他们所要做的就是摧毁它'是什么意思。你让它听上去就像在少年棒球联盟里抓住了一只高飞球。那个国家刚刚开始引爆基本的核装置，就我们所知，他们离拥有一个有效的、复杂的反导防御系统还很遥远。"[34] 需要指出的是，这些来自一部漫画，它假设有一套动力装备，其飞行能力可以超过一架民用喷气式飞机，但又能装在一个公文包里。

让我们再讲回到博瓦，看看他是怎么说的：

> 1971年我离开阿瓦科·埃弗雷特实验室，以《科幻和科学事实》杂志编辑的身份，重新进入出版业。在阿瓦科工作，以及当杂志编辑的那些日子，我继续写书，而且我思考和研究弹道导弹防御方面的问题长达20年之久。我和科学家、工程师、军官、政客、官员、未来学家一起工作。我描写了这些人的想法和感受，以及他们是如何改变我们周围的世界的。[35]

博瓦的小说中最著名的例子是《千禧年》(1977年)，在这部小说里他将对抗洲际弹道导弹的轨道防御系统——"保证生存"升级了，同时他也承认这个想法有点问题。首先是它们脆弱的技术和经济问题：美国和苏联不只是比赛看谁先完成防御，而且通过摧毁对方的激光卫星来使自己在竞赛中保持领先，但要谨慎行事，以免引发战争。[36] 其次是它们可能作为进攻性武器的政治问题。对此，戈尔巴乔夫曾经说过："建立一个防御罩，就是想要进行第一拨攻击而不用担心报复。"[37] 博瓦在《保证生存》中承认："1983年3月23日里根讲话后不久，一名接受采访的苏联评论员把这件事说得相当简洁：'你们为什么想攻击我们？'苏联领导人认为美国试图防御苏联导弹的任何企图,都是为美国导弹攻击他们的国家做准备。"[38]

1962年爱德华·泰勒在《广岛的遗产》中表达了类似的保留意见,卡尔·萨冈和忧思科学家联盟①的其他成员在《星球大战:一种批判》[39]中也表达了类似的意见,1983年罗纳德·里根在称为星球大战的演讲中也表达了类似意见,以及至少一个苏联人对此做了回应[40],即承认一方拥有的导弹防御系统可能永远无法有效阻止敌人先发制人的打击,但是如果与另一方先发制人的打击相结合,可能会奏效,这种先发制人的打击已经大大减少了敌人进行报复时可能发射的导弹数量。正如锡德指出的那样,这个角色颠倒的场景——"有坚不可摧的壁垒防御飞机和导弹"[41]的苏联对美国发动了先发制人的打击——早在1955年杰里·索尔的小说《极限点》[42]中就考虑到了。里根以前曾提出过"有限核战争"②的可能性[43],直到1984年他开的玩笑让苏联处于战备状态:"我很高兴地告诉你们,今天我签署了一项法案,将永远消除苏联的威胁。我们五分钟后开始轰炸。"[44]给人的印象是,导弹防御系统的目的是防止苏联在美国先发制人打击后,对美国进行报复的。

博瓦试图在《千禧年》中解决这个问题,他提出把卫星网络的控制权交给美国和苏联的宇航员联盟,他们在月球上工作时已经学会了合作。美国陆军上校切斯特·金斯曼负责指挥他们,他是作为一名贵格会教徒被抚养大的。金斯曼因为试图确保同胞不

---

① 忧思科学家联盟是一个非营利性的科学倡导组织,总部设在美国。其会员除了科学家外,还有许多普通民众。——译注
② 有限核战争是指不使本国遭受核战争的巨大破坏,把自己拥有的战略核武器当作威慑力量加以炫耀,而在局部地区对核武器加以战术上的控制使用的一种战争方法。——译注

受核战争伤害，而被自己的同胞贴上了叛徒的标签。当他和联合国谈判，让月球基地成为一个独立的国家时，美国人烧毁了联合国的建筑。在小说的高潮处，金斯曼不得不下令将激光对准载有美国海军陆战队的飞机，因为他们正试图夺回控制卫星的空间站。[45]

博瓦认为即使导弹防御系统能起作用，而且不用作进攻武器，这也只能阻止洲际弹道导弹的使用，而不能阻止战争本身。在小说《千禧年》的续集《殖民地》(1978年)中，世界没有发生核战争，但是战争以其他方式继续着——天气控制、经济战、生物武器以及政府资助的恐怖主义。[46]在斯派德·罗宾逊的《女士扔掉了酒》(1992年)中，类似的导弹防御系统已经就位了（时间旅行者从遥远的未来穿越来弄好的，采用了非常先进的技术），但这只意味着核武器必须以其他方式发射[47]——就像亚瑟·克拉克的《漏洞》(1946年)、菲利普·威利的《走私的原子弹》(1956年)、拉里·科林斯和多米尼克·拉皮埃尔的《第五骑士》(1980年)、哈利·托特达夫的《世界大战：打破平衡》[48]一样，尽管最后他们使用的运输工具是船和火车，而不是罗伯特·奥本海默曾悲观地提出的牛车。[49]亚瑟·克拉克为"战略防御之子"提供有力支持，即使"它不转移人们对潜艇和外交邮袋等真正危险的运载系统的注意力"。[50]

自从1972年签订了《反导条约》，1974年增订的一条修正案限制每个超级大国只能拥有一个反弹道导弹部署站点，导弹防御系统暂时被局限在科幻小说领域，但是这多半是出于政治考量（而不是技术上的）。1977年电影《星球大战》上映。卢卡斯曾被警告："研究表明，任何一部有战争字眼的电影，都不会受到女士的青睐。'调查认为没有一部有战争字眼的电影票房超过800万美元。'"[51]

在越南战争之后，事故多发的美国国家航空航天局登月计划，尤其是命运多舛的阿波罗13号任务，使整个军事和太空玩具市场笼罩着一种不确定性。

玩具设计师戴夫·冈田说，"当时的感觉是，美国的妈妈们害怕自己的孩子长大后成为宇航员"，"越南方面也对此表示强烈反对。对母亲而言，她们是最终的守护者，这不是一个以和平主义为导向的玩具生产线"[52]。

卢卡斯没有理睬这个建议，让工作室中的许多人（包括卢卡斯自己）惊讶的是，《星球大战》很快成为电影史上最赚钱的电影，而且这一地位保持了许多年。

◆ ◆ ◆

二十世纪福克斯公司对另一部预算更大的电影寄予更高期望，它改编自1977年出版的科幻小说《小街的毁灭》，描绘了部分成功的导弹防御系统。它非常松散地建立在罗格·辛拉兹描写世界末日之后的小说基础上——例如，它有相同的标题（尽管电影公司曾考虑改名）。简·迈克尔·文森特扮演的美国空军中尉和书中的地狱天使主角有着相同的姓氏，也偶尔骑自行车——影片由文森特和乔治·佩帕德主演，扮演美国战略空军司令部的两个对立的军官，在一个导弹发射井工作。当坦纳（文森特扮演）大声问为什么像基冈（保罗·温菲尔德扮演）这样的天才艺术家还在服役时，邦德扮演的丹顿少校生硬地告诉他，因为坦纳不符合他的要求,他要求坦纳被重新分配到其他岗位。

不久,300枚拦截导弹发射,主要是为了防御苏联人瞄准美国人口中心的洲际导弹。当收到命令再发射10枚导弹,瞄准所有的苏联目标,作为对苏联的报复性打击,并发布一组关于泰坦火箭的库存镜头时,坦纳和丹顿一样不带感情地、不加质疑地遵从了命令。这拨拦截只摧毁了大约40%的敌方导弹,其他没被拦截到的导弹摧毁了美国的主要城市。核战争辐射了天空,使地球沿轴线发生倾斜。两年后,"幸存下来的人冒险展开生存和统治的斗争"。坦纳从美国空军退役,留了长发。尽管丹顿和佩里中尉认为指挥官兰德斯将军除了坐在前控制室里喝酒什么也不做,但他们还是保持着对指挥体系的忠诚。丹顿解释说:"他是我们的指挥官。当我们感到这个地方将在一个月内崩塌时,我们开始起飞。"几秒钟后,一名飞行员在满是烈性炸药的房间里睡觉时,将香烟掉在书的折页上,掩体被炸毁了。

兰德斯死后(尽管坦纳试图把他从爆炸中救出来),丹顿展示了电影真正的明星——两辆铰接式两栖作战车。他告诉坦纳和基冈:"只要我是负责人,你就不用重新入伍。"他们开车到全国各地追踪自动无线电信息。当基冈被问起为什么他和坦纳退出空军时,他回答道:"你指的是什么空军?……炸弹落下来后,似乎没有多大意义继续做那些工作,杂役、敬礼和遵命,等等。"

佩里问他(无意识地强调了约瑟夫·海勒的《第22条军规》):"如果我们都有这种感觉,你认为会发生什么?"基冈回答道:"如果更多的人感觉到这样,那将有很多人在感觉和思考……打棒球、唱歌、做爱……抚养孩子……"

尽管丹顿不认为是自己的责任,但是他对等级制度的坚持导致了佩里的死亡和一辆"陆地领主"全地形车的损失。[53] 不知道是因为它对美军的描写大多不讨好，还是因为前景黯淡，或是情节和特效没有说服力，这部《小街的毁灭》票房惨遭失败，1 700万美元的投入只赚回400万美元。[54]

其他电影公司试图复制《星球大战》的成功，制作那些因为宇宙飞船、武器和其他特效而被人们记住的大制作科幻电影。其中一些电影是以和平主义为导向的，其他的电影则认为对抗外星人威胁需要建立一个强大的防御系统，而不是欢迎他们来我们家做客。在《死亡之舞》中，金引用1977年《第三类接触》作为对1951年《怪人》的平衡：

> 我们能理解，《怪人》中"让军队处理这个"的主题，在1951年是完全可以接受的，因为在约翰·韦恩式"大英雄"电影中，军队很好地对付了日本人和纳粹。我们也能理解，在1977年由于在越南的战绩不那么亮眼，或是甚至在1980年（《第三类接触》增加额外镜头被重新发行）由于三小时的机械故障，美军在人质争夺战中输给了伊朗，《第三类接触》中"别让军队处理这个"能被接受。[55]

《第三类接触》中美军为了掩盖不明飞行物目击事件的真相，制造了一起假神经毒气事故，试图让接触者远离不明飞行物着陆点，用死绵羊做道具（这个策略可能受到1968年美国达格威美军生物武器试验场真实的神经毒气泄漏事件启发，当时有上千只羊死亡）。这部电影对外星人的态度是非攻击性的，并不完全是当时典型的科幻电影，它在制作过程中没有得到军方的资助（一点儿也不意外）。这也是《异形》(1979年)、《太空堡垒卡拉狄加》(1978—1979年)、1978年重拍的《天外魔花》《巴克·罗杰斯在25世纪》(1979年)受欢迎的时代，这些电影都描绘了充满敌意的外星人。[56]《世纪争霸战》(1980年)眼见和平主义者变成游击队，用一个恒星转换器与星际勒索者战斗。[57]《星际飞船入侵》(1977年)、《镭射人魔》(1978年)、电影版《超人》(1979年)、《超人Ⅱ》(1980年)、《星际迷航：无限太空》(1980年)，都是两边下注，既有友好的外星人，也有怀有敌意的外星人。[58] 和《星球大战》中的死星一样，来自太空的敌人常常拥有"恐怖的技术"——《星际迷航》的V石头，《世纪争霸战》莎朵的恒星转化器，《太空堡垒卡拉狄加》的机器人赛昂，《星际飞船入侵》中诱发自杀的电弧，《巴克·罗杰斯在25世纪》中德拉古星际飞船上卓越的军事力量。然而，这些威胁从未被先进的技术打败。

不知道和越战相比较，是不是前面提到的电影、电视剧编剧们有意为之，但乔治·卢卡斯是有意为之。据泰勒说，1966年当卢卡斯从南加利福尼亚州立大学毕业后，收到他的征兵通知时，他就想逃往加拿大，但后来他去医院看病，体检发现他患有糖尿病，因身体不合格而免服兵役。[59] 他受雇于美国新闻署剪辑影片，"被告知他制作的关于在韩国镇压反政府骚乱的故事看上去'太法西斯'了"[60]。此时他已经开始讨论制作《星球大战》了，1973年他将其概括为"一个庞大的科技帝国在追捕一小群自由战士"[61]。

作为这个故事的反派，帝国是受到了驻越南美军的启发。伊沃克人是受到北越的启发，皇帝是受到尼克松总统的启发。这个故事足够善良可爱，来掩盖那个事实，现在这个星球上的每一种文化，无论是名副其实的还是有号称的，都认为自己是属于义军同盟。2012年卢卡斯说，"《星球大战》依赖于一个精心设计的社会的、情绪的、政治的语境"，"但是没人意识到这一点"[62]。

1969年卢卡斯为弗朗西斯·福特·科波拉的美国西洋镜公司工作，计划导演《现代启示录》，把它制作成一部"纪录片类型的越南影片"[63]。科波拉把卢卡斯介绍给加里·库尔茨，他是《飞侠哥顿》的狂热粉丝，曾经在越南以电影制片人的身份和海军陆战队待了3年。卢卡斯邀请加里·库尔茨做他下一部电影的制片人。据泰勒说，卢卡斯曾打算拍三部关于越战的电影：《美国风情画》反映1962年之前的田园式景象，《现代启示录》是"当前的"，《星球大战》设置在未来，是战争寓言——他认为《现代启示录》"可能会导致美国政府将他驱逐出境"[64]。1977年卢卡斯对《滚石》杂志说，他的《现代启示录》版本完全不同于科波拉的版本，科波拉的版本是由更加保守的约翰·米利厄斯写的剧本："它更多是人与机器的对抗，而不是别的。技术对抗人性，然后人性怎么取得胜利。这是一部相当积极的电影。"[65]——大概是积极的，除非你支持被打败的美军。

卢卡斯对《滚石》杂志说，"我们都知道我们在越南犯了多么大的错误"[66]，在接下来的两部《星球大战》电影中，他将继续以寓言的形式将美军描绘为帝国。《星球大战Ⅴ：帝国反击战》中的帝国步行机（imperial walkers），被更小的、武器相对更弱的太空飞船打败。帝国步行机的设计灵感来自"一辆四脚坦克,它是1968年通用公司设计的概念车辆,被称为计算机控制的人形机器人。这种机器人已经由军队授权在越南使用。当这个设计被证明操作起来过于麻烦时,通用公司只能放弃它"[67]。如前所述,《星球大战Ⅵ:绝地归来》里的伊沃克人呼应着北越的胜利。

到了电影《星球大战Ⅴ:帝国反击战》时,随着越战记忆的模糊,美国人对战争和军队的态度开始有所改变。20世纪70年代末卡特政府时期,作为对苏联入侵阿富汗的回应,美国军费开始大幅度增长。此时还出现了另一个用科幻小说比喻命名的军事装备——航天飞机原型(the prototype space shuttle),苏联出版物和美国期刊(例如《简氏》)将其定为一种军用载具(确实它有11个任务是为国防部执行的,其中9个还是机密)[68],《星际迷航》的粉丝发起了一场运动后,这个装备被命名为"企业号"。1981年鹰派的罗纳德·里根击败卡特当选美国总统,里根不久加快了美军军费的增长速度。

格里高利·本福德说里根是"科幻小说迷"[69],卢·坎农的传记《里根总统:终生难忘的角色》(1991年)也指出:

> 像《战争游戏》这样的和平电影在里根的情感库里也占有重要位置……在好莱坞,他变成一个狂热的科幻小说迷,关注这一类型中最喜爱的主题:来自外太空的入侵,促使地球人撇开国家之间的争吵,联合起来反对外星入侵者。里根特别喜欢这个想法,1985年他第一次在日内瓦会晤戈尔巴乔夫时,就在戈尔巴乔夫身上试验了这个想法……他还向顾问们讲了这个想法,大家反应

不一。[70]

《战争游戏》开场是两个美国空军军官在掩体里接收行动代码，一个军官拒绝转动钥匙发射导弹，另一个军官则威胁不发射导弹就枪毙了他。当美国空军知道22%的军官拒绝发射导弹时，他们将导弹的控制权交给了一台电脑。一名年轻黑客攻破了电脑防火墙，将它改成了一款全球热核战争游戏。电脑告诉美国空军他们正在遭受攻击，然后它控制了导弹控制系统，发动反击。由于电脑无法被关闭（《奇爱博士》中末日机器的阴影），黑客和程序员试图向它证明无法赢得核战争。电脑将所有可能情况都模拟了一遍，得出结论："取胜的唯一方法是不进行战争。"[71]

值得注意的是，1983年《战争游戏》在戛纳上映，是在里根的"星球大战计划"演讲之后，不可能对这个演讲有影响（虽然里根后来看了《战争游戏》，并和陆军部长讨论了其场景[72]）。同样地，当里根提前观看了科幻电影《浩劫后》之后，他在私人日记里写道："这部电影让我很沮丧……我的反应是：我们必须尽我们所能地拥有核威慑力量，并确保永远不会发生核战争。"[73] 这距离他发表"星球大战计划"的演讲只过去约8个月。如果说里根对核战争的立场受到一部科幻"和平电影"的启发，那肯定比这要早。坎农提出了一个可能的候选人，他说里根的国家安全顾问科林·鲍威尔"对于里根对'小绿人'的关注，知道得比他想知道的要多，他努力不让里根的演讲涉及星际问题。鲍威尔确信，里根对戈尔巴乔夫的独特提议，是受到1951年的科幻电影《地球停转之日》的启发"[74]。

里根当然很喜欢电影和电影资料片。他的国家安全顾问比尔·克拉克用纪录片而不是简报让他了解国际政治形势。[75] 1985年里根在国会引用了"肮脏的哈里"的台词："来让我开开眼界"，接着评论道，"昨晚看完《第一滴血》后，下次这种事情发生时我知道该怎么做了"，他甚至宣称为税制改革而战"就是本着兰博精神"。艾萨克·阿西莫夫批评"星球大战计划"，认为里根不知道"科学和科幻作品之间的界线"。[76] 诺曼·斯平拉认为里根很难区分电影和现实。[77] 肯·亚当斯是电影《奇爱博士》的布景设计师，他回忆说里根就任总统的首要要求之一，就是带他去作战室。当他被告知没有作战室时，他回答说一定有，因为他在电影里看到过。[78] 弗朗西斯·菲茨杰拉德认为里根"被一种防御盾的概念迷住了……因为他在电影中看过。具体地说，在1966年阿尔弗雷德·希区柯克的电影《冲破铁幕》中，保罗·纽曼扮演的主人公谈到一种反导装备，'将使所有的核武器过时，由此将消除核战争的恐怖'。那句话的变体出现在1983年里根首次提出战略防御计划的演讲里"。[79]《星球大战的梦想》也指出"星球大战计划"演讲和电影《空中杀机》的台词有许多相似之处。[80] 亚瑟·克拉克也问道："如果里根总统没看过这么多的电影，他还会在1983年3月23日发表著名的'星球大战计划'演讲吗？"[81]

虽然"星球大战"一词几乎是普遍使用的，包括里根图书馆的网站也使用，但是里根在1983年3月23日的演讲中没有提及"星球大战"一词。[82] 第二天参议员爱德华·肯尼迪对这篇演讲不屑一顾，认为它"误导了红色恐怖战术和不计后果的'星球大战'计划"，这个可能是受到15天前里根在讲话中将苏联形容为"邪恶帝国"的启发，而一个月前《星球大战》才首次出现在电视上。过了不久，物理学家汉斯·贝特对《时代周刊》说："我认为这是不可能的。更糟的是，如果成功，它将制造一场星球大战。"[83] 这个计划直到1984年才被命名为"战略防御计划"，那时"星球大战"的标签已经被贴牢了。里根的国内政策顾问马丁·安德森声称曾向里根提议建设导弹防御系统[84]，并指出："里根从来就不喜欢用'星球大战'这个名称。我个人喜欢用'星球大战'这个名称，因为如果你看过电影《星球大战》，你就知道最后好人赢了。"[85] 据彼得·克拉默回忆："在1985年3月的评论中，里根首先拒绝使用'星球大战'这个标签，因为他认为战略防御计划不是关于战争的，而是关于和平的。"但随后他又补充道："如果你能原谅我偷了一句电影台词——原力与我们同在。"[86] 乔治·卢卡斯也不喜欢这个名字。据克拉默说：

> 卢卡斯在写邪恶的皇帝时，脑子里就想着里根前任的总统，共和党人理查德·尼克松。1985年卢卡斯对两个支持战略防御计划的团体提起诉讼，打算禁止他们使用"星球大战"标签。但是，1985年11月美国联邦地区法院法官格哈德·盖泽尔裁定，任何人都可以使用"星球大战"这个词，"来恶搞或描述性地进一步表达他们关于战略防御计划的看法"。[87]

因为里根支持激光防御系统，他被许多人（包括科幻作家鲁迪·洛克1983年的小说《吃豆人》[88] 和1986年的电脑游戏《核战争》）恶搞成"罗恩射线枪"（Ron Ray-gun），特别是当在国防和国际关系问题上提及里根和苏联人时，漫画家们很快就采用了"星球大战"这个比喻。克拉默描述了其中的几个，更多出现在

《星球大战的艺术》里。[89]有人把维德和死星与苏联人联系起来，而里根听从尤达或是由机器人和外星人组成的一流专家团队的建议。在美国和欧洲的其他人让里根穿上维德的服装。

"星球大战"的标签被劳伦斯·利弗摩尔实验室O组的年轻科学家牢记在心，他们在爱德华·泰勒手下工作，研发X激光射线。罗德·海德在泰勒的门徒洛威尔·伍德手下任O小组的二把手，是弹出式X射线激光武器的设计者。他自青春期开始就是一个科幻小说迷，特别欣赏海因莱茵、戈登·迪克森和基斯·劳默的作品。[90]彼得·哈格尔斯坦是O小组的另一个物理学家，他的论文《短波长设计的物理学》中的部分内容就是关于"未来应用"的，讨论了三部科幻小说：拉里·尼文的《环形世界》、尼文和杰里·普内尔的《上帝眼中的尘埃》、阿普尔顿的《汤姆·斯威夫特和他的同步加速器快递》，其中包括一句相当令人沮丧的话："科幻小说作家应该展望未来，所以我开始观察他们对X射线激光的想法，结果发现所有科幻小说的参考资料都是关于爆炸的。"[91]当他们的工作被称为"星球大战"之后，O小组"凑钱给洛威尔买了一套达斯·维达的服装，他是《星球大战》中代表原力阴暗面的角色。但是他们放弃了这个想法，害怕洛威尔会穿上它，在大厅督促他们更努力地工作"[92]。尽管洛威尔全力督促，但是O小组试图研制出实际可用的X射线激光卫星或弹出式武器的计划从未实现。当里根和米哈伊尔·戈尔巴乔夫在雷克雅未克会晤时，战略防御计划成为双方争论的主要内容，即使这个计划从未成功实施过。此次会晤，两国领导人还有一个目标是签署一份到1996年彻底销毁核武器的条约。但由于里根不同意戈尔巴乔夫提出的条款内容，即下一个十年里战略防御计划的相关研究仅限于实验室试验，条约未能签成。[93]

1993年5月13日，里根的"星球大战计划"演讲已经过去十年多，苏联解体还不到18个月，克林顿总统的国防部长莱斯·阿斯平在一次国防部的新闻发布会上宣布：

> 今天我们在此庆祝……星球大战时代的结束。我们对战略防御计划办公室进行了重新命名和调整，反映出克林顿政府在优先事项上的变化。[94]

他这样说为时过早。1996年共和党总统候选人鲍勃·多尔和众议院议长纽特·金里奇（他自己是个科幻小说作家，曾和威廉姆·R.福陈、大卫·德雷克、杰里·普内尔合作，后来合作者更多）在他们的《1996年捍卫美国法案》中，将导弹防御作为选举议题。这件事被《原子科学家公报》报道，标题为《星球大战又来了，鲍勃》。[95] 1998年金里奇和后来的国防部长唐纳德·拉姆斯菲尔德再次呼吁建立更强大的导弹防御系统。《波士顿凤凰报》报道了这件事，标题为《星球大战之子》。[96] 一个地面弹道导弹防御系统比里根的激光卫星野心小一点，尽管如此，它还是成为阿富汗和伊拉克战争之前美国国防预算中最烧钱的项目。[97] 到2008年，导弹防御计划的预算超过1 100亿美元，其中包括预计3.5亿美元用于"五角大楼不想要的不必要的项目"[98]。

是谁首先说服里根公开承诺为未证实的"星球大战"概念提供资金的——特别是基于未经测试的定向能武器，而不是美国传统基金会的《高边疆》提出的现成的导弹？为什么？它又取得了什么成效呢？

据杰里·普内尔说:"战略防御计划的产生是因为在拉里·尼文家里举行的会议。参加会议的人有保罗·安德森、格雷格·贝尔、迪安·英格、史蒂夫·巴恩斯、格里高利·本福德——他们都是科幻小说作家。当海因莱茵还活着时[99],他也参加了会议。尼文也有类似的叙述:

> 1980年杰里·普内尔说服我和玛丽莲举办航天工业顶尖科学家的聚会,试图给里根政府起草一个有目标、时间表和成本的太空计划。在里根政府时期,国家航天政策的公民咨询委员会开了四次会,之后是两次,而且是为期三天,到周末。与会者有宇宙飞船设计师、商人、美国国家航空航天局的研究员、宇航员、律师。加入科幻小说作家的效果惊人。我们能翻译!我们可以强迫这些人说英语。
>
> 在太空项目上也取得了一些成果,我们对太空计划有些影响。太空防御计划(星球大战计划)就是在加利福尼亚州圣弗南度谷我们家里起草的。[100]

普内尔提出的国家航天政策的公民咨询委员会包括"50名火箭科学家和国家航空航天局的管理者"、现役军官、科学家、有军事合同的公司代表、宇航员巴兹·奥尔德林(后来成为一名科幻小说作家)、弗雷德·海斯、皮特·康拉德,以及前面提到的科幻小说作家。[101](这个群体的版本后来出现在尼文和普内尔1985年的小说《脚步声》中,其中科幻小说作家——包括朴实无华的海因莱茵、乔·霍尔德曼、尼文和普内尔自己——被要求保护美国免受使用轨道武器的外星人的攻击。[102]）1982年格里高利·本福德应邀加入咨询委员会，将其描述为"一个通过国家安全顾问与白宫有直接联系的机构。在'决策圈内'的泰勒主张使用以核爆炸驱动的轨道X射线激光武器"。

> 普内尔主导了咨询委员会的会议，他有着田纳西州的魅力、高科技保守的思想和绝对的势头。一群形形色色的人聚集在一起，有作家、工业研究人员、从人工智能到火箭方面的军民专家。咨询委员会会议在科幻小说作家拉里·尼文宽敞的家里举行，都是一群吵吵闹闹、意见激烈的人。有一点政治，但没有整体的偏见。我是一个注册的民主党人，但从未有人提过这个事情。大部分人在谈论硬边科技（hardedge tech）、女性政策。普内尔煽风点火，把气氛带到高潮。会议提供自助餐、桑拿浴、热水浴缸、存货充足的开放式酒吧、无数的文字处理器、慢慢炖出来的幻想、煮出来的思想、一些刚刚冒出来的还不成熟的想法……胸怀抱负的专家谈到星际战争——巨大的空中掩体，能够击落舰队发射的导弹。[103]

劳伦斯·利弗摩尔实验室的爱德华·泰勒团队正在研制以原子弹为动力的轨道X射线激光武器。在"星球大战计划"演讲之前，泰勒见过里根四次，他是里根发表演讲时邀请的十三位科学家之一。虽然泰勒不是科幻小说作家，而是有争议的"氢弹之父"，但他被公认为电影《奇爱博士》中来自真实世界的三个原型人物之一（另两个是赫尔曼·卡恩和维尔纳·冯·布洛克。尽管库布里克让克拉克告诉冯·布洛克,他并没有以布洛克为原型,但是克拉克没有传话,因为首先他不相信,其次即便库布里克没有这么想,彼得·塞勒斯也是这么想的)。[104]

本福德惊讶于真实和虚构的科学家之间的相似性,特别是当看到泰勒的假脚时。其同事利奥·希拉德是匈牙利物理学家,也是一位科幻小说作家,他试图通过暗示匈牙利人来自火星(匈牙利人和邻近国家说的语言不一样)来解决费米悖论。泰勒陶醉于自己名字的首字母"E.T","喜欢神话",但抱怨"轻率"。[105]彼得·哈格尔斯坦在解释泰勒如何说服他参与研制核动力的X射线激光器时,也喜欢引用《星球大战》的台词:"原力对意志薄弱的人有强大的影响。"[106]

当本福德询问泰勒科幻小说对科学和科学政策的影响时,泰勒告诉他,20世纪40年代在洛斯·阿拉莫斯国家实验室阅读纸浆杂志时,"那是科学家之间安静的、遥远的'爱好者'社区",他们对克里夫·卡特米尔的《最后期限》和海因莱茵的《不令人满意的解决方案》的反应是:"经过长期思考,我相信真正有远见的人——至少是我喜欢其作品的人。他们是科幻小说作家。我有些喜欢海因莱茵、阿西莫夫以及克拉克先生,从长远来看,他们比任何一位国防部长都重要。"[107]本福德说:"当泰勒在政策上犹豫不定而向科幻小说联盟寻求协助时,我并不感到惊讶。"但是阿西莫夫和克拉克对战略防御计划的反应让泰勒感到吃惊。像越战和入侵伊拉克那样,战略防御计划分裂而不是团结了科幻小说界。后来成为美国科幻小说作协主席的斯平拉因为"公开表示讨厌里根"[108],没有被普内尔邀请加入公民咨询委员会。弗雷德·波尔认为战略防御计划是一个"头脑发昏的概念","不仅不是防止我们遭受核打击的方法,而且很可能导致核寒冬。相反,它是我能想到的能让这些事情发生的最可靠的方法"[109]。

虽然亚瑟·C.克拉克参加了普内尔咨询委员会的一次会议,但是普内尔也承认"克拉克不认同我们正在做的事情":

> 克拉克曾经在国会做证反对战略防御计划,认为武器造成了太空污染,即使是防御性武器也与他的人生理想背道而驰。克拉克一住进拉里·尼文家,海因莱茵就开始咄咄逼人地发起辩论。谈话围绕着技术问题展开。通过将一群等待的"聪明石头"(一些装填常规炸药的小型火箭)送入轨道,战略防御计划的卫星会不会被摧毁?战略防御计划会不会导致在太空使用更多攻击性的武器?
>
> 这一切的背后,显然存在着性格上的冲突。克拉克很吃惊。他的老朋友海因莱茵认为克拉克的言论既愚蠢又无礼。他说,在我们国土上的外国人在讨论我们的自卫政策时应该小心翼翼。这充其量是不礼貌的行为。也许克拉克会被指责为"英国式的傲慢"。
>
> 克拉克没有料到老同志们会有这种感觉。正如一位在场的作家所言,他们都信仰宇宙的最高教会(the High Church of Space)。逃离地球真的可以减少我们的竞争吗?
>
> 现在双方都认为对方背叛了这一愿景,对人类的未来强加毫无根据的假设。对许多人来说,这是一个悲伤的时刻,克拉克平静地道了再见,溜了出去,坐进他的豪华轿车消失了。[110]

虽然海因莱茵曾认为这个系统是"一种巴克·罗杰斯式的武器……缺乏可行性"[111]，但是现在他正在为这个系统辩护。克拉克的"第三定律"曾被里根在为战略防御计划辩护的演讲中引用，但是克拉克继续在《文明星球的场景》中批评这个计划是"白日梦……技术上的、财政上的，最重要的是操作荒谬"[112]。

艾萨克·阿西莫夫也在不同场合表态反对战略防御计划，说它能取得的最好结果是"约翰·韦恩的对峙"[113]，认为支持战略防御计划的人"和那些喜欢越战的人一样"[114]。此话事出有因，1968年海因莱茵、普内尔、尼文、安德森和英格、公民咨询委员会的成员全都在《幻想与科幻小说》和《银河科幻小说》上刊登的支持战争的广告上签了名，而委员会无人在反对战争的广告上签名。阿西莫夫还谈到了这个计划：

如果你使苏联无力攻击你，那是否意味着你可以支配他们究竟应该怎样做才能成为一个好的共和党国家？

如果苏联不能洞察星球大战计划，那他们能说的只能是："来吧，把我们炸成地狱。你们也将会被随之而来的核寒冬摧毁。"除非我们彻底疯了，否则我们不敢冒这样的险。所以这个东西到底有什么好？[115]

阿西莫夫也谈到了普内尔："杰里·普内尔支持星球大战计划不是因为他是一个科幻小说作家……据他说，是因为他和其他人写了里根的演讲稿，首先提倡星球大战计划的。他是在支持他自己。"[116]诺曼·斯平拉也指责普内尔撰写了"星球大战计划"的演讲稿，"使里根不习惯于用理论物理学家口耳相传的隐喻，将它称为'量子跃迁'（quantum leap）"[117]。

克拉克说演讲稿"经过了无数次的修改后，最后由我的朋友乔治·基沃思完成"[118]，他是泰勒推荐的里根的科学顾问。博瓦引用基沃思的话说："这是一次自上而下的演讲……这个演讲发自总统内心。总统告诉我们该做什么。"[119]莱斯说："大部分内容是由五角大楼的官员撰写的。"[120]他将演讲中有关导弹防御的内容归功于罗伯特·麦克法兰。里根后来谈到战略防御计划时说："让我开心的是，每个人都非常肯定我一定听说过它，但我自己从来没有想过。真相是，我真的想过它。"[121]总统里根的顾问们已经证实演讲稿有好几位作者，他们说涉及导弹防御计划内容的那部分——被认为是"插入的"——是由里根和"他的高级国家安全顾问"写的，其中包括基沃思和麦克法兰。[122]

普内尔不以谦虚著称，他声称自己是"整个血腥的计算机革命的始作俑者"，是"在现代军事中最有影响力的两个人之一，即便大多数人从未听说过我们"[123]。关于演讲稿的作者是谁，他多少有些含糊其词："尽管咨询委员会撰写了里根1983年战略防御计划演讲稿的部分内容，为该政策提供了许多背景知识，但是我们真的没有撰写那个演讲稿。到目前为止，里根先生比任何为他工作的人都更擅长写演讲稿。"[124]

至于为什么要提出和推动战略防御计划，对许多人来说，它清楚地代表着不同的东西，包括里根演讲稿的起草者。尽管里根显然认为可以建立一个有效的导弹防御系统，但是他的许多顾问却不这么认为，那些支持这个项目的人可能有更多愤世嫉俗的动机。斯平拉认为：

普内尔致力于开启人类太空探索的新纪元,就像大多数政治上的科幻人物那样。许多太空游说团体正试图以天真的理想主义为由,向里根政府推销这一计划。但是普内尔有政治经验,老于世故,通过(国家安全顾问)理查德·阿兰直接进入国家安全委员会,这是一个相当聪明的策略。美国国家航空航天局只是没有足够的预算把人类大规模地送上太空。最大一部分资金来自军方,军方的预算规模比美国国家航空航天局大两个数量级,在国会获取项目融资方面,军方的影响力要大得多。他怎么能指望五角大楼资助人类在太空生存的项目呢?他们为什么要资助?普内尔给出的答案是:为了保护美国免受苏联核导弹的攻击。[125]

普内尔直截了当地将"克里姆林宫的领导人描述为一群上了年纪的杀人团伙"[126],他反击说:"我们不打算开发太空,而是试图赢得冷战,我们一致认为西方应该赢得冷战。"[127]然后他接着说:"我们认为如果低成本的太空来自于此,那还是很不错的。"[128]

其他科幻小说作家认为"星球大战计划"不仅是无害的,除了保护美国不受导弹攻击之外,应该还有其他好处。博瓦期望战略防御计划按他的小说《千禧年》的方式[129]成为国际性维和力量的开端。本福德认为"防御性武器竞赛"可能让战争远离地球,因为"在轨道上的作战基地不能……被用来攻击任何国家。最糟的是,它们能摧毁其他卫星,但是我们已经拥有反卫星武器,所以那不能改变什么"[130]。

其他科幻作家对此并不认同,一些科幻小说描写"星球大战计划"的卫星引发各种灾难。1987年的电影《机械战警》中出故障的机器人"登上了罗纳德·里根纪念战略防御平台",引发一场森林大火,造成数百人死亡,毁掉了美国前总统的家乡。[131]1985年大卫·布林的电影《邮差》中,战略防御计划的自动卫星因击落飞机而受到不公正的指责[132],呼应了海因莱茵在《美国最后的日子》里的观点,即这样的武器系统将标志着民用航空的终结。[133]

在克拉克所谓的"军事-科学复合体"中[134],克拉克和斯平拉认为战略防御计划的支持者并非出于善意,他形容这些人为"军火贩子……和他们比起来,黑手党和贩毒集团就不那么讨厌了"[135]。两人都认为之所以给战略防御计划提供科学依据,是因为"从五角大楼那里更容易得到资金"[136],而不是对这个计划有信心。富兰克林也这么认为,他指出计划的支持者"有企图破坏军备控制的公开记录,最大程度地提高对航天工业的投入,削减社会项目的资金,通过逼迫苏联陷入一场失控的军备竞赛来拖垮苏联的经济,对抗反对核武器的运动,重获美国不可战胜的核霸主地位"[137]。斯平拉指出:

> 在战略防御计划疯狂进行的高峰期,由于五角大楼对国会的影响力,航空航天工业在公共预算里大肆挥霍,为不起作用的反导弹的导弹、不能打下任何东西的反导弹激光,以及不可计数的疯狂研究,争取到数十亿美元。
> 在最疯狂的时候,我参加了在加利福尼亚范登堡举行的一场航空工业聚会,计划中的"西部宇航中心"永远不会实现。聚会上都是科学家、工程师,他们在讨论对于战略防御计划项目的建议。我决定讲一个我认为是

科学笑话的故事。"超光速粒子"是一种理论上的粒子，它比光速快，因此在时间上是向后移动的，而不是向前移动的。但是它从未被生成或检测到。我提出建议："为什么你不制造超光速粒子束武器呢？"本以为这会招来大家的笑话。"你可以探测来袭的导弹，在它们发射前把它们击毁在发射台上。"但居然没有人笑话我，反而有两个科学家眼中出现了梦幻的美元符号表情。

"是啊，"其中一人说，"我们也许可以拿到50万美元来研究它。"事情就是这样，如果他们真的做了，我也不会感到吃惊。[138]

吉姆·斯坦尼·罗宾森同样认为战略防御计划"明显是在做无聊的工作"[139]，至少最近的发现证实了这种愤世嫉俗的分析，即承包商将导弹防御计划预算作为"个人提款机"[140]。但是克拉克认为战略防御计划也许曾有助于"拖垮苏联经济"[141]，而富兰克林认为它是故意为之，"也许它在技术上是无稽之谈——但在政治上是杰出的。虽然它骗不了像罗尔德·加列耶夫这样的科学家，但是它吓坏了某些有更多勋章而不是更有脑子的苏联人"[142]。

许多人认为，苏联试图赶上战略防御计划的开支，是导致其解体的一个主要原因[143]，尽管其他人，包括米哈伊尔·戈尔巴乔夫和弗朗西斯·菲茨杰拉德对此有不同意见。[144] 早在"星球大战计划"演讲之前，1982年里根政府授权对苏联发动经济战，包括利用故意卖给他们的软件炸毁了一条主要的天然气管道。[145] 但是这真的是计划的重要部分吗？动画视频是真实的"星球大战计划"最重要的部分吗？它的主要目的是作为一种心理武器还是一种经济武器呢？

这在科幻小说中是有先例的，至少其中一些是委员会所熟悉的。在威尔·艾斯纳的小说《原子弹》（1940 年）中，美国的敌人试图以"原子弹"（当时还不存在的）作为威胁，让美国不要卷入二战。[146]《星际迷航》系列剧中，由杰里·索尔编剧的《卡博米特的策略》（1966 年）中，企业号通过虚张声势，赢得了与一艘更大的星际飞船的战斗，克拉克宣称自己的飞船外壳是由一种特殊材料制成的，能将所有的能量武器反弹回去。[147] 在 1970 年的电影《迈克尔·里默的崛起》中，一个英国首相自夸说英国现在有了高新技术防御体系，雇用了模型制作者制作特效镜头作为威慑，这部分的国防预算后来被用于生物武器研究。[148] 拉里·尼文的作品集《收敛级数》（1979 年）包含了同一个主题的两个故事：在《权力交接》中，位于世界边缘的一座城堡被龙或者也许只是光形成的幻影保护着。在《旋转圆筒和全球因果关系违反的可能性》中，一个星际帝国在战争中故意泄露了一个庞大的时间机器计划，希望他们的敌人会在研究项目的过程中崩溃。[149]

富兰克林、菲茨杰拉德、舍尔认为"星球大战计划"的目的主要不是为了吓唬苏联或其他对手，而是安抚美国选民们。富兰克林将其形容为"安全的幻想……它唤起了孤立主义对'美国堡垒'的渴望。这是一种隐喻，用来形容原子弹在只有美国拥有它的时期的神奇威力，以及人造卫星出现之前氢弹的魔幻般威力"[150]。菲茨杰拉德引用 G. 西蒙·哈拉克对"星球大战计划"演讲稿的分析，认为里根正要求科学家"让美国恢复到它易遭受核毁灭之前的时代，即原子弹诞生之前的时代"[151]。舍尔也同意这个观点，他引用里根的话说："这不是让时光倒流。也许在某种意义上是这样，那么你不得不回到 50 年代。"[152] 基沃思对这一说法有共鸣，认为如果战略防御计划实现了，"我们真的会倒退20年"[153]。

因此，除了"迷人的硬件和华丽的爆炸"，或是克拉克标记为"电子色情"[154]之外，战略防御计划和《星球大战》也许有更多共同之处。卢卡斯的《星球大战》概要草稿之一设置在23世纪[155]，早期电影海报显示它最初设定在3000年，但是克拉默检查了《星球大战》发行前的市场调研，写道：

> 研究者发现，当被要求给出他们对电影片名的反应、对电影的简短描述的评价时，那些潜在的电影爱好者（25岁以下的男性除外）表示他们没有兴趣看它，因为它和科幻小说类型、战斗和技术、外星人和机器人相关联，因此将缺少人类维度。克服老年人和女性观众的阻力，从这些测试研究出来的广告宣传强调电影的史诗性，它与经典神话遥相呼应，强调人性的中心位置。广告将《星球大战》描绘为一个科幻童话故事，因此宣传词是："很久以前，在一个遥远的星系里……"[156]

如果里根的意图是利用《星球大战》电影中常见的科幻比喻，来构建一种被杰克逊和纳克森称为"可接受的叙述"[157]，从而让他的听众（以及他自己）放心，这真的有用吗？《华盛顿邮报》的军事记者布拉德利·格拉汉姆指出："相当多的美国人认为我们已经拥有了导弹防御系统。你会得到这样的答案，'我们已经在电影里见过了'，你告诉他们'那不是真的'，他们会说：'一定是真的，这是秘密。他们还不打算告诉我们。'"[158]1996

年格拉汉姆在一篇文章中指出："除了当人们得知没有这样的防御时所表现的惊讶之外，几乎没有证据表明这个问题在选民中流行起来。"[159]1999年菲茨杰拉德补充说："好多年都没人讨论反导项目了，许多主流报纸的忠实读者不知道反导项目仍然存在。"[160]

当然并非所有人都对里根、纽特·金里奇以及其他相信"星球大战"导弹防御系统的人的努力印象深刻——甚至在里根所在的共和党内。1986年里根会晤戈尔巴乔夫期间，里根的顾问理查德·玻尔属于新保守派人士，曾批评战略防御计划是"数百万青少年把25美分硬币放进录像机里的产物"[161]，他利用戈尔巴乔夫提出的战略防御计划测试仅限于实验室的条件，劝阻里根不要签署一项条约，即里根曾提议将在1996年前销毁美国和苏联的所有核武器的条约。[162]1989年里根的继任者乔治·H.W.布什选择了对战略防御计划直言不讳的批评者做他的顾问，他的第一个国防部长提名人对参议院说："我不相信我们能设计出一种保护伞，可以保护全体美国人民不受核爆的伤害。"[163]他的竞选伙伴、副总统丹·奎尔以"政治术语"[164]形容里根"无法穿透的防御屏障将是完全防漏的"。2003年《新科学家》杂志的一篇文章指出即便是已经建立起来的有限的陆基弹道导弹防御系统（爱国者导弹系统），也没有被证实击落过导弹，但是盟军飞机上的三个，却导致加拿大、英国和美国的伤亡。[165]2001年"9·11"事件调查委员会甚至认为布什第二任期时政府没能采取更多的措施来先发制人，原因之一是国防部长拉姆斯菲尔德专注于"其他优先事项，比如导弹防御系统"[166]。

乔治·卢卡斯无意中给这个计划起了名字，为了表达不满，他在《星球大战》前传三部曲中用里根和纽特·金里奇的名字命名反派人物纽特·冈雷——一个"残酷的、肆无忌惮的、懦弱的贸易联盟执行官……愿意为了追求商业利益和权力而做出任何暴行"[167]。

里根也许真的相信他的"星球大战计划"不是一种武器或"死亡射线",而是纯粹的防御系统,它将为美国及其盟友提供一个"无法穿透的防御屏障"(正如一战后德波尼所希望的那样,电波会驱散毒气),从而将世界从核战争中拯救出来。据戈尔巴乔夫说,里根曾说"也许上辈子我是防护盾的发明者"[168]。有意或无意地,他很可能把自己塑造成另一个科幻漫画中的爱国人物——美国队长,挥舞着打不透的盾牌,将美国从核攻击中拯救出来。

注解:我无法证明里根总统曾读过漫画,1944年确实出版过一期《美国队长》,美国队长持一把手枪而不是盾牌,1979年上映的《美国队长》电视电影,是第一次在银幕上呈现扔盾牌的美国队长——片中罗尼·考克斯出演美国总统,他曾是一个漫画迷和自由哨兵组织的成员——这部电影直到1990年才发行,1992年在美国直接制成录像带,没有在影院上映。[169]

20世纪80年代末里根出现在《美国队长》第344期漫画中,但是1988年8月他被描写成已经被毒死了,变成了有毒牙的爬行动物,试图在椭圆形办公室用美国国旗殴打史蒂夫·罗杰斯,直到他的鳞片皮肤脱落。[170]但是和1974年《美国队长与猎鹰》第176期中美国队长突袭尼克松的白宫相比,这似乎相对温和些。

注释

1. Quoted in Rhodes, Richard. *Arsenals of Folly: The Making of the Nuclear Arms Race* (London: Simon & Schuster UK, 2007), p. 207.
2. Quoted in Broad, William J. *Star Warriors—The Weaponry of Space: Reagan's Young Scientists* (New York: Simon & Schuster, 1985), pp. 109–110.
3. Powers, Thomas. *Intelligence Wars: American Secret History from Hitler to Al-Qaeda* (New York: New York Review Books, 2002), pp. 332–334.
4. Benford, Greg. "Old Legends." In *New Legends*. Ed. Greg Bear (Sydney: Random House, 1995), p. 303; Clarke, Arthur C. *Greetings, Carbon-Based Bipeds! A vision of the 20th Century as it Happened* (London: Voyager, 1999), p. 425.
5. Bova, Ben. *Assured Survival: Putting the Star Wars Defense in Perspective* (Boston: Houghton Mifflin, 1984), p. 186.
6. Macksey, Kenneth. *Technology in War: The Impact of Science on Weapon Development and Modern Battle* (London: Arms and Armour Press, 1986), p. 120.
7. Serviss, Garrett P. *Edison's Conquest of Mars*. 1898 (Los Angeles: Carcosa House, 1947). http://www.gutenberg.org/files/21670/21670-h/21670-h.htm#CHAPTER_TWO.
8. Fanning, William J. "The Historical Death Ray and Science Fiction in the 1920s and 1930s." *Science Fiction Studies* 111, No. 37, Part 2 (July 2010): p. 258; Prucher, Jeff. *Brave New Words: The Oxford Dictionary of Science Fiction* (Oxford: Oxford University Press, 2007).
9. Fanning, William J. "The Historical Death Ray and Science Fiction in the 1920s and 1930s." *Science Fiction Studies* 111, No. 37, Part 2 (July 2010): p. 254.
10. *Ibid.*, pp. 254–255.
11. *Ibid.*, p. 255.
12. *Ibid.*
13. *Ibid.*, p. 256.
14. *Ibid.*, pp. 257–260.
15. "TESLA, AT 78, BARES NEW 'DEATH BEAM.'" *New York Times*, 11 July 1934, p. 18.
16. Fanning, William J. "The Historical Death Ray and Science Fiction in the 1920s and 1930s." *Science Fiction Studies* 111, No. 37, Part 2 (July 2010): p. 257.
17. Macksey, Kenneth. *Technology in War: The Impact of Science on Weapon Development and Modern Battle* (London: Arms and Armour Press, 1986), p. 120.
18. Herken, Gregg. *Brotherhood of the Bomb: The Tangled Lives and Loyalties of Robert Oppenheimer, Ernest Lawrence, and Edward Teller* (New York: Henry Holt, 2002), p.76.
19. Fanning, William J. "The Historical Death Ray and Science Fiction in the 1920s and 1930s." *Science Fiction Studies* 111, No. 37, Part 2 (July 2010): p. 257.
20. Berkowitz, Bruce. *The New Face of War* (New York: Simon & Schuster, 2003), p. 25.

21. Fanning, William J. "The Historical Death Ray and Science Fiction in the 1920s and 1930s." *Science Fiction Studies* 111, No. 37, Part 2 (July 2010): pp. 257–258.
22. *Murder in the Air*. Screenplay by Raymond L. Schrock. Dir. Lewis Seiler. Cast: Ronald Reagan. Warner Bros. Pictures, 1940.
23. Herken, Gregg. *Brotherhood of the Bomb: The Tangled Lives and Loyalties of Robert Oppenheimer, Ernest Lawrence, and Edward Teller* (New York: Henry Holt, 2002), p. 344.
24. "Missile Wars" *Frontline*. Written and produced by Sherry Jones, Public Broadcasting Service, 2002.
25. Fanning, William J. "The Historical Death Ray and Science Fiction in the 1920s and 1930s." *Science Fiction Studies* 111, No. 37, Part 2 (July 2010): p. 258.
26. Franklin, H. Bruce. *War Stars: The Superweapon and the American Imagination* (Oxford: Oxford University Press, 1988), p. 157.
27. *Ibid*.
28. Heinlein, Robert A. "The Last Days of the United States." 1947. *Expanded Universe* (New York: Ace Science Fiction Books, 1983), p. 155.
29. *Ibid.*, pp. 155–156.
30. Bova, Ben. *Assured Survival: Putting the Star Wars Defense in Perspective* (Boston: Houghton Mifflin, 1984), p. 31.
31. *Ibid*.
32. *Ibid*.
33. Quoted in Lee, Stan. *Tales of Suspense* #66 (New York: Marvel, 1965).
34. *Ibid*.
35. Bova, Ben. *Assured Survival: Putting the Star Wars Defense in Perspective* (Boston: Houghton Mifflin, 1984), pp. 34–35.
36. Bova, Ben. *Millennium*. 1977 (Glasgow: Orbit, 1978).
37. Rhodes, Richard. *Arsenals of Folly: The Making of the Nuclear Arms Race* (London: Simon & Schuster UK, 2007), p. 207.
38. Bova, Ben. *Assured Survival: Putting the Star Wars Defense in Perspective* (Boston: Houghton Mifflin, 1984), p. 149.
39. Kegley, Charles W. Jr., and Wittkopf, Eugene R., eds. *The Nuclear Reader: Strategy, Weapons, War* (New York: St. Martin's Press, 1985), p. 215.
40. Seed, David. *American Science Fiction and the Cold War* (Edinburgh: Edinburgh University Press, 1999), pp. 189–190.
41. *Ibid.*, p. 96.
42. Sohl, Jerry. *Point Ultimate* (New York: Rineheart, 1955), p. 8.
43. Scheer, Robert. *With Enough Shovels: Reagan, Bush, and Nuclear War* (New York: Random House, 1982).
44. American Studies Web Resources. 5 November 2009. http://www.colorado.edu/AmStudies/lewis/2010/nuclear.htm.

45. Bova, Ben. *Millennium*. 1977 (Glasgow: Orbit, 1978).
46. Bova, Ben. *Colony*. 1978 (New York: Eos, 1999).
47. Robinson, Spider. *Lady Slings the Booze* (New York: Baen Books, 2002).
48. Clarke, Arthur C. "Loophole." 1946. *The Collected Stories* (London: Gollancz, 2003), pp. 29–34; Wylie, Phillip. *The Smuggled Atom Bomb* (New York: Avon, 1956); Collins, Larry, and Dominique LaPierre. *The Fifth Horseman* (New York: Avon, 1980); Turtledove, Harry. *Worldwar: Upsetting the Balance* (New York: Ballantine Del Rey, 1996).
49. Herken, Gregg. *Brotherhood of the Bomb: The Tangled Lives and Loyalties of Robert Oppenheimer, Ernest Lawrence, and Edward Teller* (New York: Henry Holt, 2002), p. 204.
50. Clarke, Arthur C. *Greetings, Carbon-Based Bipeds! A Vision of the 20th Century as it Happened* (London: Voyager, 1999), p. 425.
51. Jenkins, Garry. *Empire Building: The Remarkable Real Life Story of Star Wars* (New York: Simon & Schuster, 1998), p. 153.
52. *Ibid.*, p. 188.
53. *Damnation Alley*. Screenplay by Lukas Heller and Alan Sharp. Dir. Jack Smight. Cast: Jan- Michael Vincent, George Peppard, Paul Winfield, Dominique Sanda, Jackie Earl Haley. 20th Century–Fox, 1977.
54. "Damnation Alley (Film)." *World Public Library*. http://netlibrary.net/articles/Damnation_Alley_%28film%29.
55. King, Stephen. *Danse Macabre* (London: Macdonald Futura, 1981), p. 151.
56. *Alien*. Written by Dan O'Bannon and Ronald Shusett. Dir. Ridley Scott. Cast: Sigourney Weaver, Ian Holm, John Hurt. Twentieth Century–Fox, 1979; *Battlestar Galactica*. Created by Glen A. Larson. American Broadcasting Company (ABC) 1978–1979; *Invasion of the Body Snatchers*. Screenplay by W. D. Richter, from the novel by Jack Finney. Dir. Philip Kaufman. Cast: Donald Sutherland, Brooke Adams, Jeff Goldblum, Leonard Nimoy. United Artists, 1978; *Buck Rogers in the 25th Century*. Screenplay by Glen A. Larson and Leslie Stevens. Dir. Daniel Haller. Universal Pictures, 1979.
57. *Battle Beyond the Stars*. Written by John Sayles and Ann Dyer. Dir. Jimmy T. Murakami. Exec. Prod. Roger Corman. Cast: Richard Thomas, Robert Vaughan, Sam Jaffe, Sybil Danning. New World Pictures, 1980.
58. *Starship Invasions*. Written and directed by Ed Hunt. Cast: Robert Vaughn, Christopher Lee. Warner Brothers Pictures, 1977; *Laserblast*. Screenplay by Frank Ray Perilli and Fran Schacht. Dir. Michael Rae. Selected Pictures, 1978; *Superman: The Movie*. Screenplay by Mario Puzo, David Newman, Leslie Newman and Robert Benton. Superman created by Jerry Siegel and Joe Schuster. Dir. Richard Donner. Warner Bros, 1978; *Superman II*. Screenplay by Mario Puzo, David Newman, Leslie Newman and Robert Benton. Superman created by Jerry Siegel and Joe Schuster. Dirs. Richard Lester, Richard Donner. Warner Bros, 1980; S*tar Trek: The Motion Picture*. Written by Alan Dean Foster, Harold Livingstone, Gene Roddenberry. Dir. Robert Wise. Paramount Pictures, 1979.

59. Taylor, Chris. *How Star Wars Conquered the Universe* (London: Head of Zeus Ltd, 2014), p. 50.
60. *Ibid.*, p. 51.
61. *Ibid.*, p. 88.
62. *Ibid.*, p. ix.
63. *Ibid.*, p. 79.
64. *Ibid.*, p. 88.
65. Lucas, George. "The Wizard of *Star Wars*." Interview by Paul Scanlon, *Rolling Stone*, 25 August 1977. http://www.Rollingstone.com/movies/news/the-wizard-of-starwars-20120504?page=6.
66. *Ibid.*
67. Taylor, Chris. *How Star Wars Conquered the Universe* (London: Head of Zeus Ltd, 2014), p. 236.
68. http://www.nasa.gov/mission_pages/shuttle/shuttlemissions/index.html.
69. Raymond, Eric S. "A Political History of SF." 9 February 2007. 8 July 2007. http://www.catb.org/~esr/writings/sf-history.html.
70. Cannon, Lou. *President Reagan: The Role of a Lifetime* (New York: Simon & Schuster, 1991), p. 60.
71. *WarGames*. Screenplay by Lawrence Lasker and Walter F. Parkes. Dir. John Badham. Cast: Matthew Broderick, Ally Sheedy, John Wood. MGM 1983.
72. Novak, Matt. "The Computer Simulation That Almost Started World War III." *Gizmodo Australia*,18 February 2015. http://www.gizmodo.com.au/2015/02/the-computersimulation-that-almost-started-world-war-iii/.
73. Gannon, Charles E. *Rumors of War and Infernal Machines: Technomilitary Agenda-Setting in American and British Speculative Fiction* (Liverpool: Liverpool University Press, 2003), p. 135.
74. Cannon, Lou. *President Reagan: The Role of a Lifetime* (New York: Simon & Schuster, 1991), p. 60.
75. *Ibid.*, p. 127.
76. Gray, Chris Hables. ""There Will Be War!": Future War Fantasies and Militaristic Science Fiction in the 1980s." *Science Fiction Studies* 64, November 1994. 1 March 2004. http://www.depauw.edu/sfs/backissues/64/gray.htm.
77. Spinrad, Norman. "Too High the Moon." *Le Monde diplomatique*, July 1999. 27 February 2004. http://mondediplo.com/1999/07/14star.
78. *Inside the Making of "Dr. Strangelove."* Screenplay by Lee Pfeiffer. Dir. David Naylor. Columbia Pictures, 2000.
79. FitzGerald, Frances. *Way Out There in the Blue: Reagan, Star Wars and the End of the Cold War* (New York: Simon & Schuster, 2000), p. 23.
80. "Star Wars Dreams." *BBC Four Storyville*. Written and directed by Leslie Woodhead. BBC, 2003.
81. Clarke, Arthur C. *Greetings, Carbon-Based Bipeds! A Vision of the 20th Century as it Happened* (London: Voyager, 1999), p. 98.
82. Reagan Library Website. http://www.reagan.utexas.edu/speeches.htm.
83. Broad, William J. *Star Warriors—The Weaponry of Space: Reagan's Young Scientists* (New York:

Simon & Schuster, 1985), p. 114.
84. Reiss, Edward. *The Strategic Defense Initiative* (Wiltshire, UK: Cambridge University Press, 1992), p. 42.
85. "Star Wars Dreams." *BBC Four Storyville*. Written and directed by Leslie Woodhead. BBC, 2003.
86. Kramer, Peter. "Star Wars." 2000. In *The Movies as History: Visions of the Twentieth Century*. Ed. David Ellwood (Gloucestershire: Sutton, 2000), p. 5.
87. *Ibid.*
88. Rucker, Rudy. "PAC-Man." *The 57th Franz Kafka* (New York: Ace Books, 1983), p. 243.
89. Titelman, *The Art of Star Wars* (New York: Ballantine Books, 1979).
90. Broad, William J. *Star Warriors—The Weaponry of Space: Reagan's Young Scientists* (New York: Simon & Schuster, 1985), p. 121.
91. Hagelstein, Peter, quoted in Broad, William J. *Star Warriors—The Weaponry of Space: Reagan's Young Scientists* (New York: Simon & Schuster, 1985), pp. 109–110.
92. *Ibid.*, p. 106.
93. Rhodes, Richard. *Arsenals of Folly: The Making of the Nuclear Arms Race* (London: Simon & Schuster UK, 2007), pp. 261–266.
94. Aspin, Les. Department of Defense News Briefing, Thursday May 13, 1993.
95. Isaacs, John. "Star Wars: Play it again, Bob." *The Bulletin of Atomic Scientists*, May/June 1996.
96. Crowley, Michael. "Son of Star Wars." *Boston Phoenix*, December 7, 1998, 22 October 2009. http://weeklywire.com/ww/12–07–98/boston_feature_1.html.
97. Lipton, Eric. "Insiders Projects Drained Missile-Defense Millions." *New York Times*, 11 October 2008. 18 September 2009. http://www.nytimes.com/2008/10/12/washington/12missile. html?_r=2&oref=slogin&oref=slogin.
98. *Ibid.*
99. Pournelle, Jerry, and Larry Niven. Interview with Geoffrey Landis. 15 February 2004. http://home.earthlink.net/~geoffreylandis/NPinterview.html.
100. Niven, Larry. "Known Space" FAQ. 2 March 2004. http://www.larryniven.org/reviews/h_summaries.htm.
101. Pournelle, Jerry, and Larry Niven. Interview with Geoffrey Landis. 15 February 2004. http:// home.earthlink.net/~geoffreylandis/NPinterview.html.
102. Gannon, Charles E. *Rumors of War And Infernal Machines: Technomilitary Agenda- Setting In American And British Speculative Fiction* (Liverpool: Liverpool University Press, 2003), p. 202.
103. Benford, Greg. "Old Legends." In *New Legends*. Ed. Greg Bear (Sydney: Random House, 1995), pp. 301–302.
104. Clarke, Arthur C. *Astounding Days* (London: Victor Gollancz, 1989), p. 162.
105. Marx, Gyogy. "The Martians' vision of the future." 23rd Symposium of the International Committee for the History of Technology, Budapest, 8–9 August 1996. 5 February 2004. http://www.neumann-haz.hu/muvek/tudtor/tudos1/martians.stm.
106. Broad, William J. *Star Warriors—The Weaponry of Space: Reagan's Young Scientists* (New York:

Simon & Schuster, 1985), p. 104.
107. Benford, Greg. "Old Legends." In *New Legends*. Ed. Greg Bear (Sydney: Random House, 1995), pp. 304–305.
108. Spinrad, Norman. "Too High the Moon." *Le Monde diplomatique*, July 1999. 27 February 2004. http:// mondediplo.com/1999/07/14star.
109. Seed, David. *American Science Fiction and the Cold War* (Edinburgh: Edinburgh University Press, 1999), p. 190.
110. Benford, Greg. "Old Legends." In *New Legends*. Ed. Greg Bear (Sydney: Random House, 1995), pp. 303–304.
111. Heinlein, Robert A. "The Last Days of the United States." 1947. *Expanded Universe*.1980 (New York: Ace Science Fiction Books, 1983), p. 155.
112. Clarke, Arthur C. *Greetings, Carbon-Based Bipeds! A Vision of the 20th Century as it Happened* (London: Voyager, 1999), p. 424.
113. Sawyer, Robert. "Author has Harsh Words for Star Wars Plan." *Toronto Star*, 18 August 1985. 2 September 2004. http://www.sfwriter.com/asimov2. htm.
114. *Ibid.*
115. *Ibid.*
116. *Ibid.*
117. Spinrad, Norman. "Too High the Moon." *Le Monde diplomatique*, July 1999. 27 February 2004. http://mondediplo.com/1999/07/14star.
118. Clarke, Arthur C. *Greetings, Carbon-Based Bipeds! A Vision of the 20th Century as it Happened* (London: Voyager, 1999), p. 527.
119. Bova, Ben. *Assured Survival: Putting the Star Wars Defense in Perspective* (Boston: Houghton Mifflin, 1984), p. 142.
120. Reiss, Edward. *The Strategic Defense Initiative* (Wiltshire, UK: Cambridge University Press, 1992), p. 42.
121. Reagan, Ronald. Interview in *News-week,* March 18, 1985.
122. Hernandez, Raymond. "Questions Arise About Resume of Challenger to Clinton." *New York Times*, March 23, 2006. http://www.nytimes.com/2006/03/23/nyregion/23kt.html?pagewanted=print&_r= 0.
123. Pournelle, Jerry, and Larry Niven. Interview with Geoffrey Landis. 15 February 2004. http:// home.earthlink.net/~geoffreylandis/NPinterview.html.
124. Pournelle, Jerry. "Le Monde, SDI, Space, and The Council." CHAOS MANOR debates. April 19, 2000. 2 March 2004. http://www.jerrypournelle.com/debates/nasa-sdi.html.
125. Spinrad, Norman. "Too High the Moon." *Le Monde diplomatique*, July 1999. 27 February 2004. http:// mondediplo.com/1999/07/14star.
126. Pournelle, Jerry. "Le Monde, SDI, Space, and The Council." CHAOS MANOR debates. April 19, 2000. 2 March 2004. http://www.jerrypournelle.com/debates/nasa-sdi.html.
127. *Ibid.*
128. *Ibid.*

129. Bova, Ben. *Assured Survival: Putting Star Wars Defense in Perspective* (Boston: Houghton Mifflin, 1984), p. 321.
130. *Ibid.*, p. 280.
131. *RoboCop.* Screenplay by Edward Neumeier and Michael Miner. Dir. Paul Verhoeven. Orion, 1987.
132. Brin, David. *The Postman* (Reading: Bantam, 1987).
133. Heinlein, Robert A. "The Last Days of the United States." 1947. *Expanded Universe.*1980 (New York: Ace Science Fiction Books,1983), pp. 155–156.
134. Clarke, Arthur C. *Greetings, Carbon-Based Bipeds! A Vision of the 20th Century as it Happened* (London: Voyager, 1999), p. 423.
135. *Ibid.*, p. 424.
136. Franklin, H. Bruce. *War Stars: The Superweapon and the American Imagination* (Oxford: Oxford University Press, 1988), p. 157.
137. *Ibid.*
138. Spinrad, Norman. "Too High the Moon." *Le Monde diplomatique*, July 1999. 27 February 2004. http:// mondediplo.com/1999/07/14star.
139. Seed, David. *American Science Fiction and the Cold War* (Edinburgh: Edinburgh University Press, 1999), p. 190.
140. Lipton, Eric. "Insiders Projects Drained Missile-Defense Millions." *New York Times*, 11 October 2008. http://www.nytimes.com/2008/10/12/washington/12missile.html?_r=2&oref=slogin&oref=slogin.
141. Clarke, Arthur C. *Greetings, Carbon-Based Bipeds! A Vision of the 20th Century as it Happened* (London: Voyager, 1999), p. 425.
142. *Ibid.*
143. Powers, Thomas. *Intelligence Wars: American Secret History from Hitler to Al-Qaeda.* (New York: New York Review Books, 2002), p. 332–334; Benford, Greg. "Old Legends." In *New Legends.* Ed. Greg Bear (Sydney: Random House, 1995), p. 305.
144. Powers, Thomas. *Intelligence Wars: American Secret History from Hitler to Al-Qaeda* (New York: New York Review Books, 2002), p. 333–334; FitzGerald, Frances. *Way Out There in the Blue: Reagan, Star Wars and the End of the Cold War* (New York: Simon & Schuster, 2000), p. 560.
145. Hoffman, David. "Cold War hotted up when sabotaged Soviet pipeline went off with a bang." *Sydney Morning Herald*, 28 February 2004. 18 September 2009. http://www.smh.au/articles/2004/02/27/1077676970856.html?from=storyrhs.
146. Wright, Bradford W. *Comic Book Nation: The Transformation of Youth Culture in America* (Baltimore: Johns Hopkins University Press, 2001), p. 293.
147. "The Corbomite Maneuver." *Star Trek.* Script by Jerry Sohl. Dir. Joseph Sargent. NBC, 1965.
148. *The Rise and Rise of Michael Rimmer.* Screenplay by Peter Cook, John Cleese, Graham Chapman and Kevin Billington. Dir. Kevin Billington. Cast: Peter Cook, Denholm Elliott, Harold Pinter, John Cleese. Warner Brothers, 1970.
149. Niven, Larry. *Convergent Series* (New York: Ballantine, 1979).

150. Franklin, H. Bruce. *War Stars: The Superweapon and the American Imagination* (Oxford: Oxford University Press, 1988), p. 202.
151. FitzGerald, Frances. *Way Out There in the Blue: Reagan, Star Wars and the End of the Cold War* (New York: Simon & Schuster, 2000), p. 24.
152. Scheer, Robert. *With Enough Shovels: Reagan, Bush, and Nuclear War* (New York: Random House, 1982), p. 260.
153. Keyworth, George A. "The Case for Strategic Defense: An Option for a World Disarmed," 1984, in Haley, P. Edward and Jack Merritt, *Strategic Defense Initiative: Folly or Future?* (Boulder, CO: Westview Press, 1986).
154. Clarke, Arthur C. *Greetings, Carbon-Based Bipeds! A Vision of the 20th Century as it Happened* (London: Voyager, 1999), p. 423.
155. Taylor, Chris. *How Star Wars Conquered the Universe* (London: Head of Zeus Ltd, 2014), p. 104.
156. Kramer, Peter. "Star Wars." 2000. In *The Movies as History: Visions of the Twentieth Century*. Ed. David Ellwood (Gloucestershire: Sutton, 2000), p. 5.
157. Jackson, Patrick Thaddeus, and Daniel H. Nexon. "Representation is Futile?: American Anti-Collectivism and the Borg." In *To Seek Out New Worlds: Exploring Links Between Science Fiction and World Politics*. Ed. Jutta Weldes (New York: Palgrave Macmillan, 2003), p. 144.
158. "Star Wars Dreams." *BBC Four Storyville*. Written and directed by Leslie Woodhead. BBC, 2003.
159. Graham, Bradley. "Missile Defense Failing to Launch as Voting Issue." *Washington Post*, July 28, 1996. A06.
160. FitzGerald, Frances. *Way Out There in the Blue: Reagan, Star Wars and the End of the Cold War* (New York: Simon & Schuster, 2000), p. 499.
161. Quoted in Rhodes, Richard. *Arsenals of Folly: The Making of the Nuclear Arms Race* (London: Simon & Schuster UK, 2007), p. 230.
162. *Ibid.*, pp. 261–263.
163. FitzGerald, Frances. *Way Out There in the Blue: Reagan, Star Wars and the End of the Cold War* (New York: Simon & Schuster, 2000), p. 480.
164. *Ibid.*, p. 562.
165. Marks, Paul, and Ian Sample. "Recognizing Friend from Foe." *New Scientist* 2389: 5 April 2003.
166. "THREATS AND RESPONSES; Excerpts from Testimony by Clinton and Bush Officials to the Sept. 11 Commission." *New York Times* March 24, 2004, Late Edition Final. A14.
167. "StarWars.com Databank." 2 March 2004. http://www.starwars.com/vault/databank/.
168. Rhodes, Richard. *Arsenals of Folly: The Making of the Nuclear Arms Race* (London: Simon & Schuster UK, 2007), p. 211.
169. http://originalvidjunkie.blogspot.com.au/2011/07/never-got-made-files-66-cannonsCandelaria.html?zx=f417fbd91e2a9fc.
170. Gruenwald, Matt. *Captain America* #344 (New York: Marvel, 1988).

第八章

安德的游戏：杀戮机器

即使是美国国会最胖、最愚蠢的政客也认识到，在面对美国真正面临的各种问题时，《星球大战之子》是毫无用处的。

——尼克·弗里，《终极战队》[1]

幸运的是，现在有一种比枪优越得多的替代品。战争类电子游戏更有趣些，对环境没有什么比这更苛刻的了。

——亚瑟·克拉克[2]

你可以毫不犹豫地杀死他们，因为他们本就不是活的，他们一出来就无情地要抓住你。如果你炸掉机器，没人会在乎。

——奥森·斯科特·卡德[3]

《星球大战》对美军的影响并不局限于制造导弹防御系统的失败尝试。莎伦·温伯格形容在美国国防高级研究计划局的科技座谈会和年度会议（2002年转移到迪士尼乐园）上"穿插着《星球大战》的主题曲"[4]。乔恩·荣森认为美国陆军"黑色行动"实验是为了制造"通灵的士兵",他们自称为"超级战士"和"绝地武士"[5],它从1978年运行到1995年,试图复制出欧比旺·克诺比的隐身能力,以及心灵监视、心灵治疗、穿墙能力。国防高级研究计划局项目包括"卢克的双筒望远镜",它是一个基于《星球大战》中看到的传感器原型[6],一台被称为"绝地武士"的掌上电脑[7],一架直升机/固定翼混合动力飞机的原型机,命名为"X翼"(西科斯基公司的S-72)[8]。西摩·赫尔施引用一位五角大楼工作人员的话说,2002年他把美国企业研究所比作"达斯·维达的母舰",暗指《星球大战》和《第三类接触》,那是在这两部电影上映将近25年之后。[9]美国空军飞行员投票决定将F-16命名为"蝰蛇",它是20世纪70年代电视剧《星球大战》克隆《太空堡垒卡拉狄加》中的一款战斗机。[10]《星球大战》系列电影掀起了一股大制作科幻片潮流,推动了特效工业的发展(包括电脑绘图的使用),在射击类电子游戏的流行中也发挥了重要作用,所有这些都被证明对美军极为有用。

《太空大战》是第一款大规模生产的电脑游戏,也是第一款射击游戏,在这个游戏中,一艘楔形飞船和一艘针状宇宙飞船在重力井中互相发射导弹。它是由麻省理工学院的学生史蒂芬·拉塞尔、马丁·格雷茨、韦恩·维特尼开发的,灵感来自E.E.史密斯的小说《透镜人》中太空歌剧院里的战斗,资金赞助来自五角大楼。[11]它很快就在"任何一台拥有可编程的阴极射线管的研究电脑上"玩起来了。[12]

1971年一款升级版的《太空大战》——《银河游戏》成为第一款商业化的电子游戏。1972年修改为单人玩的街机版本《电脑太空》,出现在酒吧里(短暂地出现在电影《超世纪谍杀案》

中）[13]。同样在1972年，一款《星际迷航》的电脑游戏出现了，布鲁斯·富兰克林在《越南和其他美国幻想》中，认为这款游戏孕育出一个完整的品种，不久将占据每所大学的主机，然后扩散到全美国的家庭和办公室的个人电脑。这款游戏名为《星际迷航》或《迷航》，它让数百万美国人（大部分是年轻人）能够指挥企业号，并发动惊心动魄的电子战，对抗邪恶的克林贡帝国源源不断的巡洋舰。[14] 当我上大学时，《星际迷航》已经扩展到我所在大学的主机上（尽管它会定期被删除，因为玩这款游戏的人占用太多时间），我记得的版本不是"没完没了"的：如果没有被摧毁，你就会因为太过于嗜血，欺负毫无防备的克林贡人而被解除指挥权（在我的记忆所及的范围内）。

1977年《太空大战》再次演变成商业上最成功的版本——《太空之战》，针形飞船变成了一艘企业号形状的星际飞船。1977年也是《星球大战》首映的一年，在对死星的攻击简报中使用了电脑动画（电脑动画在故事片中的第三次使用——之前分别是科幻电影《西部世界》及其续集《未来世界》），描绘故事角色在玩一款全息电脑游戏，并使用电脑瞄准器，它将被安装在电影院大厅的街机游戏所模仿。

同样在1977年，奥森·斯科特·卡德的第一个科幻故事出版了——一部名为《安德的游戏》的中篇小说。它和《星河战队》一样，让人类士兵对抗像昆虫一样的蜂巢文化——尽管在卡德的中篇小说里，"士兵们"正在远程遥控攻击舰船，这离"无人机"在美军中发挥重要作用还有许多年。

无论有什么相似之处（2002年卡德否认曾读过海因莱茵的小说，说任何相似之处都是巧合）[15]，差异是显著的。在《安德的游戏》中，负责保卫地球的士兵都是还未到青春期的孩子，他们6岁就被征召入伍进入战斗学校，他们的身体从未出现在战场上，所以没有任何直接的危险。相反，他们认为自己正在进行一场战术模拟训练，对手是赢得了与虫子进行的最后一场战斗的指挥官。直到"模拟训练"结束后，他们才被告知一直是在进行一场真正的战斗，给真正的宇宙飞船船员下达命令，并且他们摧毁的星球也是真实的。11岁男孩安德赢得了这场战争，拯救了地球——通过在不知情的情况下消灭另一个智能物种。

这部中篇小说获得雨果奖提名，并在卡德1985年出版长篇小说之前，在杰里·普内尔的《将会有战争》选集（1983年）中再版。和《永恒的战争》一样，这部小说获得了雨果奖和星云奖，但不是所有人都喜欢它。斯平拉形容它"是某种无罪的军事自慰幻想"[16]，这不禁让人想起他"军事梦遗的描述，比如《星河战队》、佩里·罗丹系列或《星球大战》，里面都是充满正义的天真少女茫然无知地屠杀外星人或机器人模样的没有面孔的炮灰"[17]。这是对卡德的中篇小说《安德的游戏》（1977年）相对准确的总结，除了小说的最后一章：不仅是整个外星种族（除了后来我们知道的一个大茧女王）被消灭了，就像电子游戏里的许多像素一样，读者最容易看到的是，安德的哥哥彼得是个虐待狂，他让安德戴上一个虫子面具，这样他就有理由在"虫子和宇航员"的游戏中痛打安德。[18]然而在小说结尾，安德的正义和无罪至少被削弱了。用斯平拉的话说："当安德在不知情的情况下通过游戏控制台犯下种族灭绝的罪行时，这里有一点道德博弈。当大人们赞美他是救世主和英雄的时候，他却把自己被欺骗做那些事情所造成的后果看作种族灭绝，在令人困惑的最后一章，我们看到轮廓模糊的他为自己的罪行赎罪。"[19] 斯平拉认为"安德没有理由感到内疚"[20]，正如他的上级告诉他的："我们给你定的目标。我们对此负责。如果出了什么问题，那也是我们的责任。"[21] 但是安德认识到他的行为已经导致了种族灭绝，也导致那些遵从他命令的人类飞行员的死亡。尽管他相信（就像霍尔德曼的曼德拉最后做的那样）他是被"哄骗"参加战争的，但是他还是感到羞愧。[22] 对卡德来说，这是"使我们成为成年人的人类属性之一——接受无尽的责任"[23]——就像许多从越南回来的美国士兵（包括非战斗人员）遭受"丢下战友的耻辱"[24] 以及"内疚和折磨的痛苦"[25] 一样。

斯平拉把卡德这本书的成功归因于它吸引"观众对自己的形象幻想"[26] 的方式，"英雄是一个有性心理障碍的青春期男孩，他通过在战争活动和电子游戏上的实力成为人类的救世主"[27]。战争结束后，学校的二把手安德森上校对指挥官说："格拉夫，这对我来说太深奥了。给我游戏吧。好的、简洁的规则，裁判。开始和结束。赢家和输家，然后每个人都可以回家找他们的妻子。"[28]

可以说，这不仅仅是《星球大战》和《安德的游戏》创造出来的战争形象（《安德的游戏》在海军陆战队大学被列为指定读物）[29]，还是在1981—1993年里根和布什执政时期，后越战时代的美军行动如"紧急狂暴"①"正义事业"②"沙漠风暴"③ 中

---

① 1983年10月25—27日，美国对格林纳达发动军事入侵，作战代号为"紧急狂暴"行动（Operation Urgent Fury）。——译注
② 美国入侵巴拿马的军事行动，代号为"正义事业"行动(Operation Just Cause)。巴拿马运河主权移交前十年，即1989年12月，美国为保住在巴拿马运河的既得利益，突袭巴拿马，俘虏了当时巴拿马事实上的最高领导人，解散了巴拿马国防军。——译注
③ "沙漠风暴"行动是海湾战争中美国及其盟友进攻作战行动的代号，发生在1991年1月17日至2月27日期间。以美国为首的盟国部队与伊拉克军队之间进行了一场大规模军事对抗，目标是解放科威特。这场举世瞩目的军事行动只持续了43天，伊拉克军队完败，被迫接受停战协议，科威特获得解放。——译注

媒体所创造出的形象。开始和结束，赢家和输家，一个明确的被妖魔化的敌人（达斯·维达、菲德尔·卡斯特罗、曼纽尔·诺列加、萨达姆·侯赛因），以及一项明确的任务（摧毁死星，将美国人从战火纷飞的格林纳达撤离，抓捕诺列加，巴拿马政权更迭，迫使伊拉克军队撤出科威特），使他们能够在短时间内取得胜利并凯旋。特种部队发挥了作用，"有许多闪闪发光的武器和华丽的爆炸"[30]（纪录片《巴拿马骗局》认为"正义事业"行动主要是为了对美国新式武器系统进行战场测试和宣传、推销，例如 F-117 隐形战斗机，它在那次攻击中第一次使用[31]），但只能看见少量的血或尸体残肢。当 1991 年第一次海湾战争（"沙漠风暴"行动）开始时，媒体报道受到严格监管，包括被纪录片制作者肯·伯恩斯所描述的内容："轰炸机飞行员的遥控摄像机看到的，伊拉克目标就像可怕的电子游戏一样被摧毁……伴随战争特有的新主题音乐、引人注目的新地址、地图和图形，暗示着战争本身也许是电视的全资子公司，而不是反过来。"[32] 娜奥米·克莱恩同样提到"电子游戏式战争的可耻时代""太空入侵者的战场""零伤亡的战争幻象"。她在描述"对具体目标的枯燥的轰炸视角"时问道："谁在这些抽象的多边形中？"[33]

斯平拉对此的回答大概是"没有面孔的炮灰"。（肯尼斯·杰里克拍了一张伊拉克士兵在驾驶室被烧死的照片——这是给伊拉克受害者一张脸的罕见尝试——直到战争结束才能在美国发表。[34]）

在《星球大战Ⅳ：新希望》之前的电影、电视剧和漫画中，将科幻虚拟的对手视为"外星人或机器人模样的没有面孔的炮灰"的想法，常常是出于经济或其他实际的原因（而不是意识形态的）。长期以来，英国广播公司的系列剧《神秘博士》一直利用这个现实情况，使用看似相同的机器人或半机械人，意味着你只需用少量穿戏服的临时演员和一点儿小技巧，就能制造出大规模军队入侵的假象。乔治·卢卡斯在最初的《五百年后》（1971年）中也用了两个戴面具的演员来扮演整个机器人警察部队，当制作《星球大战Ⅳ：新希望》时，他不仅再次使用了暴风兵的服装，而且通过在一些场景里戴上不同的面具，以及在英勇的反抗中不戴面具，使得较少的演员能够扮演多个角色。[35] 同样，漫画家和动画师也发现，画出大量戴面具或头盔的角色要比把所有角色都画得个性化容易多了——尤其是使用电脑软件来复制图像时。

在电子游戏里也是如此，更简单的图像和动画对电脑内存的要求也更低——卡德认为这一事实是"在那些早期游戏里，使用科幻图案的实际原因之一。图像简单而抽象。很难做出任何看起来像物体的东西。《太空入侵者》游戏是一个射击场，但是你能在屏幕上把鸭子画得很可怜。但是，外星人、宇宙飞船、机器人——无论正在下降的'入侵者'可能是什么，因为它们是科幻虚构的，不必看起来像已知宇宙里的任何东西"[36]。《太空入侵者》由西角友宏设计，他之前曾设计过第一款基于战斗机飞行模拟器的电脑游戏《拦截机》（1975年）以及第一款描述人类处于枪战中的电脑游戏《西方枪战》（1975年）。[37]

在西角友宏第一个版本的游戏中，玩家击落了飞机。但是车辆运动似乎有点紧张，导致设计师去解决人类对手。当太东①的董事长看到这个想法时他犹豫了,并禁止使用人类目标。西角友宏有了新的想法。"在日本,我们发现《星球大战》很受欢迎,"他说,"我决定把目标做成外星人,作为一种利用萌芽中的太空热潮的方法。"赫伯特·乔治·威尔斯的小说《世界之战》中像虫子一样的外星人给了西角友宏灵感,他小时候就喜欢这本书,他开始用简单像素模式绘制火星敌人。[38]

自1934年以来,美国军方一直使用飞行模拟器来训练飞行员,20世纪60年代以后,模拟器的电脑化程度越来越高。据布拉托尼说,美国从1980年开始购买和修改商业电子游戏作为训练辅助工具。[39]其中一款游戏是雅达利的《战争地带》,被改编为《布拉德利教练》,用于训练布拉德利战车组——《战争地带》的设计者艾德·罗特伯格讨厌这种安排,他说:"我们许多工程师可以选择为从事军事合同的公司工作,但我们有意选择一家与此无关的公司工作。"[40](也许是巧合,1980年还发布了《B-1核轰炸机》,这是一种飞行模拟器,玩家在1991年轰炸了莫斯科;《电脑冲突》中玩家攻击或保卫苏联城镇;《导弹指令》中玩家使用陆基反弹道导弹系统拦截瞄准六个城市的炸弹。和那个时期的许多游戏一样,在《导弹指令》中唯一可能的"胜利"是通过拖延你所在一方的失败而获得更高的分数——在这种情况下,目标不可避免地会遭到核武器攻击。据说这款游戏的开发者戴夫·瑟尔住

---

① Taito 株式会社是一家日本电视游戏软件以及街机游戏的制作商。Taito 公司于1953年由一个苏联籍的犹太人 Micheal Kogan 创立。在日本汉字中,写作"太东"。这个名字是取"太平洋"和"远东"两个词的一部分组成的,也有"犹太"之意。——译注

在美国空军基地附近，多年来他一直做着关于核攻击的噩梦。[41]）1982年美国陆军的杂志《士兵》宣称"电子游戏在陆军有广阔的前景"[42]。1983年8月罗纳德·里根对此表示赞同，他说："我最近了解到一些关于电子游戏相当有趣的事情。许多年轻人在玩这些游戏的过程中，已经发展出令人难以置信的手、眼、脑协调能力。空军相信，如果这些孩子能驾驶飞机，他们将会成为杰出的飞行员。"[43]

到1997年，电脑图形学发展到较高水平，炮灰不再需要匿名——尽管对人的面部表情令人信服的模拟仍然难以实现。那一年，美国海军陆战队修改了商业性的"第一人称射击"游戏《毁灭战士》，使其成为多人游戏的《海军陆战队毁灭战士》，并提供下载。[44] 紧随其后的是由美军设计的作为招兵工具的电脑游戏，包括"官方军事游戏"《美国陆军》——加拿大乐队"宣传者"的歌《美国陆军》形容它是一个"真实的《安德的游戏》"[45]。它的继承者《未来部队连队指挥官》，则设置在不久的将来2015年。[46] 另一个最近的例子是《漫游者》，它被设计用来训练嗅探犬的操作员，这些嗅探犬可以帮助搜寻简易爆炸装置[47]——这不是那种你想在战场上学习的技能。

电子游戏除了用于训练，它还是一种非常有效的招兵工具，以及治疗创伤后应激障碍的方法[48]，美军还发起了行动：实时连接，使驻扎在海外的士兵能够同家乡的家人和朋友玩在线的X-BOX游戏，例如《血色苍穹》（表现一个巴尔干化的北美地区国民警卫队的空战游戏），以此提高士气。[49] 班格特引用驻扎在巴格达的士兵的话说："有些孩子，他们会出去打一整天的仗，然后回来整夜地玩这些太空时代的电子战争游戏"，"我一半的时间都在玩《光晕Ⅱ》"[50]。

具有讽刺意味的是，国防部不得不出面干预，停止向在伊拉克服役的士兵提供"启动行动"（Operation Start Up）护理包，这是"美国支持你"（America Supports You）项目的一部分，该项目包括一款电子游戏，在这款游戏中，在世界末日战斗的基督教士兵，必须改变或是杀死反基督教的力量。[51]

◆ ◆ ◆

1979年11月9日凌晨，北美防空联合司令部打电话给总统卡特的国家安全顾问兹比格涅夫·布热津斯基，通知他苏联向美国发射了250枚导弹。第二通电话说他们现在追踪到2200枚入境的导弹。布热津斯基后来告诉传记作家安德烈·卢博夫斯基，他没有叫醒他的妻子和卡特总统，认为这要么是一场虚惊，要么为时已晚，只能采取报复行动："我知道，如果这是真的，那么在大约半小时内，我和我爱的人，华盛顿，以及大多数美国人将不复存在。我希望确保我们会有人陪伴。"[52]

飞机紧急升空，以防攻击是真的，但是北美防空联合司令部打来的下一个电话报告称，他们的其他追踪系统都没有探测到导弹，认为这是一个假警报。后来发现是一台模拟核攻击的电脑"接入了北美防空联合司令部的系统"。后来北美防空联合司令部在其基地之外建立了单独的设施，用于运行模拟器，如此不再有让它们联通上探测网络的风险了。[53]1983年9月在电影《战争游戏》上映几个月后（这部电影后来被制作成电脑游戏），苏联也发生过类似的电脑错误。

在《战争游戏》中，一个寻找电脑游戏的年轻黑客没有意识到，他在网上的对手是人工智能，它被安装在战略空军司令部，用来取代那些在察觉到有攻击时拒绝扭动钥匙发射导弹的军官。[54]这部电影取得了巨大的商业和评论上的成功，并反映出公众对美军过度依赖电脑，以及他们根据虚拟数据处理一次毁灭性攻击的能力的不安。由于需要比人类反应或决策过程更快的反应速度，这些虚拟数据没有经过人类操作员的检查。显然，在1984年，这将给另一部冗长的科幻传奇以灵感，当阿诺德·施瓦辛格第一次以终结者身份出现时，它遵从天网的命令，这台美军超级电脑断定人类是对其存在的威胁，利用其拥有的自动化工厂和核武器，企图消灭人类。[55]

关于新物种杀死它的创造者或它的家人的故事并不新鲜，例如伊卡洛斯的故事，它比弗兰肯斯坦还要早几千年。当他使用最早的人力飞行器时，没有遵守他的父亲代达罗斯指示的安全预防措施或是飞行计划。关于军事力量可能被它过度信赖的未经检验的技术削弱或摧毁的想法，在科幻小说中屡见不鲜，一个经典的例子是亚瑟·克拉克的《优越性》（1951年），这部小说大体取材于沃纳·冯·布劳恩和他的军事指挥官沃尔特·多恩伯格将军的故事。[56]在科特·冯内古特获得雨果奖提名的小说《猫的摇篮》（1963年）中，美国海军陆战队的一位将军要求一个核物理学家发明一种小东西，这样海军陆战队不用再在泥泞中跋涉。这位物理学家发明了少量的九重冰，一种可以在45.8℃融化的水的同素异形体，它就像一颗"种子"，能冰冻住它接触到的任何水。在小说的结尾，地球上所有的海洋、河流和地下水都被冰冻了，地球上每个人都难逃厄运。[57]

把战争机器或核武器的控制权交给一台电脑，在科幻小说中也有先例。在《星际迷航》中被柯克船长毁掉的众多电脑中，有一部是M-5，它在《终极电脑》一集中直接控制了企业号。M-5

的思维和行动都比人类快，它能使一个试图切断其电源的红衫军蒸发，然后用企业号的武器全力攻击联邦星舰，在一个本来不致命的战争游戏中杀死数百人。柯克说服 M-5 自己关机，指出它犯了谋杀罪，为此惩罚是死亡。但是 M-5 也瘫痪了舰船的内部通信，使它不能通知攻击舰船的指挥官发生了什么。柯克下令放下防护盾，赌的是——不像一台电脑——韦斯利舰长存有人性，不忍心对一艘看上去要死的舰船开火。[58]

许多人已经清楚认识到电脑化战争的问题，虽然它起源于科幻小说，但必须在 20 世纪解决，而不是等到 23 世纪。1970 年的电影《巨人：福宾计划》改编自 D.F. 琼斯 1966 年的小说，由《星际迷航》和《入侵者》的导演约瑟夫·萨特金执导。在这部电影中，超级电脑巨人是世界末日机器的一部分，几乎无懈可击。当得知它有一个苏联对手——守护者时，巨人需要一个通信链路，两台超级电脑成为盟友。它们利用核讹诈在其工作时恢复连接，并下令软禁和监视巨人的设计者福宾；暗杀守护者的创造者；将双方的导弹瞄准尚未在其控制下的国家；建造一台更大的电脑。美国和苏联军队试图在日常维护的幌子下，将弹头用仿制品替代，来解除电脑的武装，但是巨人和守护者识破了这个诡计，在发射井中引爆了两枚炸弹，炸死了技术人员。电脑为自己的行为辩护说："我给你们带来了和平。它可能是富足和满足的和平，也可能是未埋葬的死亡的和平。你们可以选择：服从我的可以活下来，不服从我的只有死路一条。建造我的目的是为了防止战争。这个目标是可以实现的。我不会允许战争。这是浪费的、无意义的。人类不变的规则是，人最大的敌人是他自己。"[59]

《未来世界》（1974年）中一个机器人给出了同样的理论基础，故事中一台电脑控制了机器人主题公园——无法像巨人或克拉图那样展示自己的力量——用克隆的机器人代替一位苏联将军和一位日本政治家，目的是防止人类毁灭地球。[60] 不过，大多数对控制大规模杀伤性武器的电脑的描述都认为，这可能是个坏主意，就像在《战争游戏》或《终结者》系列电影中那样。在《暗星》（1974年）中，杜利特尔中尉指挥的一艘星舰，更像《奇爱博士》的而不是《星际迷航》或《2001太空漫游》的（"不要跟我说任何关于智能生命的废话，就给我一些我可以引爆的东西"），他不得不用一枚智能炸弹来解释，单就炸弹而言，它可能比他更聪明。[61] 电影《人间大浩劫》由罗伯特·怀斯导演，改编自迈克尔·克莱顿1969年的小说。在这部电影中，在美军一处秘密军事设施工作的科学家必须接受自动防御系统的挑战，使核自毁装置失效，核自毁装置将向世界释放一种迅速突变的病原体。

值得注意的是，在《人间大浩劫》中，和《猫的摇篮》以及许多20世纪50年代的怪物电影一样，麻烦是军方自己造成的。在这种疾病杀死一个小镇上的居民，仅有两人幸存之后，被召集来的平民科学家吃惊地发现斗式太空探测器项目把仙女座微生物带到了地球，这是一个收集适合用作生物武器的病原体的军事项目（这个想法将在《异形》系列中以更大的生命形式再现）。小说和电影的结尾处，造成危机的原因是，斗式太空探测器项目在控制设施建设完成之前就已经开始了——这意味着使自动的自毁装置失效、改用手动控制的超控装置（它本来只能由一个钥匙座操作），尚未安装在钥匙座工作的部分。[62]

使用更多常规弹药的自动化武器系统也在科幻小说中出现，在它们被美军使用之前和之后都是如此。乔·霍尔德曼的《永恒的战争》描述一名"枪手"的工作就是阻止自动比瓦沃特激光开火："如果他放手不管，它将自动瞄准任何移动的飞行物，并自由开火。"[63] 这种系统的基本原理是人类反应太慢，无法有效瞄准快速移动的导弹，但可能更擅长分辨敌友，因此仍然可以阻止这些武器。在《永远的和平》（1997年）中，霍尔德曼描述了21世纪地球上的一场非对称战争，美军严重依赖"大兵哥"，这是一种强大的远程遥控机器人，叙述者指出：

> 有几个原因使他们不使用真正的机器人。一是它们可能被抓住，然后用来对付你。如果敌人抓住了一个大兵哥，他们只得到了一堆昂贵的垃圾。然而，没有一只被完整地俘获，它们的自毁效果令人印象深刻。
>
> 机器人的另一个问题是自主性，在通信中断的情况下，机器人必须能够独立工作。全副武装的机器进行现场作战决策的画面和现实，不是任何军队想要处理的情况。[64]

这一景象在原版的《机械战警》（1987年）中也有描绘，原型机器警察ED209没能意识到一名测试对象扔掉了他的武器，用内置自动炮把他打死了。ED209项目被搁置了，取而代之的是半机器人战警，这让负责此项目的执行经理抱怨不已："我得到了ED209的军事销售保证——翻新计划，25年的配用配件……谁在乎它能否有效？"[65]（早些时候，《机械战警》在罗纳德·里根纪念战略防御平台上的一则新闻报道中，再次抨击美国在未经充分测试的武器项目上的国防开支。）美国军队在现实世界里确实有这样的形象问题，2003年3月和4月在对伊拉克的战争中爱国者导弹系统在两个星期内制造了三起"友军炮火误伤"事故（尽管美国军人造成的大量"友军炮火"伤亡——估计占1991年海湾战争美国伤亡人数的24%——说明人类在分辨敌友方面也容易出错）。对这个问题，霍尔德曼的科幻式解决之道是"将鲍威尔主义扩张到荒谬的程度"，或者至少是其中的一个方面——"以大兵哥的形式，用最大的高科技力量、最小的部队损失"[66]。（鲍威尔主义的另一个同样重要的方面是："战争只能作为最后的手段，必须得到公众的大力支持，必须在明确的国家利益受到威胁的情况下进行。它应该以压倒性的力量和明确的退出战略来执行。"在《永远的和平》中，这些在很大程度上被忽视了，而且霍尔德曼认为在两次伊拉克战争中都是如此。）这一战略确实减少了美国方面的人员伤亡，所涉及的技术确实带来了一个更加和平的世界（尽管是以意想不到的方式）。然而小说还描述了军队为"猎人/杀手"团体选择反社会者，而反派布莱斯德尔将军是国防高级研究计划局的副局长，也是意欲摧毁世界的天启宗教狂热分子。[67]

这种认为在不久的将来美军研发的项目和原型可能会对美国军事人员或美国平民，甚至可能是地球上的生命构成威胁的想法，并不局限于对电脑化武器系统的恐惧。1987年美国队长与美国陆军发生了冲突，作为一个吸毒成瘾的持有"核弹"的、在这个最新系列中大部分短命的超级士兵，在一名腐败的将军命令下，美国队长从中美洲被运送到纽约。[68]在这个故事里（由弗兰克·米勒编剧，标题为"重生"），美国队长与美国士兵发生了冲突，想要进入一个最高安全级别的军事设施里以入侵电脑。在那里，他得知重生项目并没有被放弃，他远非"唯一的超级士兵"[69]，他只是第一个（在故事结尾，也是唯一一个）在试验过程中存活了一段时间的研究对象。不仅纳粹被证明曾试图大规模制造他们自己的超级战士，在漫威的《惩罚者》/《南》中还展示了一个残酷成性的越南外科医生额博士试图做同样的事情。[70]这是描述美国军方研究人员准备在士兵身上悄悄进行致命性试验，试图创造终极战士的几个故事中的第一个。

《南》是漫威试图描述美国士兵所看到的越战，最初是由越战老兵道格·默里写的。90年代初销量下滑，促使漫威在第52期引入了惩罚者这个角色，将这个故事纳入了漫威超级英雄的行列。

2002年罗伯特·莫拉莱斯在《真相：红、白、黑》中重写了美国队长的历史，揭露出史蒂夫·罗杰斯甚至不是超级士兵项目的第一个产物。在他之前，两个营的非裔美国应征入伍者曾被用作战前一系列致命性试验的试验品，直到莱因斯坦和他的军事主管判定这种配方足够安全，可以给白人使用。不适合做试验对象的黑人士兵是被他们枪杀的，那些试验对象的亲属被告知他们死于一场爆炸事故。这个故事的灵感来源于塔斯基吉梅毒实验和一个都市传说——"密西西比范多恩营第364步兵团的1 200名黑人士兵因煽动罪被集体处决"[71]。

在漫威漫画《终极战队》（2003年）中，重新启动最初的漫威超级英雄的起源故事，罗伯特·班纳博士和亨利·皮姆博士试图重新创造超级战士的配方，它曾使史蒂夫·罗杰斯变成美国队长（在这条故事线中，2001年而不是1965年他从冰山低温休眠中复活过来），这个配方也将班纳变成了无敌浩克，让他四处横冲直撞，杀死了许多人；也把皮姆变成了一个超级强大的恶毒的虐待妻子的人。[72]在最近的漫威漫画电影《蜘蛛侠》（2002年）、《浩克》（2003年）、《X战警Ⅱ》（2003年）、《绿巨人》（2008年）、《钢铁侠》（2008年）、《X战警：金刚狼》（2009年）、《钢铁侠Ⅱ》（2009年）中，强大的威胁都是由为国防工业工作的研究者制造出来的，大部分情况下已经背离了漫画的原始故事。1964年斯坦·李曾想象绿魔是一个从古埃及坟墓中释放出来的神话恶魔，后来史蒂夫·迪特科将他变成一个人类恶棍——其实他是实业家诺曼·奥斯本，喝下了一种神秘配方，期望接管纽约的黑社会。在2002年的电影《蜘蛛侠》中，诺曼·奥斯本博士已经发明了一种全副武装的单人飞行平台、强大的新手榴弹、"人类性能增强器"、军用的绿色防弹衣（令人费解的是他的脸上戴着金属面具），但是前任监督这个项目的美国陆军将军威胁说，除非奥斯本在两个星期内将"性能增强器"在人类身上测试，否则他将撤回资金，并将它交给一家竞争对手的公司。奥斯本在自己身上测试了"性能增强器"，把自己弄疯了。在对竞争对手的设备进行测试时，这位将军说："没有什么能比让诺曼·奥斯本破产更让我高兴的了。"这暗示军队在研发经费上的决定是基于个人喜好，而不是关注设备的安全性或有效性。片刻之后，奥斯本以绿魔的身份在杀死将军之前一枪摧毁了竞争对手的飞行动力装甲。[73]

在《浩克》和《绿巨人》中，失控的浩克和他同样具有破坏性的敌人"憎恶"都是美国陆军试图重新打造"超级战士"配方的结果。"憎恶"布朗斯基在漫画中是一名克格勃,但是在电影里,他是一名出生在俄罗斯的皇家海军陆战队队员,在罗斯将军指挥下,同美军一起工作,他被赋予的力量试图让他强大到足以打败浩克。[74] 同样地,在《X战警:金刚狼》中,美国陆军少校(后来成为上校)威廉姆·斯特赖克负责制造武器化的金刚狼和死侍;在《X战警Ⅱ》和《X战警》中他创造了凶残的"死亡女",以及一台他打算用来杀死地球上所有变种人的机器,但是这台机器被夺走了,并用来对付所有非变种人。[75] 在1982年的最初漫画中,斯特赖克这个角色不是军人,而是一个电视布道者。[76]

在《钢铁侠》系列电影中,军队的表现要好得多,最初的故事得到更新,托尼·斯塔克受伤后,被一个阿富汗军阀挟持做了人质,被困在曲径幽深的山洞里时,他制造了第一套钢铁侠战衣。美国空军上校罗兹作为斯塔克的军事联络员,在续集中穿上了一套钢铁侠的旧盔甲,成为了战争机器,后来重新命名为"钢铁爱国者",但是在《钢铁侠》和《钢铁侠Ⅱ》中,由美军承包商制造的武器被用来对付无辜平民。[77] 值得注意的是,虽然漫威电影似乎对将军们评价较低,对上校的态度也比较矛盾,但是对上尉及上尉以下的军官表现得更富有同情心。

利用科技提升人类能力来创造"超级战士"——某些人不知情或不愿意来做试验对象——而不是增强装备性能,这样的主题也出现于大卫·布林的小说《邮差》中,它发现了可以增强美国士兵力量的两种方法。[78] 电影和电视剧《再造战士》(1992—1998年)中,政府复活并改造了越战老兵的尸体,用作超级战士——其中一个是咧着嘴笑的凶残的精神病患者,他收集受害者的耳朵，当他们的任务被取消时他杀死了指挥团队的上校。[79]1995年后这个主题变得越来越流行，当文件解密时，它们展示了从1944年至1974年在美国人身上秘密进行的试验的性质，其中包括许多在五角大楼命令下执行的。

这个主题也在《X档案》的好几集中出现，它揭示出美军参与一个长期运行的创造超级战士的项目，从他们参与回形针行动①（1945—1990年）和类似项目开始，把纳粹科学家送到美国，并允许他们继续其研究。在《回形针》那一集，穆德发现前纳粹科学家维克多·克兰帕（以胡伯图斯·史特拉格博士为原型）一直致力于制造人类和外星人混血的超级战士。[80]那一季晚些时候，《731》这一集（以二战时期日本帝国陆军人体试验小组命名，其中一些研究者还获得豁免权，以在美国进行生物武器项目研究作为交换）为超级士兵的创造提供了最好的理由：

红发人："问问你自己，我的朋友，还有什么比星球大战更有价值？还有什么比原子弹更有价值？或还有什么比最先进的生物武器更有价值？"

穆德："一支不受这些武器影响的常备军。"[81]

2003年美国空军被揭露向飞行员发放安非他命"提神丸"——超胆侠的对手努克服用的红色药片——让他们保持警惕。2002年两名飞行员因为向加拿大盟友发射激光制导炸弹而指责这种做法。随后，美国国防高级研究计划局宣布，它正在研究其

---

① 回形针行动是第二次世界大战期间美国吸收德国纳粹科学家的一项计划，当时美国通过争夺纳粹德国的技术专家，将大批德国火箭技术专家及高级研究人员转移至美国。——译注

他方法来制造"性能拓展的作战人员",他们可以忍耐睡眠不足,包括寻找能使海豚"至少保持部分大脑清醒"的基因,以及用"一种叫作颅磁刺激的电磁能电击他们的大脑的计划"。参与这个项目的科学家斯特恩博士解释说:"我确信我们能帮助五角大楼。我已经识别出大脑中似乎控制对睡眠不足反应的部分,我们拥有刺激那个部分来提高对睡眠不足的忍耐度的技术。将军们需要保持清醒和警惕长达一个星期的战士。我想我们真的可以做到。"[82]不管这是不是有意的暗示,"我们拥有技术"这个短语被科幻电视剧《无敌金刚》弄得很流行,剧中仿生学被用来增强一名失去一只眼睛、四肢仅剩其一的美军试飞员的能力(爱伦·坡的《被用完的人》的阴影),后来他被招募为间谍。[83]

◆ ◆ ◆

1995年系列剧《宇宙之外》描写了美国海军陆战队一个战斗机中队在2063年与外星人奇格人以及西里凯茨人进行星际战争。西里凯茨人是造反的人工智能,他们在奇格人进攻前已经在地球上被打败了,奇格人的进攻使幸存下来的西里凯茨人有机会组成联盟进行反击。这部系列剧是由格伦·摩根和詹姆斯·黄联合创作的,黄曾写过14集的《X档案》。这部系列剧突出了对阴谋和基因战士的类似强调——尽管在"试管内"创造的士兵是为了对抗西里凯茨人,但是与西里凯茨人的战争结束后,尤其是在一名试管人暗杀了联合国秘书长之后,这些"试管"士兵大部分被视为贱民。受霍尔德曼的《永恒的战争》[84]以及历史战争小说的影响,这部系列剧原计划播出五季,但是只播了一季就被取消了。与大多数其他著名的星际军事行动冒险剧不同,它假设当前的美国部队在远离地球行动时,将保持他们的身份和传统不变,而不是被吸收到一个更大的机构，例如《永恒的战争》中的联合国紧急部队、《星际迷航》中的星舰舰队或者《巴比伦 5 号》中的地球联盟军。这部电视剧没有得到美国军方的支持，一些飞行的场景是在澳大利亚皇家空军基地拍摄的。

和《星河战队》（黄"很久以前"曾读过，摩根从未读过）[85]一样，《飞行员》那一集开始是和平时期新兵报名入伍，遭到他们的军士长（由罗纳德·李·艾尔米扮演，他曾是美国海军陆战队的一名射击中士，在库布里克的《全金属外壳》中扮演过同样的角色）和上级军官（其中一位军官这样说一名新兵："一直到她毕业，她都是烂泥。"）的侮辱，当他们还在训练时，就打仗了。军士长大喊着回应："我们在打仗！太棒了！战争就是海军陆战队所渴求的！"[86]

影片中出现的人物属于美国海军陆战队第 58 战斗机中队，他们来自多个民族，但可以确定是美国人，三位白人领导有着详细的背景：韦斯特已经签约，希望在远离世界的（海外）殖民地与他的女友重聚；范森是两个海军陆战队队员的女儿，父母在人工智能战争中被西里凯茨人杀死；霍克斯是一个试管人，他可以选择参军或是因杀死人类而入狱。王被塑造成更鲜明的美国人，他对美式橄榄球和瑞格利球场痴迷。

在《谁监控鸟儿们》这一集中有一个闪回，包括一段对试管人的训话，用幻灯片形式，"被监控就是获得自由"，"免于痛苦的决定"，"从选择的负担下解脱"，"试管人只需要做出反应"，"做出美国需要你做出的反应"，"美国爱你"，"有一天你将回馈她的爱"，"击败那些试图伤害她的人"，"恐怖分子"，"西里凯茨人"，"颠覆者"。课程开始时有一行字，让人联想到《永恒的战争》中的开场,"有 687 种杀死人类的方法"[87]。

这部系列剧大部分内容遵循了那个时代大多数美国电视剧的"重置按钮"模式,许多集设计得可以按任何顺序重复播出。这意味着剧中的角色得以幸存,而现状基本保持不变,至少到本季结尾前是这样,伤亡仅限于客串演员扮演的角色。然而有一些次要情节描写了海军陆战队必须处理道德和心理问题。在第 9 集《选择还是机会》中,王中尉被一个西里凯茨人的酷刑和审问折磨得崩溃,被迫承认自己犯下轰炸平民等战争罪行,为此他感到羞愧。[88] 从这个忏悔里没有看到明显令人不满的后果,这说明它没有被广播出来,但是在第 15 集《愤怒的天使》里,当同一型号的一个西里凯茨人被抓住后(由相同的演员扮演,化妆上稍有不同),"它被中队指挥官审问时折磨至死,尽管王提出了抗议"[89]。在第 17 集《珍贵的》中,王又被同一型号的另一个西里凯茨人抓获,他告诉王,如果他将运送中队和美国第七装甲部队人员(库斯特的老部队)的装甲运兵车的动力电池卸下来,他的忏悔录音将被删除:"王·保罗,你的错误将永远不会发生。如果你不这么做,我保证我将把这张光盘大声地、清晰地播放给你的海军陆战队队友、你的家人以及你在家乡的所有朋友听。"

王拿走了电池,让一个古怪的英国军官受到责备。当真相被发现时,他向中队解释自己的行为。

霍克斯:那些人工智能拷打你,兄弟,你还能做什么呢?

王:我应该让他们杀了我。

范森：保罗，没有人会相信那些忏悔。所有人都知道你不是战犯。

王：这不是重点。关键是要证明他们能摧毁你的精神。为什么我的身体不能先于我的精神垮掉呢？他们也可以砍断一只手或一条腿，因为他们从我这拿走了某些我再也拿不回来的东西。这太让我困扰了，让我疯狂，以至于当有机会在无人知晓的情况下消除它时，我就做了。我发誓我从未打算把电池给他们，我只是想要那张有忏悔的光盘。我认为我可以拿回他们拿走的东西。我需要拿回它，即使我将你们置于危险境地。你们的生命比我自己的更重要。

王通过离开装甲运兵车，用轻型反坦克武器攻击一辆奇格人的气垫坦克，来拯救他的中队和他自己。英国人杀死了西里凯茨人，抢回了光盘。[90]

在《与死者同在》中，韦斯特被诊断患有创伤后应激障碍，险些遭受额叶切除术，这是一种被美国退伍军人管理局批准的治疗方法。这一集还表现了海军陆战队为了生存，被迫采用了奇格人的战术。

范森：所以我们按他们的规则玩。他们伏击了我们的红十字会，他们给我们的伤员放饵雷。我说咱们应该以其人之道还治其人之身。我们用第61个做诱饵。

韦斯特：诱饵？用海军陆战队队员的尸体？

范森：这里没有规则。

韦斯特：是的！我们的规则！那些使我们仍是人类的规则。

王：我们不是在和人类作战。

霍克斯：对。当这一切都结束时，没有人会说谁对谁错。最后只有谁活下来了。

韦斯特：那你说我们该怎么办？

范森：以牙还牙。我们将第61个穿上我们的制服，以防奇格人知道。我们发出一个求救信号，奇格人会探测到。当他们赶来伏击我们时，我们已经在周围埋好了能够感知运动的克莱莫地雷。我们伏击他们。

韦斯特：亵渎我们的死者？

范森：如果那是必须的。

韦斯特：海军陆战队总是会回去带走队友的尸体！这和我们主张的相违背。[91]

在第19集《休整与恢复》中，这支中队精疲力竭而导致打架和几乎致命的失误，它揭露出医务人员给飞行员提供安非他命药物，导致霍克斯变得药物上瘾，不得不去进行脱瘾治疗。[92]

在第21集《糖泥》中，当需要空中支援攻击一个在战略上重要的星球时，包括第58中队在内的2.5万名士兵被遗弃在敌后长达两个多月。中队的指挥官、军事历史学家、中校麦奎因同意这个决定，但是承认"做正确的事情很少是最容易的"，并请求允许他们加入地面部队。他的上级海军准将罗斯反驳说："现在，我们在那个星球上的人没有时间考虑对错。"他命令中校留在战舰上，并告诉中队："你们是被鼓励而不是被命令继续与敌人作战的，但是如果你的位置变得难以防守，你有权投降。"当战舰返回去收拢原本2.5万人中的大约2 000名幸存者时，因为补给严重不足，他们沦落到去舔含有微量糖分的土。罗斯对他们说："作为一名指挥官，我感到没有必要解释我的行为，但是作为一个男人，作为一个人，我必须分享我的情感，我从来没有像现在这样为自己感到羞愧过。"[93]

同一年，《巴比伦5号》的《格罗波斯》这一集同样对军旅生活进行了平淡无奇的描述，有2.5万名海军陆战队队员驻扎在这个基地——这支部队打算突袭一个外星人世界。出于安全考虑，海军陆战队队员都被骗了，根本不知道他们将要投入战斗，更不用说围攻一个被认为是死亡陷阱的堡垒（要塞）。他们的指挥官是军事基地首席医疗官的父亲，医疗官指责他的父亲"不停地试图谋杀"外星人。其中一名"格罗波斯"对军事基地的安全主管说："我是一个地面进攻者，某一天我在打扫厕所，第二天我可能会浑身是血，希望我听不到子弹的声音。"当"地面进攻者"是地球部队时，他们被叫作"锅盖头"，这是对美国海军陆战队的昵称。在这一集的结尾，镜头移到一堆尸体上，除了将军，所有与军事基地成员有交往的士兵都被杀死了。[94]

这些剧集说明即使是在20世纪90年代的科幻小说中，在阿富汗和伊拉克战争之前，美国军队在战场上的形象，正如盖尔布拉斯所说，正从英雄转变为受害者。1998年电影《星河战队》更多地被视为对海因莱茵小说的另一种回应（或讽刺），而不是忠实的改编，它显示出地球上的军队仍然可以被描绘成恶棍。

导演保罗·范霍文没能读完海因莱茵的小说，他认为剧本展示出"战争是如何把我们所有人都变成法西斯的"[95]。范霍文童年记忆中既有纳粹占领荷兰，也包括看见邻近的街道在盟军的"友军炮火"事故中遭到轰炸。1965年他开始其职业生涯，为荷兰皇家海军制作《海军陆战队》，作为他义务兵役的一部分。[96] 他的电影《星河战队》有选择地引用海因莱茵的故事情节，但是大体上沿用了海因莱茵小说的结构：开场是一个战斗场景，然后回到约翰尼·瑞克的历史和道德哲学课，他在联邦服役，他在新兵训练营的日子，他晋升为中尉。不同之处更为明显：机动步兵团现在是男女混编，缺少遮住脸的作战服，装备、服装和当代美军没有多少不同（除了呈现小说中描写的手榴弹大小的战术核武器）。迪娜·梅耶是女的，约翰尼·瑞克入伍主要是为了让卡门印象深刻（编剧诺伊梅尔评论称"性的代价是去参军"）[97]；中校杜波依斯和中尉拉克谢克被混为一谈；约翰尼·瑞克的父亲死了，而不是加入了军事情报机构；唯一的战争是对付虫子（这里没有提到类人的瘦族人）。最出名的是，虽然士兵是由美国演员扮演的，但是军官的制服设计显然来自纳粹徽章。招兵广告同样讽刺美国招兵电影，电影一开始是一则"我们为什么战斗"的广告，但是摄影模仿了莱尼·雷芬斯塔尔以及霍华德·霍克斯的手法。[98]

意料之中的是，这部电影没有得到五角大楼的支持，尽管获得很多勋章的退役海军陆战队上尉戴尔·戴伊（他曾在《宇宙之外》中扮演海军陆战队少校科尔奎特），在本片中担任技术顾问，并友情客串了一位将军。

在精神上更忠实于海因莱茵小说的是詹姆斯·卡梅隆的《异形》（1986年），那些扮演期待"另一场捕杀虫子的行动"[99]的海军陆战队队员的演员需要阅读《星河战队》，"另一场捕杀虫子的行动"这个词来自海因莱茵的小说。这些演员——包括获得很多荣誉的前海军陆战队中士艾尔·马修斯扮演的海军陆战队中士——被英国空军特种部队训练了两个星期,并被告知要按照在越南的美国部队的做法,将他们的装备个性化(许多转变为美军军品)。为了加深对海军陆战队士气的印象,卡梅隆把没有扮演地面部队的演员排除在训练之外。[100] 他们的指挥官远不如他的部队经验丰富,他的错误使许多人丧生,尽管他最终通过自我牺牲的行为得到救赎。然而电影对军队的使用持怀疑态度,军队的真正任务(他们没有事先被告知)不是营救殖民者,而是捕获一个外星人用作生化武器。[101]

范霍文的电影是在第一次海湾战争期间构思的,更加愤世嫉俗。尽管贯穿整部电影的招兵广告在不同的时间劝告未来的新兵去拯救"世界""银河系"和"未来",但唯一可行的方法是占领银河系,消灭虫子们。[102](电影暗示它们是被人类扩张到它们的领地激怒的。)

范霍文在解说中指出,他意图让电影反映出"当用更民主的方法来解决问题需要花费太多时间时",美国政治诉诸暴力的倾向(或者,他补充说,任何超级大国的政治),然后举了格林纳达、巴拿马、尼加拉瓜和伊拉克的例子。[103] 范霍文还指出,美国一直需要的是一个敌人:"奥尔布赖特最近不是说过,新的敌人在中东,因为我们已经失去了冷战时期的敌人吗?"[104]《星河战队》的预告片支持这个观点,预告片开场就有一个画外音说:"未来战争仍然是为了荣誉、荣耀和生存。只有敌人会改变。"[105]

然而,在相对和平的20世纪八九十年代,尤其是冷战结束后,五角大楼几乎没有理由关心美军在科幻小说里的形象。2001

年的"9·11"事件和"持久自由"行动[①]，以及 2003 年入侵伊拉克之后，情况有所改变。

[①] "持久自由"行动是"9·11"事件后，美国及其联军对基地组织和对它进行庇护的阿富汗塔利班政权所采取的军事行动，原名为"无限正义"行动（Operation Infinite Justice）。当年美国国防部长声称："持久自由"这个代号预示着美国这次军事行动"将不会速战速决，而要花费数年的时间"。更改后的代号，既说明这场战争的持久性，同时又想表明这是美国对"西方自由世界"的捍卫。——译注

注释

1. Millar, Marc. *The Ultimates*, Vol. 1:*Super-Human* (New York: Marvel Comics Group, 2002), Chapter 2, p. 5.
2. Clarke, Arthur C. *Greetings, Carbon-Based Bipeds! A Vision of the 20th Century as it Happened* (London: Voyager, 1999), p. 180.
3. Card, Orson Scott. "Cross-Fertilization or Coincidence? Science fiction and videogames." In *Reading Science Fiction*. Eds.Gunn, James, Marleen S. Barr and Matthew Candelaria (Basingstoke: Palgrave Macmillan, 2009), p. 100.
4. Weinberger, Sharon. *Imaginary Weapons: A Journey through the Pentagon's Scientific Underworld* (New York: Nation Books, 2006), p. 3.
5. Ronson, Jon. *The Men Who Stare at Goats* (London: Picador, 2004), pp. 13–14.
6. Gizmodo. com. "DARPA Binoculars Will Give Soldiers a Spidey Sense." 15 July 2007.http://gizmodo.com/gadgets/gadgets/darpabinoculars-will-give-soldiers-a-spidey-sense-251934.php.
7. Walker, James, Lewis Bernstein and Sharon Lang. *Seize the High Ground: The Army in Space and Missile Defense* (Washington, DC: Center of Military History, 2003), p. 12.
8. Dryden Flight Research Center. http://www.dfrc.nasa.gov/Gallery/Photo/X-Wing/HTML/EC86-33555-2.html.
9. Hersch, Seymour M. *Chain of Command: The Road from 9/11 to Abu Ghraib* (New York: HarperCollins, 2004), p. 177.
10. Vanhastel, Stefaan. "F-16. net." 17 Jul 2007. http://www.f-16.net/articles_article10.html?module=pagesetter&func=viewpub&tid=2&pid=27.
11. Shaban, Hamza. "Playing War: How the Military Uses Video Games." *The Atlantic*, 10 October 2013. http://www.theatlantic.com/technology/archive/2013/10/playing-war-howthe-military-uses-video-games/280486/; Walker, James, Lewis Bernstein and Sharon Lang. *Seize the High Ground: The Army in Space and Missile Defense* (Washington, DC: Center of Military History, 2003), p. 12.
12. Graetz, J.M. "Home Computer Games: The Origin of *Spacewar!*" 10 July 2007. http://www.atarimagazines.com/cva/v1n1/spacewar.php.
13. Markowitz, Maury. "Spacewar." 10 July 2007. http://www3.sympatico.ca/maury/games/space/spacewar.html.
14. Franklin, H. Bruce. *Vietnam and Other American Fantasies* (Amherst, MA: University of Massachusetts Press, 2000), pp. 148–149.
15. Card, Orson Scott. "OSC Answers Questions." http://www.hatrack.com/research/questions/q0029.shtml.
16. Spinrad, Norman. *Science fiction in the Real World* (Carbondale: Southern Illinois University Press, 1990), p. 27.
17. *Ibid.*, p. 144.

18. Card, Orson Scott. *Ender's Game*. 1985 (London: Arrow Books, 1986), pp. 11–12.
19. Spinrad, Norman. *Science Fiction in the Real World* (Carbondale: Southern Illinois University Press, 1990), p. 26.
20. *Ibid.*, p. 28.
21. Card, Orson Scott. *Ender's Game*. 1985 (London: Arrow Books, 1986), p. 331.
22. *Ibid.*
23. Card, Orson Scott. "Cross-Fertilization or Coincidence? Science fiction and video-games." In *Reading Science Fiction*. Eds. Gunn, James, Marleen S. Barr and Matthew Candelaria (Basingstoke: Palgrave Macmillan, 2009), p. 97.
24. Grossman, Dave. *On Killing: The Psychological Cost of Learning to Kill in War and Society* (Boston: Little, Brown, 1996), p. 288.
25. *Ibid.*, p. 289.
26. Spinrad, Norman. *Science Fiction in the Real World* (Carbondale: Southern Illinois University Press, 1990), p. 25.
27. *Ibid.*
28. Card, Orson Scott. *Ender's Game*. 1985 (London: Arrow Books, 1986), p. 339.
29. "News about Ender's Game: The Movie." 14 March 2005. 10 July 2007. http://www.frescopictures.com/movies/ender/endersgame_update.html.
30. Clarke, Arthur C. *Carbon-Based Bipeds! A Vision of the 20th Century as it Happened* (London: Voyager, 1999), p. 99.
31. *The Panama Deception.* Written by David Kasper. Dir. Barbara Trent. Empowerment Project, 1992.
32. Burns, Ken. "The Painful, Essential Images of War." *New York Times*, 27 January 1991.http://www.nytimes.com/1991/01/27/arts/thepainful-essential-images-of-war.html?src=pm&pagewanted=1&pagewanted=all.
33. Klein, Naomi. "The End of Video Game Wars." 13 September 2001. 11 July 2007. http://www.alternet.org/story/11503/.
34. DeGhett, Torie Rose. "The War Photo No One Would Publish." *The Atlantic*, 8 August 2014. http://www.theatlantic.com/features/archive/2014/08/the-war-photo-no-onewould-publish/375762/.
35. Goode, Laurie. http://starwarsinterviews1.blogspot.com.au/2010/05/laurie-goodeinterview-saurin.html.
36. Card, Orson Scott. "Cross-Fertilization or Coincidence? Science fiction and video-games." In *Reading Science Fiction*. Eds. Gunn, James, Marleen S. Barr and Matthew Candelaria (Basingstoke: Palgrave Macmillan, 2009), p. 99.
37. "Tomohiro Nishikado" *Giant Bomb*. http://www.giantbomb.com/tomohironishikado/3040–55262/.
38. Parkin, Simon. "The Space Invader." *New Yorker*, 17 October 2013. http://www.newyorker.com/tech/elements/the- spaceinvader.
39. Platoni, K. "The Pentagon goes to the video arcade." *Progressive* (July 1999) 63:27. 13 July 2007. http://findarticles. com/p/articles/mi_m1295/is_7_63/ai_54968180/pg_5p2.
40. Rotberg, Ed. Interview with James Hague. *Halcyon Days*. http://www.dadgum.com/halcyon/BOOK/

ROTBERG.HTM.
41. Rubens, Alex. "The Creation of Missile Command and the Haunting of its Creator, Dave Theurer." *Polygon*, 15 August 2013. http://www.polygon.com/features/2013/8/15/4528228/missile-command-dave-theurer.
42. "Video Games Under Fire." *The Multinational Monitor*, December 1982. 13 July 2007. http://multinationalmonitor.org/hyper/issues/1982/12/games.html.
43. Reagan, Ronald. *Notable Quotes*. http://www.notable-quotes.com/r/reagan_ronald.html.
44. Riddell, Rob. "Doom Goes to War."5.04, April 1997. http://archive.wired.com/wired/archive/ 5. 04/ ff_doom.html.
45. "America's Army (Die Jugend Marschiert)." Propagandhi lyrics. http://www.plyrics.com/lyrics/propagandhi/americasarmydiejugendmarschiert.html.
46. Graham, Marty. "Army Game Proves U.S. Can't Lose." Wired.com. 27 November 2006. http://archive. wired. com/science/discoveries/news/2006/11/72156.
47. Marchetti, Nino. "Video game gives soldiers better skills to handle bomb-sniffing dogs." *Gizmag*, 10 November 2014. http://www.gizmag.com/rover-dog-ied-finder/34674/.
48. Johnson, Ben. "Using virtual reality video games to treat PTSD." *Marketplace*, 5 December 2013. http://www.marketplace.org/topics/tech/mind-games-mental-health-andvirtual-reality/using-virtual-reality-videogames-treat.
49. Bangert, Christoph. "G.I.'s Deployed in Iraq Desert with Lots of American Stuff." NYTimes.com. 13 August 2005.
50. *Ibid.*
51. "DOD Stops Plan to Send Christian Video Game to Troops in Iraq." *ABC News*. 15 August 2007. 18 September 2009. http://blogs.abcnews.com/theblotter/2007/08/dod-stopsplan-.html.
52. Novak, Matt. "The Computer Simulation That Almost Started World War III." *Gizmodo Australia*, 18 February 2015. http://www.gizmodo.com.au/2015/02/the-computersimulation-that-almost-started-world-wariii/.
53. *Ibid.*
54. *WarGames*. Screenplay by Lawrence Lasker and Walter F. Parkes. Dir. John Badham. Cast: Matthew Broderick, Ally Sheedy, John Wood. MGM 1983.
55. *The Terminator*. Written by James Cameron and Gale Ann Hurd. Dir. James Cameron. Cast: Arnold Schwarzenegger, Linda Hamilton, Michael Biehn. Orion Pictures, 1984.
56. Clarke, Arthur C. "Superiority." 1951.*The Collected Stories* (London: Gollancz, 2000).
57. Vonnegut, Kurt. *Cat's Cradle*. 1963 (London: Penguin, 1965).
58. "The Ultimate Computer." *Star Trek*. Teleplay by D.C. Fontana. Story by Lawrence N. Wolfe. Dir. John Meredyth Lucas. NBC, 1966.
59. *Colossus: The Forbin Project*. Screenplay by James Bridges. Novel by D.F. Jones. Dir. Joseph Sargent. Universal Pictures, 1970.
60. *Futureworld*. Written by Mayo Simon and George Schenk. Dir. Richard T. Heffron. American International, 1976.

61. *Dark Star*. Original story and screenplay by Dan O'Bannon and John Carpenter. Dir. John Carpenter. Cast: Brian Narelle, Dan O'Bannon. Jack H. Harris Enterprises, 1974.
62. *The Andromeda Strain*. Screenplay by Nelson Giddings, based on the novel by Michael Crichton. Dir. Robert Wise. Cast: Arthur Hill, Kate Reid, James Olson. Universal Pictures, 1971.
63. Haldeman, Joe.*The Forever War*. 1974 (London: Orbit Books, 1976), p. 35.
64. Haldeman, Joe. *Forever Peace*. 1997 (New York: Ace Science Fiction, 1998), p. 12.
65. *RoboCop*. Screenplay by Edward Neumeier and Michael Miner. Dir. Paul Verhoeven. Orion, 1987.
66. Haldeman, Joe. "War—Past, Present and Future." Speech at Cosmopolis, September 2004. http://www.google.com.au/url?sa=t&rct=j&q=&esrc=s&source=web&cd=2&ved=0CCQQFjAB&url=http%3A%2F%2Fwww.cccb.org%2Frcs_gene%2Fjoe_haldeman.pdf&ei=ef4xVfrTN4TsmAX-5YHADw&usg=AFQjCNFU2hvdysnw9J_Ty24MK3FOPTLKpw&sig2=ZLOnlhzIK7lE-M70IAMI0g& bvm=bv.91071109,d.dGY.
67. Haldeman, Joe. *Forever Peace*. 1997 (New York: Ace Science Fiction, 1998).
68. Miller, Frank. *Daredevil: Born Again* (New York: Marvel Comics, 1987), p. 126.
69. Englehart, Steve. *Captain America and the Falcon* #176 (New York: Marvel Comics,1974), p. 7.
70. Lomax, Don. *The Punisher Invades The 'Nam: Final Invasion* (New York: Marvel, 1994).
71. Morales, Robert. *Truth: Red, White and Black* (New York: Marvel, 2003).
72. Millar, Marc. *The Ultimates*, Vol. 1:*Super-Human* (New York: Marvel Comics Group, 2002).
73. *Spider-Man*. Screenplay by David Koepp. Dir. Sam Raimi. Cast: Tobey Maguire, Willem Dafoe, Kirsten Dunst. Columbia Pictures, 2002.
74. *Hulk*. Written by James Schamus, John Turman and Michael France. Dir. Ang Lee. Cast: Eric Bana, Jennifer Connelly, Sam Elliott, Nick Nolte. Universal Pictures, 2003; *The Incredible Hulk*. Written by Zak Penn. Dir. Louis Letterier. Cast: Edward Norton, Liv Tyler, William Hurt. Universal Pictures, 2008.
75. *X-Men Origins: Wolverine*. Screenplay by David Benioff and Skip Woods. Cast: Hugh Jackman, Brian Cox. Twentieth Century–Fox, 2009; *X-Men 2*. Written by Zak Penn, David Hayter, Brian Singer, Dan Harris and Michael Dougherty. Dir. Bryan Singer. Cast: Patrick Stewart, Hugh Jackman, Ian McKellen, Brian Cox, Kelly Hu. Twentieth Century–Fox Film Corporation, 2002.
76. Claremont, Chris. *X-men: God Loves, Man Kills* (New York: Marvel, 1982).
77. *Iron Man*. Screenplay by Mark Fergus, Hawk Ostby, Art Marcum and Matt Holloway. Dir. Jon Favreau. Cast: Robert Downey Jr., Gwyneth Paltrow. Paramount Pictures, 2008; *Iron Man 2*. Screenplay by Justin Theroux. Dir. Jon Favreau. Cast: Robert Downey, Jr., Gwyneth Paltrow, Scarlett Johansson, Don Cheadle, Samuel L. Jackson. Paramount Pictures, 2008.
78. Brin, David. *.The Postman* (Reading: Bantam, 1987).
79. *Universal Soldier*. Screenplay by Richard Rothstein, Christopher Leitch and Dean Devlin. Dir. Roland Emmerich. Cast: Jean-Claude van Damme, Dolph Lundgren. Carolco Pictures, 1992.
80. "Paper Clip." *The X-Files*. Script by Chris Carter. Dir. Rob Bowman. Cast: David Duchovny, Gillian Anderson, Mitch Pileggi. Fox, 1995.
81. "731." *The X-Files*. Script by Frank Spotnitz. Dir. Rob Bowman. Cast: David Duchovny, Gillian

Anderson, Stephen McHattie. Fox, 1995.
82. Miller, Frank. *Daredevil: Born Again* (New York: Marvel Comics, 1987); Laurence, Charles. "'Go pills' gone if U.S. finds a way to send soldiers sleepless into battle." *Sydney Morning Herald*, 6 January 2003. http://www.smh.com.au.
83. *The Six Million Dollar Man*. TV series. Created by Harve Bennett. Cast: Lee Majors, Richard Anderson. ABC 1974–1976.
84. Morgan, Glen. Interview, 27 January 1998. *Millennium: This Is Who We Are*. http://millenniumthisiswhoweare.net/cmeacg/crew_interview.php?name=Glen%20Morgan&id=22.
85. *Ibid.*
86. "Pilot." *Space: Above and Beyond*. Script by Glen Morgan and James Wong. Dir. David Nutter. Cast: Morgan Weisser, Kristen Cloke, Rodney Rowland, Ronald Lee Ermey, Lanei Chapman, Joel de la Fuente. Fox, 1995.
87. "Who Monitors the Birds?" *Space: Above and Beyond*. Script by Glen Morgan and James Wong. Dir. Winrich Kobe. Cast: Rodney Rowland. Fox, 1995.
88. "Choice or Chance." *Space: Above and Beyond*. Script by Doc Johnson. Dir. Felix Alcala. Cast: Joel de la Fuente, Doug Hutchison. Fox, 1995.
89. "The Angriest Angel." *Space: Above and Beyond*. Script by Glen Morgan and James Wong. Dir. Henri Safran. Cast: James Morrison, Doug Hutchison. Fox, 1995.
90. "Pearly." *Space: Above and Beyond*. Script by Richard Widley. Dir. Charles Martin Smith. Cast: Joel de la Fuente, Doug Hutchison.Fox, 1995.
91. "Stay With the Dead" *Space: Above and Beyond*. Script by Matt Kiene and Joe Reinkemeyer. Dir. Thomas J. Wright. Perf. Morgan Weisser, Kristen Cloke, Rodney Rowland, Joel de la Fuente. Fox, 1995.
92. "R&R." *Space: Above and Beyond*. Script by Jule Selbo. Dir. Thomas J. Wright. Fox, 1995.
93. "Sugar Dirt." *Space: Above and Beyond*. Script by Glen Morgan and James Wong. Dir.Thomas J. Wright. Fox, 1995.
94. "Gropos." *Babylon 5*. Written by Lawrence G. DiTilio. Dir. Jim Johnston. Cast: Bruce Boxleitner, Claudia Christian, Jerry Doyle, Mira Furlan, Richard Biggs, Paul Winfield, Marie Marshall. Warner Bros., 1995.
95. Verhoeven, Paul. Commentary on DVD. *Starship Troopers*. Screenplay by Edward Neumeier, from the novel by Robert Heinlein. Dir. Paul Verhoeven. Cast: Casper Van Dien, Neil Patrick Harris, Michael Ironside, Dina Meyer, Denise Richards, Clancy Brown. Touchstone Pictures, 1998.
96. *Ibid.*
97. *Ibid.*
98. Neumeier, Edward. Commentary on DVD. *Starship Troopers*.
99. *Starship Troopers*. Screenplay by Edward Neumeier, from the novel by Robert Heinlein. Dir. Paul Verhoeven. Cast: Casper Van Dien, Neil Patrick Harris, Michael Ironside, Dina Meyer, Denise Richards, Clancy Brown. Touchstone Pictures, 1998.
100. *Preparing for Battle—Casting and characterization, Superior Firepower*. Special feature, *Aliens*

Blu-Ray.
101. *Ibid.*
102. *Aliens*. Screenplay by James Cameron, story by James Cameron, David Giler and Walter Hill, characters by Dan O'Bannon and Ronald Shusett. Dir. James Cameron. Cast: Sigourney Weaver, Michael Biehn, Lance Henriksen, Al Matthews, Jenette Goldstein. Twentieth Century–Fox, 1986.
103. *Starship Troopers*. Screenplay by Edward Neumeier, from the novel by Robert Heinlein. Dir. Paul Verhoeven. Cast: Casper Van Dien, Neil Patrick Harris, Michael Ironside, Dina Meyer, Denise Richards, Clancy Brown. Touchstone Pictures, 1998.
104. Verhoeven, Paul. Commentary. *Starship Troopers*.
105. *Ibid.*

第九章

"惩罚者"：海湾战争及其后的战事

我要把恶魔赶出去。我的敌人不多了。

——科林·鲍威尔，1991年[1]

我想说的是，与外星人作战和与人类作战没有什么不同……如果你在为你的生命而战斗，你要不惜一切代价去打赢。

——格里高利·加德森上校[2]

我们可以理解保持地面部队，因为很大程度上这是一个没有伤亡的问题，而这与我们现在不把我们的军队视为英雄的军队，反而事实上在许多情况下把军队视为受害者的想法有很大关系。

——大卫·加尔布雷斯教授[3]

191。我们的悍马不能组装成一个巨大的战斗机器人。

——在美国陆军不再被允许做的213件事[4]

美国寻找另一个敌人来代替解体的苏联的问题，被一些科幻电影和电视剧提出来——其中一些甚至预见到了这个问题。1987年美苏关系开始解冻，在伊拉克与伊朗的战争中使用芥子气之后，电影《星际迷航：下一代》将克林贡人变成了联邦的盟友，让一个克林贡人（由苏联人抚养的）登上了新的企业号，并以佛瑞吉人的形式创造了新的敌人。"佛瑞吉"（ferengi）这个词酷似阿拉伯语和土耳其语"feringhee"（欧洲人），来源于波斯语"farangi"（欧洲人），这让《星际迷航》的编剧约翰·M.福特在电视剧播出前，公开表示担心《星际迷航》会在中东寻找一个新的敌人。[5]《星际迷航Ⅵ：未来之城》（1991年12月3日上映，苏联正式解体前三个星期）更直接地展现了美国军方对冷战结束的反应，它将克林贡人和联邦人（人类和瓦肯人）的军官们描绘成准备通过刺杀行动来阻止签订和平条约，以及他们被迫放弃战士的角色。[6]

1991年，伊拉克军队入侵科威特之后，又向伊朗发射了飞毛腿导弹，而且似乎在向沙特阿拉伯进军，由此，美国找到了它在中东的敌人，从而证明福特的观点是正确的。爱德华·泰勒还警告白宫，萨达姆·侯赛因可能正在制造铀氢化物炸弹。[7] 美国为首的联军在联合国的支持下将伊拉克击退，尽管萨达姆·侯赛因受到了国际制裁，政变失败，但他仍然继续掌权了12年。

2002年，乔治·布什总统宣布伊拉克和伊朗是"邪恶轴心"的成员，2003年3月美国军队入侵了伊拉克；4月攻占了巴格达，推翻了萨达姆·侯赛因的统治。

我在入侵期间见到的第一批美军士兵之一，在其所在的部队试图占领巴格达的乌姆盖尔斯时，接受了采访，在他的头盔里[8]雕刻着"shai-hulud"一词。这是弗曼人为沙虫起的名字，在弗兰

第九章 "惩罚者"：海湾战争及其后的战事

克·赫伯特的小说《沙丘》中，muad'dib[①]的沙漠军队用它来进行军事运输。在同一场战斗中，一门自行火炮上刻着"惩罚者"的名字和标志，那是漫威漫画里的一个治安维持者（义务警员）。[9]一位国民警卫队队员正在赶往海湾的路上，他合法地将其名字改为"擎天柱"，它是《变形金刚》漫画里的人物。他告诉记者自己收到了五角大楼一位将军的信，上面写着"能在国民警卫队中雇佣汽车人指挥官实在是太棒了"。[10]无人驾驶的"捕食者"飞行器被用来寻找敌军和武器。国防高级研究计划局获得了研究项目的资助，例如首字母缩写为"JEDI"的掌上电脑[11]，一个被称为"FORCEnet"的军事网络[12]，一架被称作"猛禽"的波音飞机的演示（《星际迷航》中克林贡/罗慕伦船的名字）[13]。

2003年7月，阿诺德·施瓦辛格慰问了驻扎在伊拉克的美国军队，引用《终结者Ⅱ：审判日》的原话说他们是"真正的终结者"，"向他们表示祝贺，因为他们对萨达姆·侯赛因说了'再见了，宝贝'"[14]。侯赛因政权已经被颠覆，但直到12月他在"红色黎明"行动（Operation Red Dawn）中才被俘获，这次行动根据1984年的一部科幻电影命名，这部电影是由约翰·米利厄斯编剧、导演，片中美国的中西部被尼加拉瓜、古巴和苏联联合入侵。

然而，伊拉克战争不会那么容易结束，美国作战部队将继续留在伊拉克，直到2011年被伊拉克新政府剥夺了起诉豁免权。在我写这本书的时候，海军陆战队仍然驻扎在美国大使馆，并且大约有4 000名美国私人军事承包商的工作人员还留在伊拉克。

[①] 弗兰克·赫伯特的小说《沙丘》中一种虚构的沙漠老鼠。——译注

2013年美国无人机在伊拉克搜捕叛乱分子，2014年美国军队返回伊拉克干预打击伊斯兰国的战斗。阿富汗战争持续的时间更长，美国和北约计划在2014年后开始一项新任务，继续训练和援助阿富汗的武装力量。在这种情况下，很容易明白为什么五角大楼认为资助诸如《超级战舰》和《洛杉矶之战》等电影可能会有更多好处，有利于征兵工作，它展示了军队对付半机械的外星人时取得快速、决定性的胜利，而不是像《星河战队》或《永恒的战争》中表现的那样永无止境。虽然美军经常被证明有能力打败那些很容易识别出敌方目标的常规部队，但是当美军士兵们遇到很难区分盟友和敌人的情况时，它远没有那么成功，比如朝鲜战争、越南战争、阿富汗战争和伊拉克战争。可以理解的是，他们更喜欢反思那些通过士兵制服颜色或肤色，或是诸如纳粹党卐字、升起的太阳等标志，抑或是士兵头盔和枪的轮廓，就可以立即辨认出敌方士兵的战争。

据罗博所说，五角大楼给电影制作人提供援助的规则表明"虚构的描写必须对军队生活、行动和政策有一个可行的解释"[15]，但是如果电影让美军看上去很棒，有助于提升士气、促进征兵工作和保留军事人才，那么这一点可以被忽略。五角大楼与科幻电影的制作人合作的影片有《天地大冲撞》《星际迷航Ⅳ：抢救未来》《世界末日》《碧血长天》《侏罗纪公园Ⅲ》、邦德电影《黄金眼》（电影描绘了战略防御计划型的轨道武器，用它来命名一架美军无人机）、斯皮尔伯格2005年重拍的电影《世界之战》、2008年重拍的电影《地球停转之日》（这部电影里的威胁是气候变化和生态毁灭，不是核战争）、《变形金刚》《特种部队》《钢铁侠》《钢铁侠Ⅱ》《超级战舰》《洛杉矶之战》《哥斯拉》（2014

年）。罗博引用一份美国陆军备忘录称，它预测《天地大冲撞》"将增强美国陆军招募新兵和留住老兵的任务"[16]。《碧血长天》的编剧之一说，这部由尼米兹号航母担任主角的时间旅行电影将"为海军/海军陆战队招兵者带来福音"。用克里斯指挥员的话说，"孩子们会非常喜欢这个"[17]，但这部电影的票房并不理想，这说明他可能过于乐观了。

到2004年，罗博指出美国军方不愿意"帮助拍摄有外星人的电影。通常在这些电影中，美国军方在对抗外星人方面都显得无能为力"[18]。然而，在过去的十年里，这种情况发生了变化。随着伊拉克和阿富汗战争进入第二个十年，招募新兵再次成为人们关注的焦点，就像在20世纪50年代好莱坞展示美军打败科幻怪物或者至少在打败科幻怪物中扮演积极而重要的角色。在斯皮尔伯格的电影《世界之战》中，五角大楼联络官菲尔·斯特普"希望这部电影能让海军陆战队明白，他们不会取得胜利，但是他们愿意崇高地牺牲自己，让山谷里的平民们能够逃出去"[19]。

在《变形金刚》系列电影中，美军与善良的汽车人并肩作战，对抗霸天虎；尽管打败霸天虎领袖的妙计是一个平民少年想出来的，但电影最后是美军把被打败的霸天虎尸体扔进了海里。为此，导演迈克尔·贝获得了自《黑鹰坠落》以来最多的美国军方协助，其中包括使用F-22、CV-22飞机，还有制服以及美军人员作为临时演员。电影最后演职员名单里鸣谢：

国防部联络官：菲尔·斯特普

国防部项目官员：保罗·萨诺中校

军事服务项目官员：克里斯蒂·霍奇上尉，美国空军

埃里克·雷诺兹中尉，美国海军

克里斯汀·卡切瓦中尉，美国海军陆战队

霍洛曼空军基地

白沙导弹靶场

爱德华空军基地

科特兰空军基地

欧文堡军事基地

五角大楼

华盛顿军区

美国军队的男兵女兵们[20]

《变形金刚》系列电影的第二部《变形金刚：卷土重来》（2009年）被誉为"可能是有史以来最大规模的各军种联合的电影"，首次展现了美军五大军种中的四个军种（陆军、海军、空军和海军陆战队）。[21]

军事联络员认为电影除了有助于招募新兵外，还表现了美军的胜利，即使是对抗虚构的外星人威胁，也可能会让"敌对的暴君吓得发抖"。美国空军公共事务办公室副主任布里翁·麦克盖里上校承认[22]，招募新兵和威慑是次要目标，但是它们确实存在。

一份来自美国海军信息部部长丹尼斯·莫里汉的公报，解释了为什么海军允许电影《超级战舰》的制作者在太平洋舰队进行环太平洋演习期间拍摄：

无论我们是否支持《超级战舰》，这部电影都会制作出来的——它将承载着我们的品牌，向美国观众展示我们是谁。我们不可能把所有人都带到我们的舰艇上，但是我们可以与好莱坞合作，让海军在大银幕上重现生机。因此，参与进来并确保像《超级战舰》这样的电影准确描绘出我们是谁，以及作为海军我们的所作所为，这一切最符合我们的利益。[23]

《超级战舰》使用了几百名现役的和退役的官兵作为演员和临时演员，其中包括海军部长雷·马布斯、陆军上校格里高利·加德森、贝尔沃堡驻军司令和陆军伤兵项目负责人。加德森在伊拉克服役时被简易爆炸装置炸掉了双腿，他在电影中扮演了一个重要角色（包括肉搏解决一个外星机械人），在接受采访时，他说："我想说的是，与外星人作战和与人类作战没有什么不同……如果你在为你的生命而战斗，你要不惜一切代价去打赢。"[24]

这种类型的援助要付出的代价是，电影制片人要把剧本送给五角大楼审核批准，通常需要重写。根据马修·阿尔福德的说法，"大概有三分之一描写美军的电影和五角大楼有直接合作，并且剧本要重写"[25]。康认为莫里汉的说法（"无论我们是否支持《超级战舰》，这部电影都会制作出来的"）是可疑的，"因为电影《超级战舰》的预算——在有海军资助的情况下，包括道具、背景、临时演员和技术专家——已经达到了2.09亿美元，如果没有海军资助的话，环球影业公司将被迫承担所有这些费用，那预算将高得令人望而却步"[26]。伊格尔顿认为，这意味着那些负责一般生产资料的人能够控制产品的文学表达，例如在《星际迷航Ⅳ：抢救未来》中，要想在美国突击者号航空母舰（伪装成企业号航母，它不允许闲杂人等登上去）上拍摄，需要重写剧本，更正面地表现美国海军和其安保措施。[27] 在电影《超级战舰》中，海军要求导演彼得·博格撤换一个扮演海军军官的演员，理由是他超重了35磅。[28]

以《洛杉矶之战》为例，这部电影被明星阿伦·艾克哈特形容为"献给海军陆战队的一封情书"[29]。这部电影获得了军方的支持——海军的直升机和MV-22鱼鹰旋翼飞机，还有几十名海军陆战队队员和预备役人员充当临时演员。艾克哈特参观了一个阿富汗重火力点，对扮演海军陆战队的演员们进行了为期三个星期的训练营特训，教他们使用武器和其他军事装备，还有美国海军陆战队好莱坞联络官杰森·约翰逊中校提供技术建议。

他提供的剧本注释："海军陆战队队员不会那样做，海军陆战队队员是不会那样说的。"如果想得到军方的合作，电影就得遵循这些建议。

"我们的任务是保护海军陆战队的形象，"约翰逊说。"如果他们想增加一些未来的武器的话。我不怎么关心那个，但我真正关心的是海军陆战队的样子、他们的行动方式，以及海军陆战队所坚持的标准。如果制片方想要给他们射线枪，好的，给他们射线枪。但是不要让他们留长发、戴耳钉。"[30]

2014年好莱坞重拍《哥斯拉》时得到了美国海军的援助，这部电影将怪兽的复活（哥斯拉和穆托昆虫）归咎于核武器的使用，但是随后解释为美军尝试杀死哥斯拉的试验失败。电影的英

第九章 "惩罚者":海湾战争及其后的战事

雄是一名美国海军中尉,一个爆炸军械处理专家,他消灭了一个穆托①下的蛋,并打算牺牲自己去杀死另一只穆托。电影还描写了军队帮助疏散被怪兽破坏的地区,解救了英雄和他的家人,并且在哥斯拉杀死另一只穆托之前,打败了其中一只穆托。[31]

在斯皮尔伯格的电影《世界之战》中,军方援助——包括第一次在大银幕上使用艾布拉姆斯坦克和其他车辆,以及全副武装的国民警卫队、海军陆战队、陆军参与拍摄——的代价是传达了一个令人困惑的复杂信息。编剧大卫·凯普表示,电影可能在美国之外的地方被视为"对伊拉克和美国入侵的恐惧的寓言"[32],他的剧本支持电影中一个角色的说法,即"占领总是失败的",并抛出了相关例子,即法国占领阿尔及利亚。[33]最后上映的电影(7月4日,即美国独立日上映)与1953年的版本一样展现了正面的美军形象。亨特在《华盛顿邮报》上评论称甚至看到了"战士的价值和必要性"的潜台词。[34]

科幻电视剧也得到了美国军方的援助,最著名的是长期播出的《星际之门 SG-1》,它讲述的是美国特种部队对抗外来威胁的故事。《星际之门》(1994年)是这部电视剧创作的基础,讲述了美军士兵带领着埃及奴隶的后代反抗伪装成埃及众神的外星人。这部电视剧从1997年播到2007年(创下了美国科幻电视剧的最高纪录),它讲述了一支美国空军特种部队的精英团队利用空间门来探索宇宙,同时保护地球免受外星人入侵。这部电视剧由两名美国空军参谋长扮演自己,美国空军人员充当临时演员,为一

---

① 穆托是以 Massive Unidentified Terrestrial Organism(未知的巨大陆生生物)的简称为名的巨大怪物,源自电影《哥斯拉》2014年版里面的虚构怪物角色,被设定为哥斯拉的宿敌,个别个体以哥斯拉体内的生体原子炉为营养来源来生长发育,分为雌雄两个品种,是《哥斯拉》系列电影中第一个好莱坞原创的巨大怪物。——译注

场葬礼场景提供了仪仗队,使用了空军战斗机和航拍镜头,以及在空军基地拍摄的场景(包括夏延山军事基地①的外部)。美国空军还审阅了这部电视剧的剧本,该剧在空军广播和电视中反复播出,并给该剧主演兼制片人理查德·迪恩·安德森颁奖,以表彰他"一直以来持续正面表现空军"[35]。这部电视剧还推出了动画续集《星际之门:无穷宇宙》(2002—2003年),两部真人动作衍生剧《星际之门:亚特兰蒂斯》(2004—2009年)、《星际之门:宇宙》(2008—2011年),以及两部直转DVD模式的电影《星际之门:真理的方舟》和《星际之门:时空连续》(2008年)。所有这些都延续了原剧中"对空军的正面描写"。这些电视剧得到的军方援助较少,尽管最后一些场景是在核动力潜艇亚历山大号上拍摄的。[36]

从五角大楼的角度来看,军方参与那些正面描写军方对战机器人、外星人、复活的史前怪物和其他假想威胁的科幻电影和电视剧,好处之一是能让他们展示出(模拟)使用昂贵的武器和车辆,比如电影《世界之战》中的艾布拉姆斯坦克或是《变形金刚》中的CV-22鱼鹰旋翼飞机,即便它们还从未真正用于战场上。罗博引用另一位"军事看守者"乔治上校的话说,"这一项目的目标之一是国会,国会里的人去看电影,当他们看到军队的正面形象时,就容易投票赞成5 000亿的军事拨款"[37]。

在招兵者看来,将美军作为科幻电影和电视剧中的英雄的另一个好处是,"科幻暴力"的电影分级允许电影(和电子游戏)

---

① 夏延山军事基地是世界上防备最森严的洞穴式军事基地,建立于1958年5月12日。夏延山军事基地的隧道上有厚达300米的花岗岩山体,迷宫般的指挥所下面有巨大的弹簧和橡胶垫,能抗击核弹头的直接命中。内有供6 000人用的全套三防生存体系,能在核大战环境下生存数月。这里号称美军的"神经中枢"。——译注

第九章 "惩罚者"：海湾战争及其后的战事

在对抗非人类对手时比对抗人类时表现更多的暴力画面，并让一部电影或一款游戏拥有比敌人是人类时更广泛的、更年轻的观众。正如卡德谈到1980年的电子游戏《狂热》时所说，该游戏是依据弗雷德·莎伯哈根的科幻小说《狂战士》开发的：

> 他们是完美的游戏敌人。你可以毫不犹豫地杀死他们，因为他们没有生命。他们会无情地杀死你，没人会介意你把机器炸毁。
>
> 随着电脑图形学的改善，杀人问题变得更加急迫。[38]

看过把蓝色液体倒在卫生巾上这类广告的人都知道，关于禁止在大银幕上展示血的限制并不适用，除非这种液体看起来像血。这也是导演们在《星际迷航Ⅵ：未来之城》中给克林贡人设计紫色血液，在《洛杉矶之战》中给入侵的外星人设计黑色血液的原因。[39] 同样，将无人机或机器人作为敌人，意味着电影制作人不用任何流血（杀戮）就可以展示更多的暴力，使电影在分级上是PG或PG-13，而不是NC-17：乔恩·费里谈到《钢铁侠Ⅱ》中钢铁侠和战争机器与"hammeriod"无人机打斗的场景时说："这场大战，因为我想让它成为一场大屠杀……一场PG级大屠杀，所以这成了一场油浴。"[40] 军队招兵人员和电影公司在招揽更年轻观众的目标上是一致的，这一点被美国空军公共关系事务主管的评论所证实。关于电影《太空英雄》的军方援助"使用淫秽的语言似乎保证了R级"，巴格拉布上校写道："如果电影被定为R级，那么就会减少青少年观众的数量，而考虑到我们的招兵目标，这对军队来说是最重要的。"[41]

这种将"科幻暴力""未来主义暴力"以及相似类别划分等级的做法令人担忧的一个方面是，这些娱乐活动很容易变成这样的场景，用斯平拉的话说，"充满正义的天真少女茫然无知地屠杀外星人或机器人模样的没有面孔的炮灰"[42]。就像卡德所说的，不同于杀死生物，电子游戏玩家很少会因摧毁机器人而感到内疚，如果敌人真的没有人形面孔，那么将敌人非人化的古老军事传统方式就更容易实现。

格罗斯曼引用了很多例子证明，当他们的身体距离足够近，可以将他们视为人类时，绝大多数人都天生厌恶杀害其他人类，但是这种厌恶会随着空间距离的增加而减少。他对即使敌方目标可能导致数千平民死亡，炮兵、海军炮手或投弹手也不愿意攻击该目标做了部分解释，他认为有这样一个过程："当看不到人脸时，物理距离光谱上的近距离可以被抵消。整个物理距离光谱的本质可能只是围绕着杀手能在多大程度上看到受害者的脸。"[43]格罗斯曼还提到这样一个情况，即在敌人转身逃跑后，战斗中的伤亡率会上升，但他也引用了黑社会和纳粹处决的例子，以及"迈伦和戈德曼1979年的研究，该研究认为如果被害人戴着头巾，那么其死亡风险要大得多"[44]。"如果一个人在杀人的时候不用看着对方的眼睛，那么就更容易否认受害者的人性。"[45]

格罗斯曼列举了心理距离各个方面的因素——文化的、道德的、社会的、机械的距离——它们能使士兵更容易克服对杀戮的厌恶。因此，那些相信他们的敌人就是劣等人的纳粹士兵，"给美国人和英国人造成的伤亡总是比对方给自己造成的多50%以上"[46]，"二战中44%的美国士兵说他们真的想杀死一名日本士兵，但是只有6%的人表示想杀死德国人"[47]。如果敌人是外星人、机器人、变异恐龙或是不死生物，那么文化的、社会的和道德的差异更容易被放大。

格罗斯曼把"机械的距离"定义为"无菌的任天堂游戏通过电视屏幕、一个热成像观测仪、一个狙击瞄准镜或是其他种类的机械缓冲器进行的不真实的杀戮，它允许杀手否认受害者的人性"[48]。随着军方越来越多地使用远程控制的武装无人机，这种"机械的距离"很可能进一步延长。综合这些因素——没有面孔的、可能没有灵魂的、来自外星文化的敌人，甚至不是我们理解的生命体（例如机器人可以被重新组装，他们的软件可以下载和上传，这让他们不朽），沦为统计数据，被远距离或远程控制的武器无辜地杀死，只需要一点点的体力（按下按钮或扣动扳机，而不是用剑或矛刺杀）——军事科幻电影和游戏在招兵和训练未来高科技武器系统（尤其是无人机）的使用者方面的潜力变得显而易见。

没有面孔的虚构对手还有一个优势，即当政治格局变化，将以前的盟友变成对手时，他们很容易被用来代表新的敌人。从好莱坞的角度来看，这还有一个好处，那就是非人类的威胁显然不太可能疏远或是冒犯那些认同"坏家伙"的观众。例如，2012年重拍的电影《赤色黎明》将入侵者从东方某国变成了其他国家，这样不至于失去该国潜在的广大观众。[49]鉴于这些原因，像漫威漫画那样，以不久的未来的地球为背景的科幻电影往往回避当代战争的问题。电影《钢铁侠》将钢铁侠的原初故事从20世纪60年代的越南换到现在的阿富汗，但他从来没有把逮捕他的人称为"塔利班"。[50]这部续集展示了在伊朗和朝鲜建造类似战斗装甲的尝试失败，但是在同一组镜头里，托尼·斯塔克声称"已经成功实现世界和平的私有化"[51]。当然，这并不妨碍他们评论当时军队在战争中的行为，就像乔恩·费里决定在《钢铁侠Ⅱ》中描写无人机，因为它"上了新闻"[52]，或是卢瑟斯·福克斯在《蝙蝠侠：侠影之谜》(2005年)中所说的，"精打细算的会计不认为士兵的生命值30万美元"。这个评论是在唐纳德·拉姆斯菲尔德回应在伊拉克作战的士兵们缺少防弹衣的抱怨之后发表的："你只能带着现有的军队去打仗，而不是你以后想要的或希望拥有的军队。"重新启动的《太空堡垒卡拉狄加》在《血与骨》(2004年)这一集里描绘了斯塔巴克折磨一个赛昂人，费里形容这是"在关塔那摩和类似的地方正在发生的事情的象征"[53]。

◆ ◆ ◆

虽然军方援助正面展示军队形象的科幻电影现在几乎成为常态，但是自从《星球大战》获得成功后，其他许多科幻电影军方拒绝援助。例如1978年的电影《第三类接触》讲述美军为了恐吓人们远离不明飞行物的降落地点，上演了一场虚假的神经毒气泄露事件（呼应了1968年真实的神经毒气泄露事件，它导致骷髅谷绵羊死亡）[54]；《费城实验》(1983年)被认为是延续了海军在1943年试验隐形装备的神话[55]；《浩劫后》(1983年)描绘了美国一座城市遭到核打击的后果[56]；《外星恋》(1984年)中，友好的外星人的登陆艇被美国空军击落，并且军队设置路障试图阻止它与母舰会合，甚至准备了解剖室，希望可以解剖外星人（这部电影使用了带有军方标记的民用直升机，以及F-102A截击机的过时资料片镜头）[57]。《复仇者》(2012年)中，美国空军飞行员服从"世界安全理事会"对纽约使用核武器的命令。[58]

电影《火星人玩转地球》(1996年)中保罗·温菲尔德和

第九章 "惩罚者":海湾战争及其后的战事

洛·施泰格饰演将军——前者是温和的鸽派,后者主张使用核武器,并大喊:"歼灭!杀!杀!杀!"两派最终都无法对付火星入侵者,火星人最后屈服于可怕的乡村音乐和西部音乐[59];以及《独立日》(1996年)。最后,五角大楼的好莱坞联络官对影片中"缺少真实的军事英雄"[60],对海军陆战队飞行员私生活的描写,以及影片提及罗斯维尔和51区都提出异议。尽管编剧德芙林试图写这样一个剧本,它能"增强招兵和留住军事人才的能力","用更积极、更吸引人的方式描绘军事经历"[61],"使得这个国家的每个男孩都想驾驶战斗机"[62],通过给英勇的平民角色安上军方背景,使军事角色更加有效,将冷漠无情的国防部长换成白宫办公室主任,但即便这样修改,五角大楼还是没有被说服。他们没有给电影提供任何援助,其意见如下:"到目前为止,如果他们拍这部电影没有我们参与,剧本里没有什么是我们不会自动得到的。"[63]

◆◆◆

一般来说,书面的科幻作品在传达反战信息、寻找当前战争观念的替代品以及更仔细地审视它的成本和它声称的收益方面,比电影和电视剧表现得更好。霍尔德曼的《永远的自由》是《永远的战争》的续集,展示了20年后士兵们仍然饱受战争的创伤。[64]他的小说《永远的和平》是"鲍威尔主义在科幻小说中的反映"[65],鲍威尔主义认为,除非万不得已,否则就不能拿美国士兵的生命冒险。这部小说预言了遥控无人机在伊拉克的使用会越来越多,2008年伊拉克"有22个不同的机器人系统在地面运行"[66]。这款价值5 000美元的、玩具卡车大小的、临时配备了克莱莫地雷的MARCBOT机器人正被用于搜索,并在必要时通过引爆地雷杀死藏身于洞穴和小巷中的叛乱分子。[67]类似的装置被用来搜索可能的简易爆炸装置。这些机器可能会在执行任务过程中被摧毁，但正如一位官员所说，"当一个机器人死了，你不必给它的母亲写信"。[68]美国国防高级研究计划局目前正在进行"阿凡达"项目（以科幻电影的名字命名，电影中用人类和外星纳威人的基因工程混合体取代了《永远的和平》中的类人无人机器），这是一项"开发接口和算法，使士兵能够有效地与半自主双足机器人合作，并使其充当士兵的代理"的计划[69]，换句话说，就是创造像霍尔德曼的士兵男孩那样的人形遥控机器。类似的人形无人机器在《钢铁侠Ⅱ》（2008年）中也出现过，这部电影得到了军方支持（包括在爱德华兹空军基地拍摄外景，为军用无人机使用有商标的伪装图案），但是这个流氓发明家——一个为美国国防承包商工作的物理学家和犯罪分子——控制着24台全副武装的机器（陆、海、空军和海军陆战队各6台），以及罗兹上校的"战争机器"动力装甲上的武器系统。这就需要赋予"无人机"一定的自主权，有效地将它们变成猎杀机器人。在一个场景中，一个人以一个戴着钢铁侠面具的小男孩为目标，目标图像显示他的"朋友或敌人识别"能力并不是人们所希望的。[70]

当然，并不是所有的科幻小说都认为未来的战争将主要由机器人或遥控器来进行，而是选择"地面部队"。在约翰·斯考茨的《老人的战争》（2005年）和《幽灵军团》（2006年）中提出一个相当愤世嫉俗的观点，即未来使用比机器便宜的士兵作为炮灰，它反映出关于向驻伊拉克美军提供的装甲不足的争议。新兵们被告知："在整个人类历史上，从来没有一支军队在投入战争时，装备的武器比与敌人作战所需的武器还要多。"[71]

斯考茨的系列小说是以星际战争为背景，在那里，人类不得不与外星种族为争夺稀有的宜居星球而战，但是招募的新兵并不是十几岁的青少年，而是 75 岁的退休人员，他们报名参加为期 10 年的兵役，以换取返老还童。在你得到新身体前死去并不能免除你服役的责任，相反，你是为"幽灵军团"克隆的。[72]

威尔·麦卡锡的《侵略者六》（1994 年）讲述了一场对抗昆虫类敌人的战争，类似于海因莱茵的虫子和卡德的虫人，但由于这个敌人在技术上远超过人类，军方指派的小组试图像敌人那样思考，不去摧毁他们，而是为了能够很好地学习他们的语言，从而要求停战。[73]

富兰克林在《越南和其他美国幻想》一书中，认为"整个科幻行业致力于赞美雇佣军以及他们的战争"[74]，并将杰里·普内尔和大卫·德雷克（越战期间的美国陆军审讯员）列为它的主要作者。在军事科幻小说这类题材中其他著名作家包括：约翰·林格（福克斯新闻的军事顾问，在陆军空降部队服役 4 年，参与"紧急狂暴"和"沙漠风暴"行动）、伊丽莎白·穆恩（1968—1971 年服役于美国海军陆战队，第一上尉）、罗伯特·比特纳（陆军情报队长）、迈克尔·Z. 威廉森（前美国空军，后来是美国现役陆军上士）。还有一些人没有军事经历，包括路易丝·麦克马斯特·比约德①、拉里·尼文、大卫·韦伯（前战争游戏设计师）和埃里克·弗林特（反越战活动家）。除了比特纳，所有人

---

① 1949 年生于美国俄亥俄州，是迄今为止获奖最多的女性科幻作家。比约德 9 岁起开始阅读科幻小说，浓厚的兴趣一直延续到她的大学时代。成为小说家之前，比约德曾沉迷于生物学，在 1985 年发表处女作《以物易物》后，很快就凭借中篇小说《悲悼的群山》荣获 1989 年的星云奖。——译注

的书都是由拜恩图书公司①出版的，拜恩图书公司是由吉姆·拜恩创立的（他在根据《退伍军人权利法案》上大学前，于17岁参军）。虽然它不是唯一的军事科幻小说出版商，但它很容易被识别出来，在市场营销活动中积极瞄准军事基地或附近的书店，并向美国海军捐赠图书。[75]

这里值得注意的是富兰克林使用了"雇佣兵"这个词，特别是鉴于在伊拉克战争和阿富汗战争中越来越多地使用"私人安保承包商"，以及某些事故造成的负面形象，例如经常改名的黑水公司的雇员被判在尼苏尔广场谋杀伊拉克平民。②普内尔和德雷克都写过一系列关于星际雇佣兵的小说，包括普内尔与罗兰德·J.格林合著的《近卫军》，以及他的《法尔肯贝格的军团》系列，德雷克的《哈默的牢房》。比约德小说中的迈尔斯·佛科西根另一个身份是海军上将奈史密斯，他指挥着一队雇佣兵，当需要合理地否认时，他的政府情报部门就会动用这些雇佣兵。穆恩小说中的凯拉拉·沃特陶和赫拉诺·塞林斯各自的故事开始于他们被腐败的上级强迫退伍，并在私人拥有的宇宙飞船上找到了工作。

当然，并不是所有军事科幻小说的主角都是雇佣兵。在拜恩出版公司出版的系列小说中，比约德小说中的迈尔斯·佛科西根、韦伯小说中的昂诺·哈灵顿、穆恩小说中的埃斯梅·苏伊莎、比特纳小说中的詹森·万德都是职业军人，林格近期许多小

---

① 拜恩图书公司是一家美国科幻和幻想图书出版社。在科幻小说中，它强调太空歌剧、硬科幻和军事科幻。该公司于1983年由科幻小说出版商兼编辑吉姆·拜恩创立。他2006年去世后，由执行编辑托尼·韦斯科夫接任。——译注
② 黑水公司巴格达枪击案，即美国私人安保公司黑水国际护卫在巴格达枪击平民案，发生于2007年9月16日。事件中17名伊拉克平民被杀害，24人受伤。事件发生时，黑水私人安保分队正护送美国国务院一列车队前往巴格达西部与美国国际开发署官员见面。——译注

说的主人公包括了海豹突击队、海军陆战队、特种部队以及其他在美国军队服役的人。

然而，这些角色大多来自与美国截然不同的政治体制，他们的敌人也不再是毫不掩饰的俄罗斯人。实际上，比约德小说中的迈尔斯·佛科西根主要是在由农奴和贵族组成的俄罗斯文化中长大的，尽管他的母亲来自另一个星球上一个极端自由民主的国家。[76] 穆恩小说中的埃斯梅·苏伊莎必须从"新得克萨斯敬畏上帝的民兵组织"手中解救一名船员，该组织奴役妇女，轮奸妇女，使她们怀孕，使她们无法说话。[77] 至少根据这些故事来看，普内尔所形容的"正规军事装备的吸引力"[78] 显然并不局限于在美国军队服役。

◆ ◆ ◆

美国军方认为漫威的超级士兵和其他英雄是有用的，这可以从经常出现在军事基地（包括相当令人担忧的德特里克堡的生物和化学武器实验室）和退伍军人医院扮演这些角色的演员身上看出来[79]，以及与国防部长唐纳德·拉姆斯菲尔德合影留念，这是国防部一个名为"美国支持你"项目的一部分。[80]

因此，当评论家迈克尔·梅德韦德在 2003 年《美国队长：新政》中指责美国队长是一个叛徒，因为他没有对（虚构的）恐怖分子塔里克发表的"支持恐怖主义的长篇大论进行一句反驳"[81] 时，国防部一定感到不安。塔里克来到了以制造地雷为主要产业的虚构的美国小镇森特维尔，指责美国人是恐怖分子。梅德韦德在一篇经常被右翼网站引用的文章中，指责漫威漫画"片面地、猛烈地引用美国外交政策中有争议的元素"，文章开头写道：

就好像国防部官员在伊拉克及其周边地区没有面临足够的挑战，他们现在必须在没有以往胜利的辉煌的情况下准备战斗。美国队长这位爱国的超级英雄在漫画书中的英雄事迹曾在二战中激励了这个国家，现在却对这个国家的事业感到不确定了。[82]

文章总结道：

我们可能会从好莱坞活动家、学术辩护者或者经常出现在欧洲各国首都（以及美国许多主要城市）街头的愤怒抗议者身上看到这种指责美国的逻辑。然而，当这种情绪隐藏在针对孩子的有星条旗图案、怀旧包装的漫画书里时，我们需要正视战争前夕困扰这个国家的深层文化痼疾。[83]

尽管国防部可能认为美国队长对入侵伊拉克缺乏支持是一种"挑战"的想法似乎有些可笑，但应该记住的是，这个角色最初是应国会"出版业应鼓励那些符合政府战争立场的文学主题"的要求而创作的。[84]

但那是另一场战争，2003年许多美国人不同意梅德韦德"困扰这个国家的深层文化痼疾"的本质。正如布兰卡泰利在他的人物历史中所指出的：

史蒂夫·罗杰斯先是当了间谍，后来当了警察，后来成了流浪汉，最后成了一个神经质的性格内向之人，他认为自己已经落伍了……最奇怪的是，20世纪50年代的美国队长被揭露为反动的骗子……

多年来，美国队长一直反映着美国人的心理：在20世纪40年代，他是一个超级爱国者；在20世纪50年代，他是反动分子；如今，他是一个不确定的巨人。他是美国。[85]

或许他应该是美国，因为2007年漫威公司在不同的故事情节中杀死了美国队长不是一次，而是两次。在《美国队长：被选中的人》中，大卫·莫雷尔（《第一滴血》的作者）将二战老兵美国队长描绘成垂死之人，但以精神的形式向一名在阿富汗服役、被困在山洞里的美国士兵提供帮助。[86]在《内战》系列中，美国队长在对超级英雄注册法案采取反政府立场后被暗杀。

在这个由艾德·布鲁贝克撰写的故事中，美国队长在向支持超级英雄注册法案的钢铁侠托尼·斯塔克投降时被击毙，斯塔克曾在2004年短暂担任国防部长，推动军方研发和使用更多的非杀伤性武器（军方对这一政策的回应是，激活斯塔克之前所有的钢铁侠套装，并把它们送到华盛顿，扰乱斯塔克的参议院确认听证会）。[87]

在这场争论中，美国队长的盟友之一就是惩罚者，他在1974年4月《神奇蜘蛛侠》第129期中首次以反派的身份出现，但直到数年后他才有了一个原创故事。他是一个永远带着枪的前海军陆战队队员，一个"天生的士兵"，曾因为"在越南的卓越表现"[88]和"十分喜欢他作为行刑者的角色"[89]而获得"两枚铜星勋章、两枚银星勋章和四枚紫心勋章"。他穿着一件带有巨大骷髅图案的黑色服装，骷髅的牙齿构成了他子弹带的一部分。1991年丹尼尔斯将惩罚者描述为"我们这个时代的一个症状，或许是关于我们今天如何看待自己的一种评论。美国队长披着昔日的荣耀，但惩罚者的服装似乎是用海盗的旗帜做的"[90]。这与马克·吐温在菲律宾战争期间担任反帝国主义联盟副主席时的建议相呼应。当时马克·吐温说，当美国发动一场征服战争，并要求士兵们"干强盗的勾当要在强盗惯于害怕的旗帜下进行，而不是跟随"，应该把士兵伪装起来，重新设计国旗，"把白条涂成黑色，把星星换成骷髅和交叉的骨头"[91]。

在《内战》的故事情节中，美国队长被暗杀后，惩罚者拿走了美国队长丢弃的面具并据为己有。《惩罚者战争杂志》第二卷展示了惩罚者穿着一件新衣服，上面既有美国队长服装上的星星，也有他自己服装上的骷髅头。根据布兰卡泰利和丹尼尔斯的评论，这表明在伊拉克战争时期，美国超级士兵的形象变得更加黑暗。[92]

具有讽刺意味的是，尤其考虑到富兰克林的建议，即美国人对其军事实力的看法深受"技术奇迹和超级英雄的幻想"的影响[93]，2008年7月美国第173空降旅用惩罚者的骷髅头作为自己标志的某个排被阿富汗叛乱分子全歼。[94]这个排的"弹药储备被RPG击中，造成一堆120毫米迫击炮弹爆炸——由此产生的火球把部队的反坦克导弹抛向指挥所"[95]——简言之，他们的武器被用来对付他们自己，这场交火被形容为"如何在阿富汗不取胜的新模板"[96]。

第九章 "惩罚者":海湾战争及其后的战事

◆◆◆

就像之前的越南战争一样,伊拉克战争将科幻小说的写作群体分为杰斐逊派和汉密尔顿派两大阵营。2003—2004 年在美国科幻作家协会会员专刊《论坛》上进行的争论虽然短暂,但是很激烈,一些人反对这场战争,一些人则支持,一些人赞扬美国科幻作家协会"不随大流",一些人要求退会,到处都是无缘无故的侮辱,其中比较令人难忘的两个是"可恶的废物"和"流离失所者"[97]。

萨姆·J.伦德瓦尔辞去了美国科幻作家协会海外地区总监的职务,因为他无法让该协会发表反对伊拉克战争的声明。[98] 迄今为止,已有 128 位作家在迈克尔·斯旺威克反对战争的在线声明上签了名,包括哈利·哈里森和厄休拉·勒奎恩,他们都是反对越战联名信的签名者,还有发表这个声明的弗雷德·波尔,以及参加游行抗议 1991 年和 2003 年入侵伊拉克[99]的乔·霍尔德曼。[100]

在另一个阵营,杰里·普内尔(他在支持继续越南战争的联名信上签了名)称伊拉克战争是一场失败[101],他说:"也许我们永远都不应该入侵伊拉克",呼吁美国军队"在敌人重新组织起来再次战斗之前,先杀死或俘虏他们"[102]。约翰·林格也呼吁使用"压倒性的力量"[103]。奥森·斯科特·卡德已经成为这场战争和军队的坚定支持者,他在 2003 年说:"战争是一件可怕的事情,凡是尝到战争滋味的国家都有祸了。但是,当没有理性和道德的选择,只能诉诸战争时,这个国家是多么幸运,因为它的军队拥有我们这样的领导力。"[104]

在他的小说《帝国》(2006 年)中,作为电脑游戏《暗影帝国》(彼得·大卫著)背景的主人公之一,特种部队少校马里希认为,其他国家"现在尊重我们,因为我们拥有一支危险的军队。他们接受我们的文化是因为我们富有。如果我们贫穷且手无寸铁,他们就会像蛇蜕皮一样剥离美国文化"[105]。令他吃惊的是,他的老师、美国国家安全局顾问艾弗里尔·特雷特对此表示赞同,他说:"只有傻瓜才会认为保守党的转变可以用任何其他标准来衡量,而不是用哪场战争以及谁赢得了战争来衡量。"[106]

马里希认为,他在普林斯顿大学上的这门课是"一门研究疯狂左派言论和信仰的博士课程……就像他在执行一项深入的特别行动任务时被敌人包围一样"[107]。他告诉特雷特:"美国军队完全被红州[①]理想所支配。当然有一些蓝州的人。但是,一般来说,你是不会参军的,除非你有许多红州的思想。"特雷特问:"如果白宫掌握在蓝州手中呢?……如果总统命令美国军队向为红州理想而战的美国公民开火呢?"马里希回答说:"我们服从总统,长官。"[108] 马里希所设想的情况是,在总统之后,副总统、国防部长和参谋长联席会议主席都在同一天被暗杀,一些人指责马里希参与了右翼将军奥尔顿发动的政变(他患有"将军病",由所有人都向其敬礼、总是说"是长官"导致的自我膨胀)。[109] 奥尔顿"成功地让大部分反对我们的高级官员退休。任何规模的美国本土力量都已经在我们的控制之下"[110]。当马里希的助手科尔曼上尉认为奥尔顿可能是被刺杀了总统的阴谋者操纵时,"这样他们就有借口发动战争,把国家从你手中拯救出来",奥尔顿反驳

[①] 红州与蓝州是指美国近年来选举得票数分布的倾向,表示的是共和党和民主党在各州的势力;红色代表共和党,蓝色代表民主党。在西部沿海、东北部沿海各州的选民投票倾向较支持民主党,故有蓝州之说,这些州经济发达、人口众多且结构"多元化"(新移民较多);而南部沿海和中部则较倾向于投给共和党,故有红州之说。——译注

道："那又怎样？所有的枪都在我们这里。"[111]

众议院多数党领袖是一位来自爱达荷州的摩门教共和党人，他接任了总统职位，马里希和科尔曼劝他不要同意奥尔顿的计划。军队仍然忠于总统，但是"恢复系统"接管了蓝州理想的城市，用左翼亿万富翁阿尔多·维罗斯制造的步行坦克和机器人维护纽约治安，马里希和科尔曼被派去证明这次暗杀是左翼的阴谋，而不是右翼的阴谋。他们成功地做到了，宣称自己是温和派的特雷特得到民主党和共和党提名，成为下一任总统（显然没有人反对）——卡德认为实际上这比目前美国左翼和右翼之间的分歧更糟糕。

回顾1945年后科幻作家对美国战争的不同看法，甚至是对增加诸如战略防御计划（它被视为外交和条约的替代品）等项目的军事开支的不同看法，近70年来，每一场战争或重大的军事干预行动都引起美国科幻作家的异议。可以想象一下，一场对抗可怕敌人的战争可能爆发，它使科幻小说创作团体团结起来。美国也有可能卷入一场让所有美国科幻作家联合起来反对的战争，但是证据，尤其是越战和伊拉克战争的证据表明，这种可能性更小，几乎和《帝国》中的情节一样不可能。虽然我不会唱颂歌《为了步兵永恒的荣耀》，但我也不指望有一天美国人"不再研究战争"。战争可能会减少，研究可能会增多，由于越来越多的地面部队会被智能机器的机械化腿、轮子、踏板和翅膀所取代（更自动化，更像机器人，而不只是远程控制），地面部队的伤亡率可能会继续下降。但历史表明，尽管美国的军费开支和征兵人数可能会出现波动，但在可预见的未来，美国将保留足够的军事人员和武器（其中一些是受到科幻小说的启发），凭借其提供"闪亮的武器和漂亮的爆炸"的能力，始终构成"可信的武力威胁"[112]。

因此，看起来最有可能的是，至少有一些美国科幻作家将继续愉快地帮助和推动美国军队；还有一些人会利用科幻这个类型和他们的地位来批评军队的行为和花费。

◆ ◆ ◆

弗朗索瓦·特吕弗曾说过，即使是可怕的电影也会使战争看上去很刺激，所以根本就没有反战电影。[113] 约翰·斯考茨对《星河战队》的评论更进了一步，他形容战斗场景是"异常激烈，场面紧凑，令人振奋"[114]。斯皮尔伯格表达过相反的观点，他说"每一部战争电影，无论好坏，都是一部反战电影"[115]。安东尼·斯沃福德在《锅盖头》中给出了一个更微妙或许更准确的答案：

> 实际上，越战电影都是支持战争的，不论它的本意是什么，不管库布里克或科波拉或斯通的意图是什么。住在奥马哈或旧金山或曼哈顿的约翰逊夫妇会边看电影边流泪，并最终认为战争是不人道的和可怕的，他们会把这一切告诉他们在教堂的朋友和家人，但是在彭德尔顿营的杰森下士，在特拉维斯空军基地的杰森中士，在科罗纳多海军基地的杰森水手，在布拉里堡的特种兵杰森，在第29棕榈海军陆战队基地的兰斯下士观看了相同的电影，他们却感到很兴奋，因为电影中魔法般的暴力颂扬了他们战斗技巧的可怕和卑鄙之美。[116]

第九章 "惩罚者":海湾战争及其后的战事

不幸的是,证据似乎支持斯沃福德,而不是特吕弗。如果斯皮尔伯格是正确的,那么很难想象五角大楼为什么会给好莱坞那么昂贵的支持来拍那些电影,例如《变形金刚:卷土重来》和《超级战舰》,还有电视剧《执法悍将》或《星际之门 SG-1》,或制作它自己的电子游戏,或是在剧院大厅招募新兵(我曾经听说在一些放映《星河战队》的影院发生过类似事情,尽管我找不到相关资料来证实这一点)。没有必要用类似"军事–娱乐"复合体或"军事娱乐"这样的术语。

有一些科幻故事已经表达出将战争视为娱乐的观点,其中包括罗伯特·阿斯普林的《现金战争》[117](与《安德的游戏》在同一期《科幻和科学事实》杂志上发表)、迈克·雷诺兹的《雇佣兵》[118]、乔治·亚历克·埃芬格的《窗帘》[119]、丹·西蒙斯的《去纳兰德的电子机票》[120]。在约翰·瓦利的《泰坦》(1979 年)中,盖娅"女神"受到来自地球电视信号的启发,发动了一场战争:"你们这些人似乎很喜欢战争,每隔几年就来一场,我想我应该让你们试试。"[121]

尽管耗资巨大,但科幻小说却对战争娱乐的制作者有着特殊的吸引力,除了"闪亮的武器和漂亮的爆炸"以及权力幻想的超级英雄,它还能提供任何数量的可能的外星种族作为"没有面孔的炮灰",尽管纯粹是假想的敌人,但它们可能的存在,需要对其始终保持警惕,并且具有为步兵带来永恒荣耀的潜力。

◆◆◆

随着科幻文学的市场份额和货架空间被史诗奇幻所取代,我们还会看到更多以龙和魔法剑等幻想图标命名的武器吗?

考虑到《指环王》和电视剧《权力的游戏》的成功以及更

多奇幻电影和电视剧的前景，这当然是有可能的。几篇关于彼得·杰克逊电影的评论和报纸社论试图用"反恐战争"来解释它们的受欢迎程度，支持伊拉克战争的参议员里克·桑托勒姆在2006年的一次竞选演讲中对它们做了比较："当霍比特人登上末日火山时，魔多之眼被吸引到了别的地方……它被吸引到伊拉克而不是美国，你知道吗？我想让它留在伊拉克。我不想让魔多之眼回到美国。"[122] 帕拉丁自行榴弹炮[123]的提议替代品被命名为十字军战士[124]，在另一位中世纪装甲战士之后；由米诺陶火箭发射的军用装备[125]；激光武器程序被命名为王者之剑[126]；士兵们正在购买龙鳞甲防弹衣。[127] 怀旧情绪在美国很流行，尤其是在那些更倾向于支持军事行动的保守派中。

然而，美国军队不可能降低它对先进技术的依赖——恰恰相反——正如詹姆逊指出的，托尔金式的幻想"在技术上是反动的（保守的）"[128]。不论美国让军队看起来多么迷人，它也不可能仅凭人数上的优势，或是接受伤亡的意愿，就打败所有对手。它越来越可能依靠拥有优势的机动性和火力，以及像激光和电脑这样能更精确定位目标的技术。为了降低平民伤亡和友军炮火误伤事故，它还资助非杀伤性武器和类似机器人的遥控武器的研发（后两种武器是在五角大楼的要求下由 iRobot.com 和泰瑟国际公司联合开发的）。[129] 因为有这样的依赖，美国军队几乎肯定会继续将科幻小说作为一种"读者易于接受的叙事类型"的资源[130]，如果只是因为它的"未来部队战士"计划更像钢铁侠[131]或《星球大战》中的帝国冲锋队员，拥有柯克舰长或韩·索罗的高科技技能，而不是像野蛮人柯南、阿拉贡或甘道夫，或者甚至是约翰·韦恩了。

第九章 "惩罚者":海湾战争及其后的战事

注释

1. Bandow, Doug. "Republicans Mislead Their Base With Handwringing Over Sequester Defense Cuts." *Forbes*, 4 March 2013.http://www.forbes.com/sites/dougbandow/2013/03/04/republicans-mislead-their-basewith-handwringing-over-sequester-defensecuts/.
2. Quoted in Logica, Mark. "JB Pearl Harbor-Hickam Sailors Preview *Battleship*." *America's Navy*, 1 May 2012. http://www.navy.mil/submit/display.asp?story_id=66884.
3. Galbreath, David. "The Technological Dimension" Lecture, "From State Control to Remote Control," University of Bath, April 2015.
4. "The 213 Things Skippy is no longer allowed to do in the U.S. Army." 12 July 2007. http://skippyslist. com/?page_id=3.
5. Ford, John M. Panel at Conspiracy, 1987 World Science Fiction Convention.
6. *Star Trek VI: The Undiscovered Country*. Screenplay by Nicholas Meyer and Denny Martin Flinn, from a story by Leonard Nimoy, Lawrence Konner and Mark Rosenthal. Dir. Nicholas Meyer. Paramount Pictures, 1991.
7. Herken, Gregg. *Brotherhood of the Bomb: The Tangled Lives and Loyalties of Robert Oppenheimer, Ernest Lawrence, and Edward Teller* (New York: Henry Holt, 2002), p. 334.
8. ABC News, 23 March 2003.
9. ABC News, 30 March 2003.
10. Gideon, Vic. "National Guardsman changed his name to a toy." 18 March 2003. http://www.wkyc.com.
11. Walker, James, Lewis Bernstein and Sharon Lang. *Seize the High Ground: The Army in Space and Missile Defense* (Washington, DC: Center of Military History, 2003), p. 12.
12. "FORCEnet." http://www.globalsecurity.org/military/systems/ship/systems/forcenet.html/.
13. George, Alexander. "The Top-Secret Aircraft That Roamed the Skies Over Area 51." *Wired* 26 March 2014. http://www.wired.com/2014/03/boeing-bird-of-prey/.
14. "Schwarzenegger to Troops: 'You Guys Are The True Terminators.'" *Fox News* 4 July 2003. http://www.foxnews.com/story/2003/07/04/schwarzenegger-to-troops-guys-aretrue-terminators/.
15. Robb, David L. *Operation Hollywood: How the Pentagon Shapes and Censors the Movies* (Amherst, NY: Prometheus Books, 2004), p. 184.
16. *Ibid.*, p. 186.
17. Fleischer, Jeff. "Operation Hollywood." *Mother Jones*, 20 September 2004. http://www.motherjones.com/politics/2004/09/operationhollywood.
18. Quoted in Debruge, Peter. "Film biz, military unite for mutual gain." *Variety*, 19 June 2009. http://variety. com/2009/digital/news/film-biz-military-unite-for-mutualgain-1118005186/.
19. *Ibid*.
20. *Transformers*. Screenplay by Roberto Orci and Alex Kurtzman. Story by John Rogers, Roberto Orci

and Alex Kurtzman. Based on Hasbro's Transformers Action Figures. Dir. Michael Bay. Paramount Pictures, 2007.
21. Quoted in Debruge, Peter. "Film biz, military unite for mutual gain." *Variety*, 19 June 2009. http://variety.com/2009/digital/news/film-biz-military-unite-for-mutualgain-1118005186/.
22. Moynihan, Dennis. "NCMRS Miramar." https://www.facebook.com/permalink.php?story_fbid=10150821309946312&id=253972141311.
23. Quoted in Logica, Mark. "JB Pearl Harbor-Hickam Sailors Preview *Battleship*."*America's Navy*, 1 May 2012. http://www.navy.mil/submit/display.asp?story_id=66884.
24. Quoted in Sauer, Abe. " *Act of Valor* and the Myth of an Anti-Military Hollywood." *The Awl*, 27 February 2012. http://www.theawl.com/2012/02/act-of-valor-and-the-myth-ofan-anti-military-hollywood.
25. Kang, Inkoo. "Tales of the Military-Entertainment Complex: Why the U.S. Navy Produced *Battleship*." *Movieline*, 6 February 2013. http://movieline.com/2013/02/06/military-entertainment-complex-hollywoodpentagon-relationship-battleship-zero-darkthirty/.
26. Eagleton, Terry. *Criticism & Ideology.*1975 (London: Verso, 1986), p. 45.
27. Suid, Lawrence. *Guts and Glory: The Making of the American Military Image in Film*, revised and expanded edition (Lexington: University Press of Kentucky, 2002), pp. 556–557.
28. Capaccio, Tony. "Navy Wanted Slimmer Sailor for Role in *Battleship* Movie." *Bloomberg*, 19 May 2012. http://www.bloomberg.com/news/2012-05-18/navy-wanted-slimmersailor-for-role-in-battleship-movie.html.
29. Cornet, Roth. "*Battle: Los Angeles*: Creating a Realistic War Movie With Aliens." *ScreenRant*. http://screenrant.com/battle-losangeles-interviews-aaron-eckhart-jonathanliebesman-rothc- 104972/.
30. Scott, Mike. "Aaron Eckhart went through military training to make *Battle: Los Angeles* seem real." *Times-Picayune*, 12 March 2011. http://www.nola.com/movies/index.ssf/2011/03/aaron_eckhart_went_through_mil.html.
31. *Godzilla*. Screenplay by Max Borenstein, story by Dave Callahan. Dir. Gareth Edwards. Cast: Aaron Taylor- Johnson, Ken Watanabe, Bryan Cranston. Warner Bros., 2014.
32. Koepp, David. Interview by Devin Faraci.*Cinematic Happenings Under Development*, 29 June 2005. http://www.chud.com/3522/interview-david-koepp-war-of-the-worlds/.
33. *War of the Worlds*. 2005. Screenplay by David Koepp and Josh Friedman, from the novel by H.G. Wells. Dir. Steven Spielberg. Cast: Tom Cruise, Tim Robbins. Paramount Pictures, 2005.
34. Hunter, Stephen. "The Great 'War'." *Washington Post*, 29 June 2005. http://www.washingtonpost.com/wp-dyn/content/article/2005/06/28/AR2005062801741.html.
35. Burgess, Lisa. "Gen. Jumper leaps into Stargate." *Stars and Stripes*, 12 March 2004. http://www.stripes.com/news/gen-jumperleaps-into-stargate-1.17559.
36. Barber, Barrie. "Stargate Stars Film Movie Aboard USS *Alexandria* at the Polar Ice Cap." *America's Navy*, 18 April 2007. http://www.navy.mil/submit/display.asp?story_id=28895.
37. "Air Force to Honor Actor, Producer."*Official Website of the U.S. Air Force*, 9 September 2004. https://archive.today/6qLG.

38. Robb, David L. Interview. Fleischer, Jeff. "Operation Hollywood." *Mother Jones*, 20 September 2004. http://www.motherjones.com/politics/2004/09/operation-hollywood.
39. Card, Orson Scott. "Cross-Fertilization or Coincidence? Science fiction and video-games." In *Reading Science Fiction*. Eds. Gunn, James, Marleen S. Barr and Matthew Candelaria (Basingstoke: Palgrave Macmillan, 2009), p. 100.
40. Nemecek, Larry, and Ira Steven Behr. Commentary *on Star Trek VI: The Undiscovered Country*. Screenplay by Nicholas Meyer and Denny Martin Flinn, from a story by Leonard Nimoy, Lawrence Konner and Mark Rosenthal. Dir. Nicholas Meyer. Paramount Pictures, 1991; Liebesman, Jonathan. Commentary on DVD. *Battle: Los Angeles*. Screenplay by Christopher Bertolini. Dir. Jonathan Liebesman. Cast: Aaron Eckhart, Ramon Rodriguez, Michelle Rodriguez. Columbia Pictures, 2011.
41. Favreau. Jon. Commentary. *Iron Man 2*. Screenplay by Justin Theroux. Dir. Jon Favreau. Cast: Robert Downey, Jr., Gwyneth Paltrow, Scarlett Johansson, Don Cheadle, Samuel L. Jackson. Paramount Pictures, 2008.
42. Robb, David L. *Operation Hollywood: How the Pentagon Shapes and Censors the Movies* (Amherst, NY: Prometheus Books, 2004), p. 177.
43. Spinrad, Norman. *Science Fiction in the Real World* (Carbondale: Southern Illinois University Press, 1990), p. 25.
44. Grossman, Dave. *On Killing: The Psychological Cost of Learning to Kill in War and Society* (Boston: Little, Brown, 1996), pp. 127–128.
45. *Ibid.*, p. 128.
46. *Ibid.*, p. 162.
47. *Ibid.*
48. *Ibid.*, p. 160.
49. *Ibid.*
50. Fritz, Ben, and John Horn. "Reel China: Hollywood tries to stay on China's good side." *Los Angeles Times*, 16 March 2011. http:// www.latimes. com/ entertainment/ la- et- china- reddawn-20110316-story. html#page= 1.
51. *Iron Man*. Screenplay by Mark Fergus, Hawk Ostby, Art Marcum and Matt Holloway. Dir. Jon Favreau. Paramount Pictures, 2008.
52. *Iron Man 2*. Screenplay by Justin Theroux. Dir. Jon Favreau. Paramount Pictures, 2010.
53. Favreau. Jon. Commentary. *Iron Man 2*. Screenplay by Justin Theroux. Dir. Jon Favreau. Cast: Robert Downey Jr., Gwyneth Paltrow, Scarlett Johansson, Don Cheadle, Samuel L. Jackson. Paramount Pictures, 2008; *Batman Begins*. Screenplay by Christopher Nolan and David S. Goyer. Story by David S. Goyer. Characters by Bob Kane. Dir. Christopher Nolan. Warner Brothers, 2005; Eick, David. Interview. "Flesh and Bone." http://en.battlestarwiki.org/wiki/Flesh_and_Bone.
54. *Close Encounters of the Third Kind*. Screenplay by Steven Spielberg. Dir. Steven Spielberg. Columbia Pictures, 1978.
55. *The Philadelphia Experiment*. Screenplay by Michael Janover and William Gray, story by Wallace Bennett and Don Jakoby, based on the book by Charles Berlitz and William L. Moore. Dir. Stewart

Raffill. New World Pictures, 1983.
56. *The Day After*. Written by Edward Hume. Dir. Nicholas Meyer. Cast: Jason Robards, John Lithgow, Bibi Besch. ABC Circle Films, 1983.
57. *Starman*. Written by Bruce A. Evans and Raynold Gideon. Dir. John Carpenter. Cast: Jeff Bridges, Karen Allen, Charles Martin Smith, Richard Jaeckel. Columbia Pictures, 1984.
58. Contrada, Andrew. "'The Avengers' Lost Military Support Over S.H.I.E.L.D. Issue." http://screenrant.com/the-avengers-u-smilitary-shield-contr-170280/.
59. *Mars Attacks!* Screenplay by Jonathan Gems, from the trading card series. Dir. Tim Burton. Cast: Jack Nicholson, Paul Winfield, Rod Steiger. Warner Bros., 1996.
60. Robb, David L. *Operation Hollywood: How the Pentagon Shapes and Censors the Movies* (Amherst, NY: Prometheus Books, 2004), p. 69.
61. *Ibid.*, p. 70.
62. *Ibid.*, p. 67.
63. *Ibid.*
64. Haldeman, Joe. *Forever Free*. 1999 (New York: Ace Books, 2000).
65. "Joe Haldeman's *War Stories*." SFWA Pressbook.
66. Singer, P.W. *Wired for War* (New York: Penguin Press, 2009), p. 32.
67. *Ibid.*
68. *Ibid.*, p. 21.
69. Drummond, Katie. "Pentagon's Project Avatar: Same As The Movie, But With Robots Instead of Aliens." *Wired: Danger Room*, 16 February 2012. http://www.wired.com/2012/02/darpa-sci-fi/.
70. *Iron Man 2*. Screenplay by Justin Theroux. Dir. Jon Favreau. Paramount Pictures, 2010.
71. Scalzi, John. *Old Man's War* (New York: Tor Books, 2005), p. 138.
72. Scalzi, John. *The Ghost Brigades* (New York: Tor Books, 2006).
73. McCarthy, Wil. *Aggressor Six* (New York: Roc, 1994).
74. Franklin, H. Bruce. *Vietnam and Other American Fantasies* (Amherst: University of Massachusetts Press, 2000), p. 169.
75. Baen, Jim. "Enterprise Thank You to Jim Baen." 12 July 2007. http://www.baen.com/enterprise_thank_you_to_jim_baen.htm.
76. Bujold, Lois McMaster. *Young Miles* (Riverdale, NY: Baen Books, 2003).
77. Moon, Elizabeth. *Rules of Engagement* (Riverdale, NY: Baen Books, 2000).
78. Pournelle, Jerry. Quoted in Platt, Charles. *Dream Makers: Science Fiction Writers at Work* (London: Xanadu, 1987), p. 3.
79. Marvel Character Appearances. http://www.marvelappearance.com/photos.html.
80. Rosin, Hanna. "Pentagon Uses Its Spidey-Sense For The Troops." *The Washington Post*, 29 April 2009. http://www.washingtonpost.com/wp-dyn/content/article/2005/04/28/AR2005042801995.html.
81. Medved, Michael. "Captain America, Traitor." *The National Review*, 4 April 2003. http://www.nationalreview.com/comment/comment-medved040403.asp.

82. *Ibid.*
83. *Ibid.*
84. Crawford, Hubert H. *Crawford's Encyclopedia of Comic Books* (New York: Jonathan David Publishers, 1978), p. 341.
85. Brancatelli, Joe. "Captain America," in Horn, Maurice. *The World Encyclopedia of Comics* (New York: Chelsea House, 1976), p. 156.
86. Morrell, David. *Captain America: The Chosen* (New York: Marvel, 2008).
87. Kirkman, Robert, John Jackson Miller, Michael Avon Oeming, Christopher Priest and Mark Scott Ricketts. *Avengers Disassembled: Iron Man, Thor and Captain America* (New York: Marvel, 2009).
88. Brady, Matt. *Marvel Encyclopedia*, Volume 1 (New York: Marvel, 2003), p. 123.
89. Daniels, Les. *Marvel: Five Decades of the World's Greatest Comics* (London: Virgin, 1991), p. 165.
90. *Ibid.*
91. Twain, Mark. *Great Short Works of Mark Twain* (New York: Perennial Library,1967), p. 217.
92. Fraction, Matt. *Punisher War Journal*, Vol. 2: *Goin' Out West* (New York: Marvel, 2008).
93. Franklin, H. Bruce. *Vietnam and Other American Fantasies* (Amherst: University of Massachusetts Press, 2000), pp. 105–106.
94. Shanker, Thom. "Report Cites Firefight as Lesson on Afghan War." *The New York Times*, 2 October 2009. 5 October 2009. http://www.nytimes.com/2009/10/03/world/asia/03battle.html.
95. *Ibid.*
96. *Ibid.*
97. *Forum: A Publication for the Science Fiction and Fantasy Writers of America* 191.Ed. Jim Bassett (Chestertown, MD).
98. *Ibid.*
99. Haldeman, Joe. "War—Past, Present and Future." Speech at Cosmopolis, September 2004. http://www.google.com.au/url?sa=t&rct=j&q=&esrc=s&source=web&cd=2&ved=0CCQQFjAB&url=http%3A%2F%2Fwww.cccb.org%2Frcs_gene%2Fjoe_haldeman.pdf&ei=ef4xVfrTN4TsmAX-5YHADw&usg=AFQjCNFU2hvdysnw9J_Ty24MK3FOPTLKpw&sig2= ZLOnlhzIK7lE-M70IAMI0g&bvm=bv.91071109,d.dGY.
100. Swanwick, Michael. "Against the War." 10 March 2003. http://www.michaelswanwick.com/evrel/against.html.
101. Pournelle, Jerry. "Jacobinism and the Principle of Pursuit." 19 November 2004. 11 Jul 2007. http://jerrypournelle.com/archives2/archives2view/view336.html#pursuit.
102. *Ibid.*
103. Ringo, John. "War vs. Not-War." 2005.12 July 2007. http://johnringo.com/Unpublished/Unpublishedopeds/warvsnotwar.asp.
104. Card, Orson Scott. "The Most Careful of All Wars." 24 March 2003. 12 July 2007. http://www.ornery.org/essays/warwatch/2003-03-24-1.html.
105. Card, Orson Scott. *Empire* (New York: Tor Books, 2006), p. 18.
106. *Ibid.*, p. 19.

107. *Ibid.*, p. 22.
108. *Ibid.*, p. 26.
109. *Ibid.*, p. 106.
110. *Ibid.*, p. 110.
111. *Ibid.*, p. 111.
112. Mokhiber, Jim and Rick Young. "The Uses of Military Force." *Frontline: Give War a Chance.* http://www.pbs.org/wgbh/pages/frontline/shows/military/force/.
113. Hamrah, A.S. "Allied Forces." *Boston Globe* . 4 July 2004. 12 July 2007. http://www.boston.com/news/globe/ideas/articles/ 2004/07/04/allied_forces/.
114. Scalzi, John. "*Starship Troopers*: The Movie—A Review." 26 December 2006. 15 Jul 2007. http://www.scalzi.com/whatever/004718.html.
115. Rosenbaum, Jonathan. *Movie Wars: How Hollywood and the Media Conspire to Limit What Films We Can See* (Chicago: A Capella, 2000), pp. 69–70.
116. Swofford, Anthony. Quoted in Sauer, Abe. "*Act of Valor* and the Myth of an Anti-Military Hollywood." *The Awl*, 27 February 2012. http://www.theawl.com/2012/02/act-ofvalor-and-the-myth-of-an-anti-militaryhollywood.
117. Asprin, Robert. *The Cold Cash War*. 1977 (New York: Ace Books, 1992).
118. Reynolds, Mack. "Mercenary." 1962. *Study War No More*. Ed. Joe Haldeman (New York: Avon Books, 1977), pp. 145–205.
119. Effinger, George Alec. "Curtains." 1974. *Study War No More*. Ed. Joe Haldeman (New York: Avon Books, 1977), pp. 125–144.
120. Simmons, Dan. "E-ticket to 'Namland.'" 1987. *Prayers to Broken Stones* (New York: Bantam Spectra, 1992), pp. 207–231.
121. Varley, John. *Titan* (London: Futura, 1979), p. 277.
122. Grieve, Tim. "Rick Santorum and the Eye of Mordor." *Salon*, 18 October 2006. http://www.salon.com/2006/10/17/santorum_ 4/.
123. "Paladin M109A6 155mm Artillery System, United States of America." Armytechnology. com. http://www.army-technology.com/projects/paladin/.
124. "Crusader 155mm, United States of America" Army-technology.com. http://www.army-technology.com/projects/crusader/.
125. "Minotaur V Launch Vehicle Information." Spaceflight101.com. http://www.spaceflight101.com/minotaur-v-launch-vehicleinformation.html.
126. "Excalibur." DARPA Microsystems Technology Office. http://www.darpa.mil/our_work/mto/programs/excalibur.aspx.
127. Crane, David. "Fight Night: Pinnacle Armor Dragon Skin vs. Interceptor Body Armor." Military. com. http://www.military.com/soldiertech/ 0,14632,SoldierTech_060223_ Pinnacle,00. html.
128. Jameson, Frederic. *Archaeologies of the Future: The Desire Called Utopia and Other Science Fictions* (London: Versu, 2005), p. 60.
129. iRobot Press Release. 28 June 2007. 10 July 2007. http://www.irobot.com/sp.cfm?pageid =

86&id=344&referrer=85.
130. Jackson, Patrick Thaddeus, and Daniel H. Nexon. "Representation is Futile?: American Anti-Collectivism and the Borg." *To Seek Out New Worlds: Exploring Links Between Science Fiction and World Politics*. Ed. Jutta Weldes (New York: Palgrave Macmillan, 2003), p. 144.
131. Singer, Peter W. "How To Be All That You Can Be: A Look at the Pentagon's Five-Step Plan for Making *Iron Man* Real." *Brookings*, 2 May 2008. http://www.brookings.edu/research/articles/2008/05/02-iron-man-singer; Newton, Mark. "Military Hires Hollywood To Develop Real-Life Iron Man Suit." *Moviepilot*, 8 July 2014. http://moviepilot.com/posts/2014/07/08/military-hires-hollywood-to-develop-real-life-iron-man-suit-1687743?lt_source=external,manual.

附录 A

从二战到越战曾在美军服役的科幻作家

二战

艾萨克·阿西莫夫,1945—1946 年,下士

劳埃德·比格,陆军,1943—1946 年,中士

詹姆斯·布利什,陆军医疗队,1942—1944 年

约翰·博伊德,海军,1940—1945 年,中校

F.M. 巴斯比,国民警卫队,1930—1940 年;陆军,1940—1941 年,1943—1945 年

路易斯·沙博诺,陆军航空兵,1943—1946 年,上士

吉恩·L. 库恩,海军陆战队,1942—1946 年,1950—1952 年

阿尔弗雷德·科佩尔,陆军航空兵,1942—1945 年,中尉

阿夫兰·戴维森,海军,1942—1946 年

钱德勒·戴维斯,海军预备役,1944—1946 年

戈登·R. 迪克森,陆军,1943—1946 年

菲利普·约瑟·法默,空军,1941—1942 年

丹尼尔·加卢耶,海军飞行员,1941—1946 年;海军预备役,中尉

兰德尔·加勒特,海军陆战队,下士

霍勒斯·戈尔德，军事工程师，1944—1946 年

詹姆斯·冈，海军预备役，1943—1946 年

西里尔·科恩布鲁斯，步兵，铜星勋章

亨利·库特纳，陆军医疗队

R.A. 拉弗蒂，陆军，1942—1946 年，上士

斯特林·拉尼尔，陆军，二战和朝鲜战争

基思·劳默，陆军，1943—1945 年，下士；空军，1952—1956 年，1959—1965 年，上尉

保罗·林白乐（考德维那·史密斯），陆军情报；帮助建立了战争情报办公室，帕特·弗兰克、威尔·詹金斯（穆雷·莱因斯特）和雷金纳德·布莱特诺在那里担任编剧

理查德·马特森，第 87 步兵团

沃尔特·M. 米勒，陆军航空兵，1942—1945 年

克里斯·内维尔，陆军通信兵

埃德加·潘博恩，陆军医疗队，1942—1945 年

弗雷德·波尔，陆军航空兵，1943—1945 年，中士

迈克·雷诺兹，陆军运输队

弗兰克·M. 罗宾逊，海军雷达技术员，1944—1945 年，1950—1951 年

吉恩·罗登贝里，陆军航空兵，1941—1946 年，杰出飞行十字勋章

威廉·罗斯勒，陆军，1944—1945 年

希尔伯特·申克，海军电子技师，1944—1946 年

托马斯·N. 斯科舍，步兵，1944—1946 年；防化兵团，1951—1953 年

汉克·塞尔斯，海军，1941—1954 年，少校

罗德·塞林，1943—1946 年，第 11 空降师

E.E. "博士" 史密斯，陆军，1941—1945 年，在一个弹药库服役

乔治·H. 史密斯，海军，1942—1945 年

乔治·O.史密斯，编辑工程师，国防研究委员会，1944—1945年

杰里·索尔，陆军航空兵，1942—1945年，中士

乔治·R.斯图尔特，海军文职技术员，1944年

哈利·斯塔布斯（哈尔·克莱门特），轰炸机飞行员，第二次世界大战第八航空队，35次战斗任务；空军预备役，中校，1953—1976年

史蒂芬·托尔，航天科学局情报官员，1945年，上尉

威廉·田纳，陆军

沃尔特·特维斯，海军

泰德·托马斯，陆军，1943—1946年，中尉

库特·冯内古特，陆军侦察兵，1942—1945年

约翰·威廉姆斯，海军，1943—1946年

杰克·威廉姆森，陆军气象预报员，1942—1945年，上士

理查德·威尔逊，空军信号部队，1942—1946年

1946—1950年

马丁·凯丁，空军，1947—1950年，中士；纽约州民防委员会顾问，1950—1962年；空军导弹测试中心卡纳维拉尔角，1955年

扎克·休斯，第82空降师，1946—1948年

艾伦·E.诺斯，海军，1946—1948年，三级住院医师

多丽丝·皮斯奇亚，陆军，1950—1954年，中尉

罗伯特·谢克利，陆军，1946—1948年

罗伯特·F.杨，陆军

朝鲜战争

林·卡特，陆军步兵，1951—1953年

迪安·英格，空军，1951—1955年，一等兵

杰里·普内尔，陆军，1950—1952年

弗雷德·莎伯哈根，空军，1951—1955 年
吉恩·沃尔夫，陆军，1952—1954 年

1954—1964 年
皮尔斯·安东尼，陆军，1957—1959 年
哈兰·埃里森，陆军，1957—1959 年，被乔·汉斯莱（海军，医院医护人员，1944—1946 年）从军事法庭上解救
罗伯特·福沃德，空军，1954—1956 年，上尉
理查德·卢波夫，陆军副官部队，1956—1958 年，中尉
杰克·麦克德维特，海军，1958—1962 年
理查德·C. 梅瑞狄斯，陆军，1957—1960 年，1962 年
约翰·莫里西，陆军，1953—1955 年
阿列克谢·潘兴，陆军，1960—1962 年
汤姆·普多姆，陆军医疗队，1959—1961 年
罗格·辛拉兹，俄亥俄州国民警卫队，1960—1963 年；陆军预备役，1963—1966 年

越南战争
罗伯特·阿斯普林，陆军，1965—1966 年
杰克·L. 查尔克，美国空军第 135 空中突击队，1968—1971 年；马里兰州空军国民警卫队，1968—1969 年，上士
布莱恩·戴利，陆军，1965—1969 年，在越南和西柏林服役
加德纳·多佐伊斯，军事记者，1966—1969 年
大卫·德雷克，陆军，1969—1971 年，审问官
艾伦·迪安·福斯特，陆军预备役，1969—1975 年
M.A. 福斯特，空军，1957—1962 年，1965—1976 年，上尉（俄语专家，情报、战略导弹和拦截武器主任）

乔·霍尔德曼，1967年入伍，陆军军事工程师；1968—1969年，紫心勋章

乔治·R.R. 马丁，基于道德或宗教信仰原因不肯服兵役者，替代服务于VISTA，1972—1974年

伊丽莎白·穆恩，海军陆战队，1968—1971年（在司令部）

沃伦·诺伍德，陆军，1966—1969年

伊丽莎白·安·斯卡伯勒，陆军护士

霍华德·沃尔德罗普，陆军信息专家，1970—1972年

加里·K. 沃尔夫，空军，1963—1969年，少校

附录 B

从吉普到绝地武士：科幻作品对军事术语的影响

必须承认有时候仅仅是巧合，在军事用语和科幻娱乐中使用相同的词或首字母缩写，例如，海军情报机构主管和一款流行的电子游戏控制台都叫世嘉；"托尔（雷神）"和"义务警员"既是美国漫画书中的超级英雄，也是大约同一时期美国的核武器；1994年科幻电影《星际之门》和1953年国防情报局的特异功能实验室共享一个名字；美国海军军械处理程序和《星际迷航》中消耗品炮灰都以"红衫军"著称。

因为在英语字母表中只有 26 个字母，所以一般对首字母缩写和新词有所偏爱，尤其是那些容易发音和便于记忆的；同样的词在方言中能独立出现。而且给美军装备和项目选择的名字通常都有点古怪——武器项目被命名为"胖子"，用的是《马耳他之鹰》中西德尼·格林斯特里特的角色名称；"蛇鲨"用的是刘易斯·卡罗尔的想象生物，以及大范围的鸟、鱼、希腊神话人物、美国的印第安人。

第 193 特别行动组的突击队索洛——一个用于"信息战，心理战和民政广播"的大力神——也许听上去很像哈里森·福特在《帝国反击战》（1980）中扮演的角色的名字和等级，即指挥官索洛，但这个名字是在

1990年由"沃兰特·索洛"换过来的，自从1967年在相似任务中驾驶"宝冠索洛"的时候以来，这支部队就一直使用"索洛"这个名称。[名字没有表现出11个成员，但可能提及飞机的独特性，或是拿破仑·索洛，即电视剧《秘密特工》(1964—1968)中的间谍]。

还有好几个例子表明，军方明显从科幻小说中借用了名称，如下所示：

军事装备	年份	科幻小说来源	年份
吉普（通用运输）	1939	《大力水手》[1]	1937
太空飞鼠（2.75qm 航空火箭弹）[2]	1950	《太空飞鼠》	1942
超人（核武器项目）	1952	《超人》	1938年至今
蓝甲虫 T63 训练型（伪装核武器）	1954	《蓝甲虫》（发明家/罪犯克星，DC漫画）	1939
"星球大战"导弹防御计划	1983年至今	《星球大战》	1977年至今
三级暗星（无人侦察机）[3]	1995	《暗星》	1974
F-14 毒蛇（战斗机，以战隼著称）[4]	1978	《太空堡垒卡拉狄加》	1978
X翼（西科斯基 S-72 试验飞机）[5]	1983	《星球大战》	1977
捕食者（无人驾驶飞行器）	1990	《捕食者》	1987—2010
F-22 猛禽战斗机	1998	《侏罗纪公园》（迅猛龙的缩写，克隆恐龙）	1997—2002
绝地武士（联合远征部队数字信息系统）[6]	2002	《星球大战》	1997年至今
红色黎明行动[7]	2003	《红色黎明行动》	1984
相位枪（单兵阻止及刺激反应）[8]	2005	《星际迷航》的相位器	1965年至今
反火箭迫击炮 R2D2[9]	2004	《星球大战》	1997年至今
极光黄金眼无人机[10]	2003	《黄金眼》	1995
人类负重机械外骨骼[11]	2009	《绿巨人》	1962年至今
变形金刚（垂直起落的地面运输器）[12]	2009	《变形金刚》	1986年至今
阿凡达项目[13]	2012	《阿凡达》	2010

注释

1. "Eugene the Jeep" Jeepbase.com. http://www.jeepbase.com/willys/eugene_jeep_px1.htm.
2. "Missile. Air-to-Air. Mighty Mouse. 2.75 inch." *Smithsonian National Air and Space Museum*. http://airandspace.si.edu/collections/artifact.cfm?object=nasm_A19660372000.
3. "Dark Star Unmanned Aerial Vehicle." *Boeing*. http://www.boeing.com/boeing/history/boeing/darkstar.page.
4. Vanhastel, Stefaan. "F-16. net." 17 July 2007. http://www.f-16.net/articles_article10.html?module=pagesetter&func=viewpub&tid=2&pid=27.
5. Dryden Flight Research Center. http://www.dfrc.nasa.gov/Gallery/Photo/X-Wing/HTML/EC86-33555-2.html.
6. Walker, James, Lewis Bernstein and Sharon Lang. *Seize the High Ground: The Army in Space and Missile Defense*. Washington, DC: Center of Military History, 2003, p. 12.
7. USAICoE Command History Office. "Operation RED DAWN Meets Saddam Hussein." www.army.mil, 6 December 2013. http://www.army.mil/article/116559/Operation_RED_DAWN_nets_Saddam_Hussein/.
8. Hanlon, Mike. "PHaSR—the first manportable, non-lethal deterrent weapon." *Gizmag*, 4 November 2005. http://www.gizmag.com/go/4815/.
9. Singer, P. W. *Wired for War*. New York: Penguin Press, 2009, p. 38.
10. "GoldenEye." *Aurora Flight Sciences*. http://www.aurora.aero/Development/GoldenEye_80.aspxLockheed Martin.
11. "HULC." http://www.lockheedmartin.com.au/us/products/hulc.html.
12. DARPA. "Ares Aims to Provide More Front-Line Units With Mission-Tailored VTOL Capabilities." DARPA.mil, 11 February 2004. http://www.darpa.mil/NewsEvents/Releases/2014/02/11.aspx.
13. Drummond, Katie. "Pentagon's Project Avatar: Same As The Movie, But With Robots Instead of Aliens." *Wired: Danger Room*, 16 February 2012. http://www.wired.com/2012/02/darpa-sci-fi/.

附录 C

1968 年的越南战争广告运动

朱迪斯·梅里尔组织了一场广告运动,她曾呼吁美国科幻作家抗议战争,但没有成功。"我们反对美国卷入越南战争"的声明发表在《幻想和科幻小说》(1968 年 3 月)和《银河科幻小说》(1968 年 6 月)杂志上,在这份声明上签名的人包括:福斯特·J. 阿克曼、艾萨克·阿西莫夫、彼得·S. 比格尔、杰罗姆·比克斯比、詹姆斯·布利什、安东尼·布彻、莉拉·G. 博伊德、雷·布拉德伯利、特里·卡尔、J. 克莱姆、艾德·M. 克林顿、西奥多·科格斯韦尔、阿瑟·吉恩·考克斯、艾伦·但泽、约翰·德塞尔斯、米利亚姆·艾伦·德福特、萨缪尔·R. 德拉尼、莱斯特·德尔·雷伊、菲利普·K. 迪克、托马斯·M. 迪什、索尼娅·多尔曼、拉里·艾森伯格、哈兰·埃里森、菲利普·约瑟·法默、大卫·E. 费雪、隆·古拉特、哈利·哈里森、H. 丹尼尔·凯斯、弗吉尼亚·基德、达蒙·奈特、艾伦·朗、马驰·劳默、厄休拉·K. 勒奎恩、弗里茨·莱伯、欧文·刘易斯、罗伯特·A.W. 朗兹、凯瑟琳·麦克莱恩、巴里·马尔兹伯格、罗伯特·E. 马尔格罗夫、安妮·马普尔、阿德里·马歇尔、布鲁斯·麦卡利斯特、朱迪斯·梅里尔、罗伯特·P. 米尔斯、霍华德·L. 莫里斯、克里斯·内维尔、阿列克谢·潘兴、埃米尔·佩塔贾、J.R. 皮尔斯、亚瑟·波格斯、迈克·雷诺兹、吉恩·罗登贝里、乔安娜·拉斯、詹姆斯·萨利斯、威廉·桑伯特、汉斯·斯特范·桑特森、J.W. 舒茨、罗宾·斯科特、拉里·T. 肖、约翰·谢普利、T.L. 谢雷德、罗伯特·西尔弗伯格、亨利·斯莱萨、杰里·索尔、诺曼·斯平拉、玛格丽特·圣克莱尔、雅各布·特朗斯弗、瑟洛·威德、凯特·威廉、理查德·威尔逊、唐纳德·A. 沃尔海姆。

罗伯特·海因莱茵得知这些广告将被发布后，联系了杰克·威廉姆森，并组织了一个由 68 位作家组成的团体，他们愿意在一则广告上签名，宣称："我们这些签名的人认为，美军必须留在越南，履行对该国人民的责任。"这些签名人包括：凯伦和保罗·安德森、哈利·贝茨、劳埃德·M. 比格、J.F. 博恩、雷·布拉克特、马里恩·齐默·布拉德利、玛利亚·布兰德、雷金纳德·布莱特诺、弗雷德里克·布朗、多丽丝·皮特金·巴克、威廉·R. 伯克特、F.M. 巴斯比、约翰·坎贝尔、哈尔·克莱门特、康普顿·克鲁克、汉克·戴维斯、L. 斯普拉格·德·坎普、查尔斯·V. 德维特、威廉·B. 埃伦、理查德·H. 埃尼、T.R. 费伦巴赫、R.C. 菲茨帕特里克、雷蒙德·加伦、丹尼尔·加卢耶、罗伯特·M. 格林、小弗朗西斯·T. 霍尔、埃德蒙·汉密尔顿、罗伯特·海因莱茵、乔·L. 汉斯莱、保罗·G. 哈卡特、迪安·C. 英格、杰伊·凯·克莱因、大卫·A. 凯尔、R.A. 拉弗蒂、罗伯特·J. 莱蒙、C.C. 麦卡普、罗伯特·梅森、D.M. 梅尔顿、诺曼·梅特卡夫、P. 斯凯勒·米勒、萨姆·莫斯克维兹、约翰·迈尔斯、拉里·尼文、艾伦·E. 诺斯、杰罗尔德·W. 佩奇、斯图尔德·帕尔默、雷切尔·科斯格雷夫、佩伊斯、劳伦斯·A. 帕金斯、杰里·普内尔、乔·普瓦耶、E. 霍夫曼·普赖斯、乔治·W. 普赖斯、阿尔瓦·罗杰斯、弗雷德·莎伯哈根、乔治·O. 史密斯、W.E. 斯普雷格、G. 哈利·斯坦、德怀特·V. 斯万、托马斯·伯内特·斯万、艾伯特·泰希纳、西奥多·L. 托马斯、丽纳·M. 韦尔、杰克·万斯、哈尔·文森特、唐·沃尔什、罗伯特·摩尔、威廉姆斯、杰克·威廉姆森、罗斯科·E. 莱特、卡尔·沃夫。

附录 D

有五角大楼支持的科幻电影

摘自《信息自由法案》回应援外事务管理署的 13-F-0135，迈克尔·鲍尔斯，国防部长办公室和联合参谋部《信息自由法案》请求服务中心，史蒂夫·昂德希尔博士，马歇尔大学。

世界末日（1998 年）

洛杉矶之战（2011 年）

超级战舰（2012 年）

超时空接触（1997 年）

地心抢险记（2003 年）

后天（2004 年）

地球停转之日（1951 年和 2008 年）

天地大冲撞（1998 年）

碧血长天（1980 年）

火狐（1982 年）

黄金眼（1995 年）

我是传奇（2007 年）

火星人入侵记（1986 年）

入侵美利坚（1985年）

钢铁侠（2008年）

钢铁侠Ⅱ（2010年）

侏罗纪公园Ⅲ（2001年）

金刚（1976年）（据苏德说，海军拒绝给1933年版的《金刚》提供飞机使用，但是工作室付钱给四名海军飞行员"在帝国大厦上跳爵士舞"。[1]）

新外星人（1988年）

赤色黎明（1984年）

机械威龙（1989年）

火箭人（1991年）

深海圆疑（1998年）

星际迷航Ⅳ（1986年）

杀人蜂（1978年）

明日帝国（1997年）

变形金刚（2007年）

变形金刚：月黑之时（2011年）

变形金刚：卷土重来（2009年）

注释

1. Suid, Lawrence H. *Guts and Glory: The making of the American Military Image in Film.* (Lexington, KY: University Press of Kentucky,2002), p. 52.

附录 E

科幻作品与刊物译名表

A

A Canticle for Leibowitz　《莱博维茨的颂歌》
A Connecticut Yankee in King Arthur's Court　《康州美国佬大闹亚瑟王朝》
Action Comics　《动作漫画》
Aggressor Six　《侵略者六》
Alien　《异形》
All for His Country　《一切为了他的国家》
All Winners Comics　《无敌漫画》
Alone Against Tomorrow　《独自面对明天》
Amazing Stories　《奇异故事》
Armageddon　《世界末日》
Armageddon 2419 A.D　《世界末日：2419》
Analog Science Fiction And Fact　《科幻和科学事实》
A Piece of Wood　《一块木头》
A Prophetic Trilogy　《先知三部曲》
Astonishing Stories　《惊险故事》

Astounding Science Fiction　《惊奇科幻》

Astounding Stories　《惊奇故事》

Assured Survival　《保证生存》

A World Set Free　《解放全世界》

B

Babylon 5 Episode: Gropos　《巴比伦5号：格罗波斯》

Back to the FutureⅢ　《回到未来Ⅲ》

Basilisk　《蛇怪》

Bat Durston, Space Marshall　《巴特·德斯顿，马歇尔太空飞行中心》

Batman Begins　《蝙蝠侠：侠影之谜》

Battle Beyond the Stars　《世纪争霸战》

Battle: Los Angeles　《洛杉矶之战》

Battleship　《超级战舰》

Battlestar Galactica Episode: Flesh and Bone　《太空堡垒卡拉狄加：血与骨》

Battlestar Galactica Episode: The Lost Warrior　《太空堡垒卡拉狄加：迷失的战士》

Battlestar Galactica Episode: The Magnificent Warriors　《太空堡垒卡拉狄加：勇敢的战士》

Bearing an Hourglass　《带着沙漏》

Beneath the Planet of the Apes　《失陷猩球》

Berzerk　《狂热》

Berserker　《狂战士》

Between Planets　《行星之间》

Big One　《大块头》

Bill, the Galactic Hero　《银河英雄比尔》

Brave New World　《美丽新世界》

Buck Rogers　《巴克·罗杰斯》

310

Buck Rogers in the 25th Century 　《巴克·罗杰斯在 25 世纪》

C

Captain America 　《美国队长》

Captain America and the Falcon 　《美国队长与猎鹰》

Captain America Comics 　《美国队长漫画》

Captain America: The Chosen 　《美国队长：被选中的人》

Captain America: The Civil War 　《美国队长：内战》

Captain America: The New Deal 　《美国队长：新政》

Cat's Cradle 　《猫的摇篮》

Caught in the Organ Draft 　《器官计划》

Childhood's End 　《童年的终结》

Close Encounters of the Third Kind 　《第三类接触》

Cold War 　《冷战》

Colony 　《殖民地》

Colossus: The Forbin Project 　《巨人：福宾计划》

Commando Raid 　《突击队突击》

Computer Space 　《电脑太空》

Contact 　《超时空接触》

Convergent Series 　《收敛级数》

Cowboys and Aliens 　《牛仔和外星人》

Curtains 　《窗帘》

D

Damnation Alley 　《小街的毁灭》

Daredevil Battles Hitler 　《超胆侠大战希特勒》

Dark Star 　《暗星》

Deadline 　《最后期限》

Deep Impact 　《天地大冲撞》

Destination Moon 《登陆月球》

Dictator of Peace 《和平的独裁者》

Doctor Who 《神秘博士》

Dorsai! 《多萨伊》

Dr. Jekyll and Mr. Hyde 《化身博士》

Dr. Strangelove or: How I Learned to Stop Worrying and Love the Bomb 《奇爱博士》

Dune 《沙丘》

E

Earth vs. the Flying Saucers 《飞碟入侵地球》

Edison's Conquest of Mars 《爱迪生征服火星》

Embroidery 《刺绣》

Empire 《帝国》

Ender's Game 《安德的游戏》

Espionage 《间谍》

E-ticket to 'Namland 《去纳兰德的电子机票》

F

Fail-Safe 《核子战争》

Falkenberg's Legion 《法尔肯贝格的军团》

Fantasy and Science Fiction 《幻想和科幻小说》

Finding 75 Mile Guns 《寻找 75 英里的枪》

Firefly 《萤火虫》

Firefox 《火狐》

Five 《最后的五个人》

Flash Gordon 《飞侠哥顿》

Flying Saucers from Outer Space 《来自外太空的飞碟》

Footfall 《脚步声》

Forbidden Planet　《禁忌星球》

Forever Free　《永远的自由》

Forever Peace　《永远的和平》

Foundation　《基础》

Four Little Ships　《四艘小船》

Frankenstein　《科学怪人》

Frontline Combat　《前线战斗》

Fugitives from Earth　《地球逃亡者》

Future Force Company Commander　《未来部队连队指挥官》

Future Science Fiction　《未来科幻小说》

Future War Tank　《未来战争坦克》

Futureworld　《未来世界》

G

Galaxina　《银河女战士》

Galaxy Game　《银河游戏》

Galaxy Science Fiction　《银河科幻小说》

G.I. Joe　《特种部队》

Goldeneye　《黄金眼》

Glory Road　《光荣之路》

Gog　《高格》

Godzilla　《哥斯拉》

Green Arrow　《绿箭侠》

H

Halo 2　《光晕Ⅱ》

Hammer's Slammers　《哈默的牢房》

Heirloom　《传家宝》

Hell-Fire　《地狱之火》

History 《历史》

Hulk 《浩克》

I

I Am Legend 《我是传奇》

Independence Day 《独立日》

Invaders from Mars 《火星人入侵记》

Invasion of the Body Snatchers 《天外魔花》

Invasion USA 《入侵美利坚》

Iron Man 《钢铁侠》

Iron Man 2 《钢铁侠Ⅱ》

It Came from Beneath the Sea 《深海怪物》

J

JAG 《执法悍将》

Janissaries 《近卫军》

Johnny Got His Gun 《无语问苍天》

Jurassic Park III 《侏罗纪公园Ⅲ》

Just Imagine 《滑稽的想象》

K

King Dinosaur 《恐龙王》

King Kong 《金刚》

L

Lady Slings the Booze 《女士扔掉了酒》

Laserblast 《镭射人魔》

Legion of the Dead 《死人军团》

Lensmen 《透镜人》

Lest Darkness Fall 《唯恐黑暗降临》

Liberty 《自由》

Lightning in the Night 《黑夜里的闪电》

Li'l Abne 《丛林小子》

Little Lost Robot 《迷失的小机器人》

Little Orphan Annie 《小孤儿安妮》

Lone Star Planet（*A Planet for Texans*） 《孤星星球》（《得州人的星球》）

Loophole 《漏洞》

Lost in Space Episode：*West of Mars* 《迷失太空：火星的西部》

M

Mac and Me 《新外星人》

Mad Max 《疯狂的麦克斯》

Mars Attacks! 《火星人玩转地球》

Marvel Comics 《漫威漫画》

Marvel Mystery Comics 《漫威神秘漫画》

Marvel Science Stories 《漫威科幻故事》

Mercenary 《雇佣兵》

Millennium 《千禧年》

Moon Zero Two 《预警卫星》

Murder in the Air 《空中杀机》

N

New Fun Comics 《新趣味漫画》

Nineteen Eighty-Four 《一九八四》

Nuclear War 《核战争》

Null Zone 《无效区》

O

On the Beach 《海滨》

Old Man's War 《老人的战争》

One Million B.C.　《洪荒浩劫》

Outland　《九霄云外》

P

PAC-Man　《吃豆人》

Panic in Year Zero!　《极度恐慌》

Plan 9 from Outer Space　《外太空第9号计划》

Player Piano　《自动钢琴》

Point Ultimate　《极限点》

Popeye　《大力水手》

Punisher War Journal　《惩罚者战争杂志》

Punishment Park　《惩罚公园》

R

Red Dawn　《赤色黎明》

Red River　《红河》

Red, White and Blue　《红·白·蓝》

Remake　《再造》

Ringworld　《环形世界》

Risk　《冒险》

Robocop　《机械战警》

Robojox　《机械威龙》

Rocket Attack U.S.A.　《火箭攻击美利坚》

Rocketship Galileo　《伽利略号宇宙飞船》

Rocketship X-M　《火箭飞船X-M》

Rotating Cylinders and the Possibility of Global Causality Violation　《旋转圆筒和全球因果关系违反的可能性》

S

Science Fiction Quarterly　《科幻小说季刊》

附　录

Seduction of the Innocents　《无辜的诱惑》

Serenity　《冲出宁静号》

Seven Days in May　《五月中的七天》

Shadow Complex　《暗影帝国》

Silly Asses　《愚蠢的驴》

Singin' in the Rain　《雨中曲》

Sixth Column　《第六纵队》（The Day After Tomorrow　《后天》）

Solution Unsatisfactory　《不令人满意的解决方案》

Space: Above and Beyond Episode : Choice or Chance　《宇宙之外：选择还是机会》

Space: Above and Beyond Episode : Pearly　《宇宙之外：珍贵的》

Space: Above and Beyond Episode : Pilot　《宇宙之外：飞行员》

Space: Above and Beyond Episode : R&R　《宇宙之外：休整与恢复》

Space: Above and Beyond Episode : Stardust　《宇宙之外：星尘号》

Space: Above and Beyond Episode : Stay With the Dead　《宇宙之外：与死者同在》

Space: Above and Beyond Episode : Sugar Dirt　《宇宙之外：糖泥》

Space: Above and Beyond Episode : The Angriest Angel　《宇宙之外：愤怒的天使》

Space: Above and Beyond Episode : Who Monitors the Birds?　《宇宙之外：谁监控鸟儿们》

Space Invaders　《太空入侵者》

Spacewar!　《太空大战》

Space Wars　《太空之战》

Space Western　《西部太空》

Spell My Name With an S　《用 S 来拼写我的名字》

Sphere　《深海圆疑》

Spider-Man 《蜘蛛侠》

Stargate 《星际之门》

Stargate Atlantis 《星际之门：亚特兰蒂斯》

Stargate: Continuum 《星际之门：时空连续》

Stargate Infinity 《星际之门：无穷宇宙》

Stargate SG-1: Spirits 《星际之门 SG-1：幽灵》

Stargate: The Ark of Truth 《星际之门：真理的方舟》

Stargate Universe 《星际之门：宇宙》

Starman 《外星恋》

Starship Invasions 《星际飞船入侵》

Starship Troopers 《星河战队》

Star Trek Episode : Amok Time 《星际迷航：狂乱时间》

Star Trek Episode : A Private Little War 《星际迷航：一场私人微型战争》

Star Trek Episode : A Taste of Armageddon 《星际迷航：世界末日的味道》

Star Trek Episode : Bread and Circuses 《星际迷航：面包和马戏团》

Star Trek Episode : Court Martial 《星际迷航：军事法庭》

Star Trek Episode : Devil in the Dark 《星际迷航：黑暗中的魔鬼》

Star Trek Episode : Day of the Dove 《星际迷航：鸽子之日》

Star Trek Episode : Errand of Mercy 《星际迷航：仁义之师》

Star Trek Episode : Friday's Child 《星际迷航：星期五的孩子》

Star Trek Episode : Let That Be Your Last Battlefield 《星际迷航：让那成为你最后的战场》

Star Trek Episode : Mirror, Mirror 《星际迷航：镜子，镜子》

Star Trek Episode : Operation: Annihilate! 《星际迷航：行动：歼灭！》

Star Trek Episode : Spectre of the Gun 《星际迷航：幽灵枪》

Star Trek Episode : The City on the Edge of Forever 《星际迷航：在永恒边缘的城市》

Star Trek Episode : The Corbomite Maneuver　《星际迷航：卡博米特的策略》
Star Trek Episode : The Deadly Years　《星际迷航：致命岁月》
Star Trek Episode : The Doomsday Machine　《星际迷航：世界末日机器》
Star Trek Episode : The Enterprise Incident　《星际迷航：企业号事件》
Star Trek Episode : The Menagerie　《星际迷航：动物园》
Star Trek Episode : The Omega Glory　《星际迷航：欧米茄的荣耀》
Star Trek Episode : The Paradise Syndrome　《星际迷航：天堂综合征》
Star Trek Episode : The Trouble with Tribbles　《星际迷航：毛球族的麻烦》
Star Trek Episode : The Ultimate Computer　《星际迷航：终极电脑》
Star Trek: The Motion Picture　《星际迷航：无限太空》
Star Trek: The Next Generation Episode : Conspiracy　《星际迷航：下一代：阴谋》
Star Trek IV: The Voyage Home　《星际迷航 IV：抢救未来》
Star Trek VI: The Undiscovered Country　《星际迷航VI：未来之城》
Star Wars Episode Ⅰ: The Phantom Menace　《星球大战Ⅰ：幽灵的威胁》
Star Wars Episode Ⅳ: A New Hope　《星球大战Ⅳ：新希望》
Star Wars Episode Ⅴ: The Empire Strikes Back　《星球大战Ⅴ：帝国反击战》
Star Wars Episode Ⅵ: Return of the Jedi　《星球大战Ⅵ：绝地归来》
Stranger in a Strange Land　《异乡异客》
Superiority　《优越性》
Superman　《超人》
Super Science Stories　《超级科幻故事》
Survival　《生存》

T

2001: A Space Odyssey　《2001太空漫游》
Tales of Suspense　《悬疑故事集》

Tarantula　《狼蛛》

Teenage Caveman　《年轻野蛮人》

Terminator Ⅱ：Judgment Day　《终结者Ⅱ：审判日》

The Avengers　《复仇者》

The Adventurer　《冒险家》

The Amazing Colossal Man　《惊天50尺男巨人》

The Amazing Spider-man　《神奇蜘蛛侠》

The Andromeda Strain　《人间大浩劫》

The Atomic Bomb　《原子弹》

The Atomic Submarine　《核潜艇》

The Beast From 20,000 Fathoms　《原子怪兽》

The Beast of Yucca Flats　《亚卡的野兽》

The Big Flash　《大闪光》

The Cold Cash War　《现金战争》

The Conspiracy　《阴谋》

The Core　《地心抢险记》

The Currents of Space　《星空暗流》

The Day After　《浩劫后》

The Day After Judgement　《审判的第二天》

The Day After Tomorrow　《后天》

The Day the Earth Stood Still　《地球停转之日》

The Deadly Mantis　《致命螳螂》

The Defenders　《捍卫者》

The End of New York　《纽约的末日》

The Evitable Conflict　《可避免的冲突》

The Fantastic Four　《神奇四侠》

The Fifth Horseman　《第五骑士》

The Final Countdown　《碧血长天》

The Foreign Legion of Mars　《火星的外国军团》

The Forever War　《永恒的战争》

The Gentle Vultures　《温和的秃鹰》

The Ghost Brigades　《幽灵军团》

The Guns of the South　《南方的枪》

The Heretic　《异教徒》

The Incredible Hulk　《绿巨人》

The Incredible Shrinking Man　《不可思议的收缩人》

The Invaders Episode: Dark Outpost　《入侵者：黑暗的前哨》

The Invaders Episode: Doomsday Minus One　《入侵者：世界末日前一天》

The Invaders Episode: The Innocent　《入侵者：无辜的人》

The Invaders Episode: The Peacemaker　《入侵者：和平缔造者》

The Invaders Episode: Quantity: Unknown　《入侵者：数量：未知》

The Invisible Invaders　《隐形入侵者》

The Invisible Man　《隐形人》

The Long Loud Silence　《漫长而喧嚣的寂静》

The Long Walk　《漫漫长路》

The Long Watch　《监视》

The Man That Was Used Up　《被用完的人》

The Men in the Jungle　《丛林中的男人》

The Monster that Challenged the World　《挑战世界的怪兽》

The Mote in God's Eye　《上帝眼中的尘埃》

The Murder of the U.S.A.　《针对美国的阴谋》

The Outer Limits Episode: Nightmare　《外星界限：噩梦》

The Outer Limits Episode: The Inheritors　《外星界限：继承者》

The Outer Limits Episode: The Human Factor　《外星界限：人为因素》

The Outer Limits Episode: The Zanti Misfits 《外星界限：不合时宜的赞提人》

The Paradise Crater 《天堂的火山口》

The Penultimate Truth 《倒数第二个真相》

The Phantom Empire 《幽灵帝国》

The Philadelphia Experiment 《费城实验》

The Postman 《邮差》

The Prisoner Episode: Living in Harmony 《囚犯：和平相处》

The Proper Study 《适当学习》

The Punisher 《惩罚者》（The 'Nam 《南》）

The Right Stuff 《太空英雄》

The Rise and Rise of Michael Rimmer 《迈克尔·里默的崛起》

The Rocketeer 《火箭人》

The Searchers 《搜索者》

The Sirens of Titan 《泰坦星的海妖》

The Six Million Dollar Man 《无敌金刚》

The Smuggled Atom Bomb 《走私的原子弹》

The Space Children 《空间小孩》

The Space Merchants 《太空商人》

The Spirit 《闪灵侠》

The Steam Man of the Prairies 《草原上的蒸汽人》

The Stepford Wives 《复制娇妻》

The Swarm 《杀人蜂》

The Terminator 《终结者》

The Thing from Another World 《怪人》

The Time Tunnel 《时间隧道》

The Twilight Zone Episode: A Quality of Mercy 《阴阳魔界：仁慈的品质》

The Twilight Zone Episode: In Praise of Pip 《阴阳魔界：赞美皮普》

The Twilight Zone Episode: *I Shot an Arrow Into The Air* 《阴阳魔界：我向天空射了支箭》

The Twilight Zone Episode: *King Nine Will Not Return* 《阴阳魔界：九王不会再回来了》

The Twilight Zone Episode: *The Encounter* 《阴阳魔界：交锋》

The Twilight Zone Episode: *The Last Flight* 《阴阳魔界：最后的飞行》

The Twilight Zone Episode: *The Purple Testament* 《阴阳魔界：紫色的证明》

The Twilight Zone Episode: *The 7th Is Made Up of Phantoms* 《阴阳魔界：第7个是幽灵》

The Twilight Zone Episode: *The Thirty-Fathom Grave* 《阴阳魔界：三十英寻的坟墓》

The Twilight Zone Episode: *To Serve Man* 《阴阳魔界：为人类服务》

The Twilight Zone Episode: *Two* 《阴阳魔界：两个人》

The Twilight Zone Episode: *Where is Everybody?* 《阴阳魔界：大家在哪里？》

The Ultimates 《终极战队》

The Village 《村庄》

The War of the Worlds 《地球争霸战》

The Weapon 《武器》

The Weapon Too Dreadful to Use 《武器太可怕不敢用》

The Wizard of Pung's Corners 《彭家角的巫师》

The Word for World Is Forest 《世界的词语是森林》

The World Masters 《世界的主人》

The World Set Free 《世界解放》

Them! 《X射线》

There Will Be War 《将会有战争》

There Will Come Soft Rains 《细雨即将来临》

Time for the Stars 《探星时代》

Things to Come 《笃定发生》

This Island Earth 《飞碟征空》

Thunder and Roses 《雷声和玫瑰》

THX1138 《五百年后》

Timecop 《时空特警》

Timerider 《时空骑手》

Titan 《泰坦》

To Still the Drums 《息鼓》

Tomorrow Never Dies 《明日帝国》

Tom Swift and his Cosmotron Express 《汤姆·斯威夫特和他的同步加速器快递》

Tom Swift and His Electric Rifle 《汤姆·斯威夫特和他的电动枪》

Transfer of Power 《权力交接》

Transformers 《变形金刚》

Transformers: Dark of the Moon 《变形金刚：月黑之时》

Transformers: Revenge of the Fallen 《变形金刚：卷土重来》

Truth: Red, White and Black 《真相：红、白、黑》

Two-Fisted Tales 《幽冥神话》

U

Ultimate X-Men 《终极 X 战警》

Uncle Sam 《山姆大叔》

Universal Soldier 《再造战士》

Unnatural Causes 《非自然原因》

USA Comics 《美国漫画》

V

Voyage to the Bottom of the Sea Episode: Doomsday 《航向深海：世界末日》

Voyage to the Bottom of the Sea Episode: Long Live the King 《航向深海：国

王万岁》

Voyage to the Bottom of the Sea Episode: *The Condemned*　《航向深海：谴责》

Voyage to the Bottom of the Sea Episode: *The Mist of Silence*　《航向深海：沉默的迷雾》

Voyage to the Bottom of the Sea Episode: *The Sky Is Falling*　《航向深海：天要塌下来了》

W

War Games　《战争游戏》

War of the Worlds　《世界之战》

Warriors of Mars　《火星战士》

War Stars: The Superweapon and the American Imagination　《星球大战：超级武器和美国想象》

War with Jupiter　《与木星的战争》

Watchmen　《守望者》

Westworld　《西部世界》

Worldwar: Upsetting the Balance　《世界大战：打破平衡》

X

The X-Files Episode: *731*　《X档案：731》

The X-Files Episode: *Paper Clip*　《X档案：回形针》

X-Men 2　《X战警Ⅱ》

X-Men Origins: Wolverine　《金刚狼》

参考文献

Aldiss, Brian, and David Wingrove. *Trillion Year Spree: The History of Science Fiction.* London: Victor Gollancz, 1986.

Aldiss, Brian, and Harry Harrison, eds. *Hell's Cartographers.* Birkenhead: SF Horizons, 1975.

Barr, Marleen S., ed. *Envisioning the Future: Science Fiction and the Next Millennium.* Middletown, CT: Wesleyan University Press, 2003.

Bova, Ben. *Assured Survival: Putting the Star Wars Defense in Perspective.* Boston: Houghton Mifflin, 1984.

―――. *Millennium.* 1977: Glasgow: Orbit, 1978.

Boyer, Paul. *By the Bomb's Early Light: American Thoughts and Culture at the Dawn of the Atomic Age.* Chapel Hill, NC: University of North Carolina, 1994.

Brin, David. *The Postman.* Reading: Bantam, 1987.

Broad, William J. *Star Warriors—The Weaponry of Space: Reagan's Young Scientists.* New York: Simon & Schuster, 1985.

―――. *Teller's War: The Top-Secret Story Behind the Star Wars Deception.* New York: Simon & Schuster, 1992.

Burdick, Eugene, and Harvey Wheeler. *Fail-Safe.* 1962. New York: Dell, 1987.

Campbell, John W. *The Astounding Science Fiction Anthology.* New York: Simon & Schuster, 1952.

Card, Orson Scott. *Ender's Game.* 1985. London: Arrow Books, 1986.

Clarke, Arthur C. *Greetings, Carbon- Based Bipeds! A Vision of the 20th Century as it Happened.* London: Voyager, 1999.

Clute, John, and Peter Nicholls. *The Encyclopedia of Science Fiction.* 2nd Edition. London: Orbit, 1993, 1999.

Daniels, Les. *Marvel: Five Decades of the World's Greatest Comics*. London: Virgin, 1991.

Disch, Thomas M. *The Dreams Our Stuff Is Made Of.* New York: Free Press, 1998.

Eschbach, Lloyd Arthur. *Of Worlds Beyond: The Science of Science Fiction Writing.* Chicago: Advent Publishers, 1971.

Evans, Joyce A. *Celluloid Mushroom Clouds: Hollywood and the Atomic Bomb.* Boulder, CO: Westview Press, 1998.

FitzGerald, Frances. *Way Out There in the Blue: Reagan, Star Wars and the End of the Cold War*. New York: Simon & Schuster, 2000.

Franklin, H. Bruce, ed. *Countdown to Midnight*. New York: DAW Books, 1984.

———. *Robert A. Heinlein: America as Science Fiction*. New York: Oxford University Press, 1980.

———. *Vietnam and Other American Fantasies*. Amherst, Mass: University of Massachusetts Press, 2000.

———. *War Stars: The Superweapon and the American Imagination*. Oxford: Oxford University Press, 1988.

Gannon, Charles E. *Rumors of War and Infernal Machines: Technomilitary Agenda-Setting in American and British Speculative Fiction*. Liverpool: Liverpool University Press, 2003.

Grossman, Dave. *On Killing: The Psychological Cost of Learning to Kill in War and Society*. Boston: Little, Brown, 1996.

Gunn, James, Marleen S. Barr, and Matthew Candelaria, eds. *Reading Science Fiction*. Basingstoke: Palgrave Macmillan, 2009.

Haldeman, Joe. *Forever Free*. 1999. New York: Ace Books, 2000.

———. *The Forever Peace*. 1997. New York: Ace Books, 1998.

———. *The Forever War*. 1974. London: Orbit Books, 1976.

———. *1968*. 1994. London: Hodder and Stoughton, 1995.

———, ed. *Study War No More*. New York: Avon Books, 1977.

Harrison, Harry. *Bill, the Galactic Hero*. 1965. New York: Avon Books, 1979.

———, ed. *There Won't Be War*. New York: Tor Books, 1991.

Heinlein, Robert A. *Between Planets*. New York: Ace Books, 1951.

———. *Expanded Universe*. 1980. New York: Ace Science Fiction Books, 1983.

———. *Glory Road*. New York: Berkeley, 1963.

———. *Starship Troopers*. 1959. New York: Ace Books, 1987.

Jameson, Frederic. *Archaeologies of the Future: The Desire Called Utopia and Other Science Fictions*. London: Versu, 2005.

Jancovich, Mark. *Rational Fears: American Horror in the 1950s*. New York: Manchester University Press, 1996.

Jenkins, Garry. *Empire Building: The Remarkable Real Life Story of Star Wars*. London: Simon & Schuster Ltd, 1997.

Jones, Gerard. *Men of Tomorrow: Geeks, Gangsters and the Birth of the Comic Book*. New York: Basic Books, 2004.

参考文献

Kavenay, Roz. *From Alien to the Matrix: Reading Science Fiction Film*. London: I.B. Tauris, 2005.
King, Stephen. *Danse Macabre*. London: Macdonald Futura, 1981.
Le Guin, Ursula K. *The Word for World Is Forest*. 1972. New York: Berkley Medallion, 1976.
Lucanio, Patrick. *Them or Us: Archetypal Interpretations of Fifties Alien Invasion Films*. Bloomington: Indiana University Press, 1988.
McCarthy, Wil. *Aggressor Six*. New York: Roc, 1994.
Miller, Russell. *Bare-Faced Messiah: The True Story of L. Ron Hubbard*. London: Michael Joseph, 1987.
Morales, Robert. *Truth: Red, White and Black*. New York: Marvel, 2003.
Panshin, Alexei. *Heinlein in Dimension: A Critical Analysis*. Chicago: Advent Publishing, 1968.
Pederson, Jay P., ed. *St James Guide to Science Fiction Writers*. 1996.
Platt, Charles, ed. *Dream Makers: Science Fiction Writers at Work*. London: Xanadu, 1987.
Pohl, Fred. *The Way the Future Was: A Memoir*. New York: Del Rey Books, 1978.
Pournelle, Jerry, ed. *There Will Be War*. New York: Tor Books, 1982.
Prokosch, Eric. *The Technology of Killing: A Military and Political History of Antipersonnel Weapons*. London: Zed Books Ltd, 1995.
Rhodes, Richard. *Arsenals of Folly: The Making of the Nuclear Arms Race*. London: Simon & Schuster UK, 2007.
Robb, David L. *Operation Hollywood: How the Pentagon Shapes and Censors the Movies*. Amherst, NY: Prometheus, 2004.
Ronson, Jon. *The Men Who Stare at Goats*. London: Picador, 2004.
Rosenbaum, Jonathan. *Movie Wars: How Hollywood and the Media Conspire to Limit What Films We Can See*. Chicago: A Capella Books, 2000.
Scalzi, John. *The Ghost Brigades*. New York: Tor Books, 2006.
―――. *Old Man's War*. New York: Tor Books, 2005.
Scheer, Robert. *With Enough Shovels: Reagan, Bush, and Nuclear War*. New York: Random House, 1982.
Schelde, Per. *Androids, Humanoids, and Other Science Fiction Monsters: Science and Soul in Science Fiction Films*. New York: New York University Press, 1993.
Seed, David. *American Science Fiction and the Cold War*. Edinburgh: Edinburgh University Press, 1999.
Singer, P.W. *Wired for War*. New York: Penguin Press, 2009.
Spinrad, Norman. *The Men in the Jungle*. New York: Leisure Books, 1967.
―――. *No Direction Home*. Glasgow: William Collins & Sons, 1977.
―――. *Science Fiction in the Real World*. Carbondale: Southern Illinois University Press, 1990.
Suid, Lawrence. *Guts and Glory: The Making of the American Military Image in Film, Revised and Expanded Edition*. Lexington, KY: University Press of Kentucky, 2002.
Van Creveld, Martin. *Technology and War: From 2000 B.C. to the Present*. 1989. New York: Free Press, 1991.

Walker, James, Lewis Bernstein, and Sharon Lang. *Seize the High Ground: The Army in Space and Missile Defense*. Washington, D.C.: Center of Military History, 2003.

Weinberger, Sharon. *Imaginary Weapons: A Journey through the Pentagon's Scientific Underworld*. New York: Nation Books, 2006.

Weldes, Jutta, ed. *To Seek Out New Worlds: Exploring Links between Science Fiction and World Politics*. New York: Palgrave Macmillan, 2003.

Whitfield, Stephen E. *The Making of Star Trek*. New York: Ballantine Books, 1968.

Wright, Bradford W. *Comic Book Nation: The Transformation of Youth Culture in America*. Baltimore: Johns Hopkins University Press, 2001.

致　谢

感谢范·伊金教授，没有他的帮助和鼓励，这本书永远不会完成，并纪念汉斯·施马。

还要感谢乔·霍尔德曼、罗伯特·J.索耶和克里斯·帕尔默；杰出的图书馆员格兰特·斯通和大卫·梅德林；杰克·莱恩·布里奇斯、莉莉·克莱温斯特罗姆、塞西莉·斯科特、艾米丽·史密斯和 格兰特·沃特森，还有《神秘科学剧院3000》的制作人。

© 民主与建设出版社，2020

图书在版编目（CIP）数据

超级武器与假想敌：现代美军与科幻作品关系史 /（澳）史蒂芬·戴德曼著；李相影译. -- 北京：民主与建设出版社，2020.7

（娱乐时代的美军形象塑造系列译丛 / 李相影，张力主编）

书名原文：May the Armed Forces Be with You: The Relationship between Science Fiction and the United States Military

ISBN 978-7-5139-3105-2

Ⅰ. ①超… Ⅱ. ①史… ②李… Ⅲ. ①军事题材—幻想小说—小说研究—美国—现代 Ⅳ. ① I712.074

中国版本图书馆 CIP 数据核字 (2020) 第 110329 号

Published by special arrangement with McFarland & Company, Inc., publishers, Jefferson, North Carolina, USA

Copyright © 2016 by Stephen Dedman

All rights reserved

简体中文版由银杏树下（北京）图书有限责任公司出版

版权登记号：01-2020-4077

超级武器与假想敌：现代美军与科幻作品关系史
CHAOJI WUQI YU JIAXIANGDI: XIANDAI MEIJUN YU KEHUAN ZUOPIN GUANXISHI

著　者	［澳］史蒂芬·戴德曼（Stephen Dedman）
译　者	李相影
选题策划	后浪出版公司
出版统筹	吴兴元
编辑统筹	郝明慧
责任编辑	王　颂
特约编辑	张　杰
封面设计	墨白空间·黄海
出版发行	民主与建设出版社有限责任公司
电　话	（010）59417747　59419778
社　址	北京市海淀区西三环中路 10 号望海楼 E 座 7 层
邮　编	100142
印　刷	北京盛通印刷股份有限公司
版　次	2020 年 8 月第 1 版
印　次	2020 年 8 月第 1 次印刷
开　本	889 毫米 ×1194 毫米　1/32
印　张	10.75
字　数	223 千字
书　号	ISBN 978-7-5139-3105-2
定　价	45.00 元

注：如有印、装质量问题，请与出版社联系。